LA SUBLIME PUERTA

LA SUBLIME PUERTA

JESÚS SÁNCHEZ ADALID

Editado por HarperCollins Ibérica, S.A.
Núñez de Balboa, 56
28001 Madrid

La sublime puerta
© Jesús Sánchez Adalid, 2005
© 2019, para esta edición HarperCollins Ibérica, S.A.
Publicado por HarperCollins Ibérica, S.A., Madrid, España.

Diseño de cubierta: CalderónStudio

ISBN: 978-84-9139-902-5
Depósito legal: M-7519-2019

Dedicado a Extremadura, mi tierra, que sigue dando gente tan singular como entonces

Halláronse presentes a la plática la sobrina y ama, y no se hartaron de dar gracias a Dios de ver a su señor con tan buen entendimiento; pero el cura, mudando el propósito primero, que era de no tocarle en cosa de caballerías, quiso hacer de todo en todo experiencia si la sanidad de don Quijote era falsa o verdadera, y así, de lance en lance, vino a contar algunas nuevas que habían venido de la corte, y, entre otras, dijo que se tenía por cierto que el Turco bajaba con una poderosa armada, y que no se sabía su designio ni adónde había de descargar tan gran nublado, y con este temor, con que casi cada año nos toca arma, estaba puesta en ella toda la cristiandad y Su Majestad había hecho proveer las costas de Nápoles y Sicilia y la isla de Malta. A esto respondió don Quijote:

—Su Majestad ha hecho como prudentísimo guerrero en proveer sus estados con tiempo, porque no le halle desapercebido el enemigo; pero si se tomara mi consejo, aconsejárale yo que usara de una prevención de la cual Su Majestad, la hora de agora, debe estar muy ajeno de pensar en ella.

Miguel de Cervantes Saavedra
Don Quijote de la Mancha, segunda parte, 1615

Desventuras, cautiverios y aventuras del noble caballero don Luis María Monroy de Villalobos, soldado de los tercios de su majestad que fue apresado en los Gelves por el turco y llevado primero a Susa de Tunicia y luego a Constantinopla, donde padeció tribulaciones por servir a la causa del rey católico y a la única fe verdadera.

LIBRO I

Donde don Luis María Monroy de
Villalobos cuenta cómo fue hecho
cautivo por los turcos en los Gelves
y la manera en que fue llevado a
Trípoli primero y luego a Susa, en
la galera del fiero pirata Dromux
arráez, el renegado, que iba a
Cairovan para ser gobernador de
parte del sultán de los turcos,
nárranse también las muchas penalidades que pasaban los cautivos
cristianos en el almagacén donde
eran guardados.

1

Durante aquel tiempo, yo no pensaba en España. Pasaron muchos meses en los que preferí espantar los recuerdos. Consideré que sería mejor mirar hacia delante. Mi ciudad, mi casa, mi madre, mis parientes... eran solo lejanas sombras del pasado. No sé de dónde saqué la fortaleza y la presencia de ánimo para sobreponerme de aquella manera y dominar los impulsos que pujaban por hundirme entre tantas adversidades. Supongo que todo hombre lleva dentro un alma aparentemente frágil, pero capaz de endurecerse y de templarse como el más puro acero. Es un misterio, y a la vez un milagro. Por otra parte, aunque pueda parecer fantasía, no dejaba de verme nunca asistido por un interior presentimiento, como un acicate, que me llevaba a comprender que no me sucedía otra cosa que la realización de mi destino. Eso me daba fuerzas. «Soy un cautivo y este no es mi mundo —me repetía una y otra vez—; esta vida presente es solo mi cautiverio». Sabía que mi nombre cristiano, Luis María, y mis honrosos apellidos, Monroy de Villalobos, eran nada en un país tan extraño al mío.

Al empezar a escribir esta historia, busco en el fondo de mi ser la memoria de tantas cosas pasadas y se despierta el dolor que sentí entonces. Pero de la misma manera me asaltan vivas imágenes de momentos llenos de esplendor, en que los sentidos estaban muy abiertos, los colores intensos, las sensaciones manifiestas y el ánima trepidante. Sería por la mocedad. Ahora, al escribirlo, regresa todo. Como si hubiera estado ahí, aguardando a ser llamado, desde los oscuros rincones del pasado.

Era verano. La luz del sol resultaba cegadora haciendo resplandecer la tenue neblina que se alzaba donde las olas rompían contra las rocas. Las murallas de Trípoli brillaban y el puerto estaba atestado de gente. Los esquifes iban y venían trayendo y llevando pasajeros y pertrechos. La gruesa armada del turco estaba a punto de hacerse a la mar, dividiéndose allí mismo en tres flotas: en la primera había de partir el bajá hacia Constantinopla, para llevar a Solimán la noticia de su victoria sobre la armada cristiana, y cautivos a los jefes del Alto Mando del ejército derrotado; al frente de la segunda flota iba el pirata Dragut, henchido de satisfacción por poder seguir haciendo fechorías por las costas de la cristiandad, a su merced ahora, por no quedar nave cristiana en condiciones de hacerle frente; y la tercera flota —la más menguada—, era capitaneada por el renegado Dromux arráez, que había sido distinguido por Piali bajá después de la guerra de los Gelves y, como premio, recibía el encargo de gobernar Cairovan.

En la nave capitana de este fiero jenízaro iba yo cautivo, amarrado con recios cordeles por manos y cintura a los palos de la borda. Veía desde mi sitio a la chusma de forzados allá abajo aferrados a los remos que debían batir desesperadamente a golpes de látigo. Era muy triste la visión y lamentables sus figuras y semblantes. Parecíame que estaban descendidos en los mismos infiernos donde aquellos diablos de turcos los afligían con los más duros tormentos. Distinguía entre ellos a algunos de mis compañeros de armas, los cuales, desprovistos de sus insignias de soldados y desnudos los torsos o hechas jirones las pocas ropas que los cubrían, más bien parecían menesterosos desharrapados que los altivos militares del rey de las Españas nuestro señor que eran antes de aquella malhadada derrota que tan deshecha y desventurada dejó a nuestra cristiana armada.

Corría el año de 1560, bien lo recuerdo pues tenía yo cumplidos los diecinueve años. ¡Ah, qué mocedad para tanta tristura! Habiendo llegado a ser tambor mayor del tercio de Milán a tan temprana edad, se me prometía buen destino en la milicia si no fuera porque quiso Dios que nuestras tropas vinieran a sufrir el peor de los desastres en aquella isla tunecina de los Gelves, a la que con tanta gana de vencer al turco habíamos ido, para ganarle señorío a nuestro rey y dejar bien altas las cruces de nuestra religión y las banderas y estandartes de nuestros reinos. Era mi primera campaña y fui a toparme con mi primera derrota, y con la triste suerte de ir a parar a manos de enemigos, en vez de ganar aína gloria y fortuna, como me hicieron anhelar los engañosos sueños de juventud. ¡Mísero de mí!

Con mis aún tiernos ojos de soldado inexperto y falto de sazón, contemplé a los más grandes generales cristianos humillados delante de los reyezuelos mahométicos y los jefes turcos. A bordo de la enorme galeaza de Piali bajá iba don Álvaro de Sande, llevado en el puente, dentro de un jaulón de madera. Era este el más bravo y noble hombre de armas que había dado la vieja sangre cristiana de nuestra España. Con setenta años cumplidos combatió con el mismo brío del más mozo de los rodeleros y fue apresado con todos los honores del que se bate hasta el final, sin rendir las armas ni pedir condiciones; mucho menos, suplicar por la propia vida ni arrojarse a los pies de sus cautivadores. Cuánto me dolía a mí considerar que tan valiente y grande general pudiera acabar sus días en tierra de infieles, cautivo, pues su avanzada edad le asomaba a la muerte con tantos padecimientos y afrentas como permitió Dios que sufrieran sus canas. Iban también presos camino de Constantinopla don Bernardo de Aldana, don Berenguer de Requesens y don Sancho de Leiva. Si es penoso ver a jóvenes soldados, como yo era, camino del cautiverio, ¡cuánto más a tan prácticos y renombrados militares de nuestros tercios!

Dividiose, como he dicho, la armada turquesa frente a Trípoli y pusieron rumbo al oriente las galeras del bajá, a Malta las de Dragut y a Susa las del gobernador turco Dromux arráez, en cuya galeaza me hallaba yo dando gracias al Creador por haber salvado la vida a pesar de ver muy cerca los trances de la guerra y tener la zarpa de la muerte a un tris. Pero no sería llegada mi hora y el cielo quiso que mi persona despertara la codicia de los vencedores, viéndome libre de degüello.

Este Dromux arráez a quien me refiero era valenciano y, por tanto, cristiano de origen, aunque había cambiado la religión verdadera por las mentiras del oro y los poderes que le ofreciera el turco, haciéndose

18

jenízaro y prosélito de la secta mahomética, tan enemiga de nuestra fe. Sedujo a este fiero guerrero mi habilidad para tañer el laúd y cantar, cuando me descubrió prisionero en el fuerte de los Gelves. En tales circunstancias, conocer bien un oficio, saber lenguas o dominar un arte se convierten en la delicada frontera entre la vida y la muerte para los derrotados después de la batalla. Los hijos de Dios, pese a ser iguales a los ojos del Creador, son tan objeto de botín como un caballo, un cofre de monedas, una buena armadura o cualquier otra cosa que pueda aguzar el apetito de riquezas de los vencedores. Llévanse las pobres mujeres en esto la peor parte, pues quedan sus honras a merced de sus cautivadores que hacen uso de ellas para satisfacer sus bajas pasiones. Aunque tampoco los varones se ven libres de esta infamia, sucediendo que aquellos que son agraciados con bellos rasgos y apostura suelen despertar la lascivia de los hombres afectos al propio sexo. Así de dura es la guerra.

Sucedióme, por ejemplo, a mí que se prendó de mi persona el rey mahomético de Cairovan, el cual, al descubrirme entre los infelices cautivos, abrió un ojo grande como un queso y se frotó las manos ávido de llevarme a engrosar sus pertenencias. Tenía este magnate moro una mirada de mujer libidinosa en su redondo y menudo rostro que me hacía temer los más afrentosos agravios. Pero ¡gracias a Dios!, cuando ya me asían sus sirvientes por el brazo para llevarme con ellos, apareció el jenízaro Dromux arráez y manifestó no menor interés por mí. Aunque a este, como digo, no le complacía de mi infeliz persona otra cosa que el hecho de haberme escuchado cantar una copla acompañándome en los tientos y fantasías con el laúd que alguien puso en mi mano. Se adelantó el jenízaro y le rugió a la cara al rey caravano frases incomprensibles en algarabía. Disputaron ambos brevemente. Pero siendo más grande el poder del turco, arrugose finalmente el moro y fui yo a quedar en poder de Dromux, el cual me echó una cuerda alrededor del cuello y, sujetándola por el extremo, tiró llevándome tras de sí, mientras decía:

—Mío eres desde este momento, joven cristiano. No pensaba cargar con más cautivos de los que ya tengo ahí en mi galera, pero me ha gustado tu música. Esos dedos que tienes, finos para tañer, te librarán del remo.

Dicho esto, dio órdenes a sus hombres para que me llevasen a su barco. Miré atrás por última vez y vi a mis compañeros distribuirse cada uno con quien le correspondía después del reparto, camino como yo del cautiverio. Los que no interesaban a nadie fueron degollados allí mismo y su sangre tiñó las arenas de aquella maldita isla africana.

2

Navegábamos en la dirección de la puesta de sol cuando se divisó la franja de tierra que debía de ser nuestro destino, porque los marineros turcos gritaron a sus jefes:

—¡Susa, Susa, Susa…!

Irguiose Dromux arráez en el puente y oteó el horizonte con gravedad en el semblante. Luego dio las órdenes oportunas a sus subordinados y estos las transmitieron a las demás galeras de la flota con ostentosos gritos y movimientos de banderolas. Restallaron entonces los látigos sobre la chusma de forzados y los remos batieron fuertemente el agua. Veloces, los barcos fueron adentrándose en la curva que formaba la dársena del puerto.

Era grandiosa la visión de Susa irguiéndose desde el mismo mar, como una prolongada hilera de altas murallas, detrás de las cuales sobresalían soberbias fortalezas, poderosas torres y delgados minaretes. Estaban las atarazanas atestadas de navíos de todos los tamaños, y no quedaba un palmo de arena libre en las playas, por tal cantidad de barcas como había varadas. Pero no se veía gente por los alrededores; ni pescadores faenando próximos a tierra, ni barqueros dispuestos a trasladar gente al puerto con sus esquifes.

De repente, tronó sobre las almenas un rotundo cañonazo y al momento brotó el estruendo de muchas bombardas, baterías y culebrinas escupiendo fuego desde las fortalezas hacia nosotros. Causó esto gran sobresalto a los turcos, los cuales se aprestaron a sacar sus galeras del alcance de los proyectiles que caían por doquier.

Dromux montó en cólera y rugía hecho una fiera por este recibimiento que a buen seguro no se esperaba. Reunió a sus capitanes y no tardó la escuadra en hacer maniobras para situarse de la manera adecuada con el fin de iniciar el asedio. Pero cesó el cañoneo pronto en las murallas y siguió luego una calma expectante que duró toda la noche.

En la primera luz del amanecer, se vio venir un navichuelo que pedía parlamentar. Desde donde me hallaba yo amarrado, vi ascender a bordo a unos moros muy bien compuestos que se arrojaron a los pies de Dromux con mucha sumisión y le estuvieron luego besando las manos y reverenciando. El jefe de los turcos los trató con desprecio y les habló desdeñoso con duro tono en lengua alárabe. Regresaron los moros a Susa llevando las nuevas y al cabo de unas horas estaban otra vez navegando hacia nosotros. No sé lo que se negociaba con este ir y venir de turcos a moros y de moros a turcos, pero duró el parlamento una jornada completa. Transcurrida la cual, y siendo ya la última hora de la tarde, se vio salir de la puerta principal de la muralla una vistosa comitiva de guerreros sarracenos, a caballo unos, en dromedario otros, y muchos dellos a pie, con estandartes, banderas y sombrillas de todos los colores. Salía también mucho gentío que saludaba alzando las manos y vitoreaba con moderado entusiasmo.

Contemplando esta deferencia, Dromux mandó a su escuadra aproximarse a tierra y las galeras comenzaron a bogar puerto adentro, hacia las murallas que parecían brotar de la arena al borde del mismo mar.

—¡Ahlen, ahlen...! ¡Marhabá, marhabá...! —gritaban desde tierra los de Susa en señal de bienvenida.

No bien habían caído las anclas al fondo, cuando dio comienzo el desembarco. Corrían atropelladamente los turcos hacia las bordas para descender a los esquifes llevando sus pertenencias. Se iniciaron entonces, como era de costumbre en ellos, muchas discusiones, empujones y peleas, causándose un gran vocerío y estrépito de pisadas sobre las cubiertas. Creí que perecería aplastado, pues me pasaron por encima decenas de hombres que me pisotearon y magullaron sin contemplación alguna. Y de nada servía que suplicase yo caridad y cuidado con mi cuerpo, pareciéndome que estas quejas los animaban más a comprimirme y golpearme. Ya me iba yo dando cuenta de que mi persona no tenía más valor que cualquier otra carga del barco.

Pero vinieron por fin en mi socorro los criados de Dromux, que debían de temer que me causasen mayor daño, siendo yo una pertenencia de su amo. Me desataron las ligaduras y me echaron una soga al cuello, llevándome con ellos a guisa de ganado. Fui trasladado a tierra junto con toda aquella barahúnda, apretujado entre fardos, baúles, mulas y personas. Y más me valía no hacerme notar, pues, cuando me removía para

23

acomodarme un poco mejor, me caía un sopapo, una patada o un escupitajo.

Echamos pie a tierra en las arenas de una playa atestada de gente que se nos venía encima curiosa y vociferante, dispuesta a sacar provecho de los recién llegados, ofreciéndoles agua fresca, frutas, golosinas, fonda, mujeres y todo lo que fuera menester a unos fieros marineros turcos que andaban deseosos de estar en suelo firme.

Me cargaron como a un jumento, poniéndome sobre los hombros un pesado saco que apenas me permitía alzar la cabeza del suelo unos palmos. Así que no veía yo sino pies y canillas asomando por debajo de las raídas túnicas de aquellos moros. El griterío en incomprensible algarabía me tenía sordo y confuso; mas, con la mente espesa y presa del terror, ¿qué otra cosa podía hacer sino dejarme arrastrar por mis cautivadores? No bien me paraba un momento para recuperar el resuello, cuando me llovían puñadas y puntapiés. De manera que vine a pensar que era animal de carga en vez de persona. Y con todo esto, no podía quejarme, porque vi aquellos días a algunos cautivos infelices a los que desollaron vivos por haberse puesto bravos ante tanta humillación o por haber intentado fugarse.

Decidí yo por encima de todo salvar el pellejo e hice propósito de someterme, callar y aguantar, sin perder la esperanza de que me viniera mejor ocasión para escapar. Aunque una voz interior, como un sabio consejo de la natural prudencia, me decía: «Paciencia, Luis María, que esto ha de ser cosa de tiempo». Mas, es verdad que no temía por mi vida, porque ya me había dado cuenta de que mis cautivadores ponían cuidado en no dañarme demasiado. Al fin y al cabo, como ya dije más atrás, era mi música lo que le interesaba de mí al jefe Dromux, y esto me hacía ser mercancía valiosa en cierto modo.

Y vino a confirmarse mi convencimiento de que no me causarían mucho perjuicio cuando unos endiablados niños se acercaron a mortificar a los pobres cautivos cristianos, arrojándoles piedras y clavándoles afiladas espinas. Si no bastaba el tormento de ir amarrado y cargado con pesados fardos, encima la gente sarracena, lejos de apiadarse, venía a hacer escarnio y a azuzarnos a los inmisericordiosos niños, como perrillos rabiosos. Excepto los criados de Dromux, que se enojaron mucho y espantaron a la chiquillería a palo limpio.

Entramos en la ciudad por una alta puerta que se abría en la muralla y fuimos avanzando por los adarves hasta un laberinto de callejuelas por donde nos condujeron pasando por delante de un sinnúmero de tenderetes y negocios de todo tipo. Susa era un gran mercado y el conjunto de sus habitantes bramaba pregonando sus géneros: cueros, tejidos, alhajas, vasijas y todo tipo de buhonerías de poca monta, extendidas acá o allá, en el suelo, delante de las puertas o sobre los lomos de diminutos pollinos.

Llegamos a una plaza donde se alzaba una gran mezquita y al fondo un sólido edificio de piedra al que llamaban los moros de allí el Ribat. Hubo en este lugar una ceremonia de bienvenida por parte de los magnates de la ciudad. Apareció Dromux arráez a caballo rodeado por toda su guardia y cabalgó arrogante hasta el medio de la plaza. Acudió enseguida el que debía de ser el alcalde de Susa y se arrojó al suelo muy sumiso, invocando a Alá y haciendo ver que ponía la ciudad a los pies del turco. Luego vinieron sus sirvientes y trajeron muchos presentes al jenízaro: pieles de leones y leopardos, espadas, joyas y vestidos. De la concurrencia brotaban exclamaciones de admiración y los tambores no tardaron en hacerse oír, así como las chirimías y esos monótonos cantos a los que tan aficionados son aquellos moros del norte de África.

Ante estas demostraciones de sometimiento, contestaba Dromux con un desprecio inconmensurable; alzaba la barbilla con altanería y apenas miraba de soslayo a sus súbditos, haciendo ver que los turcos eran dueños y señores de todo cuanto pudieran ofrecerle, y que representaba él como bajá al mismísimo sultán Solimán el Magnífico, emperador que reinaba en Constantinopla sobre vastísimos territorios.

Se desvivía la morisma de Susa trayendo tributos, pero lo único que pareció contentar algo al turco fue la llegada a la plaza de un buen número de guerreros sarracenos custodiando a una larga fila de prisioneros españoles cargados de cadenas. Eran estos infelices cristianos no otros que la guarnición de soldados que habían señoreado la plaza hasta la noche antes, en nombre de nuestro rey, creyendo que aquellos moros tunecinos eran aliados en quienes poder confiar. Pero a la vista estaba que no tardaron los magnates de Susa en traicionarlos, tan pronto como vieron las banderas turquesas luciendo en los palos de las galeras que venían al puerto.

A toda la gente cristiana apresada, tanto en los Gelves como después de llegar los turcos a Susa, nos encerraron en lo que llamaban el almagacén, que era una enorme y vieja fortaleza que quedaba al abrigo de la muralla de poniente, dando al mar por un lado y a la ciudad por otro. Así, teniéndonos a recaudo, podían los sarracenos dedicarse a sus menesteres, los cuales eran, primeramente, divertirse en tierra firme y, luego de quedar exhaustos de placeres, tenderse a pierna suelta para recuperar el adeudo de sueño que llevaban en el cuerpo después de haber estado tan afanados en piratear.

3

Permanecí encerrado en el almagacén de Susa sin salir para nada algo más de dos meses. Este tiempo pareciome una eternidad por el hambre, la desnudez y el calor que se padecía. Aunque nada era peor que ver la crueldad que los moros usaban contra los cautivos. En aquella prisión sufríamos hacinados más de un millar de cristianos, pertenecientes tanto al gobernador, como a los magnates y a algunos particulares, ricos o pobres. Unos cautivos eran «de rescate» —que decían— y otros simplemente esclavos. Los primeros eran aquellos que, por ser nobles oficiales y gente principal, se tenían reservados para sacarles buen provecho pidiendo por ellos una buena suma, de doscientos, trescientos, quinientos y hasta mil ducados, cuando se tratase de alguien importante, como un capitán o un caballero de distinguido linaje.

Los esclavos, en cambio, tenían muy dificultosa su libertad, pues, estimándose de poca monta, no se esperaba obtener dellos otro beneficio que su trabajo de sol a sol. Eran, por ende, estos últimos los más infelices, porque sus amos podían cometer con ellos mil atropellos y crímenes de gran crueldad y saña.

Caso aparte de unos y otros formaban aquellos cautivos que por su oficio de carpinteros, armadores, médicos o —como era mi circunstancia— músicos, significaban en sí mismos una valiosa pertenencia para sus amos, lo cual los hacía merecedores de un trato benigno siempre que estuvieran bien dispuestos a esmerarse en sus artes.

Ya dije que me encontraba yo entre estos últimos, habiendo comprobado que mis cautivadores usaban ciertos cuidados para mi persona, aunque eso mismo me quitaba la esperanza de ser rescatado algún día.

Pero en el almagacén compartíamos todos los cautivos las mismas necesidades, por ser el lugar de encierro común, donde, como tengo dicho, nos guardaban de forma segura mientras a unos y otros se les iban adjudicando los destinos que disponían sus amos. Estos daban una suma a los carceleros por nuestra custodia y mantenimiento y así podían irse cómodamente a sus negocios. De manera que, como es de suponer, la comida que nos daban era poca y mala; apenas unos puches de harinas negras y una menguada ración de agua cada día, no habiendo allí distinciones por rescate, ni por oficio, ni por amos. Aunque bien es verdad que, de todos los que estábamos en el almagacén, se llevaban la peor parte los esclavos que no podían esperar el rescate ni sabían mejor oficio que el de simples braceros. Para con estos infelices se despertaba la saña de los carceleros y vi usar en sus pobres carnes las más horrendas crueldades: apaleamientos, mutilaciones y tormentos de todo género. Cuando esas criaturas, famélicas y débiles hasta la extenuación, ya no servían para sus duros trabajos, eran ahorcados o degollados sin más contemplaciones.

Entre los muchos buenos y nobles caballeros que padecían cautiverio en aquel almagacén de Susa de tan triste recuerdo, estaba un maese de campo de nombre don Vicente de Vera. Era este militar hombre ya de edad madura, de más de cincuenta años, tal vez sesenta, pues tenía la barba y los cabellos muy blancos. Por su fina estampa y su elegante compostura, a pesar del lamentable trance, reflejaba ser caballero de buen linaje. Supe luego que era marqués, aunque no recuerdo el nombre de su marquesado. Pues bien, había sido este don Vicente de Vera gobernador de Susa por tres veces, ya desde los tiempos del césar Carlos, hacía casi veinte años. De manera que se había pasado más de media vida guerreando contra los moros y turcos por la causa de nuestros reinos. Por su edad, por sus títulos y por sus dotes de gobierno, hacía este buen señor las veces de jefe de los cautivos cristianos que allí estábamos, y a pesar de que el dominio sobre nuestras personas lo ejercían los sarracenos, no había cristiano que le discutiese el mando en las cosas del interior de la prisión. Sobra decir que se hacía muy necesario un prudente y cabal gobierno entre las gentes que vivían tan desesperadas, para resolver pleitos, impartir justicia, evitar atropellos y mantener la paz y la convivencia. Tal era su natural autoridad, que hasta los turcos que le habían desposeído del rango de gobernador, al perder nuestro rey la plaza, le tenían grande consideración y respeto; tanto que incluso contaban con él a la hora de disponer ciertos menesteres en el almagacén, como proveer al reparto de las raciones, organizar la limpieza o distribuir a la gente en las pocas y destartaladas dependencias que componían aquella ruinosa fortificación. Y cuando algún cautivo necesitaba hacer valer sus derechos o sufría cualquier agravio por parte de los que allí habitaban, no dudaba en acudir a Vera para que le amparase o le diese consejo.

También había clérigos cautivos. Diariamente se decían misas en una improvisada capilla, donde asimismo se rezaban laudes cada mañana y vísperas por la tarde. No eran pocos los cautivos que acudían a estos piadosos actos. Sorprendía ver con cuánta devoción y temor de Dios se vivía en aquella prisión. Muchos de nosotros nos confesábamos con frecuencia y comulgábamos a diario, por si estaba del cielo que fuese llegado antes de la noche el momento de rendir el alma, pues ya digo que allí la vida de un hombre no valía nada.

Aunque tampoco faltaban los malos ejemplos. Veíanse cosas muy feas y se escuchaban rumores acerca de pecados horrendos que causaban espanto. Así, no era raro ver a algún que otro hombre hecho y derecho que se amancebaba con un muchacho a la manera de varón y hembra, haciéndole a este último llevar galas de mujer en lo privado. También había broncas, peleas, riñas, robos y hasta homicidios. Ya tenía trabajo el bueno de don Vicente de Vera para poder gobernar en paz a tan variopinta humanidad.

Desde las primeras semanas de cautiverio había hecho yo buena amistad con unos cuantos compañeros de edades semejantes a la mía, en cuya compañía me consolaba mucho en tan amargas horas, a más de protegernos así a modo de piña unos a otros de los atropellos de algunos desalmados. Con estos y con ocho o diez más que se nos unían, formábamos una buena tropilla gracias a la cual nos veíamos libres de muchas afrentas que allí sufrían los mozos que no tenían a quién arrimarse.

Algo vería en nosotros un bravo y obstinado capitán llamado Miguel de Uriz para resolver tenernos en cuenta a la hora de tramar planes de revuelta. Y fue con mi persona con quien tuvo a bien entrar en conversaciones con muchos miramientos, cuidándose de no errar el tino a la par que no levantar sospechas. Porque era harto difícil conversar con intimidad en tal hacinamiento de personal.

Una tarde, en las reuniones que hacían en el patio los oficiales con el maese de campo don Vicente de Vera, que eran a vista de todos, Uriz propuso que se solicitase de los turcos permiso para dar órdenes dentro del almagacén mediante el toque de un tambor, como era costumbre en el ejército, pues era tal el gentío allí preso que no había manera de entenderse a la hora de organizar la vida. Y siendo militares la mayor parte de los cautivos, no nos sería difícil hacernos a una disciplina semejante a la del tercio. Porfiaron durante un buen rato sobre la propuesta los caballeros principales. Unos lo veían muy oportuno; otros se manifestaban contrarios, por considerar que no había allí dentro potestad militar y que, si acaso, admitían un mero gobierno civil entre buenos cristianos. Como no se ponían de acuerdo, terció finalmente don Vicente de Vera, cuya autoridad nadie discutía por haber sido el legítimo gobernador nombrado por nuestro señor el rey.

—No estaría de más algo de orden en esta república —sentenció solemnemente—. Ya que no tenemos campanas que nos dividan la jornada ni heraldos que nos transmitan las órdenes de nuestro rey, no me parece mala idea lo de regirse por el toque de tambor.

—Precisamente —se apresuró a indicar Uriz—, hay aquí un joven soldado que era tambor mayor en el tercio de don Álvaro de Sande. Él puede hacerse cargo de tocar las llamadas que tanto beneficio reportarán a la convivencia en esta prisión.

—¿Y el tambor? —repuso Vera—. ¿De dónde sacaremos el tambor?

—Deje eso de mi cuenta, señoría —respondió Uriz—; ya me encargaré yo de buscar uno.

—Sea —concedió el antiguo gobernador de Susa—. Apresúrese vuestra merced en dar con el tambor y sírvase disponer las llamadas como mejor convenga. Que ya veré yo el medio de convencer al turco para que nos deje regir la vida aquí dentro mediante el toque de la caja.

Este parecer de don Vicente de Vera zanjó la cuestión y se disolvió la asamblea, yéndose cada cual a pasar el rato como mejor podía. Entonces se acercó a mí el capitán Uriz y me dijo:

—Vamos, muchacho, que tenemos tú y yo que organizarnos para que funcione este negocio.

Le seguí obedientemente. Conocía yo a Uriz desde hacía tiempo. Era uno de los capitanes más afamados del tercio de Milán. Vino a esta guerra de Túnez a las órdenes de don Álvaro de Sande, como yo, y se ganó una merecida fama de hombre valiente y decidido allá en los Gelves, en la triste jornada que nos valió a todos este cautiverio.

Mientras caminaba a su lado, me preguntó:

—¿Estás dispuesto a prestar servicio a los cristianos que aquí estamos?

—Naturalmente, señor —contesté.

—Muy bien. Pues vayamos a ver la manera de hacernos con un tambor.

Acompañé a Uriz hasta la puerta principal de la prisión, donde solía estar el jefe de la guardia. Una vez allí, los moros nos miraron despectivamente y nos preguntaron qué nos llevaba a ellos. Uriz les pidió el tambor y los guardias no tardaron en querer saber qué recibirían a cambio. Tardaron en ponerse de acuerdo, pero finalmente cerraron el trato. El capitán les prometió una moneda de oro y ellos a su vez estuvieron dispuestos a procurar el tambor.

No sé cómo consiguió Uriz un escudo de oro en un sitio donde no tenía cabida cosa de valor alguna, pero él cumplió lo que pactó con los moros. No así cumplieron oportunamente su parte los guardias, que se presentaron con un cacharro casi inútil: un tambor de moros hecho con una especie de vasija de barro que sonaba destemplado.

—Poco podré hacer con eso —comenté desilusionado.

—Anda —me dijo Uriz—, cógelo y vamos. Ya habrá alguien que sepa tensarlo como Dios manda.

4

Empecé a servirme del tambor para hacer las llamadas cuando el capitán Uriz me lo ordenaba. Este oficio mío, que resultaba de gran utilidad en el tercio, en la prisión servía para bien poco. Los hombres hacían caso omiso de los toques. La mayor parte de ellos se comportaba como quien oye llover. Algunos incluso se reían de mí cuando me veían poner todo el empeño en el centro de la plaza, llamando a la limpieza común, para convocar la asamblea o para la oración.

—¡Anda y que te zurzan, tambor destemplado! —protestaban—. ¡Calla y déjanos en paz!

Como viera el capitán que yo no me desalentaba a pesar de esta chanza, se acercaba a mí y me infundía ánimo.

—Adelante, Monroy, sigue con tu tarea. Al menos ese tambor nos recordará que, aun en este trance, somos súbditos del rey católico.

Muchos de los cautivos vivían ya como hombres sin esperanza, vencidos por el tedio y el temor. En cambio Uriz estaba siempre cavilando. Tenía unos negros ojos muy vivos, con cierto asomo de delirio, que miraban nerviosos a todas partes. Estaba tan flaco y seco que parecía ser hecho de dura soga trenzada; mas no se le veía débil, sino enérgico y siempre agitado. Torcía la boca al hablar, como en un amargo rictus, y le asomaban unos amarillos dientes que apretaba con fiereza. Era sin duda uno de esos temerarios caballeros que da España, capaces de hacer cualquier locura, sin mirar por la propia vida ni por la de nadie.

De vez en cuando, aproximaba su boca a mi oído y me susurraba nervioso medias palabras cuyo sentido debía yo descubrir:

—Te conozco bien, Monroy. Cualquiera de los hombres del tercio de Sande sería digno de mi confianza. Aquí, tú, yo y cuatro más como nosotros podemos hacer grandes cosas.

Yo asentía con la cabeza, muy convencido de que siguiendo sus indicaciones cumplía con mi deber.

—Bien, bien —decía él—. Ya sabía que no me defraudarías.

—¿Qué he de hacer? —preguntaba yo.

—A su tiempo lo sabrás, muchacho —contestaba enigmático—. Tú, a lo tuyo, dale que te pego con ese tambor. ¡Haremos hazañas, grandes hazañas! La vida de un soldado no termina cuando uno es hecho prisionero. Solo la muerte puede quitar de en medio a un guerrero de verdad.

—¿Y qué puede hacerse? —me impacientaba yo—. Apenas somos aquí mil hombres, estando los más de nosotros famélicos y sin fuerzas.

—Menos es nada —decía él, aguzando los vivos ojos—. A su tiempo verás cuánto puede hacerse aquí por la causa de nuestro rey.

***

Como pasaba el tiempo sin que sucediera nada extraordinario, salvo las penalidades propias del cautiverio, y allí no se veía más movimiento que la rutina diaria de comer lo poco que nos daban, dormitar en el duro suelo y matar el aburrimiento con juegos de niños, vine a concluir que las propuestas de Uriz eran fruto de su fantasía. También llegué a creer que mi dueño, el gobernador turco de Susa, se había olvidado completamente de mí. Entonces me dio por pensar que mi condición de músico no me iba a librar de las penalidades. Las ilusiones que me hice en un principio se fueron desvaneciendo.

Pero sucedió que una mañana muy temprano se presentaron en el almagacén dos criados que decían venir de parte de Dromux. Uno de los guardianes de puerta voceó mi nombre y entonces supe que por fin me reclamaban en el palacio de mi amo.

Uriz se percató de este hecho y se apresuró a instruirme con muchas advertencias y recomendaciones:

—No pierdas ripio, Monroy; todo lo que veas y oigas en la casa de ese turco nos puede resultar muy útil. Hazte el sumiso, obedece a todo sin rechistar, gánate su confianza… Pero… que no te convenzan, muchacho; que a esos endiablados sarracenos les priva hacer renegar a nuestra gente…

Me llevaron primero al taller de un herrero donde me pusieron unos fuertes grillos de hierro en los tobillos, los cuales me unieron con una cadena de poco más de dos cuartas de largo, con la que difícilmente podría correr. También me colocaron argollas en las muñecas. De esta manera, sujeto de pies y manos, me condujeron por un laberinto de callejuelas a una plaza donde se alzaba la mezquita mayor de Susa. Fuimos bordeando un gran palacio hasta las traseras de lo que adiviné que era la residencia de Dromux, por la mucha guardia y servidumbre que se veía una vez que entramos por la puerta falsa. Los moros que estaban en los patios, ocupados en sus faenas, me miraban con mucha curiosidad y decían en su lengua cosas incomprensibles para mí.

Por una estrecha y oscura escalera, los que me custodiaban me bajaron a unos sótanos donde tenían los baños. Allí me despojaron de mis pobres y escasas ropas y me restregaron bien con ásperos estropajos de estopa. Más agradable fue sentir el contacto del agua cuando me sumergieron en una pileta. A todo esto, sentíame como un animal o un objeto entre sus manos. Parecían divertirse con el trabajo de asearme y me daba la sensación de que se burlaban de mi delgadez extrema, pues me señalaban los costillares que asomaban bajo mi piel por la poca carne que tenía pegada a los huesos. ¡Qué humillación, verme en manos de impíos hombres, en cueros y sin poder decir ni pío! En aquel lugar, me cortaron los cabellos y me rasuraron barba y bigote, dejándome lampiño como un infante. Esto fue el mayor escarnio que me hicieron, pues nada me parecía más afrentoso que sentir el manoseo de los moros en torno a los labios. Pero estaba muy resuelto a no abrir la boca, siguiendo las instrucciones del capitán Uriz.

Ya fuera de los baños, en unas dependencias donde se amontonaban telas y prendas de vestir, me echaron por lo alto una especie de camisón a la manera de sayo hasta los pies y, de esta guisa, me condujeron los criados ante la presencia de sus jefes.

Recibióme un grueso hombre de piel clara que estaba sentado en un diván, entre cojines. Este, que era el primero de los mayordomos del palacio, me pareció desde el principio ser amable y no se mostraba tan despreciativo como los demás. Me remiró cuidadosamente y desplegó una sonrisa plena de satisfacción. Para sorpresa mía, me dijo en perfecta lengua cristiana:

—¡Ah!, tú eres el músico. ¿Cómo te llamas?

—Luís María Monroy de Villalobos —respondí.

—¿De dónde eres?

—De España.

—Sí, claro, de España, eso lo sé. ¿De qué parte de Castilla?

—No de Castilla, de la baja Extremadura.

—¡Ah!, ¿cerca de Córdoba?

—Queda lejos de Córdoba mi pueblo, aunque está más próximo a Sevilla.

—¡Ah, Sevilla! —exclamó cerrando los menudos ojillos—. Debe de ser muy hermosa Sevilla. Eso dicen todos.

—Debe de serlo, señor —observé—, aunque yo no puedo asegurarlo por propia experiencia, pues no la conozco.

—Pareces ser un joven instruido —dijo—. ¿Eres noble?

—Soy fijodalgo.

—Se nota.

—Estoy muy orgulloso de mi sangre —aseguré.

—Bueno, bueno, muchacho —dijo agitando las manos—, esa honra de poco puede servirte. Aquí no eres sino un esclavo, uno más de los sirvientes de nuestro amo el bajá Dromux. La guerra es así, ya sabes, Luis Manuel…

—Luis María, señor.

—Eso, Luis María. Y bien, ¿qué sabe hacer Luis María Monroy? Dicen que sabes tañer y cantar admirablemente.

—¡Letmí, trae el laúd! —ordenó autoritariamente a uno de los criados.

Enseguida fue el sirviente a buscar el instrumento y lo puso en mis manos. Lo templé y luego lo toqué y canté lo mejor que sabía. Holgóse el mayordomo de escucharme y aplaudió muy contento. Después dijo con mucha solemnidad:

—Nuestro amo, el gran Dromux bajá, dará mañana en este palacio una fiesta para agasajar a los magnates aliados del sublime sultán Solimán. Nuestro amo adora la música. Tañerás tú y cantarás a la manera de España cuando te corresponda en el turno de las actuaciones.

—Haré lo que se me mande —contesté sumiso.

—¡Muy bien! —exclamó el mayordomo—. Ahora te daremos de comer algo, pues veo que estás muy menguado de carnes.

—Hay poco con lo que alimentarse en el almagacén.

—Vayamos a la cocina —ordenó poniéndose en pie.

En las cocinas del palacio abundaba la comida. Ya hacía tiempo que yo no veía carnes, verduras y frutas en tanta cantidad, tan frescas y bien dispuestas. Me sentaron a la mesa y pronto me trajeron los cocineros pan tierno, garbanzos y algunas presas de cordero. Me abalancé sobre lo que me ofrecieron arrastrado por mi hambre de muchos días.

—Bien, Luis María —me aconsejó el mayordomo—, come despacio que puede hacerte mal un atracón, tan seco y débil como estás.

El resto de los criados y esclavos que allí estaban se divertían a mi costa, al verme saciar el apetito de forma voraz, como un animal. Pero nada me importaba a mí más en aquel momento que reponer mis mermadas fuerzas. El jefe de la servidumbre se sentó a mi lado y me observaba lleno de curiosidad. De vez en cuando me preguntaba cosas sobre mi persona y origen, sobre España y sobre la manera en que había venido a ser cautivo.

—¿Cuántos años tienes?

—Diecinueve he cumplido —contestaba yo entre tajada y tajada.

—No es mala edad para hacerse aquí una vida —comentó él—. Siempre hay tiempo para acomodarse uno a lo que Dios manda. A tus años un hombre instruido y hábil como tú puede recomponerse la existencia entre la gente de la ley de Mahoma…

Debí de mirarle con extrañados y desafiantes ojos, porque enseguida se apresuró a añadir:

—Aunque, naturalmente, debe uno hacer borrón y nueva cuenta con lo pasado. Los cristianos se tienen hecha una mala y falsa semblanza del turco y de todos los seguidores del profeta en general. Pero la vida no es muy diferente acá. Ya te digo: es cuestión de acomodarse.

—¿Acomodarse uno a ser esclavo de otros? —observé—. Más que cómodo, a mí eso me parece resignación.

—Piensas en cristiano, joven. Y yo te comprendo. Te costará mucho hacerte a esta vida. Pero veo que eres inteligente y sé que te será más fácil que a otros.

Me quedé mirándole fijamente. A estas alturas de la conversación, mi menguado estómago empezaba a estar lleno. El mayordomo era un hombre grueso de edad indeterminable que tenía la piel muy clara y rosada. Apenas le crecían unos cuantos pelos rubicundos en su barbilla redondita y casi siempre sonreía. Vestía con la túnica larga que usan los turcos y lucía en la cabeza el enorme turbante propio de quienes tienen algún poder entre ellos. Aunque sus ademanes resultaban inmoderados, el tono de su voz era muy extraño, femenino y delicado, recordando el de una mujer madura. Me parecía adivinar cierto poso melancólico en sus ojos. Después de tanto maltrato como yo había sufrido hasta ese día, su presencia amable me confortaba mucho.

—Ya que has salvado la vida —me aconsejaba paternalmente—, debes cuidar de salir lo mejor parado que puedas en esta tierra. La vida de un cautivo no vale más que la de una mosca. Esas son las crueles leyes de la guerra, pero, siendo listo y sabiendo la manera de ser útil, se puede sobrevivir. Fíate de mí y obedece a cuanto se te pida. Nuestro amo Dromux no es un hombre especialmente cruel. En esta casa todos somos esclavos. Incluso yo, ya ves, aunque tengo el mando sobre toda la servidumbre. Mas no por ello vivimos mal en esta casa. No es tan mala la gente turquesa como la pintáis los cristianos. Las cosas son según uno las mira. Pregunta a cualquiera de esos —me dijo señalando con el dedo a los otros criados que nos miraban muy atentos, aunque no entendían nada de lo que hablábamos—. Para ellos, la gente cristiana es el mismísimo diablo, pues así se lo pintaron los suyos desde que nacieron. ¿Comprendes?

—Y tú, señor —le pregunté—, ¿por qué hablas tan bien mi lengua?

—Porque nací cristiano. El *beylerbey* de Argel Jair

Aldin Barbarroja me hizo cautivo cuando era niño de once años, en uno de sus asaltos a la costa española. Vivía yo como cualquier hijo de pastores, dedicado a cuidar las cabras de mi familia por los cerros de Málaga. Nunca sabré qué fue de mis padres, si viven o han muerto ya.

—Es una gran crueldad sacar a un niño de su casa y de su gente y llevarlo esclavo a otro mundo —comenté, sobrecogido por tan triste historia—. Mi caso es diferente, pues yo tenía todo el uso de mi razón cuando escogí libremente ser soldado e ir a la guerra. Si ahora soy cautivo es porque decidí arriesgarme, aun a sabiendas de que podía sucederme esto o algo peor, tener que llevar la dura vida de un galeote o incluso morir a manos del enemigo.

—Solo lo que Dios quiere sucede —sentenció el mayordomo—. ¿Crees acaso que he sido más infeliz en esta vida que en la que tenían reservada para mí mi pueblo y mi familia? Has de saber que éramos pobres. Tal vez habría muerto de hambre en Málaga. Tú eres hijo de hidalgos, pero es muy dura la existencia de los pobres en España.

—No más que aquí —apostillé.

—No más que en ninguna parte —añadió.

Volvió a hacerse el silencio entre los dos. Aunque él mandaba sobre mí, dadas las circunstancias, al menos nos unía el origen. Ambos éramos cautivos. Solo una duda me agitaba.

—¿Renegaste de la fe? —le pregunté.

Se quedó pensativo un rato y después contestó con gran aplomo:

—Para mí no hay más Dios que Alá y Mahoma es su profeta.

—Pero… eres un bautizado…

—Turquía está llena de bautizados que siguieron luego al profeta cambiándose de ley. También nuestro amo Dromux nació en tierra de cristianos. Como muchos bajás, *beylerbeys*, arraeces, visires y hasta grandes visires del Imperio. Ya ves, pocos son los fieles de Mahoma que se hacen cristianos. Sin embargo, son legión los cristianos que se cambian de ley. ¿Por qué será?

—Será por la fuerza bruta —observé.

—Será —añadió muy sonriente—. La misma fuerza bruta que usa el rey de los cristianos para quemar herejes y expulsar a judíos y moros de sus reinos. En fin, dejemos ya la conversación —dijo zanjando la cuestión—. Debes descansar para que estos alimentos regeneren tu cuerpo flaco.

—Dime antes cómo te llamas.

—Yusuf es mi nombre —respondió—. Yusuf Gül agá.

Dicho esto, se despidió de mí y ordenó a los criados que me condujeran a donde debía descansar. Por el camino, uno de ellos me iba golpeando con una vara y me empujaba de tal manera que, debido a la trabazón de las cadenas, caí al suelo un par de veces.

Ya solo, en el cuartucho donde me encerraron, medité acerca de lo que había sucedido ese día. Comprendía que mi vida no dejaría de ser dura, mas me confortaba haber dado con el tal Yusuf, que parecía ser más bondadoso que los demás sarracenos. Bien comido, dormí plácidamente.

5

Reparé en que los sirvientes y esclavos de mi dueño, Dromux arráez, se referían ahora siempre a él como el bajá. La razón de esto estaba en la manera que tienen los turcos de nombrar a sus jefes. A los patrones de sus galeras los llaman arraeces, así como a los capitanes de las escuadras de la mar. Siendo de mayor respeto el título de bajá, el cual otorgan a los gobernadores de provincias, a los visires y a los magnates de sus gobiernos. Así que el renegado Dromux pasó de arráez a bajá, merced al nombramiento de gobernador de Cairovan que su jefe Piali le dio, como vicario del sultán que era, antes de irse a Constantinopla.

Vi yo poco a Dromux bajá en estos primeros días de mi estancia en la casa. Pero constantemente oía repetir: «El bajá manda esto» o «Dispone el bajá aquello», y se advertía un gran temor y respeto hacia su amo entre la servidumbre. Daba la sensación de que todo en aquella enorme residencia era provisional o que aún no se hallaban dispuestas las cosas de la manera más adecuada. Apreciábase que ese fiero jenízaro, hecho a vagar por los mares dedicándose a su oficio de pirata, de isla en isla y de puerto en puerto, estaba poco habituado a la vida en tierra firme; como así tampoco los subordinados que arrastraba con él, los cuales adolecían de cierto despiste para adecuarse a la nueva situación de su jefe. Era frecuente verlos discutir por cualquier nimiedad o porfiar acerca de dónde debía colocarse algún mueble o adorno. Porque la casa estaba todavía patas arriba, llena de alarifes y artesanos que iban de acá para allá tapando grietas y desconchones o reparando puertas, ventanas y celosías.

Lo que sorprendía era ver que la mayor parte de aquella gente que vivía al servicio de Dromux era renegada, siguiendo la condición de su amo. Supe luego que en Susa vivían más de veinte mil renegados, y muchos más en Trípoli, Argel y Túnez. No eran pocos pues los que habiendo sido cristianos se convertían en estas tierras a la secta mahomética y se hacían sarracenos de pensamiento y de costumbres. La razón de esta muda de religión les venía dada, unas veces, por haber encontrado de esta manera la forma de salvar la vida, y otras, para hacerse un sitio en puertos de piratas con el fin de enriquecerse a cogía de las malas artes del ejercicio del corso. Aunque también abundaban aquellos que tenían cuentas pendientes que saldar con las justicias de sus reinos cristianos de origen y escapaban buscando el amparo de la morisma donde, con solo manifestarse fiel a Mahoma, podían campar por sus respetos y hacer fechorías sin cuento. Y entre tales renegados abundaban sobre todo los italianos, napolitanos, calabreses y sicilianos, aunque no faltaban españoles del Levante, alicantinos, valencianos, menorqueses, mallorqueses, almerienses y todo género de chiquillería apresada por las costas; estos últimos eran los que más lástima daban, pues sus tiernas mentes eran más fácilmente manejadas por la rufianesca pirata que hacían de ellos una hueste dócil y adiestrada para sus turbios negocios.

Y como suele suceder en estos casos, eran precisamente los moros conversos quienes más celo mostraban por su nueva religión y, por ende, más inquina hacia los cristianos. Este era el caso de Letmí, el criado que se encargaba de custodiarme, el cual no perdía ocasión de propinarme dolorosos azotes con la vara que llevaba siempre en la mano, y a su vez era quien más veces me llamaba «perro cristiano», que era el insulto preferido de la morisma para nosotros.

En cambio, el mayordomo Yusuf se comportaba conmigo admirablemente, y recriminaba seriamente a los demás sirvientes cada vez que los descubría maltratándome. Este extraño hombre era, por así decirlo, el verdadero jefe de la casa de Dromux, pues no había cosa que se hiciera sin su consentimiento, y el propio bajá con frecuencia le preguntaba, aun delante de todos: «¿Te parece bien tal o cual cosa, Yusuf?». Así que, apreciando yo que le había caído en gracia a tan importante criado, sentíame más seguro bajo su mano.

Tres días estuve fuera del almagacén alojándome en la casa del bajá. Después de tantas penalidades como había pasado en el cautiverio, parecióme este breve tiempo un paseo por el paraíso, a pesar de que el endiablado Letmí me sacudió lo mío siempre que pudo. Comí buenos pepinos, melones, verduras y hortalizas de todo género, guiso de cordero y pan hasta hartarme. Parecía milagro ver cómo mis enflacados miembros engrosaban sus carnes de un día para otro. Me di más de un baño caliente en lo que llamaban el *hammam* y sentía que el vigor acudía a mi cuerpo cuando me frotaban con perfumados ungüentos. Pero nada me resultó tan placentero como descansar seguro sobre un mullido jergón en el fresco sótano donde cada noche me encerraban bajo siete llaves. Entonces, sabiéndome al fin a salvo de muchos peligros que me acecharon antes, daba gracias a Dios con sinceras oraciones y me sumía en un dulce y reparador sueño que me enajenaba hasta el amanecer. Lo cual era verdadera novedad en mi vida de cautivo, pues hasta entonces mis noches fueron un angustioso duermevela donde se me presentaban todos los horrores que había visto en la guerra y tantas crueldades de las que fui testigo.

En estos tres días que digo, solo se me pidió prestar un servicio en pago por tan considerado trato, y fue cosa nada difícil para mí: tañer y cantar para el bajá en una fiesta que dio a sus invitados.

Para tal menester, me engalanaron bien a guisa de moro. De aquella vestimenta, lo que peor soportaba yo era el turbante. Pero no estaban las cosas como para andarse con caprichos, así que me aguantaba y en paz.

Me llevaron a un amplio salón cuyo suelo aparecía cubierto de alfombras y las paredes tapizadas en vivos colores. Todo estaba lleno de suaves almohadones, bajas mesas nacaradas, figuras y jarrones. Los invitados, acomodados a sus anchas, charlaban amigablemente mientras daban cuenta de todo tipo de ricas viandas y bebían en copas doradas. Al fondo, Dromux bajá sonreía plácidamente, con gesto bobalicón a causa del vino que había bebido a esas alturas de la fiesta.

—Aguanta ahí sentado hasta que te digan lo que has de hacer —me indicó Yusuf señalándome un taburete.

Me senté y estuve observando a los comensales. Sobre las mesas se veían grandes empanadas, suculentas tajadas de carne, pájaros ensartados en brochetas pasadas por las brasas, marmitas con humeantes estofados, frutas, dulces y golosinas. Los aromas de las especias y el intenso olor de los guisos llenaban la estancia. El rumor de las conversaciones era monótono, salvo por alguna que otra risotada, y en la suave penumbra propiciada por las delicadas lámparas de aceite, el ambiente languidecía. Aquellos fieros y aguerridos turcos se divertían ahora vestidos con frágiles túnicas de lino o seda, en vez de con las férreas armaduras, y cubrían sus cabezas envolventes sedas, damascos, pieles de armiño y plumas, en lugar de los habituales yelmos puntiagudos. Compadreaban amablemente, brindaban y departían acerca de cosas incomprensibles para mí, por hablar la lengua turca.

—¡Andando, ve al medio y haz lo que sabes! —me dijo de repente el mayordomo dándome una palmadita en la espalda.

Nervioso, anduve unos pasos hasta situarme donde me pareció más oportuno.

—¡No, ahí no!, ¡he dicho al medio! —me susurró Yusuf.

Un criado fue a colocar el taburete justo en el centro de la estancia. Avancé sin hacerme notar. Me senté y comencé a tocar una bonita melodía que recordaba de mi estancia en Córdoba. Sentí cómo se hacía el silencio. Paseé la vista en derredor y percibí cierta indiferencia. El bajá escuchaba atentamente a un invitado que le hablaba manoteando profusamente y ni siquiera miraba en dirección a donde me hallaba. Arranqué unos cuantos acordes más sonoros y canté como mejor sabía:

> *¡Ay, qué dulce tu amor me sabe!*
> *Déjame gustar la miel que de tu cuerpo se escapa.*
> *Veo la luna en tu piel, como suave luz de plata.*
> *¡Ay, qué tierno tu amor me sabe!*

Dromux dejó de prestar atención a la conversación y miró hacia mí con grave semblante. Luego hizo un gesto con la mano y no tardó en reinar del todo el silencio. Entonces, con mayor seguridad proseguí yo con un canto más lleno de melancolía:

> *Duéleme el alma señora por no tenerte a mi lado.*
> *Se van y se vienen mis penas y no me hallo consolado.*
> *Doleos de estos amores que no me dejan vivir.*
> *Si no socorréis mis dolores puédome pronto morir.*

Vi que les placían mucho estos versos al bajá y a su concurrencia y me animé yo aún más. Estuve tañendo y cantando un buen rato. Ora cantaba una copla alegre y movida, ora otra triste y taimada. Desgrané en el laúd canción a canción gran parte del repertorio que conocía; tientos, requiebros, fantasías… Luego me fui dejando llevar por la *núba* tan triste que se toca en Málaga y estuve ya seguro de tener en el bote a los turcos, pues sus ojos brillaban inundados de lágrimas y hasta se les escapaban algunos suspiros. Cuando terminó la fiesta, me recompensaron con una fuente de pastelitos y una jarra de buen vino que apuré casi de un golpe. Pero Dromux ni siquiera se acercó a felicitarme, aunque me pareció advertir que me lanzaba una leve sonrisa complaciente. En cambio, Yusuf incluso me abrazó y, exultante, me llenó de alabanzas:

—¡Magnífico! ¡Muy bien! ¡Nuestro señor el bajá estaba muy satisfecho!...

Me condujo luego Letmí al sótano donde me guardaban y no dijo palabra por los corredores. Ya me daba yo cuenta de que su rabia hacia mí se intensificaba a causa de este éxito. Y el muy traidor no se quedó con las ganas de darme el último azote del día, antes de empujarme al interior de la celda y cerrarla con sonoras vueltas de la llave, al tiempo que, furibundo, me despedía con un:

—¡Ahí te pudras, perro cristiano!

6

Creí yo, pobre iluso, que me valdría la actuación de la fiesta para alargar mi estancia en la regalada casa del bajá. Pero sucedió que, a la mañana siguiente, vino a por mí el desconsiderado Letmí y me sacó del sueño temprano con una buena tanda de azotes.

—¡Despierta, perro! ¡Despierta, que has de volver allá de donde viniste!

Me levanté de muy mala gana y fui a vestirme con las ropas que me dieron la tarde antes para actuar en la fiesta.

—¡No, nada de eso! ¿Qué te crees tú? Anda, vístete con tus cochinas ropas, estúpido —me espetó el desagradable criado.

Me arrojó los calzones raídos y rotos que traje puestos antes de que me llevaran a los baños y tuve que apañarme con ellos. Después me condujo hasta el patio principal del palacio, donde estaba el mayordomo Yusuf muy ocupado como siempre en organizar la casa. Al verme, el jefe de la servidumbre dijo:

—Bien, joven español, siento que tengas que regresar al almagacén, pero no podemos correr el riesgo de que te escapes. Nuestro amo te considera un bien precioso y, en tanto terminemos de acondicionar esta residencia, el lugar más seguro para un esclavo tan recientemente apresado es esa fortaleza. Pero no te aflijas. Te aseguro que pronto iré a sacarte de allí. Mientras llega esa hora, obedece a este consejo: si quieres llevar aquí una vida buena, no te empeñes en querer ser quien eras. Olvídate de tu ejército, de tu rey y de tu patria. Para sobrevivir será menester que empieces a pensar en servir a quien ahora es el único dueño de tu vida: nuestro amo Dromux bajá.

Causáronme mucha inquietud estas palabras y me dieron buenas ganas de gritarle a la cara quién era mi único señor y dueño. Pero bien sabía que resultaría inútil cualquier acto de rebeldía y que más me valía callar y aguantar, esperando a la mejor ocasión para fugarme o confiar en que pronto alguien acudiera a mi rescate.

Me devolvieron al ominoso almagacén de donde me sacaron para tan breve alivio. Lo único que me alegraba encontrar allí de nuevo era a mis compañeros de cautiverio. Me rodearon ellos nada más verme llegar y, llenos de curiosidad, me asaetearon con montones de preguntas, como solían hacer con cualquiera que venía de fuera, por si podía traer alguna novedad a tan tediosa prisión. Hubo quien con ironía quiso saber si mi honra estaba incólume.

—¡Salvo algún que otro azote —contesté furioso—, esos moros no me han tocado un pelo!

También me contaron algunos de ellos las conjeturas que se habían hecho en mi ausencia acerca de mi suerte:

—Pensábamos que te castigarían por lo del tambor —dijo uno.

—O que felizmente acudía alguien a tu rescate con dineros de tu familia —observó otro.

—Supusimos que no te veríamos más —confesaban.

—¿Y qué diantres te querían? —preguntaban con ansiedad.

—Nada del otro mundo —respondí—. Solo me hicieron tañer y cantar para los turcos.

—¿Solo eso? ¡Demonios de sarracenos! —comentaba—. ¡Vaya una gente rara! ¿Y te dieron de comer?

—Les interesaba más que nada de lo que pudiera contarles.

—Poca cosa —mentí piadosamente, pues me sabía mal darles envidia, conociendo bien el hambre que allí se padecía.

Cuando se calmó el alboroto que causó mi llegada y reinó de nuevo la calma monótona del cautiverio, se acercó a mí el capitán Uriz. Sigiloso e inalterable, como una sombra, se sentó a mi lado y aguardó pacientemente a que el resto de los hombres dejara de prestarme atención. Entonces, con semblante indiferente, me pidió:

—Anda, Monroy, regresemos a los asuntos del tambor, que don Vicente de Vera echaba en falta la manera de comunicar algunas órdenes.

Me llevó Uriz a donde solíamos reunirnos él y yo para tratar acerca de los toques de la caja. Miraba, como siempre, a un lado y a otro para asegurarse de que nadie nos espiaba. Cuando estuvo bien cierto de que no había curiosos por allí, me interrogó con ansiedad acerca de múltiples asuntos de mi breve salida del almagacén.

Tuve que contarle cómo era la casa del bajá, cuántos turcos había visto en la ciudad, dónde estaban dispuestos los guardias y si había buenas guarniciones de jenízaros en Susa. Le daba un sinnúmero de detalles. Parecía él no estar satisfecho nunca. Luego me preguntó si había escuchado algo interesante en la casa de Dromux.

—Solo se veía allí movimiento de criados y esclavos —respondí—. El palacio está siendo preparado siguiendo los dictámenes de un tal Yusuf, que es el mayordomo principal del bajá.

—Hummm... —preguntó circunspecto—: ¿Cómo es ese hombre?

—Es grueso, de buena estatura y de tez clara. Tiene una rara voz como de...

—¿De niño? —indicó él.

—Eso, de niño, o tal vez de mujer.

—Es un eunuco —observó.

—¿Un eunuco? ¿Qué es un eunuco?

—Vaya, Monroy, ¿de veras no has escuchado antes esa palabra?

—No, señor.

—Un eunuco es un hombre castrado. Alguien a quien le han cortado los huevos. ¿Comprendes? —explicó haciendo un gesto muy expresivo.

—¡Dios Santo! —exclamé.

—No te extrañes. Es muy frecuente eso entre los sarracenos. Cuando apresan a un muchacho que les parece adecuado, le cortan los testículos para que así sirva mejor a sus intereses; es decir, para emplearlo en las tareas del hogar y al cuidado de sus mujeres. ¡Así son esos endiablados moros!

Me aterroricé al escuchar aquello. Ya viví en su

momento la experiencia de ver cortar las cabezas a muchos de mis compañeros de armas en Gelves. Pero esto sonaba peor aún a mis oídos. Debí de ponerme lívido, porque Uriz se apresuró a tranquilizarme puntualizando:

—Suelen castrar solo a los chiquillos de diez u once años. Así que nadie que haya alcanzado la pubertad debe temer sufrir tan cruel mutilación.

—¡Ay, menos mal! —suspiré.

—Monroy —aseguró—, según lo que me has contado, ese turco solo tiene interés en tu persona por la música. De manera que no debes temer demasiado. Es una gran suerte la tuya. Cuando esos demonios sarracenos se encaprichan con algo, lo miman a conciencia. Y eso... —añadió mirándome muy fijamente a los ojos y bajando la voz cuanto podía— y eso puede resultarnos de gran utilidad.

—No comprendo, señor.

—Escúchame atentamente —dijo agarrándome por el hombro y atrayéndome hacia él—. Tú puedes hacer un gran beneficio a la causa de nuestros reinos introduciéndote en la casa del bajá ese.

—¿Cómo? ¿Qué podré hacer yo solo allí?

—¡Chist! No es momento ahora de hablar de eso.

Uriz se levantó súbitamente y me dejó allí plantado, hecho un mar de dudas. ¿A qué se refería con aquello de que yo podría hacer un gran beneficio a la causa de nuestros reinos en la casa de Dromux? Empecé a pensar que el capitán no estaba del todo en su sano juicio, tal vez por su obsesión de seguir siendo útil al ejército aun en tan penoso cautiverio.

***

Por la noche, cuando estaba sumido en un profundo sueño, alguien me despertó dándome pequeños tirones de pelo. Abrí los ojos y me encontré con una silueta que se recortaba como una sombra en la oscuridad.

—¿Eh...? ¿Quién...? —musité.

Una mano me tapó la boca y alguien se aproximó a mi oído para decirme en voz casi inaudible:

—Sígueme, muchacho, soy el capitán Uriz.

Sin rechistar, me puse en pie y anduve vacilante entre los cuerpos de mis compañeros que dormían por doquier. En pos del capitán, recorrí el patio de parte a parte andando muy pegado a los muros, procurando hacer el mínimo ruido. Cuando llegamos a las dependencias más recónditas de la fortaleza, aquellas que únicamente estaban reservadas a don Vicente de Vera y a algunos magnates cautivos que gozaban de ciertos privilegios, nos salió al paso alguien desde la total oscuridad que susurró:

—¿Quién va ahí?

—Uriz y Monroy —respondió el capitán.

Nadie nos detuvo. Anduvimos por unos corredores sin ver apenas. Uriz me llevaba sujeto por el antebrazo y tiraba de mí conduciéndome por un intrincado laberinto, doblando ora una esquina ora subiendo unos peldaños. Hasta que llegamos a un lugar fresco y húmedo, donde se detuvo y me mandó:

—Aguarda aquí.

Permanecí allí un rato. Todo era negro a mi alrededor. El corazón me palpitaba en el pecho y un frío sudor recorría mi espalda. No comprendía el porqué de aquello y no terminaba de confiar plenamente en Uriz. Presentía que había algo de locura en sus maniobras; pero, por otra parte, una misteriosa intrepidez me impulsaba a obedecer a sus extraños mandatos.

Vi venir un resplandor lejano que cobraba intensidad al fondo de un largo corredor. Alguien traía una vela encendida. Cuando la llama iluminó la estancia, pude apreciar que llegaban tres hombres. Uno de ellos era don Vicente de Vera, el segundo un anciano capellán de origen portugués a quien solíamos llamar padre Amaral y el tercero, que llevaba la palmatoria en la mano, me resultaba conocido, pero no sabía su nombre. Todos tenían expresión grave en el rostro y no decían nada.

—Sentémonos, caballeros —dijo don Vicente de Vera.

Nos sentamos los cuatro en el suelo alrededor de una pequeña mesa que era el único mueble en aquella lúgubre estancia. En el centro, la llama de la vela oscilaba creando en los rostros sombras duras, casi siniestras. El anciano capellán jadeaba y hacía esfuerzos para contener una tos persistente. En un rincón, de pie, Uriz nos miraba muy serio.

Habló primeramente don Vicente de Vera, con gran circunspección y solemnidad. Me explicó que aquella era una reunión muy secreta y de suma importancia, advirtiéndome repetidamente acerca de los peligros que sobre mí y sobre ellos podían recaer en el caso de que alguien llegara a enterarse de lo que de seguido íbamos a tratar. Por mi parte, le aseguré que podían confiar en mí. Pero el capellán prefirió que se me tomara juramento. Sacó de entre sus ropas un crucifijo que yo sostuve en el pecho mientras juraba guardar silencio.

—Bien, al grano —dijo don Vicente—. Danos cumplida cuenta de lo que viste en la casa del turco.

Una vez más tuve que relatar paso a paso mi salida del almagacén y cuanto ya le conté a Uriz el día anterior. Me hicieron muchas preguntas. También quisieron saber cómo fui hecho cautivo y abundantes detalles de mi vida anterior al cautiverio: mi origen, apellidos, familia, amistades y relaciones; si era casado, si tenía mujer prometida o alguna querida, si tenía enemigos personales, cuál era mi hacienda en España, si tenía pleitos pendientes o cuentas que saldar... Toda mi vida fue desgranándose detalle a detalle delante de aquellos caballeros, como en una confesión general y minuciosa. Hasta que Uriz interrumpió respetuosamente el interrogatorio, advirtiendo:

—Señores, pronto amanecerá. Es preciso abreviar. Ya les dije a vuestras mercedes que el joven Monroy es cabal y de buena ley. Vayan a lo que nos trae y regresemos cuanto antes; no levantemos sospechas.

—Muchacho —me dijo el capellán con mucha solemnidad—, son estos unos tiempos duros para la cristiandad. Ya sufriste en tus propias carnes la fiereza y rapacidad de los sarracenos, que no pierden ocasión para causar males sin cuento a la empresa de nuestro rey. Por más empeño que ponen las naciones cristianas y el mismísimo papa para librar al mundo de los desmanes del turco, el peligro es grande y la guerra sin tregua. ¡Dios nos pide hasta el último sacrificio! ¿Estás dispuesto a cumplir con tu parte en esta causa hasta el fin?

Aunque no comprendía adonde querían llegar con todo aquello, asentí con un firme movimiento de cabeza.

—Bien, Monroy, así debe ser —dijo don Vicente poniéndome la mano en el hombro—. Ha llegado el momento de explicarte cuál es tu cometido —y dicho esto, miró al tercer caballero, que estaba sentado a mi lado y que aún no había abierto la boca.

—Presta mucha atención a lo que don Jaime de Leza va a decirte —me recomendó el capellán—. Él sabe mucho de estas cosas.

Volví la cara hacia el tal don Jaime. Era un hombre corpulento de inexpresivo rostro y edad de unos cuarenta años, pues llevaba rapada la cabeza y tenía una espesa barba grisácea que casi ocultaba su boca. Una ancha y rosada cicatriz le recorría la frente de parte a parte, uniéndole las cejas por arriba, lo cual daba un aspecto muy extraño a su mirada. Hablaba de manera pausada y de vez en cuando levantaba el dedo índice, largo y tieso, como único gesto.

—Joven caballero —dijo—. Aquí en esta prisión de Susa van a suceder muchas cosas próximamente; cosas importantes, peligrosas y de gran alboroto. En fin, puede que Dios quiera que de aquí venga la solución de muchos males y el negocio de interesantes arreglos para la causa de nuestro rey.

—¡Abrevia, Leza, por los clavos de Cristo! —le apremió Uriz.

—Sí, sí, voy a ello —contestó el caballero levantando el dedo—. Muchacho —dijo señalándome—, de todo ello tendrás noticias. Pero… tú… como si tal cosa… ¿comprendes?

—No —respondí con sinceridad.

Nuevamente, el tal Leza apuntó al cielo con el índice.

—Queremos decir que, aunque veas movimiento grande entre la gente cristiana de esta prisión y varíe el curso de los acontecimientos, tú no debes hacer mudanza alguna, sino seguir bajo la mano y gobierno de ese turco que te cautivó.

—Sigo sin comprender —insistí.

Uriz se aproximó entonces a mí y, mirándome muy fijamente a los ojos, explicó con rotundidad:

—Es muy posible que esta prisión se levante en armas y alguno de nosotros pondrá tierra por medio para escapar a la parte cristiana. Si Dios lo tiene a bien.

—¿Una revuelta? —pregunté.

—Eso mismo —asintió don Vicente.

—¿Y cuándo será eso? —quise saber ansioso.

—Hummm… —murmuró el padre Amaral—. ¡Quién lo sabe! ¡Dios quiera que no tarde demasiado!

—Bueno —me ofrecí muy dispuesto—, pues aquí me tienen vuestras mercedes para lo que sea menester; tocar la caja, luchar, poner tierra por medio…

—¡No, no, no, muchacho! —exclamó don Jaime—. Precisamente tú no debes hacer mudanza de tu estado. Si llega la hora de esa revuelta, has de permanecer quieto, tratando de salvar tu vida y no contarte entre los rebeldes.

—¿Quieto? ¿Como un cobarde? —protesté, para manifestar mi valor.

—Es de agradecer ese arrojo, Monroy —me dijo don Vicente—, pero serás más útil a nuestro rey si continúas sujeto al bajá, en su casa.

—No comprendo para qué he de hacer tal cosa. Si no me explica cuál es mi cometido…

—En su momento lo sabrás —aseguró don Vicente—. Mientras tanto, no te impacientes y mira solo por salvar el pellejo.

—Recuérdalo, Monroy —insistió don Jaime levantando el dedo índice—, pase lo que pase, tu vida será lo más valioso.

—Y guarda también tu ánima —añadió el capellán—. Esos diablos sarracenos te llevarán por caminos de perdición. Recuerda siempre quién eres, de dónde vienes y al único Señor, a la única fe y al único bautizo a los que te debes. ¡Y que la Virgen Santísima cuide de ti!

—Señores —dijo Uriz con nerviosismo—, es hora de dejar este asunto. Hemos de regresar allá antes de que la gente despierte.

Me abrazaron uno por uno. Adiviné un brillo de emoción en los ojos de don Vicente de Vera. Don Jaime, que fue el último en despedirse, pegó sus labios a mi oído y me dijo con una voz sibilante:

—Sabrás de mí. Siempre espera mis noticias, suceda lo que suceda.

Uriz y yo anduvimos en completo silencio por la penumbra. Salimos al exterior y recorrimos el patio. Desde alguna parte, alguien gritó algo en lengua alárabe. Entonces, el capitán se puso en cuclillas y fingió estar haciendo de cuerpo. Yo le imité. Los guardias no nos prestaron mayor atención.

Cuando estuve al fin tumbado nuevamente en mi duro lecho, que apenas era un montón de jirones de sucia y vieja ropa, medité sobre todo lo que me habían dicho esa noche. Seguía confuso. En realidad no sabía aún qué se me encomendaba. Resultaba extraño asimilar que mi única obligación fuera procurar salir sano y salvo de una revuelta y no huir de allí.

7

Los días se sucedían sin mayor novedad que las crueldades de nuestros carceleros. Aunque suene duro, he de decir que nos íbamos acostumbrando a ver las más abominables escenas. De vez en cuando, entraban los jenízaros en el almagacén y se servían dar una paliza a los cristianos que allí estábamos, cuando no se les antojaba colgar a alguien o divertirse un rato dándonos tormento. Esto sucedía siempre que tenían noticias de que la cristiandad había infligido derrota a alguna escuadra sarracena. Como cuando los caballeros de San Juan hundieron cuatro galeras turquesas frente a Malta, lo cual supimos por boca de los propios carceleros que estaban por ello muy encorajinados. A todo esto, seguían viniendo de vez en cuando los criados del bajá a por mí. Estas salidas solían transcurrir de idéntica manera: me daban un baño, me vestían, me alimentaban y luego ponían el laúd en mi mano. Tañía y cantaba yo en el salón principal del palacio, y a la mañana siguiente ya estaba otra vez en el almagacén. Luego buscaba la manera el capitán Uriz de verse a solas conmigo y dábale yo las nuevas, aunque poco tenía que contarle de particular. No había vez que Uriz olvidase recordarme:

—Ten muy presente lo que se te dijo, Monroy.

—Esté tranquilo vuestra merced —le aseguraba yo—, que nada malo ha de pasarme; ya cuido de ganarme a esos moros del palacio del bajá.

Se contaban más de cuatro meses de cautiverio sin que sucediese nada de extraordinario, salvo lo dicho, cuando se nos vino encima el invierno. No es que fueran demasiado recios los fríos en aquellas latitudes, mas, siendo tantas las necesidades que pasábamos y no teniendo ropas para abrigarnos ni leña con que calentarnos, se nos hacía muy dura la vida en el almagacén. Además, al estar tan menguados de carnes por lo poco que comíamos, se nos helaban los huesos y mal dormíamos sacudidos por los tiritones. Enfermó mucha gente y no pocos murieron a causa de las humedades que les entraron en los cuerpos. Aunque yo me alimentaba de vez en cuando mejor que mis compañeros, no me libré de una molesta tos y unos dolores que me traían tullido.

Un día de aquellos que llovía mucho, cuando me llevaron a la casa de mi dueño, el eunuco Yusuf se percató de mis males, pues casi no podía hablar.

—¡Criatura! —exclamó—. ¡Si estás hecho una pena!

Entonces se manifestó muy contrariado por mi lamentable estado, un poco por caridad, pero sobre todo porque se avecinaban importantes acontecimientos en la casa del bajá y habían contado con mis musicales servicios.

—¡Alá nos valga —se lamentó el jefe de la servidumbre—, precisamente ahora que hemos de preparar la boda!

De esta manera me enteré de que andaba todo el mundo muy atareado en la casa disponiendo lo necesario para la boda de Dromux, que tendría lugar en primavera. Así que dispuso:

—Este pobre no ha de volver a esa inmunda prisión. Mejor será que se aloje aquí, en el palacio, al menos mientras se recupera. ¡Si parece un espantajo!

Y decía verdad el eunuco, pues me sentía yo hecho una piltrafa, sin fuerzas ni ánimos y casi sin ganas de vivir.

Avanzaba febrero en Susa y estaba yo lustroso y rebosante de salud, merced a los cuidados del eunuco Yusuf, el cual me tomó mucha estima, no solo porque servía yo lo mejor que sabía como músico a su amo el bajá, sino porque debí de despertar en él lástima. Pues también tenían sus sentimientos algunos de aquellos renegados, que no por haberse mudado de religión habían olvidado del todo la caridad cristiana de las buenas enseñanzas recibidas en su infancia española. Con cierta frecuencia, el mayordomo platicaba conmigo y me aleccionaba acerca de las costumbres sarracenas. Me daba consejos y me advertía: «mejor será que no hagas tal cosa», o «cuídate de tal o cual moro», o «compórtate de esta o aquella manera», para que no incurriera yo en faltas o errores que me causaran perjuicios. También le hablaba de mí al bajá, poniéndole en conocimiento de mis proezas con el laúd. Porque me esforzaba yo diariamente en aprender nuevas canciones del repertorio sarraceno e incluso coplas turcas, aunque las repetía de memoria, por no saber esa complicada lengua. Esta buena disposición mía me iba haciendo merecer la confianza de Yusuf, que me recompensaba generosamente, ora con un buen plato de comida ora con un vestido, un gorro o cualquier otra cosa. Era yo tan pobre en aquella casa que el más insignificante regalo me parecía un tesoro. Pero más que nada agradecía la mínima muestra de consideración y cariño, por lo necesitado de estima que había vivido últimamente.

Concluía el invierno y me sorprendía yo mucho al ver que los mahometanos se aprestaban a celebrar el primer día del año, pues su calendario se basa en la luna y por tanto difieren las fechas de un año para otro. Para ellos el mes primero es el que llaman *Muharram* y acostumbran hacer mucha fiesta en su inicio, el cual dicen ser el Año Nuevo de la Hégira, recordando con ello la salida de Mahoma de la Meca, que marca el comienzo de su religión.

Aprovechando los jolgorios propios de la fecha, tenía dispuesta su boda Dromux bajá. Pero no veía yo por el palacio a mujer alguna que me pareciera ser su prometida, ni escuchaba palabra acerca de la que iba a ser su novia. Cosa que no es de extrañar, porque en asuntos de esposas, casorios y menesteres familiares son muy misteriosos los sarracenos, y guardan tal reserva en asunto de mujeres, que tardas en enterarte quién es la madre de tal moro o la esposa de cual, o las que son hijas, concubinas, amantes o legítimas cónyuges. Pues aquellas que son consideradas de valor por su juventud, maternidad o belleza se guardan con mucho celo en lo que ellos llaman el harén, que son las habitaciones más veladas, íntimas y celosamente vigiladas de la casa. De manera que las únicas hembras que uno ve por la calle y en los mercados van muy tapadas con velos y rebozos, y si andan descubiertas es por ser tan viejas que nadie las mira y no les importa exhibir sus arrugas y marchitas pieles.

Tenía yo perdida la noción de los meses cristianos, pero debía de ser por abril porque llegaban los aromas de la primavera que me recordaban a España, cuando escuché un gran alboroto de voces y corretear de gente en el patio de la casa. Luego resonaron unas alegres risotadas seguidas de palmoteo y repicar de panderos. Lo más curioso de todo fue que me pareció que algunas de las voces eran femeninas. «Habrá comenzado la fiesta esa del Año Nuevo», me dije.

Entonces irrumpió de repente en mi celda Letmí y me gritó:

—¡Vamos, cristiano, coge tu laúd y ve al patio!

Obedecí sin rechistar. La curiosidad se había apoderado de mí. Mientras recorría los pasillos me preguntaba qué estaría sucediendo, pues el alboroto iba en aumento.

El patio principal del palacio era un bello espacio no muy grande. Las paredes recubiertas de brillante azulejería de lapislázuli apenas se veían por estar abarrotado de gente. En el primer vistazo descubrí a Dromux bajá cuya barbada y pelirroja cabeza resaltaba por encima del personal. También vi al mayordomo Yusuf muy sonriente en medio de toda la servidumbre. Y tal como mi oído me había revelado por las voces escuchadas, había mujeres, más de veinte, todas ellas parloteando, riendo y gritando.

Confundido y sin saber qué hacer, me quedé en un rincón observando aquella improvisada reunión agitada y ruidosa. Los criados iban y venían entre la aglomeración del personal tratando de repartir golosinas y refrescos, y todo el mundo se movía a empujones, excepto el bajá, que permanecía al fondo mirando complacido a las bulliciosas mujeres y procurando escuchar cuanto ellas hablaban a voz en cuello en lengua turca.

Duró este tumulto un buen rato, hasta que Yusuf consiguió al fin imponer algo de orden mandando callar a unos y otras, haciendo resonar fuertes palmadas. Reinó al fin el silencio y hubo alegres discursos que entendí serían parabienes de recibimiento. Luego el mayordomo alzó la cabeza por encima de la concurrencia y paseó su mirada por el alborotado patio, hasta que me descubrió en mi rincón.

—¡Eh, tú, joven! —me mandó—. ¡Sal a tañer y a cantar como bien sabes!

Abriéronme paso, haciéndose a los lados, y anduve yo muy decidido hacia el centro del espacio que había delante del bajá, dispuesto a dejarle con la boca abierta. Y como ya iba conociendo sus preferencias, me decidí por una muy sentida copla que debieron de comprender como canto de bienvenida, pues se levantó un lloro general y un clamor de suspiros.

Cuando hube concluido, avanzó hacia mí emocionada una mujer grande y saludable, de hermosa figura y bellos ojos que me habló delicadamente en turco.

—¡Cristiano es! —se apresuró a indicar Yusuf.

Entonces ella, radiante de felicidad, exclamó en mi lengua:

—¡Bonita canción!

Abochornáronme estas palabras por venir de mujer, ya que casi se me había olvidado la dulzura que es propia dellas. Y sin que nadie me lo pidiera, arranqué al laúd unas fantasías al modo de Málaga que hicieron sus delicias, poniéndose todos inmediatamente a palmear y a cantar, aunque poco tuviera que ver el tono con mi música. Entráronles también ganas de baile en los cuerpos; y no se contuvieron, arrojándose un par de mujeres a contonearse y mover la barriga a la manera de moras con mucha gracia. Cosa que me animó aún más, y yo, dale que dale al laúd, les marcaba los pasos y las animaba cantando:

Ay, mora, morita, mora...

Lo cual hizo que se alborotaran aún más todos, y formose tal bailoteo a mi alrededor, que casi no me dejaban espacio, me pisaban, me empujaban y me daban codazos. Hasta que decidió Yusuf parar la fiesta con mucho enojo, mandando a cada cual a su sitio, con lo que se deshizo la reunión. El bajá se fue a sus aposentos, las mujeres a recogerse, y a mí me llevó Letmí a mi celda a golpe de vara, rabioso como siempre, encorajinado con mi persona, a causa de esos celos que tenía y que se encendían cada vez que yo triunfaba con mi arte.

8

Empezaba yo a percatarme de que en el palacio de Dromux había cierta afición a los chismes, aunque no me enteraba de lo que hablaban pues las más de las veces parloteaba la servidumbre en lengua árabe o turca. Pero el tono, los gestos y las risitas me hacían comprender qué murmuraban entre ellos. El mismo Yusuf parecía incapaz de mantener cerrada la boca y siquiera por su condición de jefe de la casa debía ser más comedido, como entendía yo que era obligación de un buen mayordomo, mas no guardaba la debida compostura sino cuando estaba presente su amo. El resto del día lo pasaba bromeando con unos y con otros, comiendo, bebiendo y armando jolgorio como el que más.

A mí me tocaba andar por la casa sin hacerme notar demasiado, pues mi condición de novato me convertía en blanco de muchos puntapiés y pescozones. Así que procuraba acercarme a comer el último, aunque me tocaran solo las sobras, y me retiraba pronto a dormir. No hacía mayor ruido que el que me pedían cada vez que se les antojaba tener música y cante para sus fiestas.

No negaré, para ser justo, que Yusuf era muy bueno conmigo y me libraba de muchos malos tragos. Si no fuera por la protección que me dispensaba, mi vida de aquellos primeros meses en palacio hubiera sido muy dura, entre insultos, palizas y desprecios.

—Si te hacen mal no dejes de contármelo —me decía—, que aquí el único que puede levantar la mano o la voz, aparte del bajá, soy yo.

No dejaba de ser esto un alivio. Aunque ya me cuidaba yo de chivarme, no resultara peor el remedio que la enfermedad, y fueran los otros a cogerme aún más inquina de la que me tenían. De manera que me aguantaba y sufría en silencio los malos tragos. Y llegué a comprender bien que la vida del esclavo consiste en tres cosas: no hablar si no te preguntan, hacer lo que se te mande y no airarte por afrenta alguna. Con esta receta, me dispuse a salir adelante en mi cautiverio lo mejor que podía.

Como llevaba ya una buena temporada lejos de mis compañeros de almagacén, empezaba a echar de menos a alguien con quien conversar. Pero estaba resuelto a no abrir la boca si no era para responder o para cantar.

Un día que daba yo cuenta de unas sobras después de que los demás se habían satisfecho, como era propio de mi condición, se acercó a mí Yusuf y se puso a hablarme con tono compadecido:

—¿Qué te pasa? No dices nunca nada.

Me encogí de hombros.

—¿Tan infeliz eres? —insistió—. ¿Por qué estás siempre tan silencioso? Aquí no te falta de nada; estás vestido, comido y bajo techo. ¿Acaso estabas mejor en ese inmundo almagacén donde penan tus desdichados compañeros?

—Cuando uno no ha nacido esclavo, es difícil hacerse a ello —respondí.

—Libres o esclavos, todos somos siervos de Alá —sentenció—. Mejor es servir en palacio que ser forzado en galeras. No te quejes, joven músico. Tú escogiste libremente ser soldado de tu rey y bien sabías la suerte que podías correr en los lances de la guerra, como dijiste el día que llegaste a esta casa.

—Es fácil decir eso.

—De nada te servirá esa tristeza, Luis María. ¿No has oído el dicho: «Males con pan son menos»? ¡Ya quisieran muchos esclavos y hombres libres llenarse la barriga como tú en este momento!

Repelaba yo unas costillas de carnero que estaban bien repletas de carne y tenía frente a mí un buen plato de garbanzos, abundante pan y un tazón de caldo. Verdaderamente, en casa del bajá la comida era siempre abundante.

—No solo de pan vive el hombre —sentencié a mi vez, dejando volar el primer pensamiento alocado que acudió a mi mente.

—Dale gracias a tu Dios porque no te falta el pan y ruégale que no te falten otras cosas —dijo con tono grave.

—Faltándome la libertad, ¿qué peor cosa pueden quitarme?

—¡Esto! —contestó tirándose hacia abajo de los calzones y dejando al descubierto sus partes.

Di un respingo al ver la carencia de testículos y la morada cicatriz que tenía en el bajo vientre. Entonces vine a comprender definitivamente lo que es un eunuco.

—¡Oh, Dios mío! —exclamé.

Él se llevó las manos a la cara, sollozó y luego corrió en dirección a la puerta. Vi su cuerpo gordezuelo, blando y macilento desaparecer por entre las cortinas de cuerdas. Me quedé mudo y confuso. El pánico se apoderó de mí cuando se me pintó el horror de que pudieran llegar a hacerme eso.

Desde aquel día, Yusuf y yo empezamos a hablar con cierta frecuencia. No dejaba él de aconsejarme y ponía mucho empeño en que viera yo las cosas de la manera más favorable. Sus palabras me ayudaban mucho, y, por mi parte, procuré demostrar que su amabilidad me reportaba impagables beneficios.

Él me contó muchas cosas acerca de nuestro dueño el bajá. Por boca suya supe que el fiero jenízaro no estaba demasiado conforme con el cargo de gobernador que le adjudicaron en aquella provincia africana, pues, con tantas guerras y cambios de señoríos como se habían dado en esa parte, ora mahomética, ora cristiana, y turca ahora, andaban las haciendas de las gentes muy mermadas y eran muy escasos los impuestos que se sacaban para las arcas de la gobernación. Además, la costa era dominio de Dragut, con lo que los beneficios de la piratería se los llevaba él, mondos y lirondos, merced al ejercicio del corso que tenía pactado con el gran turco. Lo que de verdad deseaba Dromux bajá era irse a Constantinopla, donde el sultán tenía su corte, para asentarse y hacerse hueco entre los visires y magnates, lo cual era a fin de cuentas la aspiración de cualquier turco ambicioso.

Entre ellos, los jenízaros vienen a ser como el tercio de infantería de la guardia del emperador de los turcos y son sin duda el más aguerrido y temible de los cuerpos de su ejército. Lo curioso de estos guerreros es su procedencia, pues no son mahométicos de origen, sino jóvenes cristianos prisioneros que, previamente educados en el credo de Mahoma, son luego rígidamente adiestrados en las armas con durísimos entrenamientos y ásperos cuidados que los hacen así, como son luego de mayores, tan fieros y dispuestos para la guerra.

Me explicaba el eunuco Yusuf que los jenízaros no podían casarse ni asentar casa mientras prestaban servicio de armas al sultán. Hasta que este no les otorgaba su permiso, cosa que sucedía cuando eran llamados a cargos importantes, como gobernador de una provincia con el título de bajá. Era este el caso de Dromux, que por fin iba a formar familia, luego de haber servido durante toda su mocedad y buena parte de su madurez en cien guerras a las órdenes de Piali, el almirante que asimismo era bajá y provenía también del mencionado cuerpo de jenízaros. Por eso oía tanto yo hablar del matrimonio últimamente en la casa y veía tantos preparativos de boda.

9

Son tan raras las bodas entre los turcos, que es menester estar muy versado en sus costumbres y llevar buen tiempo entre ellos para enterarse uno de algo cuando las celebran. Sus ceremonias son diferentes a las de los cristianos hasta tal punto que diríase que se empeñan en hacer todo al revés que nosotros. Resulta primeramente que no sabe uno quién casa con quién ni de qué manera, pues anda la novia en su casa celebrando banquetes, cantando y armando jolgorio solo entre mujeres; mientras el novio permanece con los hombres en casa diferente, aguardando. Cuando parece que las mujeres están cansadas de la fiesta, al canto del gallo, sale el padrino de la casa del novio en un caballo muy bien enjaezado y va con gran acompañamiento de acémilas, parientes y criados en busca de la que ha de ser su esposa; la recoge y la sube a una montura que lleva vacía para la ocasión. Luego la lleva con mucha algarabía de cantos y palmas, tanto de hombres como de mujeres, así como de músicos que tocan arpas, laúdes, flautas y tambores. Llegados a la casa del esposo, se apean en el salón principal donde hay dispuestos ricos paños, cojines y alfombras. Entonces hay regalos, dotes y parabienes, pero no se imparten bendiciones ni se dicen palabras eclesiásticas por parte de clérigo mahometano alguno. Solo se hace una carta de dote como única constancia del cadí de que uno y otra son casados.

Siendo yo tan nuevo entre los turcos y mahométicos cuando tomó esposa el bajá, ha de comprenderse que anduviera con gran despiste sin comprender nada de lo que estaba pasando en el palacio. El eunuco Yusuf estaba muy ocupado en mil preparativos, nervioso y fuera de sí, de manera que no me daba explicaciones. Nadie quería, aparte de él, rebajarse a instruirme en sus costumbres.

Solo supe que llegaba el momento, la tan esperada boda, cuando todo el mundo corrió a los baños para asearse y sacó las mejores galas que tenía. A mí me refregaron bien con guante de crin y luego me compusieron con brocados y sedas. Por poco que comprendiera lo que pasaba, ya cuidaba yo de no abrir mi boca para preguntar nada pues con tanto nerviosismo me llovían bofetones y puntapiés cada vez que me quedaba como un pasmarote por no saber qué hacer.

—¡Idiota, coge el laúd! —me gritaban—. ¿No ves que has de ir en el acompañamiento? ¡Estúpido! ¡Perro!…

Como quiera que la que iba a ser la esposa del bajá era una de las mujeres que habían llegado desde Constantinopla, no tenía en Susa ni casa ni parientes que le dieran cobijo. Para poder cumplir con sus tradiciones sin incurrir en falta ni pecado, les prepararon a todas las recién llegadas un palacio justo enfrente de la gran residencia de Dromux. Entre una y otra casa se hicieron todos los intercambios e ires y venires que eran propios de la pompa y boato que requerían las ceremonias.

Allá iba yo con mi laúd, como uno más, cuando me lo mandaban, y regresaba de la misma manera cuando correspondía —¡pobre de mí!—. Veíame como un objeto más de divertimento entre tanta acémila adornada, criados, músicos, cantores, portadores de presentes y alabadores. Más de una lágrima tuve que tragarme humillado, rebajada mi honra a servir de séquito a moros. ¡Oh triste cautiverio!

Cuando hubieron concluido las celebraciones de los esposos, a la sazón el cuarto día de la boda, se encerraron marido y mujer en la cámara que llaman harén. Entonces dio comienzo nuestra propia fiesta.

El eunuco Yusuf, en razón al matrimonio de su amo el bajá, recibía desde ese momento el título de agá, que es como llaman los turcos a los que son jefes, dueños o señores de casas y haciendas importantes, propias o ajenas, sean libres o esclavos. Desde ese momento, el mayordomo quedaba definitivamente como administrador principal de la casa del gobernador Dromux, lo cual, según decía, era harto importante para su vida. Si había hijos pronto, a él correspondería educarlos en las costumbres turquesas.

Y para regocijo de tan señalado nombramiento, el que ahora llamaban Yusuf agá se sirvió convidar a toda la servidumbre con dulces y abundante vino. Celebrose un gran jolgorio en el patio principal del palacio, con mucho estruendo de atabalería, flautas, flautines y chirimías. El eunuco estaba emocionado. Se le inundaban de lágrimas los ojillos menudos y le había acudido una sonrosura alegre al redondo rostro. Prodigaba abrazos a todo el mundo y palmeaba muy contento al son de la música.

Como era yo poca cosa entre la gente de la casa, fuime a un rincón a montarme la fiesta solo, pues tampoco entendía palabra de lo que hablaban entre ellos y nadie me pedía de momento que tocase el laúd. Detrás de una columna me apañé a mis anchas, con una buena jarra de vino que distraje del centro de la reunión y con un plato de golosinas que alguien había olvidado en una mesa. En el jaleo de la música, las conversaciones y las risotadas, sentíame ajeno. Y, aunque la bebida me iba animando el cuerpo, el alma se me iba llenando de añoranzas y volaba en busca de recuerdos.

En esto, me dio por empezar a pensar en escapar de allí. Mi mente urdía planes de fuga con la rapidez de los sones del tambor que marcaba los pasos de la danza que un grupo de moros bailaba muy rítmicamente en línea, hombro con hombro. Se me ocurría salir sigilosamente y atravesar los patios. A esa hora, en las calles ya no habría nadie y no me sería difícil llegar al puerto. Pero entonces comprendí que, aunque me hiciera con un bote, el mar era demasiado dilatado y no podría llegar a España a golpe de remos.

La angustia se apoderó de mí. Sería a causa del vino, pero incluso llegué a pensar en navegar aguas adentro, por la negrura de la noche, hasta que las olas dieran conmigo al través. A fin de cuentas, en la hondura del Mediterráneo reposaba mi padre dentro de su armadura de guerra.

¡Ay, qué triste memoria venía a mi encuentro! Parecíame haber pasado una vida entera desde que seis años antes, en el infausto año de 1555, llegaron a mi santa casa las noticias de la muerte de mi señor padre en la batalla de Bugía, en las costas de Argel. Entonces apenas tenía yo trece años; demasiada mocedad para comprender de verdad lo que son las guerras. Aunque era sobradamente triste el suceso, pues es muy duro perder a un padre, a mí se me pintaba como un hecho muy hermoso el de su muerte. Se me hacía verle en la popa de su galera blandiendo la espada para defender el estandarte de nuestros tercios. Dicen que se batía rodeado de enemigos cuando un golpe de mar le alzó los pies del suelo y fue a perderse entre la espuma de las olas. Me resultaba una visión apasionante la de imaginarle hundiéndose en las aguas azules, fundido del gris acero de su armadura con la profundidad infinita.

No dejaba de ser un consuelo saber que no era cautivo como yo y, sobre todo, que su cuerpo no fue profanado por los diablos sarracenos, como hicieron con mis compañeros de armas, cuyos cráneos y huesos emplearon para construir una torre. Aunque no encontraron sus despojos para darle cristiana sepultura, conforta pensar que, al fin y al cabo, el mar es de Dios y nadie puede perturbar en su lecho el sueño de los muertos.

Más de una vez había soñado yo que andaba mi señor padre por las arenas del fondo marino, acomodado a respirar como los peces y las sirenas, como un Neptuno, señor de las profundidades y de sus seres.

Gracias a Dios, reparé en que eran locura estos pensamientos y vine a razonar que no debía dejarme llevar por la melancolía. Si escapaba, no podría de manera alguna llegar a España. Y hundido en el mar, ¿qué bien podía hacer a la causa de nuestros reinos? No sería cristiano suicidarse por el solo hecho de no aceptar el cautiverio. Resolví pues apurar el vino que tenía entre las manos y pasar el trago lo mejor que podía entre aquella gente que, salvo algún que otro bofetón y los agravios de mi estado, no eran demasiado malos conmigo.

Parecióme que estuvieran leyendo mis pensamientos un par de criados que tendrían más o menos mi edad, los cuales cuchicheaban entre sí en el otro extremo del salón señalándome con el dedo. Y no se fijaban en mí para burlarse, sino que debieron de sentir compasión al verme tan solo.

Se acercaron hasta donde yo estaba y me regalaron con amables sonrisas, palmaditas en el hombro y otra jarra de vino, lo cual agradecí más que nada por haberse acabado la mía. Pero no podía hablar con ellos, porque no conocían otra lengua que la alárabe de Susa. Así que me conformé al sentir cierto calor humano que mitigó algo mis tristezas.

Bebía yo animadamente con estos compañeros, cuando vi a Yusuf agá puesto en pie que escrutaba el salón en derredor suyo.

—¡El cristiano! —demandaba—. ¿Dónde está el cristiano del laúd?

Comprendí que se refería a mi persona y que querría seguramente deleitarse con alguna música más dulce que el repiqueteo de los panderos y atabales. Eché mano de mi laúd y corrí a cumplir con mi oficio. Canté con gran sentimiento:

Llorad mi triste dolor
y cruel pena en que vivo,

pues de quien soy amador
non oso decir cautivo.

Vi que el eunuco me miraba emocionado y la pena le invadía desde la cabeza a los pies. Proseguí:

Mi corazón quiso ser
causa de mi perdición
y me hace padecer
donde tan grande perdición
amor me da y sin razón
y cruel pena en que vivo,
pues de quien soy amador
non oso decir cautivo.

Deshízose en lágrimas el agá y dio un salto desde el cojín donde reposaba, para abrazarme y agradecerme la copla. Luego llevome a su lado y me colmó de atenciones: dulces de miel, almendras fritas, dátiles y más vino. El resto de la servidumbre nos observaba entre el asombro y la complacencia.

Fue languideciendo la noche a causa de tanta bebida y de la fatiga acumulada por largos días de ajetreo. Me sentía yo confortado, sumido en una especie de sopor dulce, mientras una danzarina introducía sus dedos en mis cabellos y otra me acariciaba suavemente los pies descalzos. En el centro del patio, un malabarista medio borracho se esforzaba lanzando antorchas a los cielos, las cuales malamente recogía después, e iban a caer aquí o allá, haciendo que todos se apartasen con mucha guasa. Yusuf agá dormitaba entre los cojines, deshecho por el cansancio y la satisfacción. Su enorme barriga subía y bajaba al ritmo de sus ronquidos. Y ni siquiera el constante tamborileo y los cánticos perturbaban su sueño plácido.

Miraba yo a los ojos a una de las mujeres que me prodigaba atenciones y me parecía ser una criatura celestial, por su cabello claro, largo y brillante, y las sedas verdes que la envolvían, dejando ver un ombligo perfecto donde brillaba una perla. Mas duró poco este supremo deleite, pues llegó uno de los eunucos y la arrancó de mí de un tirón, llevándosela muy enojado mientras le propinaba azotes en el perfecto trasero. La otra, al ver esto, huyó despavorida y fue a perderse por entre las cortinas. Estaba visto que la mujer era fruta prohibida allí, lo cual me causaba un gran estupor.

En esto, se escuchó de repente un estridente vocerío e irrumpieron en el patio un grupo de guardias muy alterados que gritaban en lengua turca cosas para mí ininteligibles. Formose al momento un gran alboroto, corría la servidumbre en todas direcciones, chocaban unos con otros, se empujaban, caían, se levantaban y alzaban los brazos al cielo, excitados y con los rostros crispados.

Este jaleo despertó a Yusuf, el cual miró confuso lo que estaba pasando. Los criados y los guardias le ayudaron a levantarse mientras le hablaban a voces. Me daba cuenta de que algo muy grave sucedía en las calles de Susa.

—¡Alá! ¡Alá! ¡Alá!... —comenzó a exclamar el eunuco clavando los ojos en los techos.

—¡Al-bajá! ¡Al-bajá! ¡Al-bajá!... —gritaban otros dominados por la excitación.

El agá corrió pesadamente hacia las escaleras y todos le seguimos. En el piso superior estaban las terrazas. Salimos al exterior. En la dirección del puerto brillaba el resplandor de un gran incendio. Se escuchaba, ora sí ora no, el ruido atronador de grandes explosiones y se veía saltar por los aires fuego, ascuas y nubes de incandescentes chisporroteos. Al oeste de la ciudad, la fortaleza donde estaba el almagacén ardía. Un gran clamor de hombres vociferando recorría Susa de parte a parte.

Me estremecí al suponer que mis compañeros de cautiverio perecerían achicharrados mientras que yo había estado divirtiéndome. Pero enseguida comprendí que aquello no era un suceso fortuito, sino una fuga bien planeada y ejecutada.

Dromux bajá apareció en las terrazas casi desnudo, tambaleándose y con la mirada perdida. Estaba completamente ebrio. Su hermosa mujer le seguía rebozada en sedas y damascos, con todos los eunucos del palacio y parte de las concubinas.

Desde las almenas, los oficiales de la guardia enviaban sus órdenes a los jenízaros, pero la confusión era grande en la ciudad. Se veían hombres a caballo recorrer las calles, sin orden ni concierto, y la gente huía espantada, suponiendo quizá que se trataba de un ataque. En alguna parte, se escuchaban estampidos de culebrinas, cañoneo y mucho estrépito de arcabucería.

Ganas me dieron de salir para ir a unirme a mis compañeros, pero una voz interior me decía que permaneciese quieto sin hacer mudanza alguna. Era esto lo que con tanto ahínco me repetía el capitán Uriz y lo que don Vicente de Vera y aquel extraño hombre de la cicatriz me pidieron en la prisión. Era llegado al fin lo que me anunciaron con misterio y medias palabras.

***

Duró la confusión y el ruido hasta que amaneció. Cuando el sol estuvo suficientemente alto para iluminar Susa, reinó finalmente el silencio. Entonces se supo que la puerta de la prisión y un buen paño de la muralla habían volado por los aires a medianoche. Primero fueron los incendios en el puerto y después se inició la refriega entre los cautivos huidos y los turcos. Al parecer, una buena porción de guerreros alárabes partidarios del antiguo rey de los mahométicos luchaba de parte de los cristianos. Hubo mucha sangre, destrucción de casas, fuegos y saqueos. Pero los turcos fueron capaces de hacerse con la victoria, pese a que muchos de ellos estaban muy bebidos por celebrar las bodas de su bajá.

A resultas del motín, murieron más de dos mil cautivos. Por la mañana, en la plaza de la mezquita mayor aparecieron los cadáveres amontonados. No pude ir a comprobar cuántos de mis compañeros habían caído. Supe, porque lo vi desde las almenas, que don Vicente de Vera estaba muerto. El jefe de la guardia paseó su cadáver arrastrándolo atado al caballo por toda Susa.

Dromux bajá estaba hecho una furia. Mandó decapitar a muchos de los miembros de la guardia y no tuvo compasión con los cautivos que fueron apresados en el combate. Hubo empalamientos, mutilaciones y todo tipo de tormentos. Parecía que la sombra de la muerte se cernía sobre la ciudad.

Me sentí tan desolado que lloré amargamente en mi rincón de la bodega del palacio. Clamaba a Dios con todas mis fuerzas y no podía evitar el remordimiento y la vergüenza por haber pasado el trance tan libre de peligro. Mi cabeza era un nudo de contradicciones.

Tres días después del suceso, cuando la cosa estaba más calmada, me enteré de que un barco repleto de cristianos había logrado escapar del puerto y, hecho a la vela en la oscuridad, puso mar de por medio sin que pudieran darle alcance. «¡Dios los lleve hasta España!», imploré.

LIBRO II

DE CÓMO EL CAUTIVO MONROY APREN-
DIÓ LAS LENGUAS DE LOS SARRACENOS,
SE HIZO POETA, ADEMÁS DE CANTOR, Y SE
FUE GANANDO A LA GENTE DEL BAJÁ
TURCO. TAMBIÉN DE CÓMO LLEGÓ A
CONSTANTINOPLA, A LA QUE LLAMAN
LOS INFIELES ESTAMBUL, Y DE LAS
MUCHAS Y CURIOSAS COSAS QUE ALLÁ LE
ACONTECIERON.

10

Nunca sabré cuántos compañeros míos perecieron en el incendio del almagacén de Susa. Tampoco cuántos escaparon en la nave que huyó a medianoche mar adentro. Oí decir que iban a bordo más de un centenar. Los que quedaron vivos en tierra corrieron mala suerte a merced de los turcos que estaban encorajinados a causa del motín. Dios me libró de las venganzas y represalias tan crueles que hubo luego, por guardarme a salvo en la casa del bajá.

Cuando se templaron los ánimos, pusieron los sarracenos manos a la obra y compusieron de nuevo la prisión para volverla a llenar de cautivos. No podía vivir aquella gente sin tener guardado el ganado humano que tanto beneficio le daba. Aunque aumentaron ahora el cuido y guarda del negocio, no les sucediera otra vez lo mismo.

Corrieron los meses y olvidáronse del motín, tornando a sus menesteres como si nada hubiera pasado. Mas no se me borró a mí el recuerdo de mis compañeros. Se me hacía que hubieran llegado a las costas de

España sanos y salvos, y que vendrían pronto a rescatarme. Con esta esperanza, subía yo un día y otro a las terrazas del palacio para otear el horizonte. Desde lo alto se contemplaba el puerto y la dársena. Veía el mar pintado de plata al amanecer, azul al mediodía, verdoso a media tarde y teñido de púrpura cuando caía el sol. Solo iban y venían galeotas sarracenas, navíos turqueses, lentos lanchones de pescadores o rápidos veleros que traían y llevaban las noticias de Constantinopla, a más de esquifes y barquichuelas de las que había por miles. No terminaba de aparecer en el horizonte la flota cristiana de mis esperanzas. Y vine a pensar que el rey de las Españas no quería cuentas con la endiablada costa africana.

Pasaron dos años, largos como una vida. Acomodeme yo a vivir entre los infieles, a vestir, a comer y a cantar como ellos. Aprendí sus idiomas; algo de alárabe y algo de turco. Me defendía ya como un niño balbuciente. Qué fuerza no tendrán las palabras, para terminar haciéndole a uno casi pensar como no quiere. Con razón se dice «lengua materna» a la que se recibe primero, la cual te hace el alma lo mismo que la leche de la madre te hace el cuerpo. Porque notaba yo que mis pensamientos variaban su rumbo y tenía que hacer buenos esfuerzos de oraciones y recuerdos de mi ser cristiano. Pues dábame cuenta de que empezaba a manifestarme como moro. Ahora decía *merhaba*, para saludar, o *Aliaba ismarladik*, para despedirme; y también mentaba mucho a Alá, por escapárseme, por ejemplo, *ishalah*, que es como decir «si Dios lo quiere». Aunque no me olvidaba de que el verdadero Dios es uno solo, aquí y allá, en la tierra y en los cielos.

Cuando cesaron los sobresaltos, la vida llegó a hacerse monótona. Un esclavo que solo es útil para tañer y cantar tiene poco que hacer en la residencia de un gobernador turco durante la mayor parte del día. Y ya se sabe lo que sucede cuando uno anda ocioso, se le llena de pájaros la cabeza. La vida transcurría lenta en Tunicia y yo tenía demasiado tiempo para pensar. Así que me hice poeta, además de cantor. Ahora componía yo mis propias coplas. Lo cual aumentó mi valor a los ojos de mi dueño y aposenteme en su casa con mayores beneficios.

Lo mejor que me sucedió entonces fue que empezaron a respetarme más. Ya sabéis el mal trato que me daba aquel quisquilloso Letmí que tanto se holgaba de atizarme con la vara que solía llevar siempre en la mano. Al principio lo soporté con resignación cristiana: me acordaba de los azotes que sufrió el Señor y me confortaba a mí mismo diciéndome que serían el salario de mis pecados. Luego faltome la paciencia y tenía que hacer esfuerzos para no echarle mano al cuello moro y estrangularle. Pero no me dejé llevar de momento por los demonios, gracias a Dios.

Sucedió que las cosas fueron a su sitio con el tiempo. Pasado el primer año, en el que no me faltaba mi ración diaria de palos e improperios, me fui dando cuenta de que en aquella casa la vida estaba compuesta según las circunstancias de cada uno. Así, era Dromux bajá el señor y dueño de las vidas y haciendas de todos; pues entre los sarracenos no puede decirse que haya hombres libres, sino que vienen a ser todos esclavos, aunque unos lo son más que otros. Después, siguiendo el orden de mando, estaba el eunuco Yusuf, a quien ya dije que llamaban el agá, el cual disponía, hacía y deshacía a su antojo; compraba, gastaba, despilfarraba o ahorraba según le daba el aire. Algunas veces me parecía que no estaba completamente en sus cabales el pobre castrado, porque ora le daba por reír e ir con gran euforia, ora por andar cabizbajo, afligido y lloriqueando, como si se le fuese la vida. De las mujeres poco puedo decir, ya que entre ellos cuentan poco y ya sabéis cómo las tienen guardadas y ocultas a los ojos de todos. De ahí para abajo, el resto de la servidumbre se organiza como mejor puede y cada uno se busca su lugar a fuerza de convencer a unos y otros o, si tiene arrestos suficientes, de imponer su persona a los demás, lo cual es causa de no pocas peleas y rencillas.

Como me diera yo cuenta de este orden de cosas, no me faltó la ocasión de hacerme valer y me dispuse a no consentir que se me diera un solo maltrato más. Ya digo que empezaba a estar bien harto de la vara de Letmí y de ser el último mono en aquella casa.

Mi paciencia se agotó definitivamente una tormentosa tarde de abril. Granizó primero y después tronó el cielo de tal manera que parecía querer romperse en mil pedazos. Luego vino una lluvia muy furiosa que crepitaba en los tejados como si por ellos caminaran rebaños de ovejas. El agua se colaba por todas partes e inundó los patios. En el puerto, varias naves se estrellaron contra los muelles y se fueron a pique. Tan grande fue el susto en la casa del bajá, que las mujeres y los eunucos abandonaron el harén y corrieron a ponerse a salvo temiendo ahogarse. Coincidía que no estaba Dromux, por encontrarse en sus menesteres de gobierno.

Como en el patio el agua nos llegaba ya a la cintura, cundió el pánico y se temió que alguna de las mujeres, presa del desconcierto, quedase paralizada y se hundiese. Los muebles flotaban y las alfombras formaban una maraña que entorpecía cualquier movimiento. Todo el mundo gritaba y nadie era capaz de poner orden. Yusuf agá evolucionaba pesadamente en el agua, lloriqueando, entre todo el mujerío, mientras ellas trataban de aferrarse a él como a tabla de salvación. Las sedas, tafetanes y damascos empeoraban la cosa, pues mojados eran pesados lastres.

Movido por el deseo de socorrerlos, me lancé casi a nado hacia donde eunucos y mujeres formaban un apretado ovillo que amenazaba con sumergirse en mitad de su miedo paralizante. Tiré de una de las concubinas y me la cargué a cuestas para llevarla a las escaleras. Una vez a salvo esta, hice lo mismo con otra. Les gritaba yo que se aligeraran de ropas y ellas, viendo que nadie les decía lo que debían hacer, me obedecían prestas. Siguieron el ejemplo otros criados y guardias, y entre todos las fuimos librando del trance.

Cuando las mujeres subían escalera arriba para buscar las terrazas, nos tocó ir al rescate de los eunucos. Uno de ellos, que era muy menudo, apenas asomaba ya la nariz por encima del agua. Échele mano a los pelos y lo arrastré como pude hasta tierra firme. Algunos nadaban ayudados por los criados y otros se ponían a salvo por sí mismos. Pero el grueso Yusuf chapoteaba y tragaba agua sin querer soltarse de una de las cortinas a las que se había aferrado. Sus ampulosos vestidos y los paños empapados que flotaban aquí y allá dificultaban mucho su socorro. Le mordí yo los dedos y conseguí que aflojara la presa. Con grandísimo esfuerzo fuímoslo llevando hasta los peldaños. Con tanto temor como tenía el pobre castrado, pareció que se tornaba cristiano, pues solo imploraba en su lengua materna:

—¡Virgen Santísima! ¡Virgen Santísima!...

Le empujaba yo con brazos y pies, con todas mis fuerzas, y el resto de la servidumbre hacía otro tanto. Temimos que fuera a pique, porque se puso pesado y desmadejado a causa de la mucha agua que tragaba. No poco nos costó sacarlo a sitio seco, pues pesaba por lo menos diez arrobas.

Por fin, pusimos su enorme cuerpo sobre unos mármoles, a salvo. Temimos entonces que se le fuera la vida, al ver que tenía los ojos vueltos y los labios amoratados. Senteme yo sobre su pecho y apreté cuanto pude hasta que expulsó el agua. E inspiró, gracias a Dios, aunque broncamente.

—¡Vive! ¡Por Alá, vive! —exclamaban los criados.

A todo esto, remitía la tormenta. Cesaba la lluvia y el viento. Pero no por ello descendía el caudal del hondo río que se había formado en la calle y dentro de la casa.

Arriba en las terrazas, medio en cueros, hombres y mujeres de la casa tiritábamos después del amargo trago pasado. Abajo en la plaza, el panorama era muy triste, pues iban los cuerpos de los ahogados flotando y la corriente arrastraba a pobres infelices que no podían ponerse a salvo.

Salió más tarde el sol y poco a poco fue descendiendo el nivel de la inundación a medida que las aguas escapaban hacia el mar. Anocheció cuando todo era un río de lodo, aunque ya no había peligro.

Acurrucados en la fría noche, dormimos como pudimos en la intemperie de la terraza. Se escuchaban solo suspiros y sollozos en una oscuridad y humedad enormes.

Amaneció entre brumas. Las pobres mujeres parecían una piña de lo apretadas que estaban las unas a las otras. Alguien dijo que había sido el diluvio universal. El malogrado Yusuf tosía y respiraba ruidosamente. Cuando calentó el sol, llegó el momento de descender a los bajos. Ahora tocaba librar el palacio de la espesa capa de barro. Fue un trabajo muy duro, de muchas horas, que parecía no tener fin. Todo el mundo puso manos a la obra.

He de confesar que, en mitad del desastre, me alegré yo la vista, contemplando a tantas bellas mujeres bien ligeras de ropas yendo de acá para allá, aunque nadie llevaba cuentas de tal situación en tan penosa catástrofe.

Solo el picajoso de Letmí reparó en mi deleite, por no escapársele nada de lo que yo hacía. Entonces vino hacia mí y me dio con la vara, a la vez que me recriminaba:

—¿Qué miras tú, perro cristiano?

En mala hora me importunó. Me volví hacia él, le quité la dichosa vara y le propiné tal azotaina que le rompí el instrumento en las costillas. Luego le llovieron puntapiés y puñadas por todas partes, no solo mías, sino de los otros criados, eunucos y guardias. Hasta las mujeres se unieron al escarmiento y el propio Yusuf le arrojó un jarrón de barro que había por allí.

—¡No me matéis, hermanos míos! —suplicaba él—. ¡Dejadme vivir! ¡Piedad! ¡Perdón!…

Supongo que esta reacción nuestra fue un instinto animal que se despertó en un momento tan duro. Algo así como una venganza contra lo pasado, puesta toda en su persona. Y menos mal que me moví yo a clemencia temiendo que le matáramos entre todos. Entonces, al verme cesar a mí, que era el ofendido, los demás se contuvieron y le dejamos ir.

—¡Ay! ¡Ay! —se quejaba Letmí—. ¡Por el profeta! ¿A qué esta paliza tan grande? ¡Qué he hecho yo, Alá!

Desde aquel día, no solo no volvió a pegarme, sino que incluso dejó de llamarme «perro», estaba presto a servirme y se holgaba de hacerme favores.

También en la casa me tenían más en cuenta. La propia esposa del bajá se acercó y, haciendo brillar sus bellos ojos negros, me dijo:

—¡Que Alá te lo pague, joven cristiano! Si no hubiera sido por ti, habríamos perecido. Ya diré yo a mi esposo cómo ha de recompensarte tan desinteresado arrojo.

Y buena razón tenía para mostrarme tanto agradecimiento, puesto que a ella la salvé yo solo, llevándola a cuestas, a pesar de ser alta y de buen tamaño de cuerpo. Pero también tenía yo motivos de gratitud y correspondencia, por haberme servido de sentir sus jugosos pechos en mis espaldas.

11

No había pasado un mes desde la inundación de Susa cuando regresó Dromux bajá de sus correrías andando el corso. Algunos habían temido que la terrible tormenta le hubiera alcanzado en los mares dando al través con la escuadra. Se malograron tantos navíos mercantes, barcos de pescadores y galeras, que era fácil pensar que también el temporal hubiera hecho estragos en la parte del Adriático, donde según decían se formaban los más rabiosos temporales. Era precisamente en esas aguas donde navegaba el bajá por aquellas fechas.

Pero a primeros de mayo llegó un navichuelo a dar aviso de que la escuadra turquesa venía veloz desde Trípoli con viento muy favorable. Cuando el agá Yusuf supo la noticia, se llevó las manos a la cabeza y exclamó con el susto dibujado en el semblante:

—¿Tan pronto? ¡Válganos Alá!

La perplejidad del eunuco era comprensible, pues no habían corrido aún cuarenta días desde que se hizo a la mar Dromux, y solían durar sus salidas por lo menos tres meses, cuando no toda la primavera y el verano.

—¡Algo pasa! ¡Algo muy grave! —presentía con gran alboroto Yusuf, yendo muy nervioso de un lado para otro—. ¡Y esta casa está todavía hecha un asco! ¡No puede nuestro amo encontrar todo tan echado a perder! ¡Oh, Alá el compasivo! ¡Mirad esas paredes negras de humedad y esos patios sucios! ¡Manos a la obra! ¡Hay que dejarlo todo como los chorros del oro!

Temía el eunuco que nuestro dueño montase en cólera al encontrarse con el lamentable estado del palacio después de la tormenta. Los estucos se habían deshecho y el mobiliario se veía muy deteriorado. Lo más preocupante era la posibilidad de que el bajá trajese invitados a casa, como solía hacer después de sus viajes.

—¡Vamos! ¿No habéis oído, holgazanes? ¡Tenemos muy poco tiempo! —gritaba con exasperación Yusuf.

Un ejército de artesanos llegó al día siguiente para adecentar la casa con premura y tantos cautivos y esclavos, que nos entorpecíamos unos a otros. El palacio se convirtió en un caos.

Como el harén era lo que peor estaba, se sacó a las mujeres, que fueron a instalarse en los patios, donde se improvisaron biombos, cortinajes y doseles. La residencia del bajá parecía un bazar.

Entonces pude fijarme a mis anchas en una de las concubinas de mi amo, la cual me parecía a mí la más bella mujer del mundo. Cada vez que se cruzaban mis ojos con su hipnotizadora mirada, era como si mi alma se precipitase a un abismo de confusión mientras mi cuerpo parecía flotar. Me quedaba tan fijo en ella y tan arrobado, que todo desaparecía en derredor mío, menos su esbelta figura, su rostro sonrosado y esas pupilas tan verdes, tan profundas.

Suponía yo que ella me sostenía la mirada por puro estupor, por verme tan enajenado. Creí que me consideraba un estúpido esclavo, bobo e inconsciente. Pero no tardé en darme cuenta de que me sonreía levemente, con una casi inapreciable mueca de sus labios sensuales. Entonces creí morir.

A partir de ese día soñé con ella cada noche. Me colmaba de atenciones, me rendía sus favores, me cubría de suaves caricias y me hablaba con dulce voz:

—Mi amado, mi querido, cariño, amor mío...

¡Ah, qué deleite! Incluso despertar a la realidad de su ausencia me resultaba un raro y hermoso placer. Ella estaba ahí, a unos pasos, cuatro estancias más allá, bajo el mismo techo. Aunque solo podía verla muy de tarde en tarde, me llegaba su calor y su presencia.

Me abandonó el apetito. Adelgacé tanto que las prendas me caían holgadas. Siempre fui presa fácil del mal de amores, esa enfermedad que para algunos pasa tan rápido como un catarro, mientras que a otros los deja bastante descompuestos.

Solo me aliviaba la poesía. Componía en las terrazas mirando la inmensidad del mar, las idas y venidas de los veleros y las evoluciones de las blancas gaviotas. Era como estar subido en una montaña de amor.

Ven donde nace la luna,
amada de las mil flores,
ya pudiera solo una
asemejar tus colores.
Verdes de mirto y toronja

en tus ojos se reflejan,
mas tus manos son tan rosas
como las flores de adelfa.
Ven donde nace la luna,
amada de las mil flores...

Mi laúd y yo éramos todo uno. No hay mejor cantor que el que está enamorado. Sus canciones vienen del fondo del alma. Más de una vez descubrí al agá Yusuf escondiéndose furtivamente detrás de alguna celosía. Al verse sorprendido, con lágrimas en los ojos, me decía:

—¡Ah, Luis María. Últimamente cantas como un ángel! —me decía sorprendido con lágrimas en los ojos.

Se presentó el bajá una mañana, cuando el palacio estaba aún manga por hombro. Un criado irrumpió con gran sobresalto en los patios gritando:

—¡Nuestro amo Dromux está en el puerto!

—¡Alá nos valga! —exclamó espantado el jefe de la servidumbre—. ¡No podía ser en peor momento! ¡Fuera, fuera todo el mundo!

Nos disponíamos a almorzar y los artesanos, alarifes y esclavos ocupaban cada rincón de la casa, interrumpidas sus labores.

—¿No me oís? ¡A la calle todo el mundo! —insistía el eunuco fuera de sí.

No se podía hacer nada. El suelo estaba anegado de mezclas de yeso, polvo, serrín y pedazos de materiales diversos. Olía a mixturas, colas y aceites. No había puertas y por todas partes se amontonaban las herramientas.

Salimos al exterior y vimos llegar a los jenízaros a caballo, seguidos por una gran multitud que vitoreaba y pedía limosnas con gimoteos y súplicas. El bajá venía muy sonriente, luciendo sus galas guerreras y un exuberante plumero de avestruz en el yelmo brillante. Traía la barba rojiza muy crecida y el sol prendido en la piel. Temblábamos de pavor al pensar que nos azotarían a todos por tener el palacio en tan malas condiciones precisamente el día de su regreso.

Yusuf corrió al encuentro de su amo y se arrojó al suelo aplastando contra la tierra su gruesa barriga. A grito limpio, se desgañitaba dando explicaciones acerca de la tormenta, la inundación y todos los desastres sufridos.

Dromux descabalgó y avanzó con pasos decididos hacia la puerta principal del palacio.

—¡Que maten dos docenas de chivos! —ordenó con su potente vozarrón—. ¡Habrá una fiesta! ¡Reunid aquí todo el vino de Susa! ¡Soy el hombre más feliz de la tierra! ¡Alá es grande!

El eunuco se incorporó y miró con ojos llorosos y extrañados a su amo. Dromux le abrazó y le besó eufórico.

—¡Vamos, fiel Yusuf agá —exclamaba—, alégrate conmigo! ¡Su excelsa majestad el sultán me llama a su lado! ¡Seré visir de la Sublime Puerta! ¡Antes de que termine el verano he de ir a Estambul! ¡Se acabó Susa, queridos míos! ¡Estambul nos aguarda!

12

A los esclavos les toca seguir la suerte de sus amos. Así pues, a mí me correspondía ahora ir detrás del bajá, como al resto de la servidumbre que le pertenecía en Susa. Y todo el mundo, excepto yo, estaba encantado con el viaje a Estambul. Para los demás era la oportunidad de prosperar en la fastuosa capital del gran turco. Para mí, ir a Oriente suponía separarme más de España y presentir que me adentraría en un mundo diferente y lejano, donde las posibilidades de rescate serían menores.

Tanto era el deseo que tenía Dromux por afrontar su nuevo destino, que los preparativos se terminaron en apenas dos semanas. Hizo buenos regalos a los magnates de Tunicia para que hablaran bien de él después de su partida. Perdonó impuestos, indultó a muchos de los presos y repartió oro entre los funcionarios. Temía que unos y otros destrozasen su fama delante del nuevo gobernador, así que los dejó a todos contentos. Malvendió luego los bienes que no podía llevarse en el barco y se deshizo de los esclavos que no le resultaban imprescindibles. Finalmente, se reunió con los jeques y con los reyezuelos de las tribus mahométicas y les exigió juramento de fidelidad al sultán, después de advertirles muy seriamente de los peligros que correrían si se veían tentados de hacer pactos con los cristianos.

A finales de mayo, una madrugada de brillante luna llena, embarcamos en las galeras de la escuadra que iban abarrotadas de pertrechos. Correspondiome navegar en el gran navío del bajá, donde se acomodaron sus mayordomos, mujeres y criados más queridos. Fue esta una gran distinción hacia mi persona, lo cual me ponderó mucho Yusuf agá, que me decía complaciente:

—Ay, Luis María, aun siendo cristiano, mira cuánta consideración te manifestamos. Nos has caído en gracia. Pero mejor todavía estarías en esta casa si te hicieras turco.

Sonreía yo, a la vez que negaba con la cabeza, y respondía respetuosamente:

—Para el menester que se me pide, cual es tañer y cantar, lo mismo da cristiano que turco, señor agá.

—No, querido, no es la misma cosa. Mírame a mí; ¿crees que habría llegado a ser quien soy si no me hubiera pasado a la doctrina del profeta? Toma ejemplo.

—No me lo pide el cuerpo, señor agá.

—¡Ah, ja, ja, ja…! —reía con ganas él—. ¡Qué cosas tan graciosas dices, muchacho!

Por entonces era yo un hombre hecho y derecho que tenía bien cumplidos los veintiún años, pero me convenía seguir aparentando cierta candidez, pues entre sarracenos el orgullo de los inferiores está muy mal visto, y quien se considera más que los demás solo cosecha palos y desprecios. Ya iba yo ganando en astucia y descubriendo la manera de vivir entre ellos sin tener que sufrir demasiados perjuicios.

Después de dos años en Berbería, me inquietaban muchas cosas. Mas lo que me causaba verdadero dolor era que nadie me hubiera traído noticias de mi patria. Corría el año del Señor de 1562 y dábame la impresión de que nuestros reinos estaban más preocupados de las cosas del Nuevo Mundo que de este Mediterráneo al que nuestro señor el césar Carlos siguió considerando el *mare nostrum*, como los romanos de antaño. Desde donde yo lo veía ahora, es decir, desde la parte del moro, más parecía ser la mar dellos, pues por él campaban a sus anchas. Oíase que tenían ya toda Grecia, Rodas, Macedonia, Serbia, Bulgaria y hasta la propia Hungría, la cual perteneció otrora a los abuelos de nuestros reyes y su última reina cristiana fue doña María, la hermana del emperador, tía de don Felipe II. Este gran turco, Solimán, a quien llamaban Grandísimo, puso tan enormes sus dominios que los tenía a los suyos ricos y crecidos de orgullo.

En fin, con tan buena edad como contaba yo, veíame convertido en un esclavo de moros, dedicado únicamente a dar entretenimiento a mis dueños. Sin que le importase a nadie mi linaje, ni mi destreza en las armas, ni mucho menos lo que yo pensaba o sintiese; solo querían de mí la buena disposición para el laúd y el cante. Con esta triste suerte, compréndase que iba yo a Estambul vencido por la pena.

La congoja se me alivió cuando vi que por la pasarela subía a bordo del barco la mujer de mis sueños. Iba ella envuelta en un suave manto de marta, pues la madrugada era fresca, y el vientecillo que llegaba desde el mar agitaba el velo que cubría sus dorados cabellos. Tan alta y hermosa como era, destacaba entre el conjunto de concubinas y eunucos que iban muy afanados llevando cada uno sus pertenencias personales. Entonces, como otras veces, me sentí descubierto por ella en la barandilla desde donde seguía yo cada uno de sus pasos. De nuevo brilló esa sonrisa levísima, breve como un suspiro, que tantas ilusiones sembraba en mi pecho.

A pesar de estar próximo el verano, tuvimos un viaje tempestuoso hasta llegar al mar Egeo. Plugo a Dios que ninguno de los navíos diese al través en las peligrosas aguas del mar Jónico, donde el oleaje fue tan grande que subíamos al cielo y bajábamos al abismo, de manera que nadie a bordo se libraba de echar las tripas.

Hasta mi amada anduvo muy desmejorada, como el resto de las mujeres. La veía yo desde la parte opuesta del barco andar confundida con el vaivén, descompuestas las hermosas ropas y los cabellos claros enmarañados, la mirada perdida y una palidez de cera en el rostro. Ganas me daban de correr a socorrerla. Una tarde, después de la tormenta, fue a vomitar por la borda junto con los demás. Entonces, avergonzada al ver que yo no le quitaba ojo, se cubrió con el velo y anduvo luego huidiza sin querer volver a cruzar la mirada conmigo.

Después de atravesar el barco el estrecho de Citerón, el tiempo fue ya apacible, con un radiante sol y una mar muy azul, por donde navegábamos a golpe de remo entre el rosario de islas que llaman Cícladas.

Eran estos los mares de los antiguos helenos cuyas gestas cantó el poeta Homero, y que yo aprendí de boca de mi preceptor en la infancia.

Parecíame ahora mi amada una bella griega, al resguardo de los rayos del astro bajo un dosel de anaranjada lona, dorada toda ella, bañada por la luz de la tarde. La veía conversar, reír y divertirse entre las otras mujeres. De vez en cuando reñían y se formaban peleas. Temía yo que le causaran algún daño. Pero enseguida acudían los eunucos a poner orden. Repartían sopapos aquí y allá y volvían todas a la calma. Me hacía yo el desentendido, entretenido en componer mis coplas, pero, de soslayo, no perdía ripio de cuanto sucedía entre ellas.

Algunas veces, disimulando, me acercaba a los tenderetes donde hacían las mujeres y los eunucos la vida en cubierta. Con cualquier pretexto, buscaba a Yusuf y le decía esto o aquello, tonterías que se me ocurrían. Aprovechaba entonces la ocasión para mirar desde más cerca a mi amada. Supe así que se llamaba Hayriya, porque de esa manera la llamó una de sus compañeras.

Cuando dejamos atrás las Cícladas, sopló viento constante del sur, muy favorable. Los delfines saltaban alrededor de las naves haciendo las delicias de cuantos no habíamos visto antes espectáculo tan bello. El mar se volvió de un azul tan intenso como el lapislázuli, en el que los remos arrancaban espuma blanca y brillante. Mi adorada Hayriya contemplaba el horizonte con ojos ensoñadores. Yo admiraba su silueta perfecta, que se adivinaba bajo las sedas amarillas empujadas contra su cuerpo por la fuerte brisa.

Atardecía cuando apareció ante nosotros el estrecho del Helesponto; la angosta canal que une el mar Egeo, al oeste, con el de Mármara, al este. En la antigüedad llamaban a este paraje los Dardanelos y es semejante a la desembocadura de un gran río. Se veían muchas galeras turcas en la entrada, dispuestas estratégicamente, con los cañones apuntando a cualquiera que quisiera cruzar el estrecho. Había pues que saltar a tierra y pagar un impuesto en la fortaleza a la que llamaban Kalei Sultaniye, donde residía el bajá que señoreaba el paso en nombre del gran turco.

Navegábamos de noche viendo las hogueras encendidas por los centinelas en las orillas, a uno y otro lado. Al final del estrecho era tanta la angostura que podía oírse aullar a los lobos en los montes cercanos. De mañana se vieron acantilados poblados de espesas selvas y bosques soleados. Sopló entonces un viento que dijeron ser del nordeste, frío durante el día, aun siendo casi verano. Todo el mundo echó mano a sus capas y temimos que la noche fuera helada. Pero alguien explicó que al ocaso soplaría algo más cálido.

Por fin se apartaron las dos riberas y entramos en un ancho mar gris, al que llaman el Euxino, donde se halla la isla de Mármara. Pusimos proa al este. No corría nada de viento y todo el trayecto se hizo a golpe de remos. No he visto aguas tan mansas como aquellas, ni cielos tan raros. Hacia el atardecer la costa negreaba en un horizonte turbio, donde caían las nubes en las cumbres. Divisamos el declive de una colina y el blanquear de una ciudad que parecía nacer al borde mismo de las aguas.

—¡Estambul! —exclamó eufórico el eunuco Yusuf. Todo el mundo corrió hacia la borda para ver cómo nos aproximábamos. Alguien contestó:

—¡Ah, de veras es hermosa Constantinopla!

Y enseguida uno de los oficiales le corrigió enfurecido:

—¡Es Estambul! Es la ciudad elegida para ser señora del mundo. Se levanta en Europa, con Asia al frente, y Egipto con África a su diestra.

La visión era grandiosa. A un lado y otro del Bósforo, se alzaban las colinas coronadas por edificios fastuosos. El día estaba en calma y el cielo violáceo parecían hendirlo los minaretes en punta, como delgadas agujas. En una parte se contemplaba la vieja Constantinopla, a la que ahora se conoce como Estambul; con las aguas al medio, en la otra parte está Gálata, donde se ve una hermosa torre circular. No se puede ir de la una a la otra si no es navegando. De manera que hay miles de esquifes, lanchas y lanchones cruzando de parte a parte, lo que da al Bósforo un aspecto muy animado.

En el promontorio de la punta del Serrallo resplandecían las construcciones del palacio de Topkapi, entre umbríos bosques. Las murallas, las torres y los pabellones parecían salidos de un cuento. Era en ese prodigioso lugar donde moraba el sultán con toda su familia y corte. Detrás, surgía Santa Sofía, rosada y grandiosa.

Los trámites para entrar en los puertos eran complejos y lentos, así que hubimos de pasar la noche a bordo, mientras los funcionarios iban y venían para hacer las gestiones. Una cadena permanece tendida hasta el amanecer para impedir la entrada de los barcos enemigos a través de la boca del Cuerno de Oro.

Por la mañana, regresó uno de los arraeces al navío trayendo el permiso de entrada. Entonces la escuadra puso proa hacia el puerto que llaman Pera, que está al este de Gálata, y es el lugar donde se reúne la armada de la mar turquesa. Se trata de unas atarazanas enormes, donde se elevan unos arcos bajo los cuales pueden guardarse las galeras sin mojarse, para ser reparadas o carenadas.

Hay en esta parte muchas fondas amplias, bodegones, tabernas y tiendas que regentan los judíos. Es lugar donde pueden escucharse todas las lenguas de la tierra, y se ven hombres de todas las razas, ataviados con diversas indumentarias, dispuestos a hacer negocios con el primero que les venga al habla.

Hizo allí tratos nuestro amo con un espabilado almacenista que estuvo conforme con darnos cobijo y guardar toda la impedimenta por un buen precio, mientras Dromux buscaba en la ciudad acomodo digno para su nuevo rango.

13

Agenciose su vivienda Dromux bajá en el barrio que coronaba la tercera colina de la vieja Constantinopla, en el sitio llamado Sehzade Camii, que en aquella lengua viene a significar la «mezquita del príncipe», pues hallábase allí edificada una hermosa mezquita erigida por el gran turco en memoria de su hijo mayor, el príncipe Mehmet, que murió del mal de la viruela veinte años atrás, en plena juventud. Era una bella zona de la ciudad, ornada por blancos mausoleos marmóreos, tumbas de hombres importantes, frondosos jardines y baños frecuentados por la nobleza turquesa. No muy lejos estaba Beyacit, otra importante mezquita que se alzaba majestuosa en una gran plaza, donde se reunía la gente grande del reino para hacer tratos, establecer relaciones de familia, concertar matrimonios o, sencillamente, para conversar sin prisa de sus asuntos.

No podía decirse que la residencia que adquirió mi amo fuera un gran palacio, como el que habíamos dejado en Susa. Tratábase más bien de un caserón destartalado, construido con más madera que piedras, que se erguía renegrido en medio de un puñado de casas que no hacía mucho que fueron pasto de las llamas. Habíase salvado de puro milagro el edificio, pero las caballerizas, las habitaciones de los criados y las dependencias de sus traseras no eran otra cosa que montones de escombros. Así que hubo que poner manos a la obra y trabajar mucho para dejar aquello más o menos habitable. Resultaba muy caro el terreno en esta parte de la ciudad, a la que llamaban Estambul, por estar muy solicitada la proximidad a la residencia principal del gran turco; es decir, el Topkapi Sarayi, que es el fastuoso palacio que ocupa el extremo de la primera colina, allá en la punta de tierra donde el Bósforo y el Cuerno de Oro desembocan en el mar de Mármara.

Cuando pudo mi amo conseguir los préstamos necesarios, fue ampliando su propiedad con la adquisición de las ruinosas casas de los alrededores y rodeola con una alta valla, dentro de la cual pudo ir organizando a su gusto las dependencias para toda su gente y una buena porción de jardines que proporcionaban mucho desahogo al conjunto. Pero no se hizo toda esta obra en poco tiempo, sino que fue el trabajo de muchos meses y parecía transcurrir la vida sin que se viera concluida. Mientras se hacían estos acomodos, aumentaba el fasto de la casa y se acrecentaba el número de los esclavos que allí servíamos. Así nos íbamos dando cuenta de que prosperaba Dromux bajá en la corte del gran señor, beneficiándose cada vez en mayor cuantía de los salarios y prebendas que prodigaban las ricas arcas del Topkapi Sarayi.

A medida que pasó el tiempo, fue haciéndose más llevadera mi vida en cautiverio. Cumplía yo lo mejor que sabía con mi oficio de músico y no desdeñaba ninguna otra tarea que viniera a mis manos, como redactar cartas, hacer cuentas, acompañar al mayordomo a los negocios de la casa o ir a tañer y cantar dondequiera que se le antojase a mi dueño. Mas no por poner tanta diligencia y buena disposición veía llegado el momento de que me dieran la que llamaban «carta de libertad», que era el permiso de andar solo a donde quisiera, aun siendo esclavo, a condición de servir tres años lealmente y sin traición. Pedía a Dios que llegase para mí esa hora, pues suponía dejar los grillos y cadenas que traía a los pies y poder andar mejor a mi aire. Pero no se fiaban de mí, porque no renunciaba yo a ser cristiano.

El agá Yusuf me proponía una y otra vez:

—Hazte turco, hombre, que te ha de ir a las mil maravillas con esa gracia que tienes.

—No me valga —respondía yo.

—Pues peor para ti —contestaba desdeñoso él.

Como, después de tanto tiempo entre ellos, vistiera yo a la turca, hablara, cantara y hasta bromeara a su manera, de vez en cuando se olvidaban de mi credo y me trataban como si fuera uno más de la casa. Aunque, cada vez que tenían motivos de enojo contra mi persona —que ya me cuidaba yo de que fueran los menos—, acordábanse al punto de que era cristiano y volvían a las andadas de llamarme perro y todas las cosas feas que se les venían a la boca.

Había muchos cautivos en Constantinopla. Todos los oficios que se hacían en favor de la ciudad eran a costa de los esclavos, ya fueran herreros, serradores, muradores o canteros; también se ocupaban muchos infelices en las huertas y jardines, abriendo zanjas, cavando cimientos, trayendo leña o agua para las torres.

Me daban a mí mucha lástima todas estas gentes que andaban famélicas, sin más abrigo que las altas techumbres y las ásperas mantas que cada uno podía agenciarse. Trabajaban de sol a sol, recibiendo muchos palos y maltratos de sus guardias, y se morían como moscas, perdidas todas las esperanzas de regresar libres a sus tierras de origen.

Por otra parte, había también muchos otros cristianos que no llevaban mala vida en casa de sus amos. Entre estos, estaban muy bien considerados los médicos, boticarios, escribanos y contables, los cuales servían bien comidos, bebidos y vestidos. Pero mejor aún les iba a los que llamaban parleros, aquellos bellacos de dos caras, delatores que se cambiaban a la religión del turco y se empleaban de guardianes de los cristianos. A esos traidores les daban sus dueños la mayor libertad y andaban de acá para allá trayendo y llevando chismes, haciendo merecimientos para ganarse consideración y dineros, o aspirando incluso a instalarse un día como uno más entre los turcos.

Era tal la repugnancia que me causaba a mí la falsedad de estos renegados, que ni oír hablar quería de pasarme a la fe mahomética, por muchas promesas que me hicieran de regalarme con mejor vida.

También había muchos cristianos libres allá, que tenían sus casas y prosperaban con buenos negocios en la parte de Gálata. Los más de ellos eran florentinos y venecianos, aunque también abundaban los franceses, monaguescos, genoveses y algunos españoles. A todos estos dejaba el gran turco hacer la vida en sus dominios, pues les sacaba buenos beneficios a fuerza de impuestos y de las mercaderías que hacían por todo el Mediterráneo. Habitaban asimismo con mucha libertad en Estambul los griegos y armenios, que tienen tiendas, panaderías y tabernas. Cuentan estos cristianos con iglesias de griegos, donde realizan las misas a su manera, con permiso del gran turco; aunque no les dejan hacer sonar las campanas.

Por lo demás, hay en aquella prodigiosa ciudad gentes del mundo entero, y se escucha el parloteo de todas las lenguas por las calles, como si fuera la misma Babel. Con tanta variedad de vestidos, hábitos, tocados, gorros y maneras de atusarse la barba y el bigote, diríase que está uno en el punto donde confluyen las múltiples rarezas del género humano.

¡Qué diferente me parecía todo a nuestras Españas! Con tal diversidad de credos, ritos y costumbres, tanto en el trato con el cielo como en las relaciones de los hombres, a veces se me hacía un lío en la mente y me acuciaba una especie de vértigo que amenazaba con arrastrarme a la locura.

14

En cierta ocasión, me tentaron los demonios con un atrevimiento que a punto estuvo de hacer que acabaran mis días en aquella Constantinopla cautivadora. Después de tan peligroso suceso, llegué a pensar que un ángel velaba por todos mis denuedos. Ahora, al recordarlo, me doy cuenta de cuánta insensatez anida en los briosos corazones de la juventud.

Sucedió que llegó el invierno muy repentinamente y la nieve apareció una mañana cayendo dulcemente sobre las cúpulas de las mezquitas, los umbríos bosques del rico barrio de Santa Sofía y los enhiestos cipreses oscuros. Una ansiedad grande se apoderó de mi alma. Veía los caiques cruzar el Bósforo y la torre de Gálata a lo lejos, mientras un cielo blanquecino se derramaba a pedacitos sobre toda la ciudad. El canto de los mueciones parecíame un hondo lamento que me llenaba de tristeza. Una nevada allá es algo muy hermoso. No me apetecía otra cosa que componer poemas y cantármelos luego a solas, bajo una celosía que se abría al insondable misterio de las lejanas vistas de las colinas y los minaretes.

Debió de escucharme mi amada Hayriya desde alguna parte y vino en pos de mis cantos. Me pareció un milagro. Repentinamente, volví los ojos hacia un ventanal y la vi allí, muy quieta, mirándome fijamente. Cantaba yo en turco y me comprendía muy bien ella, porque su cara delataba el color de sus sentimientos. Parecía muy afligida, pero no por ello dejaba de ser bellísima. Brillaban sus delicados ojos verdes y sus labios entreabiertos esbozaban una mueca de extasiada candidez. Me pareció adivinar alguna lágrima resbalar por las claras mejillas.

Eres como la luna,
y veo perlas en tu cara.
Ni la nieve blanca,
blanca, blanquísima,
es como tu sonrisa...

Se ahogó el canto en mi garganta. Quedé mudo. Hízose entonces un silencio enorme y ninguno de los dos se movía. Sentí que ambos éramos parte de una de esas pinturas que cuelgan de las paredes en una quietud eterna.

Luego hice sonar una nota en el laúd y pareció regresar el fluido del tiempo. Entonces sonrió. Miré hacia la inmensa nevada para indicarle tanta hermosura y, al volver la vista hacia ella, había desaparecido.

En aquel encuentro fugaz no hubo ninguna palabra. Al día siguiente, a la misma hora, estaba yo de nuevo bajo la celosía pendiente del ventanal. Rezaba a todos los santos implorando que su rostro brillara de nuevo ante mí. Canté con más fuerza y emoción que el día anterior; me desgañité y casi rompí las cuerdas del laúd. Solo conseguí espantar a las palomas y que una vieja costurera me gritara desde un pabellón vecino:

—¡Eh, qué pasa hoy ahí! ¿Es que no se va a poder descansar?

Pasaron los días y no veía a Hayriya por parte alguna. Parecía que se había evaporado. Una vez más, maldije a los turcos por guardar tan celosamente a sus mujeres. Pero eran tan fuertes las zozobras de mi ánimo que no pude ya sujetarme. Empecé entonces a husmear por cada rincón del palacio.

Había terrazas y pequeños patios que aún no tenían un destino concreto en el constante ajetreo de reformas que ordenaba Dromux. Por entonces, el bajá se encontraba visitando unas posesiones cercanas en la orilla asiática, donde la llegada del invierno había sido causa de algunas irregularidades en los cobros de ciertos impuestos de importancia. En la casa sabíamos que había de demorarse su regreso un par de semanas. Eran los días oscuros y fríos, en los que todo el mundo pasaba la mayor parte del tiempo recluido en sus habitaciones. Menos yo, que era incapaz de permanecer quieto.

Había comenzado a nevar al amanecer y continuó hasta el mediodía. Todo estaba silencioso e inmóvil. Daba la impresión de que las cornejas eran las únicas dueñas de los tejados, las cúpulas y los jardines de Estambul. Entonces mi excitación me llevó a indagar por las innumerables estancias de la casa. Nunca antes me había atrevido a ir más allá del gran patio que separaba la verdadera residencia del bajá de las edificaciones donde hacía la vida la servidumbre. A mano derecha

117

estaban las cocinas y frente a ellas unos almacenes donde se guardaban los pertrechos de la guerra durante el invierno, untados con aceite y sebo de cordero para librarlos del óxido. Por allí se iba a las caballerizas, que también tenían entrada por el jardín principal, por si el dueño del palacio quería salir a caballo por la parte más digna, que miraba a la preciosa mezquita de Sehzade.

Crucé aprisa el almacén, pasando entre los envoltorios impregnados en betún, pez y grasa. En los establos, las bestias tiritaban y desprendían vapor blanco. La nieve allí estaba revuelta y sucia, mezclada con barro y excrementos. Me hundí hasta los tobillos y, contrariado, temí dejar huellas después, en mi vuelta. Pero no veía el peligro. Llegué hasta un alto seto que crecía delante de los muros que guardaban el jardín. Supuse que la puerta estaría al final y seguí una pared húmeda y musgosa. Di por fin con una reja cerrada con llave y comprobé que los jardines eran inaccesibles.

Apoyé el rostro en los fríos hierros y me asomé para ver qué había más allá de la puerta, pero apenas se divisaba un pozo, un bonito círculo de arrayanes y una hilera de cipreses. El suelo estaba blanco como si se extendiera un manto de sal. Permanecí así un largo rato, frustrado por no poder contemplar nada más que el jardín, desierto y silencioso. Entonces reparé en lo ingenuo que había sido al imaginar que me sería tan fácil encontrarme una vez más con Hayriya.

De repente escuché el crujido de unos pasos en la nieve y el frufrú de las telas. Alguien se aproximaba por el lateral hacia la reja, aunque no podía verlo. Aterrorizado, me agaché y busqué cobijo en un arbusto. Alcé los ojos y vi que una mujer estaba junto al pozo, mirando en derredor suyo, disfrutando del bello panorama de la nieve y el verdor de la fronda. Pero no era mi adorada Hayriya.

Como mis ropas eran de vivo color anaranjado, temí ser advertido en el escaso escondite del matorral, así que me arrugué cuanto pude e intenté arrojarme de bruces al suelo.

—¡Eh, quién anda ahí! —exclamó la mujer.

Permanecía yo con el rostro pegado a la fría nieve mientras sentía que ella se aproximaba a la reja.

—No te escondas —decía—, te veo perfectamente.

El corazón me latía furiosamente en el pecho.

—¡Vamos, ponte de pie! ¿Crees que no te he descubierto? —insistía ella con enérgica voz.

Levanté la cabeza y la vi agarrada a los hierros de la reja, clavando en mí unos fieros ojos negros. Era la alta y bella esposa de Dromux, la favorita.

—¡Ah, de manera que eres tú! —exclamó sorprendida frunciendo el oscuro ceño—. ¿Se puede saber qué haces aquí?

—Me perdí… —respondí dejando escapar la primera excusa que pasó por mi mente.

—¿Te perdiste? No se va por aquí a parte alguna, salvo al jardín del señor. ¿Dónde ibas pues?

—Quería ver la nieve en la explanada de la mezquita del Príncipe —mentí.

—Vaya, vaya… Ha nevado en todo Estambul; ¿no hay suficiente nieve en la parte de los esclavos?

—Me dijeron que la Sehzade Camii se ve maravillosa cubierta por un blanco manto.

Se quedó mirándome un rato con una expresión rara. Apretaba los labios y la dureza de su mirada iba decayendo. Se trataba de una mujer muy hermosa, grande y de resuelta figura. Había oído decir que procedía de más allá del Cáucaso, donde hay una extraña raza que da hembras de profundos ojos negros y piel rosada, que son tan buenas para el trabajo como para el amor.

—Un blanco manto… —repitió dulcificando definitivamente el gesto—. Poeta tenías que ser, joven cristiano.

—¿Qué ves desde ese lado de la reja? —me apresuré a preguntarle.

Dudó un momento, miró después hacia su derecha y respondió con firmeza:

—Efectivamente, veo la Sehzade Camii y está cubierta de nieve. ¿Y tú, qué ves?

—Te veo a ti y me pareces la más bella mujer del mundo.

—¡Eh! —exclamó, dando un respingo—. ¡Qué atrevimiento!

—No te enojes —me apresuré a rogarle—. No soy yo quien habla; es mi corazón, donde seguramente habita un duende.

—¿Un duende? ¿Qué quieres decir? ¿No serán cosas de poeta o de cantor?

—No, señora, son cosas de la vida.

—¿De la vida? —fruncía el bello ceño de manera muy graciosa.

—Sí, de la misma vida.

—¡Cuánto sabes, joven!

—La misma vida me enseña cosas.

—¿La vida de aquí o la de los cristianos? —preguntó llena de curiosidad.

—Hummm… La vida, aquí y allá.

—¿Cuál de las dos vidas es mejor para ti?

—Son diferentes… Aquí soy un simple esclavo. Allá tenía libertad.

—Entonces…, ¿eras más feliz allí?

—Lo feliz que puede ser un muchacho, pues dejé las Españas con apenas dieciséis años.

—Con esa edad nadie es libre —replicó con soltura.

—Tienes razón, señora… Aunque… ¿quién es enteramente libre?

Quedose durante un momento pensativa y después respondió con tono triste:

—No sé si alguien lo será. Supongo que nuestro grandísimo sultán, el gran señor Solimán.

—Sin duda, tú eres más libre que yo, señora —le dije buscando su compasión—. Eres tú la dueña de esta casa y, por ser su dueña, eres más libre que yo, que apenas tengo estas tristes ropas que llevo puestas.

De nuevo se quedó en silencio. Me contemplaba con ojos extraños, en cuyo fondo trataba de adivinar yo sus pensamientos.

—¡Ya quisiera yo ser dueña tuya! —exclamó de repente, elevando su perfecta barbilla, en un gesto altanero.

Aproveché aquella frase para extender la mano y ponerla sobre sus dedos, que asían los fríos hierros de la reja. Permanecimos un rato mirándonos fijamente. Un extraño fluido discurría entre los dos. Yo necesitaba ser amado fervientemente, por tanta tristura como había tenido. Ella empezó a respirar intensamente. Me apretó la mano y sentí que aquella reja era la mayor crueldad que un herrero pudo hacer en este mundo.

—Cantas muy bien, cristiano —me dijo dulcemente—. Y también nadas admirablemente. ¿Recuerdas cómo me salvaste de la inundación de Susa?

—¿Podría olvidarlo? —respondí.

—Te llamas Luis María, ¿verdad? —reveló sin pudor mi nombre, que pronunció perfectamente, por lo que supe que lo conocía desde hacía mucho tiempo.

—Sí, señora. ¿Podrás decirme cómo te llamas tú?

—Kayibay, pero para todos soy Kayi.

De repente, alguien empezó a llamarla, como si la pronunciación de ese nombre hubiera destruido nuestra soledad en el jardín:

—¡Kayi, Kayi, Kayi…! —era la voz de Yusuf.

Soltó ella mi mano y diose la vuelta con ligereza. Se agarró las faldas y corrió por la nieve, sorteando los setos y los desnudos rosales. Desapareció de mi vista y dejóme como el más afligido de los hombres.

15

Tal vez fue mi porfía en no hacerme turco la causa de que me retuvieran muchos meses en el palacio sin dejarme salir a las calles de Estambul. Ya procuraba yo escabullirme para ir más allá de los establos a ver si Dios me hacía la merced de ver la cara de mi señora Kayibay o, si le parecía mejor, el claro rostro y la esbelta figura de la bellísima Hayriya. Pero más allá de la reja no veía sino desnudos árboles de invierno, escarcha y una triste fuente de grisáceo mármol. Es verdad que de vez en cuando escuchaba parloteos de mujeres, sus risas y alguna que otra riña, sin distinguir a cuál de ellas pertenecían las voces. En la fría crudeza de la estación más silenciosa, estos sonidos eran para mí como gorjeos de pájaros.

Cuando concluyó el mes de ayuno de los mahométicos, al que ellos llaman el Ramadán, que ese año coincidía, creo recordar, con el febrero de los cristianos, dispuso el bajá ir a hacer romería a la mezquita de Eyüp, que está más allá de las últimas puertas de la vieja Constantinopla, al pie de las altas colinas boscosas donde se extienden las sepulturas de los turcos en interminables cementerios. Hay mucha costumbre entre ellos de celebrar el día que llaman Kurbam Bairam, o final de los ayunos, en el que matan muchos corderos y se van a las explanadas de las mezquitas para asar la carne, y la comen con acompañamiento de tortas, empanadas, verduras y abundantísimos dulces de miel.

Como en ese lugar apartado consideran que está enterrado uno de los discípulos del profeta Mahoma, de nombre Eyüp, van allá todos los nobles y la gente principal para acompañar al sultán, que recorre ese día el Cuerno de Oro con mucha pompa en su gran navío, para allegarse hasta la mezquita y el mausoleo donde se venera a tan ilustre prócer de su religión.

Tuvo a bien Dromux considerar oportuno que fueran en su séquito no solo la gente de su familia y servicio principal, sino también algunos de los cautivos. Me correspondió pues la dicha de saber unos días antes que era contado entre los que tendrían la suerte de salir puertas afuera, lo cual me llenó de contento, no por participar en los festejos de la secta sarracena, sino por respirar otros aires y ver qué había más allá del palacio donde me sentía como pájaro enjaulado.

La mañana del renombrado día del Bairam hubo baño para todo el mundo en la casa. Fuéronse los señores y los eunucos al *hammam* más cercano y el resto de la servidumbre recibió las aguas en los patios, en las cisternas de la casa y en las alcobas. A los esclavos nos lavaron en los establos. Sin embargo, en cuestión de galas y vestiduras se prodigó buen trato para toda la gente de Dromux. Quería llevar él abundante cortejo y era menester que todo el acompañamiento fuera dispuesto como correspondía a la ocasión.

Era una mañana de invierno luminosa. Hacía un vientecillo muy frío, pero el sol lucía radiante y el cielo estaba intensamente azul. A medida que se iba reuniendo el personal en los patios, crecía la agitación.

—¡Vosotros allá! —ordenaba Yusuf a unos y otros—. ¡Los de la guardia en aquella parte! ¡Dejad el lugar central para las mujeres de la casa!

El corazón me dio un vuelco. Ellas irían en la comitiva y saberlo aumentó mi felicidad. Además de poder salir, tendría la ocasión de verlas. Demasiados acontecimientos para un solo día.

—¡Los esclavos delante! —mandó el agá.

Ocupé mi lugar junto al resto de los cautivos. Nos habían vestido con sayal de lino blanco, mas no nos quitaban los grillos de los pies y manos, antes nos pusieron dobladas cadenas que hacían buen ruido al ser arrastradas. Holgábanse mucho los señores turcos de exhibir nutrida fila de cautivos en los séquitos, como símbolo de triunfo y poder.

Detrás de los esclavos se situó toda la servidumbre, muy bien compuesta, vestida con la túnica que ellos usan, a la que llaman *dolmán*, que es como sotana larga hasta los pies, de paño grueso, bordada o no, según la importancia de quien la lleva. Seguían a los criados la parentela, siervos y amigos del bajá, los capitanes de su bandera, los portaestandartes y los administradores de sus haciendas. Iban estos con ropajes lujosos, confeccionados con telas ricas, brocados y pieles. Llamaban la atención más que nada los altos gorros, en los que llevan envueltos los turbantes, que por su tamaño y grosor dicen el rango, nobleza o riqueza de los turcos. Ocupan lugar preferente los agás, los cuales son negros y blancos, eunucos todos, que son la gente de mayor confianza de los señores, como queda explicado más atrás.

Iba saliendo toda esta fila al exterior, por la puerta de los jardines que daba a la mezquita del Príncipe, donde ya se veían pasar otras comitivas con estruendo de cajas y chirimías. Ondeaban al viento muchas banderolas de colores y una muchedumbre se encaminaba por las callejuelas en dirección a la parte baja de las colinas donde se asientan estos ricos barrios, es decir, al Cuerno de Oro, por cuyas orillas debíamos ir a la mezquita de Eyüp.

A todo esto, volví yo la vista para mirar a mis espaldas y vi que las mujeres salían del palacio; unas en carros, a modo de literas, y otras en buenos caballos, no sentadas como corresponde a las damas de España, sino a horcajadas, como hombres. Las esposas y concubinas iban acomodadas de esta manera, muy galanas, mientras que las esclavas iban a pie, tocando panderos y formando bullicio. Aguzaba yo bien los ojos para descubrir a Hayriya entre tanto mujerío, pero no tuve tiempo, pues enseguida me empujaron hacia delante para iniciar la marcha.

No salió Dromux de su casa, sino de la mezquita de Sehzade, donde se habían reunido los señores del barrio para hacer sus rezos antes de salir a acompañar al gran turco. El bajá se montó en su yegua blanca y, rodeado de toda la guardia, se colocó al final, para ir precedido del séquito, como a ellos les gusta.

Descendimos por un laberinto de callejas empinadas, donde los mercados estaban cerrados por ser día de señalada fiesta; anduvimos luego por un sendero que discurría entre árboles y viejas casas de madera y, al llegar a terreno despejado, apareció de repente el

126

agua allá abajo, discurriendo entre Estambul y Gálata. Cruzamos la puerta de la muralla y nos topamos con el gentío que abarrotaba el atarazanal, donde no cesaba el ir y venir de los caiques. Allí nos detuvimos. Pude yo en este lugar escrutar bien nuestra comitiva y al fin descubrí entre las mujeres a las dos que me interesaban. La señora Kayibay iba en carreta entoldada, acomodada entre almohadones, con las esclavas de compañía. Con tanto tocado y velo como llevaba, poco podía verse de ella. Pero me pareció que sus ojos negros me miraban muy fijamente; o fue el engaño de mis deseos lo que me indujo a creerme blanco de su atención. A un lado, montada en caballo alazán con bonitos jaeces, vi al fin a mi adorada Hayriya, exultante de emoción, sin parar de reír y bromear en medio del mujerío. Las coloridas sedas, los bordados de oro, las gasas y los vistosos terciopelos me la representaban como una de esas bellísimas princesas que solo viven en las leyendas.

De repente, la muchedumbre prorrumpió en un loco griterío. La marea humana se precipitó hacia las orillas. Venía el sultán en su barco a lo lejos, doblando la punta donde desembocaba el Cuerno de Oro. Era esta una visión majestuosa que causaba estremecimiento. Navegaban delante numerosos navíos de alto bordo que a cada momento disparaban cañonazos que retumbaban como truenos en las murallas constantinopolitanas. Ondeaban tantas banderas y estandartes en la cubierta y los palos que cada barco parecía llevar un bosque de colores. Por la orilla venía un ejército de jenízaros a caballo, tiroteando al aire con los arcabuces, y por todas partes empezó a resonar el estruendo de millares de tambores.

Cuando la escuadra llegó a nuestra altura, adiviné la figura del gran turco, sentado en la cúspide de un inmenso estrado, sobre el castillo de popa. La gente enloquecía al poder ver a quien era el dueño de todas las haciendas, los destinos y las vidas de su enorme imperio.

Las comitivas de los señores seguían por tierra a los navíos, acelerando el paso. Desacostumbrado como estaba yo a caminar después de tan largo encierro, me faltaba el resuello a medida que nos hacían correr a golpes de látigo. Pero peor que yo iban muchos importantes caballeros cristianos, cautivos también, a los que otros señores llevaban muy humillados en sus séquitos, cargados de cadenas y obligados a arrastrar por el suelo sus banderas e insignias. ¡Triste cautiverio!

En la explanada de la mezquita de Eyüp se desgañitaban los almuecines en los minaretes. La gente se iba acomodando esparcida por el amplio terreno. Las tumbas marmóreas blanqueaban entre la fronda de la colina y bandadas de tórtolas alzaban el vuelo espantadas por la chiquillería que corría bulliciosa de acá para allá.

Los señores entraron en la mezquita acompañando al sultán y dieron comienzo los rezos y los exaltados pregones en el interior. Mientras tanto, los miembros de las comitivas fuimos a ocupar el sitio que correspondía a nuestros amos durante la fiesta. Extendimos alfombras, colocamos toldos y encendimos hogueras. En torno al mausoleo del discípulo del profeta surgió en poco tiempo una improvisada ciudad de lonas y tiendas.

Me senté en un rincón y me puse a afinar el laúd con el que luego debía tañer. Cuando cometí la imprudencia de intentar ensayar una pieza, un jenízaro me atizó con su bastón en la espalda un fuerte golpe y me gritó:

—¡Estúpido esclavo, no se puede cantar hasta que no caiga la noche!

Estuvimos allí la mayor parte del día, sin probar alimento, ni agua siquiera. Los turcos andaban enfrascados en sus oraciones, abluciones y letanías. Los cristianos nos aburríamos y procurábamos observar gran respeto hacia su religión, pues castigaban duramente el mínimo gesto que entendieran como burla o descaro. Aproveché yo aquel largo rato para trabar conversación con muchos cautivos. Era gran consuelo departir amigablemente con quienes compartían la misma suerte. Había allí napolitanos, genoveses, sicilianos y venecianos. No faltaban compatriotas de todas partes de España. Contaba cada uno sus penas y dábame yo cuenta de que, al fin y al cabo, no era mi caso demasiado desafortunado.

Supe esa tarde que el general don Álvaro de Sande se encontraba prisionero en una torre del mar Negro, a la espera de que se organizasen las cosas en España para su rescate. También me enteré de muchas informaciones acerca de los reinos cristianos, por boca de algunos de los que allí estaban, los cuales traían noticias frescas por haber sido apresados hacía poco tiempo. Y como tuviera yo interés en saber si había por allí gente apresada como yo en el desastre de los Gelves de Túnez, alguien me avisó de que había un muchacho que era esclavo de Piali bajá, el cual cayó cautivo en el asalto al castillo de la Goleta.

—¿Cómo se llama? —pregunté.

—Scipione Cícala —me respondieron.

Enseguida recordé quién era ese muchacho: pertenecía a la afamada saga de navegantes genoveses que formaba parte de la armada del mar española. Su padre era nada más y nada menos que Visconte Cícala, uno de los generales de la mar que fueron al frente de nuestras escuadras.

—¿Dónde se encuentra el tal Cícala? —pregunté ansioso.

Me señalaron el lugar donde se reunía la servidumbre de Piali bajá. Había allí varios centenares de esclavos, en torno a unas grandes y lujosas tiendas que lucían los estandartes del almirante turco. Solicité permiso del agá para llegarme hasta allí.

—¿Para qué quieres ir? —me preguntó el eunuco.

—Me gustaría saludar a un paisano —le dije.

—Anda, ve. Hoy es el día de Kurbam Bairam y Alá me premiará por ser condescendiente contigo.

Letmí me acompañó llevándome sujeto por el extremo de la cadena. Ya no me trataba tan mal como antes, pero se le veía disfrutar al humillarme. Por el camino me preguntaba insistentemente por qué quería ir a ver a la gente de Piali bajá.

—Cosas mías —le respondía huraño.

—¿Qué cosas? —insistía.

—A ti no te importan.

Los jenízaros del almirante departían amigablemente sentados en la hierba. Aquí y allá había estandartes clavados en la tierra y muchos hombres con aspecto de aguerridos navegantes rezaban haciendo pasar las cuentas de sus rosarios turcos entre los dedos.

—Pregúntales por los esclavos de su señor —le rogué a Letmí.

—Si no me dices para qué, no tengo por qué hacerte esa merced —replicó.

Sabía que a mí nadie me haría caso, de manera que no tenía más remedio que servirme del malicioso criado. Además, no me sería posible andar libre por allí sin su custodia, así que le conté el porqué.

—Pues andando —accedió—. Pero... ya sabes que me debes un favor.

Los esclavos del almirante turco estaban en la orilla. Me sorprendí al encontrar allí a muchos hombres que me resultaban conocidos. Había entre ellos navegantes de la escuadra de los cristianos, caballeros de renombre y, sobre todo, jóvenes de buena presencia que componían una nutrida corte de pajes esclavos. Entre estos cautivos di por fin con Scipione Cícala.

Aunque habían pasado dos años desde lo de los Gelves, no me fue difícil reconocerle, porque habíamos viajado en la misma galera desde Génova hasta la costa de Túnez. En 1560, cuando el desastre, tendría él unos catorce años y ahora contaría dieciséis. Su aspecto difería poco en general. Estaba algo más alto y robusto que entonces y vestía las vistosas ropas de los pajes de los grandes visires, pero no dudé de que era él, pues tenía unos rasgos muy definidos, el pelo muy claro y los ojos oscuros.

—¡Eh, Cícala! —le dije—. ¿Te acuerdas de mí, muchacho?

Me miró de arriba abajo extrañado. Él no me reconoció o no quiso demostrar que me conocía.

—Soy Monroy —le expliqué—. Era yo tambor mayor en los tercios de don Álvaro de Sande. ¿No lo recuerdas? Estuvimos juntos en la galera de tu señor padre y luego en el castillo de los Gelves.

No abrió la boca. Solo me miraba muy serio, con cierto ademán desdeñoso.

—Pero… —insistí—. ¿Es posible que no te acuerdes de mí? ¡Haz memoria, hombre!

Al vernos hablar en cristiano, algunos de los jenízaros y los otros criados de Piali hacían bromas y se burlaban despiadadamente.

—¡Márchate de aquí! —dijo al fin Cícala con desprecio.

Supuse que se había vuelto loco, tal vez a causa de los sufrimientos que acarreaba el cautiverio. Compadecido, le propuse:

—¿No quieres charlar un rato? A ti y a mí nos vendría bien contarnos las penas.

—¡Vete! ¡Vete, estúpido! —repitió—. ¿No ves que esos de ahí me pueden perjudicar si me ven tratar contigo?

Comprendí entonces que su situación era más comprometida que la mía y temí que sufriera castigo por culpa mía. Sonreí y me retiré de allí.

—Por si me necesitas —le dije—, estoy en la casa de Dromux bajá, frente a la Sehzade Camii.

Hizo un leve gesto con la mano y miró para otro lado. Entonces me alejé.

—Ese amigo tuyo está entre los favoritos de Piali bajá —me dijo Letmí por el camino de vuelta—. No te extrañe que no quiera cuentas contigo.

—¿Entre los favoritos? ¿Qué quieres decir? —le pregunté.

—Piali adora tener muchachos en su servicio, ya me entiendes —respondió con una sonrisa maliciosa—. Seguramente, a ese le habrán sacado ya las turmas.

—¡Oh, Dios! ¡Dios mío! —exclamé horrorizado—. ¿Quieres decir que lo han hecho eunuco?

—Claro. Es hermoso y así podrá servir mejor en los menesteres propios de un paje.

—Endiablados turcos —musité entre dientes. Cuando anochecía, dio comienzo lo que era propiamente la fiesta. Finalizaba el mes del Ramadán y concluían los ayunos de los mahometanos. Ahora todo el mundo se disponía a comer durante toda una noche en torno a las hogueras y a la luz de miles de lámparas que lucían en todas partes. Los humos ascendían hacia la bóveda celeste y el aroma de las carnes asadas lo inundaba todo.

Cuando cayó definitivamente la noche, pusieron el trono del sultán bajo un ostentoso baldaquino hecho de varas de oro y sedas verdes. El gran turco se sentó sosteniendo en la mano la espada de Mahoma. Le rodeaban todos los visires, el consejo al completo, muchos gobernadores llegados desde las provincias, los jueces supremos y numerosos altos militares. Detrás de ellos, el mausoleo de Eyüp resplandecía iluminado por un sinfín de velas y lamparillas que colgaban de todas partes. El rumor de la multitud llegaba desde una extensión inmensa.

El canciller imperial se aproximó entonces portando el estandarte del profeta y todo el mundo se arrojó al suelo. Fueron trayendo también otras reliquias, entre las que estaba el propio manto de Mahoma, el cual llevaba en una caja de plata un hombre santo. Una pléyade de recitadores comenzó a entonar los versos del Corán.

El agá Yusuf no estaba muy lejos de mí. Veía sus redondas y enormes posaderas delante. Vibraba emocionado y suspiraba de vez en cuando. Toda la gente que me rodeaba vivía extasiada este momento. Los cautivos cristianos no comprendíamos nada de lo que allí pasaba, pero fingíamos gran reverencia y acatamiento. Los turcos aguantaban todo este largo ceremonial con gusto, en cambio, a los que no éramos mahometanos nos resultaba pesadísimo.

Lo bueno vino después, cuando concluyó el oficio. Entonces dio comienzo la exhibición de comidas más grande que he visto en mi vida. Había allí carnes, empanadas, frutas y dulces para alimentar al ejército más hambriento.

Cuando todo el mundo hubo llenado bien la barriga, lo cual fue pasadas varias horas comiendo, se dispusieron al divertimento. Cada señor en su tienda dio rienda suelta a los músicos y a los poetas, y puede decirse que aquello se convirtió en una fiesta hecha de mil fiestas. Mirabas a lo lejos y lo mismo veías bailar a un enorme oso al son de las palmas que a una docena de bellas odaliscas.

Estaba yo asombrado. Me uní a los músicos para cumplir con mi oficio y tañí y canté lo mejor que supe. Viendo mi esmero, el agá se me aproximaba y de vez en cuando me decía al oído:

—Hazte turco, joven, que no ha de irte mal aquí en Estambul. ¿A qué seguir cristiano, si has de vivir entre turcos?

—No me lo tengas a mal —le respondía yo zalamero—. No es que no me guste todo esto, pero no me hago a verme turco.

—Bueno, bueno —decía él, consolador, dándome palmaditas en el hombro—. Ya llegará esa hora, joven.

Después de estar un largo rato tocando y cantando en el lugar donde estaban los hombres, me pidió el agá que fuera a donde se reunían las mujeres. Un estremecimiento de felicidad me sacudió al saber que las vería de cerca. Lleváronme donde ellas junto con otros músicos. Estaban en una tienda grande, echadas plácidamente sobre alfombras y almohadones. Aquello parecía un sueño. Enseguida vi a un lado a mi amada Hayriya. Vestía túnica verde manzana y tocado blanco de seda pura, por cuyos bordes se derramaba el cabello claro sobre sus hombros. Estaba exultante de belleza y sonreía extrañamente. Nuestras miradas se encontraron durante un largo rato y tuve que entornar los ojos y volverlos hacia el laúd para que nadie advirtiera mi arrobamiento.

Cuando empecé a tañer, miré hacia el frente, donde se había sentado Yusuf junto al bajá. A su derecha, rodeada por sus esclavas de compañía, descansaba la favorita Kayibay sobre un lecho de almohadas de terciopelo. Su caftán era negro, bordado en plata, y resplandecía por los cientos de piedras preciosas de los adornos. En el tocado llevaba plumas de garza prendidas en un broche donde brillaba una gran esmeralda. Aquella mujer tan grande y hermosa llenaba con su sola presencia la enormidad de la tienda, aunque había allí reunidas casi un centenar de concubinas y esclavas.

Kayibay no me quitó la vista de encima ni un momento. Aun cuando no era mi turno y me correspondía estar al margen, ella no dejaba de mirarme fijamente y me lanzaba furtivas sonrisas. Yo no había bebido ni un solo vaso de vino, pues estaba prohibido en aquella fiesta, pero me sentía ebrio de felicidad.

Al finalizar mi última actuación, dormitaba ya casi todo el mundo por ser muy tarde. Entonces se acercó a mí el agá y me hizo un gesto para que le siguiera al exterior. Anduve tras él durante un rato en el silencio de la fría noche. Todo era quietud y pronto iba a amanecer.

—¿Adónde vamos? —le pregunté.

—¡Chist…! Calla y sígueme.

Me llevó hasta su tienda. Yo no sabía qué pensar de aquello y se despertó en mí la suspicacia.

—Aguarda aquí —me pidió, y se marchó.

En la penumbra, permanecí durante un rato escuchando mis miedos. Se oyeron pasos en el exterior y el rumor de una conversación. De nuevo entró Yusuf en la tienda acompañado por otra persona. Era alguien de elevada estatura que cubría su figura con una gran capa y su rostro con una capucha. Temía que sucediera cualquier inoportunidad y recordé amargamente la triste situación de Scipione Cícala, a quien había visto ese día convertido en el mero favorito de un visir. Yo estaba resuelto a no destrozar mi honra, lo cual entre turcos es harto difícil.

Solo iluminaba la tienda una lámpara de débil luz. Los tres estábamos quietos, formando un triángulo.

—Esta es mi señora Kayibay —dijo de repente Yusuf. Entonces, la persona de la capa dejó caer hacia atrás la capucha y pude ver que, en efecto, se trataba de la favorita. El corazón me dio un vuelco.

—Es tuyo, señora —dijo el eunuco.

La bella esposa del bajá saltó entonces hacia mí y me rodeó con sus largos brazos. El aroma de un perfume exquisito me envolvió y sentí su calor amoroso derramándose desde sus pechos.

—Querido —dijo—, eres el más amable hombre que he conocido y soy cautiva de tus ojos y tu figura.

Te quiero. Arrostraré cualquier peligro por estar contigo. No dejes de buscarme.

Pensé que estaba soñando. Ambos caímos sobre los almohadones y nos deshicimos en besos y abrazos. Mis manos apartaban las sedas y se encontraban con una piel tersa y suave, ardiente de pasión.

Yusuf debió de soplar la llama, porque todo quedó oscuro. Entonces supuse que se había marchado para dejarnos solos, pero, cuando ella y yo estábamos vagando perdidos en el placer, escuché al eunuco llorar con sordos gemidos muy cerca.

16

Cuando amanecía, desperté sumido en la miel del placer. Kayibay estaba acostada a mi lado y dormía profundamente. Temí que nos sorprendiera el día en el mismo lecho. Alcé la cabeza y miré en derredor. El agá Yusuf no estaba. Ella se veía muy bella, con la cabellera negra esparcida por la almohada.

—Eh, Kayi, despierta —le dije.

—Hummm... —musitó con los ojos aún cerrados. Los abrió y, al ver que era casi de día, se sobresaltó—. ¡He de irme! ¿Dónde está el agá?

—No lo sé. Acabo de despertar.

Me miró y sonrió dulcemente. En ese momento bendije mi suerte y me compadecí una vez más de Scipione Cícala.

—¿Te gusto? —preguntó ella esforzándose por evitar la trémula vibración de su voz.

—¡Claro, querida! ¿Cómo no habrías de gustarme? Eres sin duda la más bella flor en el jardín de Dromux bajá.

—¡Ah, ja, ja, ja...! —rio divertida removiéndose

bajo la suave manta de lana—. Desde luego, eres un poeta.

—Aquí es mi oficio —observé.

Se incorporó y buscó algo entre sus ropas que estaban a un lado.

—Toma esto, amor mío —me dijo poniendo en mi mano unas cuantas monedas.

—¡Eh, eso sería una infamia! —repliqué—. ¡No puedo...!

—¡Chist! —me silenció apretando su ardiente mano contra mis labios—. Esto no es un pago —aseguró—. Quiero ayudarte. Sé cuánto ha de sufrir un esclavo. Guarda ese dinero por si llega el momento de una gran necesidad.

Percibí que decía aquello con la sinceridad de la verdadera compasión.

—No me gusta que sientan lástima por mí —dije, herido en mi orgullo de caballero.

—¡Tonterías! —replicó—. ¡Coge eso y no se hable más!

Acepté con un ligero asentimiento de cabeza y la besé en los labios. Se aferró a mí con todas sus fuerzas y sollozó durante un rato. Luego, entre suspiros, sentenció:

—Es dura la vida. Al placer siempre le sigue la soledad y el dolor. He de irme.

Cuando se apartó de mí, me pareció que mi alma se desgarraba.

—¿Cuándo volveremos a vernos? —le pregunté angustiado.

—Solo Alá lo sabe. Pero... recuerda lo que anoche dije: arrostraré cualquier peligro para encontrarme contigo.

Dicho esto, se vistió rápidamente, se envolvió en la capa y desapareció de mi vista.

En el lecho quedaba un cálido recuerdo de su cuerpo y me aferré a él cerrando los ojos para saborearlo. Me sentía el hombre más feliz de la Tierra, a pesar de su ausencia. Fuera había un gran silencio. Supuse que todo el mundo dormiría vencido por el cansancio de la larga fiesta y por el sopor de la comida. Palpé las monedas que tenía empuñadas y por el tacto supe que eran seis aspros de plata, una verdadera fortuna para un pobre esclavo que no había visto un cuarto en dos años.

Cuando casi estaba dormido de nuevo arrullado por tanta felicidad, escuché un estrépito de pasos fuera. De repente, tres de los eunucos que ayudaban ordinariamente al agá penetraron en la tienda con bastones en las manos. Sin mediar palabra, comenzó a caer sobre mí una furiosa lluvia de golpes y patadas. Me cubrí la cabeza con los brazos y aguanté la paliza. Llegué a pensar que me matarían. Sentía cómo me dolían las costillas y no había parte de mi cuerpo donde no hicieran grave daño.

—¡Ya está bien! —dijo al fin uno de ellos—. ¡Dejémosle en paz o acabaremos con su vida!

Salieron sin decir nada más. Me quedé quieto, aturdido y aterrado. Oscuros pensamientos recorrían mi mente confusa. Temía que el bajá hubiera descubierto lo mío con Kayibay. Se me hacía que regresarían para matarme. No movía un dedo. Empecé a sentir el sabor de la sangre en mi boca y un gran zumbido en mis oídos. No había parte ilesa en mis espaldas, brazos y piernas.

Entonces, nuevas pisadas irrumpieron en el silencio de la tienda.

—Así es la vida —dijo alguien. Era la voz de Yusuf agá.

Saqué la cabeza de entre las mantas y abrí los ojos. El eunuco estaba sentado a mi lado, con una seriedad hierática grabada en el rostro. Noté que un denso reguero de sangre corría primero por mi frente y después por mi cara.

—Así es la vida —repitió el agá, entrelazando los dedos sobre su prominente barriga—. Ella lo ha dicho: no hay placer sin sufrimiento. ¿Comprendes eso?

Atemorizado, asentí con la cabeza.

—Amo a esa mujer —prosiguió el eunuco con los ojos vidriosos, como a punto de llorar ahora—. La amo más que a nada en este mundo. Hace más de diez años que la conozco y te aseguro que no hay criatura como ella en toda Turquía. ¡Oh, Kayi, mi adorada y dulce Kayi, haría cualquier cosa por complacerla!

—¿Por qué has ordenado a tus ayudantes que me apaleen? —demandé con amargura—. Tú trajiste a mis brazos a la favorita. ¿Por qué te vengas de mí?

—¿No lo entiendes? —sollozó—. ¡Yo no puedo complacerla!

—Pero… Tú mismo la trajiste a mí. ¿Por qué has mandado que me muelan a palos?

—¡Consiento que yazcas con ella, perro cristiano! —estalló en un ataque de ira—. ¡Pero no toleraré palabras de amor entre vosotros! ¡Eso no! ¡La poseerás, pero su corazón me pertenece a mí!

—No lo comprendo, agá —le dije sinceramente—. No entiendo nada de lo que está pasando.

—¿Piensas que por ser eunuco no puedo amar y desear a una mujer? —dijo con rabia—. ¡Ella es todo para mí! Daría mi vida para hacerla feliz. Por eso la traje a tus brazos. Pero todo es a costa de un gran dolor... —sollozó de nuevo.

—Solo hice lo que haría cualquier hombre en mi pellejo —observé.

—Anda, coge tus ropas y vete de aquí —me ordenó—. ¡Sal de mi vista y procura no cruzarte en mi camino en los próximos días! Y agradécele a Dios el buen rato que has pasado, bribón.

Salí de allí hecho un mar de confusión, maltrecho y dolorido. En el exterior hacía frío y los criados empezaban a avivar las hogueras para preparar la comida a sus amos. Había aromas de pan caliente y una densa bruma ascendía desde el Cuerno de Oro por entre los cipreses oscuros. El gran mausoleo de Eyüp y la mezquita brillaban por encima de la neblina con el primer sol. El almuecín lanzaba sus llamadas a la oración. Una vez más, me daba cuenta de que Dios me había traído a un extraño y misterioso mundo.

LIBRO III

Que trata de los misterios ocultos de Constantinopla, de las extrañas gentes que allí hacían su vida y de la manera en que los cristianos tienen tratos entre ellos, con o sin consentimiento del gran turco. Asimismo, se cuenta la tribulación de nuestro héroe por verse obligado a ser miembro de la secta mahomética.

17

Llegó la primavera y Estambul se llenó de colores. Había flores en todas partes y jugosas hortalizas en los mercados. Un agradable aroma de especias se esparcía en el ambiente. Los jardines exultaban de alegre verdor y los pájaros parecieron surgir de la nada. Si la nieve es hermosa sobre aquella prodigiosa ciudad, ¿qué decir de la luna llena? Me extasiaba contemplando su reflejo sobre las cúpulas y los tejados.

El buen tiempo encendió el ardor de los jenízaros y marcharon a las empresas militares para dar rienda suelta a su ser guerrero. Dromux partió al frente de sus hombres para combatir al rebelde sufí. Yusuf agá quedó entonces más señor del palacio de lo que ya era. La ausencia del bajá fue como un respiro en aquella casa donde, de una manera u otra, todos éramos esclavos. Porque allí hasta el jefe de los eunucos era una mera propiedad. También el propio Dromux, como cualquiera de los visires, pertenecía enteramente al gran turco.

Mi corazón pertenecía a dos mujeres: Kayibay y

Hayriya. A la primera la tuve entre mis brazos, cuando la benevolencia de Yusuf lo permitió. A la segunda, me conformaba con verla.

Era la Semana Santa de aquel año, a la sazón de 1563, y sucedieron cosas que me hicieron pensar mucho. Diré primeramente que fue por entonces cuando empecé a gozar de cierta libertad. Por mucho que me lo rogara el agá, no cedí en convertirme a Mahoma. Aunque, como corría el tiempo y no llegaba mi libertad ni veía la manera de escapar de mi cautiverio, consideré oportuno modificar mi táctica en el trato con aquella gente. Cuando me pedían que me hiciera turco, no respondía ni «sí» ni «no». No es que tuviera yo dudas en tal menester, pues estaba bien resuelto a seguir siendo cristiano, pero veía que me resultaba más fácil hacerme querer si no me manifestaba obcecado. Yusuf agá me decía:

—Acabarás turco, como tantos otros. Es difícil resistirse a las cosas de Estambul. No irás a negar que la vida en España es harto recia, comparada con esta de aquí. ¡Ay, qué bien podrías vivir entre turcos, joven! Gustándote tanto las mujeres, hallarías aquí la máxima felicidad. ¡Te lograría cuantas hembras quisieras!

—Me lo estoy pensando —le respondía yo, procurando que no adivinara guasa en mis palabras.

—¿Pensando? ¿Y qué hay que pensar? Anda y decídete ya, que te pasará la juventud y no podrás volverte atrás.

Eran tentadoras sus proposiciones. Para mis veintitrés años gozar de mayor libertad y hacerme una vida en Estambul no sonaba precisamente a canto de sirenas. Se me iba apeteciendo y costaba cada día más trabajo resistirse. Era la Semana Santa y había costumbre de asistir en la parte de Gálata a los oficios cristianos. Iban a merodear por allá también los mahometanos, pues los ritos y las cosas de nuestra religión les llamaban la atención. Sobre todo a los renegados, pues no creo que estuvieran olvidados del todo de su primera fe.

Había un viejo monasterio no lejos de la torre de los genoveses al que llamaban de San Pedro, donde vivían frailes de nuestra Iglesia romana. Le dio a Yusuf agá por ir a él y le pareció oportuno que yo le acompañara.

—Hala, ven conmigo —me dijo—, que te haré hoy la merced de que puedas cumplir con las obligaciones cristianas. ¡Tanta es la estima que te tengo!

Agradecí mucho esta consideración. Pude ponerme ese día camisa, jubón y calzones, en vez del tosco sayal que usaban los cautivos. Mas no consintió el eunuco en desprenderme de los grillos y cadenas que traía sujetos en los tobillos y las muñecas día y noche.

Pasamos a Gálata en un caique acompañados por una nutrida guardia de jenízaros, un buen cortejo de criados y una larga fila de gente de la casa, entre la que iba yo. Como hacía sol, el agá iba muy señor rodeado de sirvientes que le guardaban del astro con sombrillas y le espantaban las moscas. A los turcos les gusta mucho alardear de sus rangos, cargos y poderes, por lo que no van ni a la esquina más cercana sin séquito. Máxime cuando salen a hacer compras, pues nada les agrada más que ser adulados y tratados como grandes señores por los mercaderes. Aunque esta vana ostentación les cuesta luego los cuartos, porque hacen ver que manejan dineros y los avispados tenderos aguzan su codicia.

Pues bien, discurrió la primera parte del día precisamente en los mercados. Las negociaciones eran muy lentas y las conversaciones interminables. Para comprar cualquier bagatela, se daba cauce a un ceremonial que más bien serviría para adquirir un palacio. Pero yo estaba encantado por ver el colorido de los bazares, el bullicio de las gentes y el variopinto ambiente de la ciudad.

Escuchose de repente el débil tintineo de una campana y se supo que los oficios en los monasterios cristianos iban a comenzar. Así que pusimos rumbo a las iglesias que estaban en la parte alta de Gálata.

La entrada del monasterio de San Pedro se veía abarrotada de venecianos y florentinos. Decían que en aquellos barrios había más de mil casas de cristianos. También se agolpaban cientos de mendigos, ya fueran seguidores de Mahoma o de Cristo, aguardando las limosnas. Sorprendime al ver que custodiaban la puerta media docena de jenízaros armados con porras, para evitar que se produjeran disputas o que entrasen en el templo gentes irreverentes o impías. Alguien, al ver mi asombro, explicó:

—El gran turco cuida de que sus súbditos y aliados cristianos de Gálata puedan servirse de buena manera en las cosas de su religión.

Suponía yo en mi ignorancia que habría gran odio a todo lo cristiano en el territorio del turco, y no era así, sino que se proveía en sus ciudades la manera de proteger a quienes vivían en buena ley, independientemente del culto que profesaran.

La iglesia no era pequeña para estar en tierra de sarracenos, y toda resplandecía llena de mosaicos de vivos colores y perfectas imágenes que no envidiaban a las mejores de cualquier catedral de los reinos cristianos. El oficio fue suntuoso y digno, celebrado por el prior de los frailes, a quien asistían muchos acólitos y un coro que entonaba bonitos cantos litúrgicos. Parecíame que estaba en mi tierra, al verme envuelto por la atmósfera sacra y el murmullo de las oraciones. Tan movido a fe como me sentía, sacudiome como un arrobo y me hinqué de rodillas, derramando muchas lágrimas. Rogaba a Dios que se sirviera sacarme de mi cautiverio y me diera fuerzas y aliento suficiente para seguir allí mi vida el tiempo que tuviera dispuesto en su divina Providencia, sin que las tentaciones me vencieran.

Cuando hubo concluido la misa, impartidas las bendiciones, llegueme a un lado, donde había una imagen del Salvador que veneraba mucho la gente. Encendí allí unas velas y, muy conmovido, imprecaba el auxilio divino para mi difícil trance, sin dejar de plorar. Entonces, un caballero que estaba un poco más allá se me quedó mirando compadecido. Se aproximó y me dijo cerca del oído:

—Joven, veo que tienes traza noble. Esos grillos y esas cadenas que llevas en pies y manos no te desmerecen. ¿Dónde te hicieron cautivo?

Al escuchar hablar en lengua española, di un respingo. Se acentuó en mí la emoción y estuve un rato mudo, sin poder contestar por el nudo que tenía en la garganta.

—En el desastre de los Gelves —murmuré al fin—. Allá quiso Dios que perdiera mi libertad…

—¡Ah, claro! —exclamó el caballero esforzándose para no alzar la voz—. Anda, ven aquí a un apartado y hablemos un momento. No te vendrá mal desahogarte con un paisano.

—¿Es vuestra merced español? —le pregunté.

—Sí. Aunque llevo en esta tierra más de veinte años. Bueno, a decir verdad, soy napolitano, pero mi señor padre era de Valladolid.

Me fijé en aquel caballero, de indumentaria que difería poco de la de los florentinos y venecianos que había por doquier. Era un señor alto, de porte distinguido y rostro afilado, cuya barba canosa y en punta acentuaba la gravedad de su semblante. La espada de dorada cazoleta al cinto y los guantes de tafilete pardo que llevaba me infundieron confianza, al resultarme familiares por su estilo español.

—Aquel turco grueso —le dije discretamente— es el agá que administra la gente y hacienda de mi dueño.

Miró circunspecto hacia donde yo señalaba.

—¿Te refieres a Yusuf Gül agá? —preguntó.

—Sí, señor. Él es quien corre con la custodia de mi persona.

—Aguarda aquí —me pidió con decisión.

Le vi ir hacia el eunuco y ambos se saludaron con gestos reverentes. Conversaron un rato. Luego Yusuf agá me hizo un gesto con la mano que interpreté sin dudarlo como la autorización para poder hablar con aquel caballero.

Fuimos a un lugar apartado, junto a una casita baja y medio en ruinas que estaba pegada al monasterio. Nos sentamos en un grueso tronco al lado de unos montones de leña. El caballero cruzó las piernas y vi sus botas claveteadas, repujadas y perfectamente cosidas. Me avergoncé de mis pies descalzos y sucios y los oculté cuanto pude bajo el tronco.

—Eres hijodalgo, ¿verdad, joven? —inquirió muy serio.

150

—Mi nombre es Luis María Monroy de Villalobos, Zúñiga también por parte de padre y madre, Maraver, de Lerma, Ayala… —quise referir todos mis apellidos con orgullo.

—Bien, bien —dijo poniéndome cariñosamente la mano en el antebrazo y sonriendo bonachonamente—, ya se ve que vienes de buena cepa. ¿Has cumplido ya los veinte?

—Hace tres años.

—Hummm… —asintió ensombreciendo el rostro—. Triste edad para verse cautivo. ¡Qué malos tiempos estos!

Quise mantener el tipo y no desdecir mi condición de caballero, pero intenté hablar y la voz se me quebró. Sollocé un momento. No sé por qué me vi tan decaído aquel Jueves Santo. Supongo que el oficio y las plegarias me habían movido a lágrimas. Me cubrí el rostro y procuré cortar aquel llanto que tanta vergüenza me causaba. Pero el caballero me palmeó amablemente el rostro y, con tono muy amigable, me dijo:

—Bueno, bueno, joven, llora cuanto quieras. Por mí no has de sentirte avergonzado. Esa congoja que tienes dentro debe salir. A buen seguro que has aguantado las lágrimas durante mucho tiempo, ¿verdad?

—He vivido duras peripecias, penalidades y afrentas de todo tipo…

—Claro, claro, lo comprendo, joven.

Abrí mi corazón a aquel desconocido sin saber por qué. Le hablé de mi origen, le conté mi vida en los tercios, las calamidades de la isla de los Gelves, la derrota y el cautiverio. Me escuchaba atento. Sacó de entre su jubón un pañuelo blanco con puntillas y me lo dio para que me enjugara las lágrimas. Cuando tuve el pañuelo en mi mano, me asaltó un arrebato de orgullo y le espeté:

—¡Pensará vuestra merced que soy débil como una damisela!

—No, nada de eso —contestó con gravedad y mirada sincera—. Eres un cautivo más, como muchos que viven en esta Constantinopla turca, así como en otros reinos sarracenos. No es nada fácil lo que te ha tocado vivir. Te comprendo, Luis María; ¡no sabes cuánto!

Animado por la confianza que me manifestaba aquel hombre, expresé mis sentimientos y liberé mi alma atormentada:

—¿Quién soy ahora? ¡Solo la sombra de lo que prometía ser! Llevo casi tres años entre sarracenos, en este raro mundo, donde todo es tan diferente... ¡Por Santiago, qué ha sido de mí!... ¿Quiere Dios que mi vida discurra toda entre esta gente? ¿Aquí, en este lejano y extraño lugar? ¿Para eso nací yo?... ¡Oh, Dios mío!...

—Calma, calma, Luis María —me pidió—. Aún eres muy joven y ¿quién puede saber lo que Dios tiene dispuesto para ti?

Cuando me hube serenado, me avergoncé una vez más por haberme comportado de aquella manera indigna de un caballero. Entonces reparé en que había sido descortés al no preguntarle ni siquiera su nombre. Para enmendar el error, le dije:

—Pensará vuestra merced que soy uno de esos desconsiderados que solo piensan en sí mismos. Ha sido muy amable conmigo, al escuchar mis penas y darme consuelo. ¿Puede decirme su nombre?

—Me llamo Melquíades de Pantoja. Soy mercader de vinos. Te preguntarás qué hace aquí un hombre libre como yo. En fin, es una larga historia que en otra ocasión te contaré.

Hubiera jurado yo que era aquel hombre un noble señor castellano, y no un comerciante; pero entre los turcos resultaba difícil conocer quién era quién, pues no regía allá otra distinción y título que el tener sobrados dineros. Por eso se veían mercaderes, tratantes, artesanos, escribientes y contables que llevaban traza de hidalgos y hasta de marqueses y condes.

—Mi querido amigo —añadió—, puedes tutearme. También provengo yo de hijosdalgo, aunque, ya ves, mi vida ha ido por otros derroteros. Fui militar como tú, siendo muy joven. Pero perdí mi oportunidad por ir a perseguir vientos. Aunque... no puedo quejarme. Tengo aquí mujer e hijos y Dios no me ha tratado mal.

Tendría unos cincuenta años, por lo que supuse que esos hijos de los que hablaba serían de edades cercanas a la mía. Pensé que tal vez por eso obró de forma tan paternal conmigo.

—Gracias por escucharme, Melquíades de Pantoja —dije con la mano en el pecho—. Pido a Dios que siga cuidando de ti, pues veo que eres buen cristiano, compasivo y piadoso.

—Hummm... Soy un pecador, como tantos otros.

Dicho esto, sacó de entre las faltriqueras una bolsita de cuero y extrajo unas monedas.

—¡No, no, no...! —exclamé, comprendiendo que eran para mí.

—¡No seas orgulloso! —me espetó a la cara—. No estás en situación de desdeñar ninguna ayuda. Coge estas monedas que pueden reportarte gran utilidad aquí. Hoy es Jueves Santo y, después de haber confesado y comulgado, no he encontrado a nadie más necesitado que tú.

Acepté las monedas, que eran de plata, de las que acuñaban los florentinos y que allí tenían un elevado valor.

—Gracias una vez más —dije.

—No las merezco.

—¿Volveremos a vernos? —le pregunté.

—Mañana mismo —respondió con decisión.

—¿Eh? —exclamé extrañado.

—Sí, amigo Monroy —dijo acercando sus labios a mi oído—. Mañana vendrás de nuevo a Gálata.

—No me dejarán.

—Sí, sí te dejarán. Tu agá es un viejo conocido mío. Mañana es Viernes Santo y tú debes asistir al oficio de adoración de la Santa Cruz. Le pediré a Yusuf que te deje venir conmigo y no me negará esa merced.

—Estás muy seguro.

—¡Como de que Dios es Cristo! —sentenció.

18

A primera hora de la tarde del Viernes Santo, Melquíades de Pantoja vino a buscarme a la casa de Dromux, tal como había prometido el día anterior. Me sorprendí al ver con cuánto miramiento le trataba el agá Yusuf. No bien había aparecido el caballero napolitano en el zaguán del palacio, cuando acudieron los criados para ofrecerle un sirope de limón y algunas golosinas.

—Oh, no, muchas gracias —se excusó Pantoja—; he de comulgar esta tarde, ya sabéis.

—¡Ah, querido Melquíades —exclamó Yusuf alzando los brazos al cielo—, tú tan cristiano como siempre! Claro, hoy es Viernes Santo; un señalado día para vuestra religión.

—Sí —asintió Pantoja—. Hoy es día de ayuno y abstinencia.

—Pero una simple limonada... —insistió el eunuco.

—Ni siquiera eso —negó el caballero cristiano—. Haceos a la idea de que para mí es Ramadán.

—¡Ah, claro, Ramadán! ¡Ja, ja, ja…! —rio Yusuf.

—Bien —dijo Pantoja—. Se hace tarde y no debemos retrasarnos para el oficio. Me llevaré a Monroy, como quedamos ayer.

El agá me miró y frunció el ceño.

—¿Otra vez al oficio hoy? —refunfuñó—. ¿No tuvo bastante con lo de ayer?

—Ha de cumplir con su credo —observó el mercader.

—¡Pues no ha acudido a la iglesia en tres años —protestó el agá— y ahora va a ir cada día! ¡A ver si le va a sentar mal el atracón teniendo perdida la costumbre!

—¡Ah, ja, ja, ja…! —le rio la gracia Pantoja—. ¡Tú siempre tan ocurrente, querido Yusuf Gül agá! ¡Cómo se nota que naciste en España!

—Pero me hice turco —replicó muy serio el eunuco—, y muy turco. Ya no tengo de español ni el nombre.

—¡No te enfades, hombre! —le dijo conciliador el mercader—. Cada uno es de donde pace, no de donde nace.

—Eso mismo —asintió Yusuf—. Y ya quisiera yo que ese —dijo señalándome con el dedo— se hiciera turco. Mas, con tantos ires y venires a las iglesias, vas a deshacer tú, Pantoja, todo lo que yo he hecho; que ya lo tenía medio convencido de que se cambiase a la ley turca. Que siendo tan buen poeta y cantor como es, puede ganarse aquí fama, hacienda y, si lo mereciere, hasta libertad con el tiempo.

—¡Eso lo veo difícil! —protesté.

—¡Calla, que nadie te ha autorizado a abrir la boca! —me gritó amenazante el agá—. ¿Has visto? —le dijo a Pantoja—. Ahora se crece y se pone respondón. Todo es a cuenta de haber tenido trato con misas y cristianos. ¡Si ya lo decía yo!

—Anda, Yusuf Gül agá —le rogó el mercader—, déjale venir conmigo, que se hace tarde y no llegaremos con hora para la adoración de la Santa Cruz.

—¡Y dale! —refunfuñó Yusuf—. ¿Pues no te digo que lo que yo quiero es que se haga fiel al profeta y se cambie a la ley de nuestro amo el gran turco?

—Sí, ya lo he oído, querido agá —contestó Pantoja—. Pero, mientras tanto, ¿va a estar ateo? Si se cambia un día de ley, ya tendrá tiempo de ir a la mezquita. Mas ahora deberá cumplir con la única ley de Dios que sabe, la cual es la de su bautismo cristiano. ¿O no es eso justo?

—¡Andaos! —accedió al fin el eunuco—. Que no hay cosa peor que estarse sin Dios, como dice el Corán.

—Alá te lo pague —rezó Pantoja—. ¡Vamos, Monroy!

No fui ni a cambiarme las ropas y salí vestido como estaba, con tosco sayal de cautivo. Iba por las calles cual penitente, arrastrando mis cadenas, descalzo y con los cabellos luengos, sucios y revueltos.

—¡Ir a los oficios de esta guisa! —murmuré, pues recordaba la compostura que se usa en España para tales menesteres en día tan señalado.

—Eso es lo de menos —dijo Pantoja—. Lo importante es ir. ¡Y ya me ha costado convencer al agá!

—Ya te dije que costaría. Milagro me parece que me haya autorizado. Poco he visto yo las calles de Estambul desde que llegué.

—Eso solo significa una cosa y debe causarte no poco orgullo.

—¿Pues, de qué se trata?

—Significa que te tienen en alta estima —dijo el mercader deteniéndose y poniéndome la mano en el hombro—. Cuando los turcos descubren a alguien que les interesa, sea cristiano o moro, no cejan hasta conseguir que les sirva sin condiciones. Y si le consideran digno, no dudan en hacerlo de la familia y en dotarlo como a un hermano o a un hijo. Sin duda, el agá te estima más de lo que piensas.

—Pues no les duelen prendas cuando me han de castigar y causar todo tipo de sufrimientos y humillaciones —observé.

—¡Ah, claro! Recuerda: quien bien te quiere, bien te hará sufrir. Aquí en Turquía eso es más cierto que en ninguna parte.

Descendíamos hacia el muelle de Eminonü. El Cuerno de Oro se veía abajo, atestado de embarcaciones, igual que siempre. Como era día de sermón en las mezquitas, por ser viernes, las tiendas estaban cerradas y muchos hombres iban hacia los baños o regresaban dellos. Una gran calma reinaba en la ciudad.

Subimos a un caique en el embarcadero y cruzamos a la otra parte. La torre de Gálata presidía poderosa la parte alta del barrio que crecía desde el ataranazal en una apretada maraña de casas. Los almuecines llamaban a la oración a un lado y a otro de las aguas, y sus cantos se mezclaban con los graznidos de las gaviotas que perseguían voraces las barquichuelas de los pescadores.

Desembarcamos junto a un gran mercado donde se exhibían plateados peces que brillaban al sol saltando aún vivos sobre los mostradores. Parecía esta parte un puerto de cristianos, pues pululaban por todas partes griegos, florentinos y venecianos.

—Las tabernas están hoy cerradas por ser Viernes Santo —explicó Pantoja—. Cualquier otro día, este lugar es el mejor de Turquía para beber buen vino y comer pescado. Aquí suelo yo hacer la mayor parte de mi negocio. Un poco más allá tengo mis almacenes y un par de barcos amarrados para ir a buscar la mercancía. El vino lo traigo de Trapisonda, de Mármara y hasta de la isla de Chío, cuando el tiempo me lo permite.

Se veía que Pantoja era muy conocido en Gálata. Casi todo el mundo le saludaba. Él se detenía a cada paso para hablar con unos y con otros, ora en turco, ora en italiano, e incluso en francés.

—Son muchos años acá —me decía—. Un mercader siempre debe mostrar simpatía. Como verás, aun siendo de reinos diversos, aquí todo el mundo se conoce.

Dejamos atrás el ataranazal y ascendimos por un abigarrado laberinto de callejuelas. En las fachadas había letreros que indicaban negocios de diversa clase, casi todos con nombres italianos. También se veían tinajas en las puertas que indicaban la venta de vino, armas colgadas en las ventanas, arneses, trabajos de cuero, munición, cuchillos y herramientas. Un poco más arriba, junto a la torre, estaban las casas mejores, con buenas fachadas y balcones sobresalientes de estilo veneciano.

—El monasterio de San Benito está cerca —indicó Pantoja.

Llegamos por fin a una encrucijada donde confluían tres calles frente a una iglesia grande cuyo campanario estaba en ruinas. Delante de la puerta conversaban amigablemente varios caballeros cristianos. Pantoja les fue saludando. Me percaté de que eran conocidos suyos. Algunos llevaban cadenas y grillos, por lo que supe que no todos eran hombres libres. Aunque ninguno iba tan mal vestido como yo.

—Este es don Luis María Monroy de Villalobos —me presentó Pantoja—. Es español y fue hecho cautivo en Djerba. Vive en la casa de Dromux bajá, al servicio de Yusuf Gül agá.

Los caballeros me miraron y asintieron con graves movimientos de cabeza. Luego me fueron saludando y se presentaron uno por uno. Eran genoveses, napolitanos y españoles. Uno de los que llevaban cadenas me abrazó y, emocionado, exclamó:

—¡Somos paisanos, hermano! Me llamo Rodrigo Zapata y también yo caí cautivo en los Gelves.

Enseguida le reconocí. Era uno de los capitanes del tercio de Milán de don Álvaro de Sande, es decir, del mismo que yo. Aunque había tratado poco con él, por pertenecer a la sección de los arcabuceros, no habría podido pasarme desapercibido, pues su fama era notable en el ejército.

—Ese era mi tercio —le dije—. Servía yo como tambor cuando corrí la misma suerte que vuestra merced.

—Este es también camarada nuestro —dijo entonces don Rodrigo Zapata, señalando a otro caballero joven—. Es el capitán Francisco Enríquez, de Cáceres.

Este me era aún más conocido, aunque me pareció que estaba bastante cambiado, pues llevaba las barbas y el cabello muy crecidos y había adelgazado mucho.

—¡Dios bendito! —exclamé—. ¡Capitán Enríquez!

—El mismo —dijo—. Y tú eres Monroy, el tambor, te recuerdo perfectamente, muchacho, aunque eres ya un hombre hecho y derecho.

El resto de los caballeros eran genoveses y napolitanos. Destacaba entre ellos uno que parecía gozar de cierta autoridad sobre los demás: Adán de Franchi era su nombre, aunque todos se dirigían a él como Franchi. Era este un caballero de mediana estatura, delgado y que debía de tener poco más de cuarenta años. Hablaba pausadamente con marcado acento de Genova.

—¿Te sientes feliz entre cristianos, Monroy? —me preguntó con voz casi inaudible—. ¿Estás contento?

—Claro, señor —respondí—. ¿Cómo no estarlo?

Y de verdad me sentía a gusto. Los españoles Zapata y Enríquez me palmeaban afectuosamente los hombros y se interesaban mucho por la manera en que había vivido mi cautiverio. Como solía suceder cuando los cautivos se encontraban, nos contamos las penas. También ellos tenían mucho que relatar acerca de palizas, humillaciones y desprecios.

—¿Y cómo hacéis para estar así, libres de vuestros dueños? —les pregunté, pues me resultaba raro verlos tan sueltos, sin guardianes ni amos que les sujetasen las cadenas.

—Es largo de contar —contestó Zapata—. Ahora pertenecemos ambos a un amo que no nos trata demasiado mal. Pero hemos pasado lo nuestro.

En esto, salió del monasterio un sacristán haciendo sonar la matraca cerca de donde estábamos charlando.

—El oficio va a comenzar —dijo Adán de Franchi—. Entremos en el templo, caballeros.

La nave principal de la iglesia de San Benito era amplia y estaba decorada muy bellamente con mosaicos que representaban la vida del Señor y sus milagros. Olía a cera, incienso y humedad, entre aquellas paredes ennegrecidas por el humo y por el paso del tiempo. El suelo estaba cubierto de lápidas y a los lados, en múltiples capillas, se veían numerosos sarcófagos de mármol, estatuas yacentes e imágenes de santos. Al fondo resplandecía el altar mayor iluminado con lámparas y velas. Delante, algunas damas cristianas y sus hijos pequeños permanecían arrodillados orando. También había hombres de todas las edades junto a las columnas que estaban muy atentos, fijos los ojos en una gran figura de Cristo que presidía el retablo principal.

—Aproximémonos más al altar —propuso Pantoja.

Nos situamos delante, en el lugar reservado para los caballeros. También había allí, a los lados, marineros, comerciantes y gentes de peor traza. No dejaba de sorprenderme ver a tantos cristianos viviendo libremente en el territorio de los turcos.

Sonó la campana y subió al altar un clérigo pequeño y jorobado, cuyos largos brazos casi habrían arrastrado si no los llevase recogidos, juntas las manos sobre el pecho. Se postró en el suelo como corresponde al oficio del Viernes Santo y todos hincamos en tierra las rodillas, humillándonos cuanto podíamos. Las oraciones latinas resonaban dentro de mí con palabras que me resultaban muy familiares. Las lecturas hablaban de la pasión de Cristo y el salmo que se cantó me arrancó escalofríos:

Dios mío, Dios mío, ¿por qué me has abandonado?

A pesar de mis gritos, mi oración no te alcanza...

La intensidad de esta súplica me hizo consciente

de mi desdicha una vez más. Me sentía abandonado, alejado de mi tierra, casa y parientes, extraño a la propia vida y sometido a la voluntad de otros. El canto proseguía:

En ti confiaban nuestros padres,
confiaban, y los ponías a salvo;
a ti gritaban, quedaban libres...

Como el día anterior, las plegarias y el ambiente sacro del templo me llenaron de congoja.

Pero yo soy un gusano, no un hombre,
vergüenza de la gente, desprecio del pueblo;
al verme se burlan de mí...

Concluidas las lecturas y los cantos, llegó el momento de adorar la cruz. Vi cómo aquellos caballeros y damas se ponían en fila junto a sus hijos y acudían con reverencia a postrarse delante de un gran crucifijo que el clérigo y sus acólitos sostenían junto al altar. Delante de mí, Zapata y Enríquez arrastraban sus cadenas por las piedras del suelo. Yo arrastraba mis hierros, incorporado a la fila.

Me postré delante de la cruz y besé los pies del Cristo. En ese momento, me hice consciente de quién era y resolví en mi interior no cambiarme a la ley de los turcos.

Cuando hube cumplido con estas cristianas obligaciones, concluido el oficio, supuse que Pantoja me devolvería a la casa de Dromux. Sin embargo, muy circunspecto, me dijo:

—No, Monroy. Ahora tengo una importante reunión con algunos caballeros. Si lo deseas, puedes asistir. Si no, aguarda en la puerta del monasterio a que yo salga.

—Iré contigo a esa reunión —le respondí muy decidido.

Pasamos al interior del monasterio. Recorrimos un largo pasillo y Pantoja golpeó con los nudillos en una pequeña puerta. Todo estaba en penumbra.

—¡Adelante! —se escuchó otorgar desde el interior.

Entramos. En una sala no muy grande estaban sentados en torno a una mesa cuatro hombres: el anciano fraile que había presidido la celebración, Adán de Franchi y dos desconocidos a los que no me parecía haber visto en la iglesia. Nadie dijo nada. Pantoja se sentó en una de las sillas y me indicó con un gesto mi asiento, a su lado.

Después de permanecer un rato en silencio, mirándonos las caras, Adán de Franchi dijo:

—He aquí a don Luis María Monroy.

—Bienvenido a esta casa de Dios, caballero —me dijo el clérigo.

—Tomémosle juramento —propuso uno de los hombres que me resultaban desconocidos.

El fraile extendió el largo brazo y puso delante de mí un pequeño crucifijo. Solemnemente, demandó:

—Don Luis María Monroy, ¿juras por esta sagrada imagen del Salvador del Mundo y su Cruz bendita guardar silencio sobre todo lo que aquí escuches?

Inmediatamente, acudió a mi memoria aquel lejano día que juré también guardar riguroso secreto en los sótanos de la prisión de Susa.

—¡Juro! —exclamé, y besé el crucifijo.

—¿Y juras no hacer traición y guardar fidelidad al rey católico en fe de buen español?

—¡Juro! —repetí.

—Si es así —sentenció el fraile—, que Dios te lo premie; si no, que Él te lo demande.

Hecho el juramento en forma, me fueron presentados cada uno de los hombres que participaban conmigo en tan secretísima reunión. Primeramente, identificóse el clérigo, que dijo ser fraile de la Orden de San Benito, el único que habitaba en aquel monasterio, siendo por ello superior, padre, hermano, lego y novicio, aunque era ayudado por un sacristán que cada día iba a la iglesia y por algunos acólitos. Explicó que era ya muy viejo, como bien demostraba su figura, de ochenta años; que por ello estaba resuelto a morir allí donde llevaba más de diez lustros sirviendo a Dios y a la causa cristiana; y que antaño moraban con él en obediencia, castidad y pobreza otros cinco frailes, los cuales fueron muriendo uno a uno, sin que vinieran a sustituirlos. Se llamaba este anciano clérigo Dom Paulo y era calabrés de origen.

Supe luego que quien se me había presentado el día antes como Melquíades de Pantoja usaba nombre falso y que su verdadero apellido era Antúnez, llamándose de pila Mauro. Aunque me pidió que siguiera nombrándole como el día que le conocí, por ser aquella su única identidad pública en Turquía. Era, como me dijo, este caballero mercader de vinos, pero ocupábase además de recabar información en los atarazanales sobre cualquier movimiento de las flotas turquesas y, cuando estaba cierto de alguna empresa que podía perjudicar gravemente a los reinos cristianos, corría al punto con sus navíos mercantes y, so pretexto de ir a por mercancía, pasaba el aviso al rey católico en el primer puerto que se le terciara.

Adán de Franchi, sin embargo, se llamaba tal y como decía. Era este un caballero inteligente que estaba muy bien asentado en Estambul y que tenía buenas relaciones con los visires y magistrados turcos. Dedicábase también al comercio y a cualquier negocio que se le viniera a la mano, como podía ser el entrar en conversaciones para rescatar cautivos o hacer de intérprete cuando venían embajadas ante el gran turco, pues su manejo de lenguas era grande y su conocimiento del mundo muy extenso. Teniendo buena hacienda y mucha gente a su servicio, se movía en Gálata como pez en el agua.

Por último, diéronse a conocer los dos hombres que restaban, los cuales aún no habían abierto la boca. Uno de ellos se llamaba Simón Masa; era grande y grueso, vestía a la turca y llevaba una crecida barba negra. Dijo este hombre que servía a un tal Ferrat bey, muy privado del *beylerbey* de Grecia, gobernador turco que tenía gran poder en el imperio del sultán. Afirmó ser mahometano, por haberse cambiado de ley, pues su origen era cristiano. Su nombre de renegado era Semsedin, aunque le decían todos Sem. Presentose el otro como Juan Agostino Gilli, napolitano, contable, escribiente y criado de Adán de Franchi. Este caballero era cristiano como su señor, discreto, amable y silencioso. Explicó que se encargaba de redactar las cartas y los avisos que se enviaban a la parte cristiana; asimismo, hacía de secretario en las reuniones, convocaba a los conjurados y hacía llegar los mensajes urgentes a unos y otros mediante mil triquiñuelas para que pasaran inadvertidos.

Como final, se me dio a entender que aquellos cinco hombres pertenecían a una especie de conjura oculta al conocimiento de los turcos. Su misión no era otra que la de hacer de espías para el rey católico. A este menester tenían consagradas sus vidas, haciendas y trabajos, arrostrando constantes peligros y cuidando en todo momento de no ser descubiertos. Llamábase el grupo «sociedad de conjurados», o «los conjurados», a secas.

Tan asombrado estaba yo al saber estos secretos, que permanecí mudo. Ahora venía a comprender todo aquello que se oía por ahí acerca de los muchos y buenos espías que la causa cristiana tenía en Constantinopla.

Y una pregunta me arañaba las entrañas, la cual no me callé y así la hice a los presentes:

—Señores, y digo yo, ¿por qué han acudido vuestras mercedes a mi humilde persona?

Todos pusieron entonces sus miradas en el secretario Gilli. El cual sacó una carta que tenía entre sus ropas, la desenrolló y la leyó lentamente y con voz grave. Entre otras cosas, el pliego decía:

Y pongo en tu prudente cuidado, noble Adán de Franchi, la búsqueda del caballero don Luis María Monroy de Villalobos, el cual es cautivo del visir Dromux bajá. Si lo hallaras en Constantinopla, donde fue llevado por sus dueños, entra en conversaciones discretas con él; pues, por su mucha valentía, inteligencia y lealtad, puede servir mejor que otros a nuestra noble causa. Confía plenamente en su fidelidad, encárgale lo que haya menester de su persona y no dudes en hacer uso de sus cualidades.

Dios os guarde y proteja en su Divina Providencia. Él lo guíe todo como mejor sea para su gloria y honra.

JUAN MARÍA RENZO DE SAN REMO,
en nombre de Su Excelencia
el Virrey de Nápoles

19

Cuando me hice consciente de que me había convertido en uno de los espías del rey católico, vine a sentirme dueño de mi persona como antes de ser cautivo. Entonces comprendí del todo aquello de saberse uno libre por dentro, aun siendo esclavo de otros. Mis camaradas conjurados me explicaron muy bien cómo podía ser de gran utilidad a la causa viviendo dentro de la casa de Dromux bajá. Se trataba principalmente de un asunto de paciencia, así como de suma cautela. Agradecí en el alma que se me otorgara esa confianza. Ahora podía experimentar que el sacrificio de mi vida no era inútil.

En aquella primera reunión del Viernes Santo hubo poco tiempo para que yo conociera todos los entresijos de la conjura. Pero supe los nombres de los hombres que vivían en Estambul dedicados a recabar informaciones que luego se pasaban a la parte cristiana cuando había oportunidad para ello. También me enteré de que algunos de los caballeros que escaparon del almagacén de Susa, cuando el incendio, habían conseguido llegar a Sicilia. Dieron aquellos camaradas míos aviso a las autoridades cristianas de cuanto sucedía en la costa africana: presidios, ejércitos, defensas y armas; detallaron el estado de la república sarracena y, buscando mantener los contactos con las interioridades del enemigo, entregaron cumplida relación de cuantas personas cristianas dejaron en manos de los turcos, poniendo especial cuidado en describir las circunstancias y cualidades de todos aquellos hombres que pudieran hacer de informadores en el futuro. En la lista iba mi nombre.

Aquel capitán Uriz, que un día me tomó juramento en la prisión y me ordenó permanecer aguardando sus noticias, era quien había dado mi nombre a un tal Juan María Renzo de San Remo, hombre de confianza del virrey de Nápoles que tenía la encomienda directa por parte del rey católico para organizar conjuras, disponer fondos de dineros, reclutar espías y proveer de todo lo necesario para este secreto oficio que tan principal era en aquellos difíciles tiempos de amenazas sarracenas.

Fue Dios servido que don Melquíades de Pantoja tuviera amistad con Yusuf agá, el cual le habló por pura casualidad de que contaba entre sus esclavos con un joven cristiano que hacía versos, tocaba el laúd y cantaba, para hacer las delicias de su amo el visir Dromux. Así fue como se supo en la conjura que yo estaba vivo y en Estambul, lo que ya se venía sospechando, según me dijeron, desde que Uriz pudo tener conversaciones con la gente de Susa. El Jueves Santo, aunque yo lo ignoraba, ya el agá y Pantoja estaban de acuerdo precisamente para que se hiciera el conocimiento. Fue el propio eunuco quien le indicó al mercader de vinos quién era yo. Viome Pantoja al pie de la imagen del Salvador derramando lágrimas y comprendió el tormento que sufría mi alma cristiana por hacer la vida entre los moros. Lo demás, ya lo he contado.

Devolviéronme esa misma tarde del Viernes Santo al lugar de mi cautiverio, la casa de Dromux, donde el agá me recibió con una extraña sonrisa.

Los días siguientes los pasé ansiando volver a ver a mis camaradas conjurados, pero transcurrieron semanas y meses sin saber nada de ellos. Entonces retornó a mi vida la rutina de la esclavitud: tañía, cantaba, componía versos y hacía lo que se me mandaba. Poco volví a salir del palacio y pasó casi toda la primavera.

De vez en cuando, al advertir yo que el agá estaba de buen humor y dispuesto a la conversación, no desperdiciaba la ocasión y, como quien no quiere la cosa, le decía:

—Ya me gustaría a mí volver a ver a ese tal Pantoja, el de los vinos.

—¡Uf! —exclamaba el eunuco—. ¡Dónde estará Pantoja! ¿Pues no sabes que en este tiempo se llega hasta Chío a por los vinos? Los mercaderes andan ahora a sus asuntos.

—¿Y dónde vive pues?

—¿Para qué quieres saberlo —respondía desdeñoso—, si no vas a ir a su casa?

—Pues entonces —decía yo sin demasiado interés—, podrías dejarme ir alguna vez a las iglesias de cristianos.

—¡Qué afición a cristianos! —refunfuñaba—. ¿Es que no vas a decidirte a hacerte turco?

—Me lo estoy pensando —contestaba yo para no contrariarle.

—Pensando, pensando, pensando… ¡A qué tanto pensarlo, que se te pasará la vida!

Se alargaba la ausencia de Dromux aquel año. Según decían, estaba detrás del cargo de gran almirante de la mar, para lo cual debía ganarse el favor de Piali bajá. Pero esa misma intención anidaba en el corazón de otros visires y arraeces, pues el almirante de la flota mediterránea —el *kapudan* pachá— era el principal personaje que manejaba las cosas de la marina turquesa. Ese distinguidísimo cargo lo venía ejerciendo Piali bajá, desde que nos venciera a los españoles en la triste jornada de los Gelves, pero a nadie se le ocultaba que Piali aspiraba al supremo visirato, lo cual supondría nombrar un nuevo almirante.

En la casa de Dromux se rumoreaba que nuestro amo no tenía las cosas muy a su favor en esta pretensión suya. Al parecer, su mayor contrincante era Müezinzade Alí, el agá de los jenízaros, que había servido, como Dromux, en el palacio del gran turco, cuando Piali era portero jefe del Topkapi Sarayi. Por haber sido compañeros muchos años, era comprensible que se hubieran despertado entre ellos las envidias en el turbio juego de intereses y complejos entresijos que rodeaban al sultán.

Otro de los jenízaros que aspiraban a ser almirante era Uluch Alí, que ya ocupaba un buen puerto en la flota otomana. Pero estaba ahora muy lejos de Estambul, en su cargo de gobernador de Argel, por lo que no resultaba un competidor tan serio para Dromux como el agá Müezinzade Alí.

Todas estas cosas las escuchaba yo comentar a unos y a otros en la casa. Eran tema corriente de conversación. A la gente de Dromux le interesaban mucho los triunfos de su amo, pues un ascenso o una distinción por parte del sultán supondría acercarse más al centro de poder de los turcos, es decir, el gran palacio de Topkapi, lo cual reportaría beneficios sin cuento a todos los de la casa.

Y como quiera que me iba yo concienciando de que era espía del rey católico, procuraba no perder ripio de cuanto allí se decía. Me quedaba con los nombres de los importantes hombres turcos que oía mencionar y, cautelosamente, hacía preguntas de apariencia inocente sobre cosas de la armada, del gobierno de la república turquesa y hasta de la vida en el privadísimo palacio del gran turco. Aunque, acerca de esto último, en Estambul solo se sabía lo que las habladurías sacaban afuera; y eran informaciones muy fantasiosas que poco tendrían que ver con la verdadera realidad.

Pero me desalentaba ver pasar el tiempo sin que pudiera yo poner en uso mis cualidades de espía. Pues parecíame que una vez más se habían olvidado de mí, porque nadie acudía a darme la más mínima noticia de mis camaradas cristianos.

20

Una de aquellas noches, cuando estaba yo sumido en profundo sueño, sentí que una mano me zarandeaba y una voz cerca de mí me susurró:

—Vamos, cristiano, coge tu laúd y ven conmigo.

Aturdido y medio dormido, abrí los ojos y vi a Yusuf agá junto a mi cama con una lamparilla en la mano. Como sabía que debía estar siempre dispuesto para cumplir con mi oficio, y ya en varias ocasiones se les habían antojado mis servicios a cualquier hora del día o de la noche, me levanté sin rechistar y me vestí.

—¿No te apetece pasar un ratito de fiesta? —me preguntó mientras le seguía por el pasillo.

—Para eso nunca es mala hora —dije, aunque sin demasiado entusiasmo, pues llevaba aún adherido al cuerpo el calor de las mantas.

Supuse que el agá tendría alguna visita y que se les habría ocurrido escuchar algo de música después del banquete. Sin embargo, a medida que recorríamos el palacio, me di cuenta de que todo estaba en silencio. No había más lámparas encendidas que las que permanecían iluminando los principales rincones durante toda la noche. Pasamos por delante de las cocinas y no se escuchaban ruidos de platos ni conversaciones. Era demasiado tarde y todo el mundo se encontraba ya en los dormitorios, entregado al sueño.

Mi corazón se agitó y terminó de espantárseme el sueño cuando descubrí que íbamos hacia las dependencias de las mujeres. Atravesamos un patio abierto al cielo estrellado y discurrimos por delante de unos setos que exhalaban el agradable aroma del mirto. Entonces vi la reja de la puerta donde hablé por primera vez con Kayibay. Ahora yo estaba en el lado de adentro. Mi excitación aumentaba a cada paso.

Más adelante, donde crecían oscuros arbustos, cipreses y granados, frente al edificio del harén, se escuchaba el rumor de voces y algunas risas.

—Aguarda aquí —me pidió Yusuf.

Vi su silueta desaparecer en la oscuridad y oí cómo chirriaba la puerta del palacete. Entre las ramas de los árboles se adivinaban las celosías que dejaban escapar luz por sus diminutas aberturas. La incertidumbre y la excitación me oprimían el pecho. Era una noche de media luna, no demasiado oscura, en la que los tejados se dibujaban en un firmamento limpio. De vez en cuando, la brisa levantaba el aroma dulzón de las rosas que se esparcía por el ambiente cálido y vaporoso. Sería más de media noche y ya los gallos alzaban sus cantos, próximos y lejanos, siendo contestados por el aullido de algún perro.

De repente, percibí que la vegetación se agitaba a un lado y pude oír el frufrú tan propio de las sedas, lo cual encendió mi corazón. Entonces vi aproximarse dos siluetas oscuras, muy embozadas en telas, que a pesar del tapado identifiqué como las de dos mujeres.

—¡Querido —dijo una de ellas—, ansiaba verte!

—¡Mi señora, Kayi! —exclamé.

Un impulso súbito nos llevó a abrazarnos amorosamente. Por encima de sus hombros, vi cómo la otra mujer corría a ocultarse en las sombras de la noche.

—Mi amor, querido mío —me susurraba ella al oído.

Había soñado tantas veces con volver a tenerla cerca, que aquello no me parecía ser realidad. No sabía por qué misteriosa razón el agá me volvía a regalar con su encuentro y no me importaba que pudieran darme una paliza después de gozarla. Pensaba más bien que, de estar con ella, me había de venir todo el beneficio del mundo.

—Te amo, señora mía —le dije—. Paso la vida pensando en ti y no encuentro contento sino en verte y abrazarte.

—Ea, pues —contestó—, bésame cuanto quieras en estos labios que cada día repiten tu nombre.

Nos besamos largamente. Había un silencio y una quietud muy grandes. Recelaba yo de que alguien pudiera estar observándonos desde alguna parte y tal pensamiento no me permitía ser feliz del todo. Percatose ella de esta inquietud mía y observó:

—Hay rigidez en tu cuerpo, querido. ¿Qué te ocurre? ¿Es verdad, como dices, que me amas o...?

—Sí, señora, te amo, desde la primera vez que te vi. Pero no siento la libertad suficiente para manifestarme como corresponde a un hombre que desea a una mujer. Siempre hay gente alrededor de nosotros y nunca estamos del todo a solas.

—¿Te refieres a los eunucos? —me preguntó con voz casi inaudible.

—Sí.

—Vive como si no existiesen —dijo muy tranquila—. ¿Te importan esos árboles o esas rosas que están más allá? ¿Acaso esas estrellas que nos miran, como ojos encendidos desde el cielo, te causan inquietud?

—No es igual.

—¿Por qué?

—Vivo aquí y ahora en un mundo donde tengo la sensación de que muchas miradas me espían. Quisiera sentir esa libertad que tienen quienes no son observados, ni juzgados, cuyas vidas pertenecen a ellos mismos.

—Este es, querido mío, mi lugar —dijo amorosamente, apretando su pecho generoso contra el mío—. O mejor, diré que este es nuestro lugar. Aquí hemos de vivir y aquí hemos de amarnos. No pienses en nada más. Ahora estamos juntos. Eso es lo único que importa.

Obediente a estas palabras suyas, no volví a manifestar inquietudes. La amé en silencio en la oscuridad de aquel jardín. Como la otra vez, al estar con ella, me parecía que era un sueño del que iba a despertar.

Permanecíamos abrazados muy felices, cobijados en la espesura de los setos, cuando una voz de mujer nos sacó de nuestro arrobamiento.

—¡Kayi! ¡Mi señora Kayi!

—Es mi criada —me susurró al oído ella.

—No comprendo nada —dije—. ¿Por qué nos permiten encontrarnos? ¿Y por qué vienen a separarnos?

—Esta vez tendremos más tiempo para estar juntos. ¡Vamos!

Me cogió la mano y tiró de mí. Anduvimos un rato por el jardín en dirección al pabellón. Por el camino, se unió la criada.

—Has tardado demasiado, señora —decía con inquietud—. El agá estaba impaciente.

—¡Que se aguante el agá! —exclamó con enojo Kayibay.

Yo me dejaba llevar. Mi confusión era tan grande, que no me atrevía a abrir la boca. Pero, como viera que estábamos ya delante de la puerta del harén, me detuve y le dije:

—Señora, entrar ahí puede ser muy peligroso para mí.

Ella me abrazó entonces y, con enérgica voz, observó:

—¡Querido, ahí mando yo!

Cruzamos el umbral prohibido. Varios eunucos salieron a nuestro encuentro. No advertí en sus rostros inquietud alguna. Más bien me pareció que nos aguardaban. Atravesamos un patio y entramos directamente en un salón muy iluminado. Al fondo, repantigado sobre los cojines en un amplio diván, estaba Yusuf, que conversaba con otro hombre. Al vernos irrumpir en la estancia, el eunuco se incorporó y exclamó:

—¡Ya era hora, Kayibay! ¡Te trae loca ese español!

—Tú me autorizaste a ir con él. ¡Ya sabes que me pierde su presencia! —contestó ella resuelta.

En la escasa luz de la estancia, fui adivinando las figuras de las mujeres y los eunucos que se encontraban observándonos muy atentos desde los rincones. También pude advertir quién era el hombre que se encontraba sentado al lado de Yusuf: el renegado Semsedin, al cual conocí en la reunión secreta de los conjurados en el monasterio de San Benito. Y desde ese momento determiné hacer como si fuera la primera vez que le veía. También él actuó como si no me conociera y dijo fríamente:

—¿Este es el músico español que tan privados os trae a todos?

—Sí, aquí lo tienes —respondió Yusuf—. Ya ves que, aun recién despertado, tiene garbo y maneras de poeta. Mas no apreciarás lo que vale en su justa medida hasta que no le oigas tañer y cantar.

Sin fijarse, al parecer, en que yo me había ruborizado de turbación, Kayibay añadió:

—¡Se adueñará de tu corazón, como del nuestro! ¡Vamos, canta! —me pidió.

Como si hubiera yo presentido aquella buena ocasión, había ensayado el día antes una bonita canción que oí tararear a un criado originario de la Anatolia. Para acompañar la voz, me servía del laúd turco de largo mástil al que llamaban ellos *saz*. Tanto me deleitaba aquella melodía y las palabras de la letra eran tan sentidas, que cuando la cantaba yo mismo era incapaz de evitar la congoja. Hablaban los versos acerca de la tristeza infinita, de un país lejano y de una soledad grande. Se describía la nieve de las montañas, el brotar de la primavera en los páramos y el candor de los sueños de infancia; el amor, la separación, el desconsuelo y la añoranza.

Sumido en la melodía, no me percaté de que Kayibay había venido a sentarse a mis pies, deshecha en lágrimas. Frente a mí, Yusuf y Sem permanecían inmóviles con los ojos vidriosos y una expresión bobalicona que delataba los profundos sentimientos que aquella canción despertaba en sus almas.

Aunque viva cien años, o mil,
en tu tierra, que es la mía,

179

no olvidaré la dulzura
de tu rostro, amada mía...

Paseé la mirada por el salón y comprobé cómo todos permanecían pendientes de mi voz. Entonces descubrí a Hayriya, que estaba delicadamente apoyada en una columna, rodeando el fuste con sus brazos, en un amoroso gesto que interpreté como una sutil insinuación. Era tan bella, que su visión me arrastraba a una especie de éxtasis. Tuve que hacer un gran esfuerzo para no quedarme sin aliento y, preso de tal estado de asombro, mi voz debió de quebrarse de una manera especialmente doliente, porque se elevó en el aire como un revuelo de suspiros cuando hice un silencio que rellené con los dulces sonidos del *saz*.

Aunque hubiera deseado que me abrazara Hayriya tal y como hacía con la columna, fue Yusuf quien saltó hacia mí para apretarme contra su grande y blando cuerpo, llenándome de besos.

—¡Ha sido tan hermoso...! —exclamaba—. ¡Sabía que no me defraudarías delante de mi invitado!

También Sem me felicitaba emocionado y aproximó a mis labios una copa de dulce vino griego.

—Ahora comprendo por qué son cautivos de tu canto —dijo—. Ciertamente, tu arte es grande.

—¡Ya te lo decía! —exclamaba Yusuf—. ¿Me crees ahora? ¡Es excepcional!

Fuimos a sentarnos en el amplio diván. Para tristeza mía, el agá despidió a las mujeres y al resto de los eunucos. Solo Kayibay permaneció junto a nosotros, como si la orden del mayordomo no fuera con ella. En cambio, vi a Hayriya salir del salón con las demás concubinas y aprecié que iba muy contrariada.

Mientras disfrutaba yo del vino que me dieron, Yusuf y Semsedin hablaban entre ellos. Tanto les había gustado mi música, que acordaban llevarme nada menos que al palacio del gran turco para obsequiar con mis cantos a un importante personaje.

—Déjame que lleve al cristiano para que le oiga el *nisanji* —le pedía Sem a Yusuf—. Ya sabes cómo le gusta la música. Puedes estar seguro de que se alegrará.

—No sé —porfiaba Yusuf—. No está mi amo Dromux y temo incurrir en una imprudencia.

—¡No seas timorato, hombre! Dromux no puede enfadarse porque lleves a su esclavo a presencia del jefe de los escribas del sultán. Y a ti puede beneficiarte mucho, querido Yusuf.

—¿Crees de verdad que el *nisanji* se alegrará? Ya sabes que hace años que no me mira bien…

—¡Claro que se alegrará! —aseguraba Sem—. Puede ser esta la ocasión que esperabas para congraciarte con él.

—No sé… —decía meditabundo Yusuf—. El jefe de los escribas es un hombre complicado…

—No se hable más —sentenció Sem—. Es una buena ocasión y no vas a desperdiciarla. Pediré audiencia al *nisanji* y tú, el músico y yo iremos al palacio para alegrarle el oído. Prepara regalos adecuados. Te avisaré cuando tenga la contestación.

21

Cuando llegó un criado de parte de Semsedin para comunicar que el jefe de los escribas del gran turco se complacía en recibirnos para oírme cantar, Yusuf exultó lleno de felicidad:

—¡Maravilloso! ¡Es una oportunidad excepcional! Al fin podré congraciarme con el *nisanji*.

El eunuco estaba tan contento que me confió algunos secretos de su vida personal. Me contó que en su infancia había servido en el palacio de Topkapi, una vez hecho cautivo por Barbarroja. Como tantos otros muchachos, después de ser castrado, se puso a las órdenes de los agás del sultán sin poder salir del palacio durante varios años. Después sirvió en las despensas como paje bajo el mando del eunuco jefe de la cocina.

—Allí engordé hasta aumentar tres veces mi tamaño —me explicó divertido—. Por eso estoy tan grueso. Cualquiera que haya servido en las despensas del palacio sabe cómo se engorda allí, pues vive uno entre julepes, dulces y golosinas de todo tipo. Para un muchacho de catorce años es el paraíso.

Según me dijo luego, cuando cumplió los diecisiete fue enviado a las oficinas de la Sublime Puerta, bajo el mando de los escribas que trabajaban para el gran visir. Allí, por celos y envidias, cayó en desgracia a los ojos de uno de los maestros, el cual buscó la manera de agenciarle un destino lejos del palacio. Así fue regalado a Piali bajá, que a su vez se lo entregó como obsequio a su fiel capitán Dromux arráez.

—Esta es mi historia —dijo finalmente—. Aquel maestro que entonces me tomó inquina es ahora nada menos que el *nisanji*, el jefe de los escribas de la Sublime Puerta. No he tenido ocasión de expresarle mis respetos y deshacer de una vez por todas los malentendidos que, por la maldita envidia, surgieron entonces. Por eso esta oportunidad es muy importante para mí. Debes dejarme en buen lugar.

—¿Deseas retornar al palacio para volver a servir como escriba? —le pregunté, al verle tan ilusionado.

—¡Oh, no! —exclamó—. Eso ya no sería posible. Solo quiero congraciarme con el *nisanji*. Es una espina que llevo clavada desde entonces. Además, no es bueno tener enfrentado a un personaje tan importante.

Estando en esta conversación, llegó Semsedin. Venía muy bien ataviado para la ocasión, con caftán de seda azul y abultado turbante blanco adornado con broche de pedrería; la barba atusada, tiesa, brillante y muy larga sobre el cuello. Traía el semblante grave y en un momento deshizo todas las ilusiones de Yusuf, cuando anunció:

—El *nisanji* estará encantado de escuchar al cristiano, pero… lo siento, querido Yusuf…

—¡Cómo que lo sientes! —le gritó angustiado el eunuco.

—El *nisanji* no quiere verte —dijo con afectada voz y compasiva tristeza—. Me ha dicho que en otra ocasión te recibirá.

—¡Por todos los *djinns*! ¡Maldito *nisanji*! —exclamó desesperado Yusuf—. ¡Cerdo, rencoroso, ruin...!

—Lo siento, querido amigo —le consolaba Semsedin—. Ya sabes cómo son estas cosas... Se lo dije y él no puso muy buena cara. Pareció que diría que sí, pero después se lo pensó y...

—¡Pues el cristiano no irá! —replicó muy enojado el eunuco—. ¡Si yo no voy, el cristiano no irá!

—No puedes hacer eso —observó Semsedin—. Sería un gran desaire para el *nisanji*.

—¡No, no irá! ¡Maldito *nisanji*! ¡Maldito orgulloso!...

—Si le niegas ese capricho, caerás definitivamente en desgracia en la Sublime Puerta, Yusuf —le decía Semsedin—. Piénsalo bien.

—De todas maneras —comentó el eunuco—, el esclavo cristiano no es mío. Mi amo Dromux bajá no está. Irás y le dirás al *nisanji* que no puedo enviarle algo que pertenece a mi señor Dromux. No, no puedo hacer algo así. O voy yo, o el cristiano no tocará ni cantará para él.

—No puedes hacer eso —trataba de convencerle Semsedin—. ¡Es una locura! El *nisanji* es un hombre soberbio que no está acostumbrado a que le contradigan. Después de que le ponderé lo bien que canta el cristiano, se despertó en él la curiosidad. Me costó hacerle ver que merecía la pena escuchar a Luis María. ¡Cómo voy a decirle ahora que el cristiano no irá! ¿No lo comprendes? Ahora caeré yo en desgracia ante él.

—¡No me importa!

—Sé razonable, Yusuf. Piensa que, si el *nisanji* queda prendado de la música del cristiano, puede solucionarse la cosa para ti. Tal vez entonces quiera hablar contigo.

El eunuco parecía ir entrando en razón. Lloraba amargamente, de rabia y despecho, pero escuchaba atentamente a Semsedin.

—Querido Sem —otorgó al fin—, el cristiano irá. Pero tú hablarás de mí al *nisanji*. ¿Harás eso por mí?

—Claro, amigo mío. Le hablaré de tu buena voluntad y de tus progresos al servicio de Dromux bajá. Él me escuchará. Ya sabes que soy un hombre convincente.

—¡Andad, marchaos ya! —otorgó con amargura Yusuf.

Dejamos al eunuco muy compungido en la puerta del palacio de Dromux y nos adentramos en el laberinto de calles que conforman el abigarrado barrio de Eminonü. Cabalgaba Semsedin a lomos de una hermosa mula blanca que guiaba un criado y yo le seguía llevando mi laúd en la mano. Atravesamos un pequeño mercado repleto de verduras y frutas multicolores. Un grupo de niños bulliciosos comenzó a seguirnos entre gritos y bromas buscando impacientarme, como solían hacer cuando veían pasar algún cautivo cristiano.

—¡Fuera, mocosos! —les gritaba Sem—. ¡Dejadnos en paz!

El lacayo que sostenía la brida de la mula acabó corriendo detrás de los muchachos y les arrojó algunas piedras. Nos dejaron en paz. Pero, más adelante, las criadas que llenaban sus cántaros de agua en la fuente

185

de una plaza volvieron a importunarme. Sentí mayor vergüenza a medida que nos adentrábamos en la parte más rica del barrio, donde los palacios eran fastuosos y los jóvenes holgazaneaban lujosamente ataviados, sentados en los umbrales de blanco mármol. Aunque no podría escaparme, pues me sería difícil llegar lejos, debía llevar la cadena sujeta a la argolla del cuello, lo cual hacía que me sintiera como un animal. Para un caballero eso es lo más humillante del cautiverio.

—¡Ahí está la Alta Puerta! —exclamó de repente Semsedin, haciendo que su mula se detuviera frente a un edificio inmenso.

En este gran palacio, cuya entrada estaba muy vigilada por aguerridos guardias, vivía el gran visir del sultán, y allí reunía a los altos dignatarios y a toda la gente que gobernaba el Imperio. Era este lugar, junto con el palacio del gran turco, el más vedado y guardado recinto de Estambul. Se referían a él con reverencia y temor, nombrándolo siempre como la Alta Puerta, la Sublime Puerta o, sencillamente, la Puerta.

—¿Vamos a entrar ahí? —le pregunté a Sem.

—¿Entrar ahí? —dijo espantado—. ¿Estás loco? Solo la gente muy principal puede cruzar esa puerta. Iré a decir a los guardias que el *nisanji* espera nuestra visita.

Me quedé a cierta distancia con el lacayo. Semsedin cruzó la calle, descabalgó y se dirigió a los guardias con mucho respeto. Uno de los oficiales salió y estuvo hablando con él. Luego entró en el edificio. Semsedin estuvo esperando un buen rato delante de la puerta. Finalmente volvió a aparecer el oficial y le habló de nuevo. Ambos entraron en el enorme y sombrío palacio.

—¿No decía tu amo que no se puede entrar ahí? —le pregunté al lacayo.

—Él puede cruzar la Puerta —musitó el criado—. Mi señor conoce a mucha gente importante. Cuando te dijo que no se puede entrar ahí se refería a ti y a mí.

Tras una prolongada espera, salió al fin Semsedin. Apareció con él un hombre bajito que vestía largo caftán de terciopelo de color de albaricoque.

—Es el *nisanji* —me dijo el lacayo—, el jefe de los escribas de la Puerta, el guardián de los sellos del sultán. Ya te dije que mi amo Semsedin tiene ahí amigos muy importantes.

El *nisanji* llevaba un buen acompañamiento de criados, palafreneros y guardias. Con él, formábamos una rara comitiva que emprendió el descenso de una empinada calle hasta un palacio cercano. Era ya la hora del crepúsculo y los cipreses negreaban en el cielo violáceo. Altos muros de piedra daban sombra a los jardines y los alminares de las mezquitas componían un curioso panorama en la ciudad, allá a lo lejos, sobre las colinas. Los únicos ruidos que se oían en la parte más noble de Estambul eran los melancólicos gorjeos de los ruiseñores aposentados en las enramadas.

Una mezcla de desgana y desidia se apoderaba de mi ánimo mientras iba a cumplir con mi oficio de músico. Pero decidí en ese mismo momento comportarme como esperaban mis dueños de mí.

Y no defraudé al *nisanji* cuando canté en su presencia, en un bello patio adornado con arabescos y motivos florales en blanco y azul, donde una docena de invitados se daban al vino. Satisfecho, vi cómo aquel hombrecillo, que decían era tan importante, sonreía muy complacido y aplaudía con sus menudas manos, recostado en el enorme sofá dorado desde donde me escuchaba bajo una galería de bronce.

Cuando llegué a la casa de Dromux, enseguida acudió a mí Yusuf, poseído de una gran ansiedad.

—¿Habló Sem al *nisanji* de mí? —me preguntó.

Recordé la insistencia del eunuco el día antes, al suplicarle a Semsedin que intercediera por él ante el jefe de los escribas. La sangre corrió por mi cara cuando reparé en que debía decirle la verdad, la cual sería muy dolorosa para él: Semsedin no había mencionado ni una sola vez el nombre de Yusuf en presencia del *nisanji*. No sabía yo las oscuras razones que le llevaban a ser tan desleal con su amigo; solo me preocupaba el disgusto tan grande que ocasionaría en el alma del eunuco si era totalmente sincero con él.

—¡Vamos, habla! —se impacientaba—. ¿Le habló de mí?

Traté de eludir la respuesta para no mentir, pero mi atemorizado tartamudeo fue ahogado por sus gritos.

—¡No le habló de mí! ¡No trates de engañarme! ¡Ese malnacido de Sem no habló de mí al *nisanji*! ¡Que los *djinns* le perjudiquen!

—Tal vez le habló cuando yo no estaba delante y no pude oírlo —le dije tratando de consolarle.

—¡No, no le habló! ¡No le dijo una sola palabra de mí! —sollozó desesperado, arrojándose sobre los cojines del diván.

—¿Por qué es tan importante para ti? —le pregunté—. ¿Por qué te preocupa tanto eso? ¿Qué te importa ese *nisanji*? Vives bien aquí...

—No lo comprendes —dijo con frases entrecortadas por el llanto—. Algo extraño está sucediendo... Mi olfato me dice que algo huele mal...

—¿Qué?

—No lo sé —contestó—. ¡Ojalá lo supiera! Solo puedo decirte que tengo sombríos pensamientos...

22

Sería el mes de julio de aquel año de 1563 cuando se supo en Estambul que Dragut se había unido, con todas sus galeras, al hijo de Barbarroja, Hasán bajá, para ayudarle en el cerco de Orán. Era de suponer que nuestro amo Dromux estaría con su escuadra en esa guerra haciendo méritos para las altas aspiraciones que tenía propuestas.

Por aquel tiempo, Yusuf me confiaba todos sus miedos. Supongo que, por no haber persona más adecuada en aquella casa, me convertí yo en su paño de lágrimas.

—No sabes el peligro que corremos —me decía—. Nuestro señor Dromux debe salir bien parado de esta campaña militar. Si Alá no quiere que sea así, todos podemos pasarlo muy mal en esta casa.

—¿Por qué? —inquiría yo—. No lo comprendo.

—Uf, es largo de contar —me decía—. Además, no sé si puedo confiar del todo en ti. Al fin y al cabo, eres un cristiano cautivo, no más. Si al menos te hubieras hecho turco...

Pero era tal la necesidad que tenía de compartir sus temores y penas, que siempre terminaba revelándome parte de los secretos que albergaba su corazón angustiado. Así, me contó que Dromux se había enfrentado a Dragut y que sus buenas relaciones de antaño se habían deteriorado mucho. Aunque seguían asociados en sus actividades corsarias, esta misión se mantenía solo por el interés de ambos, pero ya no confiaban el uno en el otro. Ahora Dragut se iba aproximando cada vez más a Uluch Alí y parecía ser que, en el oscuro y complejo mundo de la armada de la mar turquesa, nuestro amo Dromux empezaba a encontrarse algo apartado.

—Veremos qué pasa en ese dichoso cerco de Orán —decía Yusuf—. Esperemos que nuestro señor Dromux salga airoso. Si no...

—¿Si no, qué?

—Podemos pasarlo mal. El agá Müezinzade Alí es el mayor enemigo de nuestro amo. Ya hace tiempo que se enteró, por no sé qué sucias informaciones, de que Dromux bajá aspiraba a ser el gran almirante de la mar. Müezinzade Alí tiene muy buena mano en la Puerta.

—¿Y nuestro amo? ¿No cuenta con protectores?

—Sí. Gracias a Alá, el gran Piali bajá le mira muy bien.

—¿Entonces?

—¡Ah, no sabes cómo son los poderosos de la Puerta! Quien ahora está arriba, mañana puede estar abajo. El sublime sultán Solimán es ya un hombre anciano, cuyo imperio gobiernan sus visires. De todos es sabido que la gente del heredero, el príncipe Selim, no pierde el tiempo abriéndose camino para el día de mañana. Y entre la gente del príncipe hay un visir, Sokollu Mehmet bajá, que tiene cuentas que saldar con muchos magnates. ¡Ay, Alá nos libre de las intrigas de la Alta Puerta! Caerán cabezas, muchas cabezas. Como siempre. Siempre ha pasado…

Consideré que toda esta información podría ser de mucho interés para los espías del rey católico. Pero no sabía cómo hacerla llegar a los conjurados. Así que me pareció que lo más oportuno era tratar de ir al monasterio de San Benito. Le pedí a Yusuf que me dejase asistir a la misa y, para sorpresa mía, no se hizo de rogar demasiado aquella vez. Me dio permiso enseguida y además se ofreció para acompañarme.

—Iremos allá —dijo—. Ha mucho que no sé nada de Melquíades de Pantoja. Es un hombre animoso y no me vendrá mal departir con él un rato.

Era el final del verano cuando cruzamos el Cuerno de Oro una plomiza tarde de ambiente vaporoso. En Gálata regresaban los pescadores y en el puerto se desenvolvía el último ajetreo de los mercaderes. Recorrimos el ataranazal bañado por un sol ardiente que hacía brillar las piedras de los edificios y llegamos frente al enorme almacén de Pantoja. Un denso olor a vino ascendía desde las bodegas de los barcos y el muelle estaba abarrotado de envases de todo tipo. Allí mismo preguntamos por el mercader a uno de los contables que, no bien iba a contestarnos, cuando oímos a nuestras espaldas:

—¡Eh, queridos amigos!

Era Pantoja que venía hacia nosotros con una sonrisa de oreja a oreja. Nos abrazó y ordenó a su gente que nos obsequiaran con algunas garrafas del mejor vino, las cuales cargaron en las alforjas de la mula de Yusuf. Después el mercader propuso:

—Aquí hace calor, amigos. Vayamos a mi casa. Viendo yo que no podría hablar a solas con él, pues estaría presente el eunuco en todo momento, observé:

—No quisiera yo resultar poco agradecido, desdeñando tan amable invitación, amigo Pantoja. Pero ha tiempo que no cumplo con los sagrados deberes de nuestra religión cristiana y me pide la conciencia ir a buscar confesor a quien decir mis pecados.

Pantoja comprendió enseguida mis razones y dijo:

—Claro, Monroy. ¿Te parece bien que nos acerquemos hasta el monasterio de San Benito?

—Precisamente pensaba ir allá —contesté—. Si Yusuf no tiene inconveniente...

—Vayamos los tres —otorgó el eunuco, que estaba muy complaciente ese día.

Ascendimos hasta el barrio cristiano y llegamos al monasterio, en cuya fresca iglesia entramos. Después de santiguarme, como es de ley, acudí yo enseguida a los pies de la imagen del Salvador y oré muy conmovido. Mientras tanto, Pantoja no perdió el tiempo y fue a buscar al padre Paulo, el cual acudió para situarse en el confesionario dispuesto a oírme.

Cuando hube referido todos mis pecados, que eran hartos desde la última vez que me confesé en la Semana Santa, el clérigo, muy circunspecto, me dijo:

—Joven caballero, es difícil mantenerse en gracia de Dios en esta lejana tierra sarracena. Las costumbres de esta gente no propician las virtudes de nuestra religión. Voy a absolverte de todos tus pecados y he de decirte, por la autoridad que me concede la santa Iglesia católica, que es un gran mérito el tuyo, por haber guardado la fe sin renegar, a pesar de tantos sufrimientos. Sirva esa perseverancia como penitencia y reparación de tus culpas —dicho esto, impartió la absolución y luego me mandó hacer algunas oraciones.

—Padre —le dije—, vuestra reverencia estaba presente cuando juré servir a la causa del rey católico aun en el trance de mi cautiverio. Pues bien, he podido recabar algunas informaciones que creo pueden ser de gran utilidad a los conjurados.

Al oírme decir aquello, el fraile aguzó sus ojos como un aguilucho.

—¡Chist! —dijo—. Hablaremos de eso en la sacristía.

Salió aprisa del confesionario y me tomó del brazo para llevarme a la sacristía.

—¿No sospechará el eunuco si entro ahí? —le pregunté.

—No. Es frecuente que los cautivos busquen consuelo y conversaciones más largas con los sacerdotes —contestó rotundo el clérigo.

Cerró la puerta y ambos quedamos a solas en la sacristía. Las paredes estaban ennegrecidas por la humedad, y los cuadros tan oscurecidos que apenas se distinguían las figuras pintadas en ellos. El Cristo de un gran crucifijo que estaba sobre una enorme cómoda parecía mirarnos con agónico semblante.

—¡Vamos, di lo que sabes! —inquirió apremiante el padre Paulo.

Con detenimiento y dando todos los detalles que sabía, empecé a contarle cuanto había oído en la casa de Dromux durante los últimos meses: las preocupaciones que Yusuf me desvelaba, las intrigas y enemistades entre los comandantes de la armada turquesa, lo referente al cerco de Orán, las relaciones de Dromux con los visires y su distanciamiento con Dragut. Cuando hube concluido mi relato, el fraile sentenció circunspecto:

—Nada nuevo bajo el sol.

—¿Qué quiere decir vuestra paternidad? —le pregunté.

—Pues que todo eso que has contado lo sabemos ya hace tiempo. Son secretos a voces en Estambul.

—Yo no salgo de aquella casa —dije—. Procuro enterarme de todo lo que puedo. Últimamente, el eunuco me confía cosas. Aprecio que está muy preocupado por el futuro, pues teme que nuestro amo Dromux caiga en desgracia. Eso es todo lo que he sabido. Tal vez si pudiera salir de allí…

El anciano y pequeño clérigo se frotaba las manos con nerviosismo, mientras me escuchaba pensativo. De vez en cuando, su curvada espalda se agitaba y torcía la cabeza hacia un lado. Me fijé en su hábito negro, raído y sucio, y en sus pies sarmentosos que calzaban viejas sandalias. No dejaba de resultarme extraña la estampa de aquel fraile que vivía tan solo en el ruinoso monasterio, dedicado al peligroso menester de la conjura.

—Ha llegado la hora de pensar en algo serio —dijo de repente—. Debes dar un paso definitivo, muchacho.

—¿Un paso definitivo? ¿Qué quiere decir vuestra paternidad? En esa casa no puedo hacer más de lo que hago…

—No, no, no, Monroy —dijo—, déjame hablar. Precisamente quiero decirte que, siguiendo tu vida como hasta ahora, no vas a resultarnos de mucha utilidad.

—¿Y qué puedo hacer?

—Muy sencillo —respondió con firmeza—: ahora es el mejor momento para que te conviertas a la ley de Mahoma.

—¿Qué? —exclamé sobresaltado—. ¿Me pide vuestra paternidad que apostate de nuestra fe católica?

—Sí, Monroy, eso te pido. Mas solo ha de ser esa apostasía en tu fuero externo. En el fuero interno de tu alma seguirás siendo fiel a la cruz de Cristo y al credo de la única y verdadera Iglesia de Roma.

—Pero… —repliqué confundido—. Siempre oí decir que, en cuestiones de fe, lo que profesan los labios debe ser acorde con lo que se guarda en el corazón. Si apostato, aunque sea de manera ficticia, faltaré a mi obligación de dar testimonio de mi fe como buen caballero cristiano.

—Bueno, bueno, bueno… —me dijo agitando sus delgadas manos—. No tenemos tiempo ahora para entrar en complejas disquisiciones teológicas. Este es un asunto de suma importancia para la causa cristiana y hemos de actuar astutamente. Si te haces turco, te ganarás definitivamente a tus amos y a mucha más gente en Estambul. Con ello podrás realizar grandes cosas en favor de nuestra fe y del rey católico.

—Pero quedaré manchado por un sucio pecado de apostasía —observé.

—¿Y para qué está el papa de Roma, sino para absolverte de ese pecado? ¿No has oído aquello de que «donde abundó el pecado sobreabundó la gracia»?

—Nunca pensé que la Iglesia sería precisamente quien me pidiera pecar. ¡Es para volverse loco!

El anciano fraile se puso más nervioso aún. Iba de un lado a otro de la sacristía agitando las manos y su rostro enrojeció de rabia.

—Eres terco, Luis María Monroy —me decía—, terco y complicado, muy complicado. Cualquiera en tu lugar se frotaría las manos si se le brindara una oportunidad así. Para un cristiano, renegar en Estambul supone abrir la puerta a los placeres de la carne. ¿Pues no estás tú ya disfrutando pecaminosamente, bribón? ¿No me has confesado hace un momento tus devaneos con esa mujer de tu amo?

—No es lo mismo —repuse—. Una cosa es caer en una debilidad y otra muy diferente actuar a conciencia.

—Lo que yo digo: ¡terco y más que terco!

—Comprenda vuestra paternidad que se me pide nada menos que desdecirme de la fe que me enseñaron en la cuna. Yo no soy uno de esos hombres que se olvidan de quienes son apenas han dado media vuelta. Me enseñaron a decir la verdad y a no tomar el nombre de Dios en vano.

—¡No me sermonees a mí! —me espetó el fraile, que tenía ya perdida toda la paciencia.

En esto, sonaron algunos golpes en la puerta. Asomó Pantoja y dijo:

—¿Qué sucede? Se oyen voces como de una contienda.

—¡Anda, llévate a ese! —exclamó el padre—. ¡Es terco como una mula!

Por el camino, cuando íbamos de regreso hacia Eminonü, yo iba pensativo, dando vueltas en mi cabeza a lo que me había dicho el padre Paulo. Como advirtió Yusuf mi pesadumbre, me preguntó:

—¿Qué te sucede? ¿De qué has discutido con el fraile? ¿Por qué vas tan cabizbajo?

—¿Sabes una cosa, Yusuf? —le dije—, estoy harto

de la fe cristiana. Hay mucha hipocresía en los cristianos. Durante todo este tiempo he venido comprobando con cuánta soltura y tranquilidad cumplís los fieles
a Mahoma con vuestra religión.

—¿Quieres decir que estás pensando por fin en
cambiarte de ley?

—Sí, lo estoy pensando. Y esta vez creo que me
decidiré.

—¡Alá sea loado! —exclamó Yusuf exultante de
felicidad.

23

Como ya hacía tiempo que sabía yo leer y escribir los extraños caracteres del árabe, no me resultó demasiado difícil comenzar a leer el Corán y aprenderme las primeras recitaciones. Bien sabe Dios que hice un inmenso sacrificio al llenar mi memoria con las enseñanzas de los sarracenos. Después, a medida que avanzaba mi aprendizaje, el esfuerzo empezó a ser más llevadero. Cumplía con las obligaciones más elementales, que para mí se reducían a no omitir ninguna de las cinco oraciones rituales que hacen diariamente los fieles a Mahoma después de purificarse por medio de las abluciones, y dedicar cada día algunas horas para conocer la vida del profeta y memorizar las fórmulas de la *shahada*.

No bien me sabía ya las primeras suras del Corán, cuando a Yusuf le entraron las prisas por verme turco cuanto antes y se puso de acuerdo con el muftí de la cercana mezquita de Sehzade para que me tomaran juramento. Como quiera que se removía algo dentro de mí que me tenía angustiado, a medida que se acercaba el momento, trataba de demorar el cambio de ley diciéndole a Yusuf:

—Es que aún no me sé bien el Corán. ¿Por qué no esperamos algún mes más?

—¡Pero qué dices, hombre! —replicaba él—. No hay por qué esperar. Cuanto antes jures la ley del profeta, mejor. Ya tendrás tiempo de ir aprendiendo el Corán a lo largo de tu vida. ¿O es que te arrepientes de hacerte turco?

—No, no, si lo digo por cumplir a carta cabal —le decía yo fingiendo gran interés.

El muftí de la Sehzade Camii vino al fin una tarde a hacerme el examen. En la religión mahomética el muftí es el encargado de interpretar la *sharía*, que es la ley por la que se rigen ellos en materia religiosa. Así que esta especie de clérigo a la manera de ellos debía conocer si mis intenciones eran verdaderas o falsas y preguntarme acerca de mis conocimientos del Corán y de las cosas de su religión.

Como veía yo que me perjudicaría mucho echarme atrás después de haber anunciado mi deseo de cambiarme de ley, estuve resuelto a contestar a todo lo mejor que supiera.

El muftí era un anciano de barba blanca y luenga, sordo e inválido, al que sus criados traían en una especie de carrito tirado por un esclavo. Entró en la casa y se sentó en el diván del salón principal, dispuesto a interrogarme. Pero, hábilmente, Yusuf se las arregló para tenerle bien convencido de que yo sería un buen musulmán ya antes de que me hiciera la primera pregunta. Por eso, cuando me escuchó recitar la *shahada* —que es la manera en que se profesa la fe del profeta Mahoma—, el muftí sonrió muy complacido y asintió con elocuentes movimientos de cabeza mostrando su total conformidad.

Después, mientras se aplicaban una opípara comida, el eunuco y el examinador fijaron la fecha de mi circuncisión.

—¿He de circuncidarme a mi edad? —pregunté.

—¡Y tanto! —exclamó Yusuf—. Nada hace más felices a los fieles que ver a un cristiano circuncidado. ¡Ya verás qué fiesta vamos a hacer!

Ese año cumplí por primera vez con el ayuno del Ramadán y, setenta y tres días después, en la gran fiesta que llaman del Kurbam Bairam, se dispuso todo para que fuese yo circuncidado, jurase la fe del profeta y quedase de esta manera incorporado a la ley de los turcos. Lo cual no significaba, ni mucho menos, que dejaba de ser esclavo. Pero estaba seguro de que mi nueva religión me reportaría mayor libertad para desenvolverme en Estambul.

Cuando llegó la fecha escogida, Yusuf reunió a algunos amigos y vecinos en la casa. A primera hora de la mañana llegó el muftí y un poco más tarde el cadí con sus ayudantes. En torno al mediodía, hecha la oración que ellos llaman *ogle mamazi*, me pusieron un *dolmán* de fiesta y me llevaron por todas las calles que rodeaban el palacio con mucha alegría y alborozo, tocando tambores y chirimías, hasta la mezquita de Sehzade. Una vez dentro de la mezquita, donde lucían encendidas un sinfín de lámparas, el muftí me tomó juramento. Alcé yo el dedo y dije por tres veces la *shahada*: «Yo atestiguo que no hay más Dios que Alá y Mahoma es su profeta». Después de pronunciar este juramento, hube de recitar muy solemnemente la sura primera del Corán:

¡En el nombre de Alá, el Compasivo,
el Misericordioso!
Alabado sea el Dios, Señor del Universo,
el Compasivo, el Misericordioso,
Dueño del día del Juicio.
A ti solo servimos y a ti solo
imploramos ayuda.
Dirígenos por la vía recta,
la vía de los que tú has llenado de favores,
de los que no andan extraviados.

Escuchar estas palabras de mi boca causó gran regocijo en todos los conjurados, que prorrumpieron en un murmullo de aprobación. Luego vino la parte más dolorosa del ceremonial: la circuncisión. Se acercaron a mí el cadí y sus ayudantes y me llevaron a un cuarto apartado donde estaba ya preparado el alfaquí con su instrumental para cortarme el prepucio. Los detalles de esta operación no los referiré, pero baste decir que, para un hombre maduro y cristiano, es un trago harto humillante. Mas, a estas alturas, ya estaba yo curado de espanto.

Lleváronme luego a los baños cercanos con grandísima algarabía. Me lavaron, me pusieron sal y membrillo en la parte herida y luego me vistieron con una túnica de seda, me tocaron con un turbante y me echaron por lo alto un manto blanco. De esta guisa me llevaron de nuevo a la casa de Dromux, donde estaba ya reunida mucha gente en torno a la mesa para dar cuenta de un banquete de delicadas viandas.

Yusuf me sentó a su lado en el lugar principal y constantemente daba muestras de su alegría por mi cambio de ley, me felicitaba y no dejaba de repetirme:

—Te alegrarás. Serás feliz entre nosotros. Ya lo verás. Hoy empieza tu nueva vida.

El eunuco se honraba mucho de nombrarme desde ese día como musulmán y consideró prudente cambiarme el nombre, escogiendo el de Cheremet Alí, que me fue impuesto ese mismo día con muchas y severas recomendaciones de que debía olvidarme de mi nombre cristiano.

Fingía yo estar muy conforme y contento con mi nueva condición de moro, pero tenía una desazón en el alma que a punto estuvo de dar al traste con la farsa, pues se me arrancó una llantina de repente que desconcertó mucho al personal.

—¡Pero... qué te pasa, Cheremet Alí, querido! —exclamó Yusuf.

—Es de alegría —mentí yo—. ¡Soy tan feliz por verme al fin musulmán!

—¡Ah, claro, de alegría! ¡Alá sea loado!

LIBRO IV

En que don Luis María Monroy refiere su nueva vida como musulmán y las encomiendas que recibió por parte del jefe de los espías de Estambul. También cuenta lo que sucedió a la llegada de Dromux bajá del cerco de Orán; la manera en que se trocaron las cosas en su casa para tornarse harto complicadas, y otros aconteceres, hasta que pasó a ser esclavo del guardián de los sellos del Gran Turco.

24

Como me pronosticara Yusuf desde mi cautiverio en Susa, después de hacerme turco me cambió mucho la vida. Si bien parecía de momento que seguían las cosas igual, pronto estuvieron todos ciertos en la casa de que mis juramentos fueron muy de veras, en cuanto puse buen cuidado de que me vieran orar las cinco veces, sin faltar ninguna, e invocar a Alá a la menor ocasión con gran sentimiento. No me resultó demasiado difícil convencer a todo el mundo de que era yo más moro que el gran muftí de Estambul con todos sus ulemas juntos. Porque, siendo cosa tan ordinaria allí las conversiones de cristianos en musulmanes, estaban más que acostumbrados a vivir con renegados.

Entre otras cosas, después de circuncidado pude tener mis dineros y mis propias pertenencias. Pues, cualquiera que no fuera considerado fiel al profeta, tenía que hacer frente a tal carga de tributos sobre sí que no podía juntar la mínima hacienda, a no ser que fuera muy rico o contase con sustanciosos negocios en la parte de Gálata.

Mas nada me hizo más feliz que gozar de libertad para entrar y salir de la casa e ir a donde me viniera en gana, puesto que Yusuf tuvo a bien tomarme nuevo juramento por el sagrado nombre del creador de todas las cosas de no escaparme, ni hacer traición o deslealtad ninguna. Hecho el propósito y jurado, mandó que me quitaran la argolla del cuello, los grillos de las muñecas y tobillos y las cadenas que durante casi cuatro años habían sido mis inseparables compañeras.

Cuando me vi suelto, no creáis que salí de allí a todo correr, sino que, delante del eunuco y de los demás criados, me hinqué de hinojos en los suelos y con muchos aspavientos di gracias a Alá, «el Compasivo», «el Misericordioso», aprovechando la ocasión para seguir dando muestras de que estaba resuelto a ser muy moro tanto en lo malo como en lo bueno. Luego me eché encima de los hombros el capote y dije que iría antes que nada a la mezquita para orar. Estos alardes míos de devoción mahometana dejaban tan contento a Yusuf que se rascaba enseguida los bolsillos para darme generosamente algún aspro. Con estos dineros y con otros que me caían como propina por mis canciones, iba yo juntando ya una bolsa pensando en el futuro.

Aunque por otra parte empecé a tener mis gastos. Como pudiera salir de vez en cuando, me llegaba hasta los barrios de Pera y me dedicaba a las tabernas o a solazarme en los muchos y buenos prostíbulos que allí tenían los venecianos, para desquitarme del largo tiempo que había estado a dos velas.

Una mañana se presentó un criado de Melquíades de Pantoja preguntando por mí. Me entregó una pequeña hoja de hacer cuentas en la que estaba escrito un breve mensaje: *Te espero en la fonda del judío Abel a la hora de* oglede *para comer unas cabezas de carnero. Ven solo.* Me encaminé hacia la parte del barrio de Pera donde los judíos regentan las mejores fondas de la ciudad. Aunque una rica cabeza de carnero asada nunca es de desdeñar, sabía que detrás de la invitación había algo relacionado con las intrigas de los conjurados. De manera que me las arreglé para escabullirme, evitando que Yusuf se adhiriera al apetecible plan para matar su aburrimiento cotidiano. Ya digo que por entonces gozaba yo de mayor libertad para entrar y salir.

La fonda del judío Abel era un conjunto de caserones adosados a un patio espacioso donde se arrendaban carretas, literas con sus porteadores y cabalgaduras de todo género; buenos corceles, caballos de tiro, mulas y asnos; también solía haber menesterosos buscando acomodo, muchachos dispuestos a prestar cualquier servicio, guías, porteadores y camelleros. Era un lugar ideal para camuflarse entre el gentío variopinto que se juntaba bajo los árboles para concertar viajes, hacer tratos u holgar simplemente contemplando el panorama que componía el ir y venir de las personas, bestias y carromatos. Así que no era de extrañar que Pantoja me citara allí mejor que en ninguna otra parte.

Aunque, habiendo tantas estancias y recovecos en tan enorme conjunto de edificaciones, cuando llegué no supe momentáneamente adónde dirigirme. Menos mal que, casi al mismo tiempo que yo, apareció por allí Semsedín montado en su robusta mula blanca.

—¡A mis brazos, amigo! —me gritó mientras descabalgaba—. ¡Alá es grande! ¿Es verdad que eres ya un fiel musulmán?

—No hay más Dios que Alá y Mahoma es su profeta —sentencié solemnemente alzando el dedo índice de la mano derecha.

—¡Ah, qué alegría tan grande! —exclamó apretujándome contra sí—. ¡Nuestro querido Yusuf agá estará contento!

—Contentísimo —afirmé.

—Y tú, zorro —me dijo al oído—, ya veo que vas libre de grillos y cadenas.

—Ya ves —contesté—, el Misericordioso no me trata mal desde que le soy fiel al profeta.

—¡Ah, ja, ja…! —rio guiñándome un ojo—. ¡Alá es Compasivo! ¡Alá es Grande!

—¿Qué te trae por acá? —le pregunté—. ¿Acaso unas cabezas de carnero, como a mí?

Sin responder nada, me echó por encima de los hombros su pesado brazo y me llevó hacia el interior de uno de los caserones. Una vez inmersos en el laberinto de pasillos que conducía al núcleo más íntimo y resguardado de la fonda, me susurró:

—Hoy vas a enterarte de muchas cosas, amigo mío. Prepárate, porque ha venido gente importante que a buen seguro nos dará sustanciosas informaciones.

Entramos en una salita interior iluminada por velas donde aguardaban Pantoja, Adán de Franchi y su contable Juan Agostino Gilli.

—Señores —dijo Semsedin—, aquí tienen a nuestro cantor Monroy a quien ahora llamaremos Cheremet Alí. Helo aquí convertido en un musulmán.

Fue tanta la vergüenza que despertaron en mi ser aquellas palabras, que me subió un rubor intenso y quedé paralizado sin poder decir nada. Mas aún fue mayor mi desconcierto cuando advertí que aquellos caballeros no tomaban a mal mi reniegue de la fe cristiana, sino que parecían alegrarse mucho. Sobre todo Franchi, que se puso en pie y me felicitó al punto con estas palabras:

—Es una magnífica noticia esa, camarada. Ahora brindaremos como corresponde a tan providencial anuncio.

—¡Qué dice vuestra merced! —exclamé algo alterado—. ¿Es burla esto? ¿A qué cristiano puede alegrarle saber que un hermano suyo es apóstata y se va a la religión más enemiga de la causa de nuestro rey católico? Sepan vuestras mercedes que si hice el abominable desatino de circuncidarme fue porque me lo aconsejó el venerable padre Paulo...

—¡Bien, bien, no saquemos las cosas de quicio! —recomendó Pantoja—. Eso ya lo sabemos. Si Franchi se alegra, no es porque reniegues, sino porque se acrecientan las posibilidades de esta secreta sociedad al contar entre nosotros con alguien que pueda acceder más fácilmente a las informaciones que los turcos jamás dirían a un cristiano. ¿No comprendes?

—Comprendo —dije—. Mas entiendan también vuestras mercedes lo difícil que ha sido todo esto para mí. Es como torcer lo derecho para enderezar lo torcido.

—Sí, sí, Monroy —observó Franchi—. Y hallarás tu recompensa cuando Dios quiera que den sus frutos tantos sacrificios. Así es la vida de los espías... Hay que mentir, engañar, fingir y simular constantemente. Si te sirve mi propio caso, te diré que he de ir con frecuencia a la Puerta, donde tengo estrechas relaciones con magnates turcos que me consideran un amigo de fiar, mientras que todo mi trato con ellos es decirles «sí» donde es «no», negar lo verdadero, nombrar esto cuando es aquello, poner cara de tonto cuando interesa o de listo cuando es preciso.

—¡Ah, si no fuera por la causa a la que servimos! —suspiró Pantoja.

A todo esto, el secretario Gilli estaba silencioso como siempre, escuchando a unos y a otros. Se puso de repente en pie y dijo:

—Señores, me acercaré hasta los patios para ver si hay noticias.

—Ándate —otorgó su jefe.

Cuando hubo salido Gilli, Adán de Franchi explicó:

—Aguardamos la llegada de dos importantes personajes que, si Dios lo ha querido, deben de haber desembarcado ayer en este puerto. Ellos traen las informaciones para que la conjura comience a actuar según los planes previstos.

—¿Quién viene? —inquirió Semsedin muy serio.

—Don Juan María Renzo y Aurelio de Santa Croce.

—¡Por fin! —exclamó Semsedin—. Es de suponer que traerán fondos suficientes…

—El dinero no es ahora lo más importante —repuso Pantoja.

—¡Cómo que no es lo más importante! —se enardeció Semsedin—. ¿Quiere eso decir que no habrá fondos? Mi amo Ferrat bey no tolerará más excusas…

—Un momento, un momento —le dijo Franchi—. Nadie ha dicho que el dinero no esté aquí, Sem, no te alteres.

—¿Entonces, está? —se apresuró a preguntar Semsedin—. ¿Cuánto dinero ha venido de Nápoles?

—Tampoco hemos dicho que haya dinero —contestó Pantoja—. No sabemos si habrá dinero esta vez. Solo quiero decirte que, haya o no fondos, la conjura no puede detenerse.

—¿Que no puede detenerse? —gritó Semsedin dando un fuerte puñetazo en la mesa—. ¡Es el colmo! ¡Ve y dile eso a Ferrat bey! Cuando mi amo sepa que no hay dinero...

—¡Chist! ¡Silencio! —pidió Franchi—. Tengamos calma o enteraremos a toda la fonda de lo que pasa. Entiéndase que no sabemos nada, salvo que don Juan María Renzo y Santa Croce deben de estar ya en Estambul. Ellos dirán lo que debe hacerse. No discutamos sin saber aún lo que se ha dispuesto en España.

—Eso —añadió Pantoja—, no discutamos. Pidamos vino y dejemos el tema para cuando lleguen quienes corren con lo que atañe a los fondos.

Fue Pantoja a pedir vino al fondero y regresó pronto con una jarra y copas para todos. Brindamos y la conversación fue más distendida. Pero se advertía que estaban nerviosos por la inminente venida de los dos personajes anunciados.

Por fin, apareció de nuevo Gilli acompañando a dos hombres que, aunque llevaban pinta de tratantes o de gente viajera, su atuendo desdecía de sus modos y traza, que sin duda eran de caballeros. El primero de ellos fue presentado como don Juan María Renzo de San Remo, genovés, enviado nada menos que por el virrey de Nápoles para darnos instrucciones en nombre del rey católico. El otro era el tal Aurelio de Santa Croce, un veneciano a quien yo había oído nombrar con mucha frecuencia y que, según me dijeron en anteriores encuentros, era quien corría con la dirección de la conjura en Estambul. Era, por tanto, este segundo caballero mi jefe, según el juramento que hice el Viernes Santo en el monasterio de San Benito, y a él debía obediencia y fidelidad en mi fuero interno, como me encareciera el padre Paulo.

Sentáronse los recién llegados a la mesa y Juan Agostino Gilli les explicó quién era yo, mis circunstancias particulares y mi reciente cambio a la ley turca. Los demás que estaban allí ya se conocían suficientemente entre ellos. Don Juan María Renzo tomó la palabra y me dijo:

—Monroy, venimos siguiéndote la pista hace mucho tiempo; ya desde que estabas en el almagacén de Susa. ¿Recuerdas a un caballero apellidado De Leza?

—Claro, señor —respondí—; se refiere vuestra merced a don Jaime de Leza, el cual me anunció ya entonces que se contaría conmigo para algunos secretos menesteres.

—Bien —dijo solemnemente—, pues es hora de que sepas lo que has de hacer.

Trajeron los sirvientes a la mesa una gran fuente con las cabezas de carnero, se cerró la puerta y dimos cuenta de la comida sin hablar más del asunto por el momento. Veía yo con cuánto respeto y obediencia trataban todos a don Juan María Renzo, que contó cosas de España, de Napóles y Sicilia. Explicó los pormenores de los negocios del rey Felipe con Francia, con el papa de Roma y con los demás reinos cristianos. Expuso con pesadumbre los muchos quebraderos de cabeza que los moros daban a nuestro señor el rey en el norte de África y dijo que en Andalucía, en las

Alpujarras de Granada y en no pocos territorios de las costas los moriscos españoles tenían inteligencias con sus hermanos sarracenos de Trípoli, Argel, Orán y hasta con los corsarios turcos, lo cual era fuente de grandes peligros y conflictos.

A todo esto, mientras no paraba de contar cosas, Renzo apuraba copa tras copa de vino. Vestía calzones pardos, medias oscuras, camisa de cáñamo y chaleco remendado. Algo raro veía yo en este hombre, en su manera de hablar y en su evidente afición al vino, que me desconcentraba. Aun siendo elocuente y de apreciable inteligencia, no terminaba de encajarme totalmente en su alta responsabilidad como comisario del virrey de Nápoles y por ende del mismísimo rey. Además, era evidentemente viejo para estos trotes.

Santa Croce, en cambio, era un apuesto caballero, elegante y de noble aspecto. A pesar de sus ropas raídas y pobres, resaltaba una inmejorable presencia física. Tendría algo más de cuarenta años, y su barba y cabellos claros, muy crecidos, tendían ya a ser grisáceos. Permanecía silencioso, discreto y en segundo plano, mientras Renzo hablaba sin cesar.

Acabada la comida, en la sobremesa, Franchi explicó largamente todas las informaciones recabadas últimamente: los detalles de la armada turquesa, los movimientos de las tropas, los planes de guerra que parecían urdirse en la Puerta, las relaciones complejas entre los visires y magnates, enemistades, conflictos, venganzas, celos, triunfos y conspiraciones. En fin, apreciábase que los espías tenían buen conocimiento y que no perdían el tiempo. Me sorprendió sobre todo cómo Semsedin contaba muchas cosas del palacio de Topkapi, de la vida y obra del sultán, de los movimientos de sus ministros y de las órdenes que iban y venían entre los puestos del Imperio turco.

También Pantoja se explayó relatando cuanto sabía por sus viajes en pos de mercancías a las islas griegas: detalló los movimientos de la flota del gran turco durante el verano y todos los preparativos navales que a su saber se harían para la próxima campaña.

Cuando me llegó el turno de hablar, poco podía decir yo después de quedarme con la boca abierta ante tan explícitas informaciones de mis compañeros. Mas, por no parecer un inútil, conté todo lo que había escuchado decir a Yusuf agá acerca de las enemistades entre Dromux y su jefe Dragut, así como los temores que se albergaban en el corazón del eunuco.

Santa Croce se me quedó mirando entonces y, circunspecto, me dijo:

—Prepárate. En tu casa habrá pronto muchos cambios. Es posible que tengas que hacer mudanzas, Monroy.

—¿Por qué? —pregunté.

—Eso lo hablaremos tú y yo cuando sea la ocasión apropiada —respondió con tono misterioso.

Antes de que la reunión tocara a su fin, don Juan María Renzo anunció que traía abundantes fondos desde España para sustentar la conjura. Esto puso muy alegre a todo el mundo. Especialmente a Semsedin, que decía poder así contentar a su amo, el tal Ferrat bey, que era un importante magnate turco implicado en la sociedad secreta, pero que no solía aparecer por las reuniones.

—El dinero será repartido a su tiempo —dijo Renzo—. Cada uno recibirá lo que le corresponde a medida que se le exijan servicios que necesiten fondos.

Asintieron todos a esta indicación, excepto Semsedin, que porfió todavía un rato manifestando sus exigencias. Para calmarle, Renzo le entregó allí mismo una abultada bolsa repleta de monedas de oro, las cuales contó el renegado.

Se concluyó la reunión con juramentos. Fue saliendo cada uno espaciadamente y, cuando me llegó el turno de despedirme, Santa Croce me sujetó por el brazo y me dijo:

—Tendrás pronto noticias mías.

25

Me encantaba deambular por el Gran Bazar de Estambul. Era una manera excelente de evadir la mente y entretenerse contemplando la infinidad de personas y objetos que se extendían en la innumerable variedad de callejones. Daba vueltas y vueltas sin parar, retornando una y otra vez a los mismos lugares, por retorcidos itinerarios donde los aromas se esparcían como indicadores: el olor de los tejidos, de los cueros, de los perfumes y esencias, de las medicinas, de las apetitosas comidas... Me divertía asistir como curioso espectador a las largas negociaciones entre comerciantes y compradores. Permanecía absorto frente a los establecimientos viendo cómo los precios variaban, las discusiones subían de tono y finalmente llegaban los amistosos acuerdos sellados entre tragos de buen té.

Con frecuencia llevaba conmigo el laúd y me acercaba hasta el barrio de los instrumentos, donde aprendía muchas canciones que luego me servían para encandilar a mis amos. En mi vagar por el Gran Bazar, trabé relaciones con músicos y poetas que me mostraban la cara más amable del Imperio turco. Algunos de aquellos hombres, que regentaban ahora prósperos negocios y se dedicaban a cantar y componer, fueron soldados en su juventud. Como no tenían ahora mejor ocupación que holgar y recordar viejos tiempos, resultaba muy fácil animarlos a que contaran sus viejas historias de aventuras y batallas en lejanos lugares. Así me enteraba de muchas cosas de los ejércitos turcos, las cuales me servían para irme haciendo una idea precisa del mundo de los jenízaros y de las complejas tramas que gobernaban las tropas del sultán. Era yo consciente de que no debía perder ripio en mi constante tarea de espía.

Mi vida fue placentera durante algún tiempo. Tenía en el bolsillo a Yusuf agá de tal manera que ya casi me permitía hacer lo que me viniera en gana. Pero esta predilección que me dispensaba el jefe de la casa propició que me enemistara con algunos de los otros sirvientes, en especial con Letmí, que se sintió relegado por debajo de mí en la confianza del eunuco. Mas no por ello le humillaba yo, sino que era muy condescendiente con él y cuando podía le regalaba el oído con cumplidos y buenas palabras o le obsequiaba con alguna moneda. Con ello buscaba mitigar su odio y que comprendiera que mi amistad con nuestro superior no era con la mira de hacerle mal a él ni a nadie. Seguía yo en esto un buen consejo que me dio el padre Paulo, cual era el de no murmurar de nadie ni robar la fama a los que debían convivir conmigo, no ser confidente del amo en las cosas de mis compañeros de esclavitud y, a fin de cuentas, no tener enemigo que un día pudiera causarme mal por venganza. Pues quien ha de ser espía debe ser muy prudente en estas cosas, para evitar enemistades y recelos peligrosos.

Además, en mi nuevo estado de musulmán, se me facilitó mucho la manera de encontrarme con mi amada Kayibay. Y no era cuestión de que las antipatías fueran a poner sobre aviso a Dromux bajá cuando quisiera Dios que regresase a casa. Porque, si bien Yusuf agá se hacía el ciego para no saber de mis encuentros con la bella esposa del amo, sería de ingenuos suponer que nadie más en la casa estaba al tanto de lo que había entre nosotros.

Los ratos que pasaba con Kayibay eran los más dulces. A pesar de que avanzaba el otoño, los días seguían siendo suaves. Nuestro rincón favorito era el final del jardín, al atardecer. Desde allí se contemplaban los altos minaretes de la mezquita de Sehzade, y nos encantaba recordar aquel misterioso momento en que ambos estuvimos muy cerca, cuando todo estaba nevado y nos separaba la reja. Ella y yo teníamos nuestro propio mundo, hecho de fantasías y poemas, y gozábamos tanto en él que todo lo demás desaparecía.

Recuerdo una de aquellas noches de octubre, cuando la luz de la luna bañaba los árboles de Judea, haciendo resplandecer sus alargadas vainas. El aliento del verano se despedía y se mezclaba con los estimulantes aromas del otoño. Hablábamos de nuestras cosas, como siempre, ajenos a problemas e incertidumbres.

—¡Ojalá siguiera todo como ahora! —exclamó ella—. ¡Ojalá se detuviese el fluir del tiempo!

Después de permanecer un rato pensativo, saboreando el sincero anhelo de mi amada, dije:

—Eso no puede ser, querida. Y, además, no sería justo. El hombre ha sido creado para seguir su destino.

—Para ti que eres hombre —comentó con tristeza— el destino tiene un sentido. Pero... ¿y yo? ¿Qué me espera a mí sino envejecer entre estas cuatro paredes? Otras mujeres que viven en tales circunstancias tienen al menos hijos que les alegran el corazón.

—Es verdad —dije, dándome cuenta de que no había reparado en ello—. Cuando estamos juntos pones cuidado para evitar la preñez. Pero... ¿y cuando estás con él? ¿Qué haces cuando Dromux te posee? ¿Por qué no hay niños en tu casa?

—Él apenas me posee. Y cuando lo hace tiene tan poco interés que su fuerza se disipa.

—¿Y con las otras? ¿Qué sucede cuando está con ellas?

—Lo mismo le da una que otra. Aquí vivimos nueve mujeres y ninguna cuenta maravillas de Dromux. Ya hace tiempo que nos hemos dado cuenta de que le interesan poco las mujeres. Además, su semilla debe de ser estéril. Él ha intentado tener hijos, pero Dios no se los da. Al principio nos echaba las culpas a nosotras, pero ya apenas habla del asunto. Seguramente ha reparado en que no engendrará. Últimamente incluso habla de adoptar algún hijo.

—Es extraño —observé—. Su apariencia es la de un viril guerrero, valiente y decidido. La primera vez que le vi me pareció temible.

—¿Y eso qué tiene que ver para engendrar hijos? El hombre más pequeño e insignificante, el más débil y cobarde puede ser padre de una numerosa prole.

—Tienes razón —otorgué—. De todas formas, los turcos son una gente extraña.

—¿Pues cómo son los hombres en tu tierra? —preguntó candorosamente.

—Mírame a mí y juzga —respondí con altanería.
Ella me abofeteó con más cariño que enfado. Después me abrazó. Sentía su corazón latiendo contra mi pecho, henchido de pasión.

—En Turquía hay hombres muy hombres —comentó.

—Y mujeres muy mujeres —añadí—. Te adoro, querida mía. Has sido el consuelo de Dios en este mundo difícil y cruel para mí.

—¿Podrías repetirme eso con una canción? —suplicó.

—¡Cómo no! —contesté encantado por complacerla. Tomé el *saz* y canté el más hermoso poema que podía regalarle.

Los árboles susurran en la noche
y me parece oír tu nombre, amada mía.
Persigo los aromas de tu pelo
y hasta los pájaros me recitan la palabra:
¡Oh, Kayi, Kayi, Kay… Kayibay!

Vi la felicidad reflejada en sus ojos. Me abrazó y me besó con delirio. Luego, con curiosidad de enamorada, me preguntó:

—¿Compusiste esos versos para mí?

—Claro, querida —mentí para contentarla aún más. Aunque esa canción, a la que podría aplicársele cualquier otro nombre de mujer, me la enseñó un viejo zapatero rumeliota del Gran Bazar que sabía tocar el laúd persa como nadie.

—Voy a contarte un secreto que nadie sabe —dijo ella de repente—. Aunque debes jurarme por la sagrada memoria de tus padres que no se lo dirás a nadie.

—Lo juro.

Ella puso entonces un gesto extraño e hizo un mohín malicioso. Nunca antes le había visto con semejante expresión. Se aproximó a mí y me susurró:

—Dromux bajá no es un hombre completo. Cuando le capturaron, siendo aún un tierno niño, le destinaron a ser eunuco. Los médicos encargados de extirparle los testículos hicieron mal la operación. Es algo que sucede con frecuencia. El pobre casi se desangró y creyeron que moriría. Pero después sanó y llegó a ser un muchacho sano y normal. Aunque no era un eunuco perfecto, creo que tampoco quedó en condiciones para procrear. Es algo que guarda como un secreto que solo conocen algunos.

—¿Yusuf sabe eso?

—Claro. Entre Dromux y el agá no hay secretos. También yo lo sé y, como comprenderás, las mujeres de la casa. Es algo apreciable a simple vista, aunque él lo oculta cuanto puede. Pero, cuando se emborracha y cae rendido por el vino, le miramos ahí y vemos sus cicatrices.

—¡Qué curiosas! —exclamé—. ¿Y las otras, qué dicen a todo esto?

—Bueno, es un secreto que compartimos. Y creo que por eso hay una buena relación entre nosotras, pues, al no ser Dromux un hombre complaciente, no se despiertan celos ni envidias.

—Es lógico —dije—. Pero… dime una cosa más: ¿crees tú que prosperará Dromux en su carrera de militar? Yusuf me dio a entender que no tiene ahora las cosas puestas a su favor…

—Sospecho que tiene los días contados —respondió con rotundidad Kayibay—. Él no es nadie sin

Dragut. Dragut le rescató de la ignominia y le alzó hasta convertirle en un importante capitán. Dromux no ha sabido ser agradecido. Es un corazón insatisfecho que no se conforma con lo que sus protectores tenían reservado para él. Al arrimarse tanto a la sombra de Piali bajá se ha puesto bajo un árbol peligroso y eso no se lo perdonarán algunos. Creo, sinceramente, que su suerte está echada.

26

Regresaba de mi deambular por los mercados de Estambul en torno a la hora de *oglede*, cuando me pareció oír un gran revuelo de voces ya cerca del palacio de Dromux bajá. Como era mediodía, supuse que se arremolinarían los mendigos a la puerta, pues Yusuf tenía la costumbre de repartir sobras y pan duro los viernes. Pero reparé en que era jueves aquel día. Fui bordeando el alto muro y, al torcer la esquina de la calle donde se abría la fachada principal, me topé con una larga fila de guardias y con un gran gentío congregado en torno a la casa. Entonces me di cuenta de que algo grave estaba sucediendo.

—¡Dromux está en la cárcel! —Oí gritar a mis espaldas—. ¡Nuestro amo ha regresado y está en la cárcel!

Me volví y vi a uno de los criados que lloraba amargamente. Se abalanzó hacia mí y me abrazó sollozando:

—¡Ay, qué va a ser de nosotros! Los jueces militares están ahí haciendo inventario con los escribanos del sultán. Todas las pertenencias de Dromux serán requisadas. ¡Ay, qué será de nosotros!

Corrí hacia la puerta del palacio y un guardia me retuvo cuando intenté entrar.

—Vivo aquí —dije—. Sirvo a Dromux bajá.

El guardia me dejó pasar y en el primer patio me encontré con la dura realidad. Yusuf agá, los eunucos, mujeres y criados permanecían atemorizados, alineados bajo las galerías, lloriqueando, ante el impetuoso ir y venir de los funcionarios y oficiales de la guardia encargados de la requisa.

—Mis temores se han hecho realidad —me dijo Yusuf deshecho en lágrimas.

Me situé junto al personal de la casa, en un rincón del patio. Vi cómo los funcionarios, henchidos de suficiencia por estar acostumbrados a estos menesteres, iban sacando objetos de valor, alhajas y dinero que encontraban escudriñando en los múltiples escondites del palacio. Los escribientes anotaban cuidadosamente hasta el último detalle en sus pliegos. Un juez altanero e implacable observaba hierático todo el proceso y de vez en cuando daba alguna orden. La requisa se prolongó durante toda la tarde, ante nuestros atónitos ojos.

Cuando oscureció, nos ordenaron salir fuera permitiéndonos llevar tan solo algunas mantas y la comida que pudimos reunir a pesar de la inmisericorde prisa del juez. Los guardias y funcionarios cerraron las puertas y se marcharon, dejándonos en plena calle. Las mujeres y los eunucos lloriqueaban y Yusuf se desplomó sobre el pavimento sucio, presa de un ataque de angustia.

Pasamos una mala noche a la intemperie, pues los

vecinos no se apiadaron de nosotros, temerosos de perjudicarse por auxiliar a quienes servían a un reo del sultán. Componíamos un triste espectáculo delante de la fachada principal de la casa, como menesterosos, sin saber qué hacer ni a quién acudir. Por la mañana, Yusuf agá emprendió una penosa peregrinación de palacio en palacio, buscando entre las antiguas amistades de Dromux a alguien que pudiera interceder por nuestro amo ante el gran visir. Pero, según dijo, pocos quisieron recibirle, y los magnates que le abrieron la puerta le comunicaron entre excusas que no podían hacer nada.

—Este es el final —sentenció el eunuco cuando vio perdidas todas sus esperanzas—. Dromux ha caído definitivamente en desgracia. El gobernador de Argel, Uluch Alí, y Dragut han conseguido sus propósitos. El eterno enemigo de nuestro amo, Müezinzade Alí ha podido finalmente poner a todos en su contra. Solo el *kapudan* Piali bajá podría hacer algo por él, si quisiera, pero me temo que ya ha resuelto no inmiscuirse en este asunto.

Los días siguientes fueron desesperantes para todos nosotros. Resultaba desconcertante comprobar cómo entre los turcos se trocaban las cosas de aquella manera tan repentina. Quien estaba arriba, mañana podía caer en lo más bajo, por la conspiración de sus enemigos en el oscuro juego de las intrigas que manejaban los poderosos. Y a los esclavos, como siempre, les correspondía seguir la suerte de sus amos. Si Dromux era condenado en las muchas causas que se le imputaban, sus bienes irían a poder del sultán, que era al fin y al cabo el dueño de todas las vidas y haciendas de su Imperio. Por ser yo una mera pertenencia, mi persona estaba pues en manos de tan caprichosos azares.

De momento, había perdido mis escasos dineros en la requisa de la casa, y participaba del mismo desconcierto y temor que el resto de los esclavos de Dromux. Estábamos en la calle y los vientos fríos empezaban a soplar. El otoño daba paso al invierno, aunque, gracias a Dios, aún no habían llegado las lluvias.

Me entristecía más que nada ver llorar desesperadamente a las mujeres. Siempre que podía, acudía al lado de Kayibay para consolarla.

—¡Qué va a ser de mí! —sollozaba ella en su angustia—. Si le cortan la cabeza a Dromux me convertiré en la desdichada viuda de un ajusticiado. Será el colmo de la desgracia.

—Confiemos en que todo saldrá bien —le decía yo, lleno de comprensión.

También la bella Hayriya lloraba desconsolada y sus lágrimas me conmovían profundamente. La situación lamentable que pasábamos me recordaba a aquella inundación de Susa, cuando también nos vimos sin techo y unos y otros nos infundíamos ánimos. Pero ahora estábamos más hundidos que entonces y nada parecía poder apartar las negras sombras que oscurecían nuestro futuro.

Fui en busca de Melquíades de Pantoja para comentarle lo sucedido. Esperaba que mis camaradas de la conjura me aconsejaran lo que debía hacer en aquellos difíciles momentos. Pero en el muelle de Gálata me dijeron que el mercader de vinos había ido a por el último cargamento antes de que cayeran los temporales del invierno. Entonces me encaminé hacia la residencia de Adán de Franchi, que estaba cerca de la torre de los Genoveses, en la parte más alta del barrio.

Franchi me escuchó atentamente y se quedó muy preocupado.

—*Chi cangia patron, cangia ventura* —sentenció gravemente en italiano.

—¿Qué quieres decir? —le pregunté.

—Quien trueca amo, trueca ventura —tradujo a la lengua española—. Quiero decir, amigo mío, que tu suerte es ahora incierta.

—¿Qué puede suceder?

—Si Dromux es indultado, cosa que dudo, seguirá siendo dueño de toda su hacienda. Si le cortan la cabeza, sus pertenencias irán a engrosar la inmensa fortuna del sultán. Los esclavos seréis vendidos entonces.

—Me temo que Dromux no se salvará —observé—. El eunuco Yusuf Gül agá ha recorrido suplicante los palacios de los visires que podrían hacer algo por él y nadie le ha dado esperanzas. En el consejo del sultán nadie está dispuesto a interceder.

—No dejaremos que te suceda nada malo —me aseguró Franchi poniéndome la mano en el hombro—. Confía en nosotros. Iré ahora mismo a ver a Aurelio de Santa Croce y decidiremos qué hacer contigo.

Animado por estas alentadoras palabras, regresé al palacio de Dromux para aguardar en la calle a que Dios dispusiera mi destino según su voluntad.

27

La visión de la cabeza de Dromux en una pica junto a una de las puertas de la muralla no me produjo espanto, sino incertidumbre por la suerte que íbamos a correr a partir de ese momento. También me hacía consciente de que una parte de mi vida quedaba atrás. Ahora debería cambiar de dueño y solo Dios sabía en qué manos iba a caer.

Para colmo de males, llegó el invierno repentinamente. Empezó a llover sin parar y las calles se anegaron. Había barro por todas partes. Bajo el aguacero intenso, tuvimos que retirar el cadáver de nuestro amo para meterlo en una caja de ciprés cuando se cumplieron los tres días que la cabeza debía estar expuesta al público. Yusuf y yo hicimos ese macabro trabajo ante la mirada horrorizada de las mujeres, de los eunucos y del resto de la servidumbre. Echamos el ataúd sobre la carreta y nos encaminamos hacia el cementerio de Eyüp formando una doliente comitiva.

Eso de bueno tienen los turcos, que las autoridades consienten que los familiares entierren dignamente incluso a los que han sido ajusticiados. Aunque a uno le corten la cabeza, si así lo tiene previsto en su testamento, se le puede dar sepultura en el más pomposo de los mausoleos. No había dispuesto esta última voluntad Dromux, pero los jueces permitieron que se destinaran algunos de sus bienes para enterrarle como correspondía a un visir del consejo del gran turco, en un lugar preeminente de la colina próxima a la mezquita de Eyüp.

No bien se colocó la losa de mármol sobre la sepultura y se hicieron las oraciones, los funcionarios determinaron lo que había de hacerse con la gente del muerto. A Kayibay se le otorgó una dote de viuda, que no era demasiado abundante por no haber tenido hijos. A las concubinas se les dio libertad para ir a donde quisieran. Los eunucos, por ser bienes muy apreciados, pasaron a la propiedad directa del sultán. Lo mismo sucedió con las esclavas y esclavos, que éramos en total más de medio centenar en aquella casa. Aunque a todos no se nos dio igual tratamiento: los que estaban viejos y achacosos y los que no tenían oficio determinado fueron sacados a la venta por las calles, pregonados en alta voz y ofrecidos por cuatro cuartos, casi regalados algunos. A los considerados de mayor estima, como los cocineros, costureras y pajes, se les llevó al mercado de esclavos, donde se dieron al mejor postor formando un único lote.

A mí me tenían organizado el destino. En esta ocasión, como antes en Djerba y luego en Susa, di nuevamente gracias al Creador por haberme obsequiado con el don de la música, pues fui estimado de cierto valor por mi arte y no me incluyeron en el grupo de los que mandaron al mercado. Sabedor el *nisanji* de la desdicha que había caído sobre la casa de Dromux bajá, se anticipó a cualquier comprador y adelantó la suma conveniente por mi persona. De esta manera, pasé a formar parte de la servidumbre de tan alto personaje de la Puerta.

Yusuf se despidió de mí con ojos llorosos la misma mañana que ambos seguimos nuestros destinos.

—Al fin y al cabo —dijo—, Alá me ha protegido. Yo regresaré a las cocinas del Topkapi Sarayi. No es mal sitio para comenzar una nueva vida, aunque echaré de menos a Dromux.

—Dime una cosa —le rogué, sabiendo que sería sincero conmigo—, ¿me irá bien en la casa del *nisanji*?

—Por supuesto, querido Cheremet —respondió con una sonrisa triste—. Que yo me lleve mal con él no quiere decir nada. El *nisanji* es un hombre sensible que sabrá apreciar tu arte. Te lo meterás en el bolsillo, ya lo verás.

—Gracias, Yusuf —le dije—. Siempre te agradeceré tu buen trato en la casa de Dromux.

—Bueno, también te di alguna que otra paliza.

—No tiene importancia. ¿Volveremos a vernos?

—¡Claro! Ya me las arreglaré para salir de allí y buscarte. Somos amigos, ¿no? Ahora que no tengo mando sobre ti, quisiera conservar tu afecto.

—Antes de separarnos —dije—, quisiera saber algo más: ¿qué será de las mujeres?

—¿Lo dices por Kayibay? —preguntó.

—Sí. Por ella y por Hayriya.

—¡Ah, Hayriya! —exclamó—. ¿También te interesa Hayriya, bribonzuelo?

—Bueno. Me entristece pensar que pueda acabar en un mal lugar.

—No te preocupes ahora por eso —observó con una enigmática sonrisa—. Procuraré informarte más adelante. De momento, el gran visir cuidará de ellas y luego Dios dirá.

—Me gustaría ver a Kayibay. ¿Dónde podré encontrarla?

—¡Uf! —exclamó llevándose las manos al turbante—. ¡Ni lo intentes! Sigue mi consejo, querido Cheremet: compórtate ahora como un dócil esclavo para contentar a tu nuevo amo, y ten paciencia, mucha paciencia.

—Así lo haré, amigo Yusuf. Gracias por tus consejos que siempre me resultaron muy útiles.

—¡Ah, querido! —me abrazó—. Te ganaste mi corazón. Rogaré a Alá por ti.

Cerró los ojos ensimismándose, lloriqueó un rato más y se marchó. Le vi alejarse con su andar pesado y fatigoso en dirección a la Punta del Serrallo. Sentí lástima por él.

Un lacayo del *nisanji* vino hasta las oficinas del juez principal del ejército y depositó la suma que se había dispuesto como pago de mi precio. El funcionario encargado de los trámites extendió un documento y desde ese mismo momento pasé a ser propiedad del guardián de los sellos del sultán.

Cuando llegué al palacio de mi nuevo dueño, me invadió una sensación extraña. Era un edificio grande y sombrío, cuyas paredes estucadas se elevaban hacia unos techos altísimos. La servidumbre que me recibió me pareció envejecida y triste. Un anciano mayordomo muy sordo me condujo por largos corredores hasta las viviendas de los esclavos. Apenas pude comunicarme con él con algunos gestos, pues estaba totalmente sordo.

—Nuestro amo no está —me repetía una y otra vez—. Es un hombre muy ocupado. El sublime sultán reclama sus servicios constantemente. Puede regresar en cualquier momento: ahora, más tarde, a la noche o… puede estar fuera durante varios días.

—¡Qué he de hacer! —le gritaba yo—. ¡Cuál es mi cometido!

—No, no está —repetía él—. Ya te avisaré cuando venga…

Como estaba yo resuelto a que se convencieran desde el principio de que era muy moro, nada más escucharse al muecín cantar su llamada desde la mezquita más cercana, me arrojé de hinojos y me puse muy devotamente a hacer la oración que correspondía a esa hora de la tarde, la cual era la que ellos llaman *ikindi*, después de lavarme concienzudamente boca, brazos, nariz, cabeza y pies, como corresponde a un buen musulmán orante.

El personal de la casa no tardó en aparecer por allí, para curiosear. Hicieron también los rezos ellos y después se pusieron a hacerme preguntas. Parecía llevar la voz cantante un esclavo flacucho de rostro trigueño y límpido con una larga barba negra y un pelo abundante que le sobresalía bajo el turbante hasta los hombros.

—¿Cómo te llamas? —me preguntó.

—Cheremet Alí.

—Te llamaremos Alí —dijo.

—Muy bien.

—Así que músico. ¡Nada menos que músico y poeta! ¿Dónde aprendiste esa arte?

—En España, en Susa, en Estambul...

—Vaya, vaya. Has recorrido mundo. ¡Qué suerte la tuya!

—Cántanos algo —pidió un viejo esclavo que barría el suelo con un gran escobón, poniendo más atención en nuestra conversación que en su tarea.

—Estoy muy cansado —me excusé.

—¡Qué remilgado! —protestó el viejo despectivamente.

—Déjale en paz, Karam —le dijo el siervo de pelo largo—. ¿No ves que ha pasado un duro trago? ¿No sabes que su anterior dueño era Dromux bajá?

El viejo dejó escapar una risita maliciosa mientras se recorría el cuello con el dedo índice en clara alusión a la muerte de Dromux.

—Me llamo Vasif —se presentó el esclavo del pelo largo—. Soy el encargado de la ropa de nuestro amo el *nisanji*. Esta es una buena casa. No hagas caso a ese viejo idiota que solo sirve para barrer la mierda de las palomas. Aquí no estarás peor que en la casa de Dromux bajá.

Me incliné en un respetuoso saludo y le di las gracias por la bienvenida.

En esto, apareció el mayordomo sordo para comunicar que el *nisanji* estaba en casa. Fui a la sala de recepción con el corazón palpitante de inquietud. El guardián de los sellos del sultán estaba sentado en su diván, en el mismo lugar donde aquella vez canté para él. Me prosterné en su presencia en el gran tapiz de tonos rojos y verdes que se extendía en el centro de la estancia. Él me autorizó a elevar la cabeza. Me miró fijamente. Tenía el rostro redondo y menudo y ojos pequeños y penetrantes. Jugueteaba con su barba.

—¿Y tu laúd? —me preguntó.

—Se quedó en el palacio de Dromux bajá —respondí.

—Hoy es ya tarde —observó—. Mañana a primera hora irás al Gran Bazar y adquirirás el mejor que encuentres. Dile al artesano que vas de mi parte.

—Sí, amo.

—Gracias a Alá y a su misericordia —dijo—, no has caído en manos de gente impía y sin escrúpulos. Aquí vivirás bien.

—Gracias, altísimo señor.

—He oído decir que tienes buena reputación y que no dejas de hacer ninguna oración. Por eso mi elección ha recaído en ti.

—Alá te lo pague, amo —contesté humildemente.

—¡Ah, Alá es grande! —exclamó, cerrando los ojos ensimismado—. Desde que te oí cantar por primera vez aquella noche en este mismo salón, supe que tu voz me pertenecería.

28

Mi nuevo amo el *nisanji* se llamaba Mehmet bajá. Antes de ser distinguido con el importante cargo de guardián de los sellos del sultán por Solimán, había sido gobernador de la provincia de Karamania durante más de treinta años. Era un hombre de edad avanzada, de más de sesenta años, pero su mente estaba muy lúcida y su cuerpo menudo se mantenía ágil, merced a una dieta frugal a base de verduras y legumbres. Su delicado oficio le obligaba a permanecer durante muchas horas en las oficinas de la Puerta, pendiente de las decisiones del sultán. Era pues un funcionario realmente ocupado, consciente de sus obligaciones y entregado casi por entero a sus tareas. Por ser originario de las provincias árabes, de Damasco, era un musulmán piadoso, amante de los libros y de la música. Por eso me avisó Yusuf el día de nuestra despedida de que sería un amo sensible que sabría aprovechar mis cualidades.

El palacio del *nisanji* se encontraba a corta distancia del Topkapi Sarayi, en una empinada calle señorial flanqueada por las enormes residencias de los altos visires de la Sublime Puerta. Al final de la cuesta había un parque rodeado de grandes hospederías, donde se alzaban los flamantes baños que llamaban de Roselana, por haber sido construidos por encargo de Solimán para su esposa. Mirando en dirección a poniente se veía la majestuosa cúpula de Aya Sofía rodeada por los altísimos minaretes.

El Gran Bazar no se encontraba lejos de allí. Obedeciendo al mandato del *nisanji*, a primera hora de la mañana encaminé mis pasos en dirección al mercado para adquirir el mejor laúd que pudiese hallar. Hacía buen día y vagaban por el cielo límpidas nubes invernales que no traían agua. El gentío se había echado a la calle, como cada jornada, para comprar, vender y ganarse el sustento. Respiré profundamente y resolví en mi interior hacer borrón y cuenta nueva con mi vida pasada para entregarme de lleno a lo que pudiera depararme el destino en adelante.

Sabía quién hacía los mejores instrumentos de Estambul: Gamali, un viejo músico y poeta que fue jenízaro en su juventud, y que aprendió en el *sandak* de Kastamonu a construir el laúd turco de largo mástil, cuando perdió una pierna en la guerra y quedó obligado por su cojera a retirarse del ejército. Regentaba ahora media docena de tiendas en el Gran Bazar; dos de ellas de instrumentos y las demás de miniaturas, versos escritos en vitela, figuras y marionetas para el teatro de sombras y otras curiosidades.

Ya hacía tiempo que conocía yo a este afamado comerciante y había pasado muchas horas con él en la trastienda de su negocio, conversando y aprendiendo muchas cosas de sus vastos conocimientos acerca de la música y los grandes poetas de Oriente. Así que estaba deseando comunicarle que mi nuevo amo era nada menos que el *nisanji* del sultán. Y le encontré en su lugar habitual, sentado en su alfombra en el taller, dando el último retoque a los instrumentos que hacían sus numerosos maestros y aprendices.

—¡Ah, el gran Mehmet bajá! —exclamó encantado cuando lo supo—. ¡Qué suerte tienes, muchacho! El *nisanji* es todo un poeta. Alá ha sido condescendiente contigo. Agradécele que rodara la cabeza de tu antiguo amo, el bruto de Dromux bajá. Ahora estarás en la gloria. Para un buen músico como tú, no hay en Estambul mejor señor que Mehmet bajá.

Estas palabras me animaron mucho. Mis preocupaciones de los días anteriores se disipaban por momentos. Empezaba a ser consciente de que verdaderamente la muerte de Dromux había sido un golpe de suerte para mí.

—Gamali, amigo mío —le rogué—, debes darme el mejor instrumento que tengas en tu almacén. Mi amo me ha ordenado adquirir un laúd apropiado y quiero tenerle contento desde el primer día.

—Eso está hecho —dijo poniéndose en pie trabajosamente y yendo con pasos renqueantes hacia los estantes—. Tengo lo que tu amo necesita. ¡Aquí está!

Tomó en sus manos un precioso *saz*, retiró el polvo con un paño y se puso a afinarlo. Mientras extraía delicadas y armoniosas notas de aquel magnífico laúd, añadió:

—Aunque cantaras como los mismos ángeles y te acompañaras con el mejor laúd del mundo, que posiblemente sea este que tengo en mis manos, si no encuentras una canción adecuada, no contentarás totalmente al *nisanji* Mehmet bajá.

—¿Una canción adecuada? ¿Qué quieres decir?

—¡Ah, qué juventud! —exclamó con ojos delirantes—. ¿Recuerdas aquella canción que te canté una vez y apenas pudiste contener las lágrimas?

—Claro, Gamali; nunca olvidaré aquella canción.

—¿Podrías cantarla tú ahora? —me preguntó.

—No me acuerdo del todo de la letra. Cántala tú, amigo.

Gamali cerró los ojos y se sumió en la especie de trance que le embargaba cuando recordaba sus poemas favoritos. Aquel laúd sonaba verdaderamente bien. Cantó con esmero, a pesar de que su voz sonaba ya algo cascada.

Oh, Dios de los cielos infinitos,
de las alturas y los abismos,
tu mirada escruta todas las cosas,
sondea el profundo pozo de mi amargura,
solo estoy en esta tierra yerma
y ansío recitar los consuelos de tus nombres...

—Es muy hermosa y muy triste —dije.

—Es una canción sufí —observó—. A Mehmet bajá nada puede tocarle el corazón como un poema sufí. El *nisanji* es un gran amante de la música, pero ha dejado atrás la edad de los cantos de amor, vino y flores. Es un austero hombre que busca las causas últimas de las cosas y le preocupa estar a bien con el Omnipotente.

—¿Quieres decir que debo cantar para él canciones religiosas preferentemente?

—Exacto.

—Comprendo. Pues te suplico que me enseñes los más profundos poemas sufíes que conozcas.

240

Gamali sacó un abultado fajo de papeles atado con una cinta roja. Era una extensa colección de poemas de un antiguo poeta sufí llamado Yunus Emre. Me maravillé al escucharle recitar y cantar acompañándose con las melodías que él mismo había compuesto para tan profunda poesía.

—Hoy aprenderemos dos canciones —me dijo—. Con esto encandilarás a tu amo por el momento. Pero, si lo deseas, puedes regresar aquí cada día y te enseñaré todo lo necesario para que el santurrón de Mehmet bajá te considere el más delicado alimento de su alma. ¡Ja, ja, ja...! —rio divertido—. Pero habrás de darme parte de las muchas propinas que cosecharás merced a mis enseñanzas.

29

Llovía intensamente en Estambul el día que inicié mi bien meditada estrategia para ganarme al *nisanji*. Siguiendo los astutos consejos de mi amigo Gamali, escogí concienzudamente la ropa que debía vestir. Aquí no era conveniente aparecer ante el amo como un aderezado criado de librea, sino presentar la semblanza de un austero hombre ensimismado solo en las cosas del espíritu. Una túnica raída era suficiente; los pies descalzos y un discreto turbante blanco sobre la cabeza. Así, a guisa de poeta sufí sin aspiraciones, como los muchos que vivían anónimamente en la ciudad del gran turco, acudí humildemente dispuesto a robarle el alma al guardián de los sellos del sultán.

Me esperaba él en la sala donde solía entregarse a las meditaciones y los rezos. El agua crepitaba afuera, en el patio principal del palacio, cayendo sonoramente a chorros desde los tejados. Era uno de esos días tristes e impregnados de humedades que le piden a uno permanecer en casa, no demasiado lejos del calor amoroso de los braseros. El cielo estaba tan oscuro a causa de las negras nubes, que los criados encendieron las lámparas a media mañana, como si se hubiera adelantando el crepúsculo.

—Me he enterado de que has adquirido un buen laúd en el Gran Bazar —me dijo Mehmet bajá cuando me vio aparecer sumiso y humilde.

No dije nada, solo me postré y extendí hacia él el *saz* que mi amigo Gamali me proporcionó.

—No entiendo de instrumentos —observó—. Para mí, a simple vista todos son iguales. Cuando escuche tañerlo sabré si me gusta o no su sonido. Puedes sentarte —otorgó.

Me senté confiado en el suelo, por debajo de él, que estaba muy recto sobre una tarima con las piernas cruzadas encima de un gran cojín de color carmesí. Sostenía entre las manos un bello libro decorado con delicada caligrafía dorada. Su secretario particular, tan menudo y casi tan anciano como él, solía sentarse de cara a mi amo y no le dejaba ni a sol ni a sombra, aunque jamás abría la boca para decir nada. A un lado estaban los baúles de madera en los cuales se guardaban los sellos, los instrumentos para escribir y los frascos que contenían las tintas. Los papeles se amontonaban sobre una mesita baja.

Cuando hube comprobado que las cuerdas del laúd estaban perfectamente afinadas, dije con débil voz:

—Estoy preparado.

El *nisanji* hizo un gesto con la mano para indicarme que debía comenzar a cantar. Obediente, puse todo el empeño, tal y como me indicó Gamali, para que mi amo no detectara arrogancia alguna en el desempeño de mi oficio; sino que percibiera cómo yo sentía profundamente el significado de las palabras que salían de mi garganta.

Me llamo noria de penas,
mis aguas corren y corren
siguiendo el mandato de mi Señor,
y yo, que ando enamorado,
tengo penas, voy gimiendo.

Discretamente, alcé los ojos hacia él para contemplar el efecto que le producían tan hermosos versos. Él asintió inclinando la cabeza, ocultando así sus sentimientos. Cuando se desató el nudo de emoción que apreciablemente le impedía hablar, murmuró:

—Es una bellísima poesía de Yunus Emre. Sé de memoria cada palabra de esos versos, que acuden a mi mente con frecuencia, pero nunca antes los había escuchado recitar con tanto sentimiento. Me ha parecido perfecto.

—La perfección solo es de Dios —dije con suma modestia.

Mehmet sonrió orgulloso y su mirada me dijo lo satisfecho que estaba por contarme entre sus servidores.

No habían pasado diez días antes de que el *nisanji* invitara a su palacio a un nutrido grupo de notables que compartían su amor a la poesía y a la música. En la sala de recepciones del palacio mandó servir sirope de rosas y golosinas con el fin de obsequiarles sin demasiados dispendios, pues ya digo que era un hombre muy austero. Unos días antes de la reunión, me indicó que vendrían algunos íntimos y que deseaba que yo interpretara mis canciones, mostrando predilección hacia las composiciones que tuvieran como letra los poemas de Yunus Emre.

Cuando entré en el salón, estaban esperándome los invitados: el *nisanji*, el muftí, sus secretarios privados y un par de visires. Comprobé cómo observaban atónitos la ropa raída que escogí adrede. Después de postrarme, me senté en el suelo sabiéndome el blanco de ardientes miradas de curiosidad.

Mehmet bajá indicó con un movimiento de cabeza que debía iniciar la actuación. Bien sabía yo cómo tenía que endulzar mi expresión y acentuar las muecas de extrema humildad en el rostro. Lucía para la ocasión mi larga y lánguida barba que me dejaba crecer desde hacía tiempo siguiendo en esto, como en las demás cosas, los consejos de Gamali. También me ayudó él a escoger la canción con la que iba a impresionar a los invitados del *nisanji*:

Tu amor me sacó de mí.
A ti te necesito, solo a ti.
Andando estoy día y noche.
A ti te necesito, solo a ti.
Ni me contentan las riquezas.
Ni me asusta la pobreza.
Con tu amor yo me consuelo.
A ti te necesito, solo a ti.
Tu amor disipa otros amores,
en el mar del amor los hundes.
Tu presencia todo lo llena.
A ti te necesito, solo a ti.
Aunque tengan que matarme

245

y dar al viento mis cenizas,
mi tierra seguirá diciendo:
a ti te necesito, solo a ti.

Los presentes sonrieron y me llenaron de elogios. Entonces, con tono tranquilo, dije:

—No voy a beneficiarme de un don que no me pertenece, dignísimos señores. Estos hermosos versos son del poeta Yunus Emre.

Todos me miraban con curiosidad. Detecté el asombro en el rostro del *nisanji*, cuyas reacciones eran las que más me interesaban. Dirigiéndose a sus invitados, mi amo sentenció:

—No hay hermosura, dicha e inteligencia sino en Alá.

—¡Alá es grande! —exclamaron los demás.

Canté un par de canciones más y luego, temeroso de deshacer la impresión inicial siendo insistente, me disculpé con estas o parecidas palabras:

—Considero, dignísimos señores, que la poesía y la música deben ser administradas como la esencia del loto, en pequeñas dosis, espaciadamente y sin demasiada ansiedad. Supongo que mi altísimo señor, el guardián de los sellos del sublime sultán Solimán, piensa como yo.

Momentáneamente, temí que Mehmet tomase esto como una arrogancia, aunque no eran palabras de mi propia cosecha, sino que provenían del hábil asesoramiento de Gamali. Pero el *nisanji* se levantó del asiento y, alzando el dedo, dijo muy satisfecho:

—Verdaderamente, Alí, eres uno de esos raros hombres que conoce bien los secretos del alma. Precisamente, esa es mi manera de entender el misterio de la poesía. Nada de lo bueno debe tomarse en demasía, pues no hay cosa peor que el hartazgo. Ve a descansar, que estamos suficientemente deleitados por hoy.

Fingiendo un arrebato de inspiración delirante, arranqué un puñado de notas del laúd y, con extrema dulzura, canté:

Rosa de mis delicias,
espejo de mis pasiones,
no derramaré los tesoros del alma
por satisfacer un corazón impaciente...

Me incliné en profunda reverencia y me retiré dejándolos boquiabiertos. Cuando salí, al apartar los cortinajes, me topé con el ropero Vasif que estaba curioseando como siempre detrás de la puerta. Maravillado, exclamó con sincera admiración:

—¡De dónde sales tú, criatura! ¡Tu arte es extraordinario!

Proviniendo estas palabras de él, que solía ser bastante burlón, se confirmó definitivamente en mí el convencimiento de haberme ganado a la gente de aquella casa.

30

—¡Es lo mejor que podría sucederte! —exclamó Adán de Franchi cuando conté todo lo que me había pasado en los últimos meses—. Sin duda la Providencia está de nuestra parte. Con Dromux muerto y toda su gente dispersa, el rastro de tu pasado se pierde en la compleja ciudad de Constantinopla. Es el momento ideal para que te hagas aquí una nueva vida y nadie pueda sospechar que trabajas para la causa del rey.

Melquíades de Pantoja y él estaban entusiasmados después de escuchar mi relato. El secretario Gilli permanecía, como siempre, anotando cuidadosamente las informaciones.

—Precisamente por eso —les dije—, no he acudido en vuestra búsqueda. Me pareció que era mejor obrar con prudencia y que debía esperar a ver cómo se desenvolvían los acontecimientos. Quería que en mi nueva casa pensasen desde el principio que yo era un musulmán convencido.

—Inteligente obrar —me alabó Pantoja—. Has actuado con frialdad, sin perder la calma y ello te ha favorecido. Si te hubieras puesto nervioso y hubieras dado un paso en falso, podrías haber echado a perder todo lo que conseguiste fingiendo tu conversión a Mahoma entre la gente de Dromux.

—¿Te ha preguntado alguien desde cuándo eres moro? —quiso saber Franchi.

—No, nadie. A mi nuevo amo solo le interesan mis habilidades con el laúd y los poemas de los místicos sufíes que aprendo para él en el Gran Bazar.

—¡Es increíble! —exclamaban sin salir de su asombro—. ¡Estás nada menos que en la casa del *nisanji* del sultán! ¡Hay que sacar el mayor provecho de esta circunstancia!

—Debéis agradecérselo también a Semsedin —observé para ser honesto—. Él fue quien me llevó al palacio del guardián de los sellos la primera vez y propició que yo cantara para él.

—Sem es un viejo zorro —dijo Franchi—. Le premiaremos convenientemente esta idea genial. Pero tu audacia ha sido aún mayor al saber ganarte a Mehmet bajá adivinando sus debilidades.

—El jefe tiene que saber esto inmediatamente —propuso Pantoja—. Hemos de ir ahora a la casa de Aurelio de Santa Croce.

—Vamos allá —asintió Franchi—. Él dirá qué es lo que debes hacer a partir de ahora.

Estábamos en el atarazanal, en los despachos del negocio de Pantoja, donde yo había acudido muy de mañana para encontrarme con ellos. Emprendimos la cuesta que conducía hasta el barrio alto de Gálata por separado. Delante iban los tres espías cristianos conversando, sin volverse hacia mí en ningún momento, y yo los seguía retirado a una distancia prudente, caminando ensimismado en mis pensamientos para evitar que alguien pudiera darse cuenta de que nos dirigíamos los tres al mismo sitio.

Entraron ellos primero en el caserón de Santa Croce y yo aguardé hasta que estuve bien seguro de que nadie me veía llamar a la puerta. Di dos golpes primeramente y, pasado un breve momento, otros dos. Esta era la señal acordada para advertir en la casa de un espía que llegaba alguien de la conjura. Me abrió el propio Santa Croce. En su cara advertí enseguida que los otros se lo habían contado todo.

—¡Dios bendito! —exclamó—. ¡Entra, Monroy!

La casa era un edificio de dos plantas cuyas estancias se distribuían en torno a un pequeño patio. Me pareció que en el interior hacía más frío que en la calle. Todo estaba limpio y en orden. La decoración indicaba con demasiada evidencia que se trataba de una residencia cristiana. Había cuadros de la Virgen y de santos por todas partes y tuve la rara sensación de haberme trasladado de repente a España. Eso me hizo estremecer.

—No sabíamos qué había sido de ti —me dijo Santa Croce mientras me acercaba un gran vaso de vino.

Me fijé en él. Su porte distinguido y su cuidado aspecto resultaban una visión agradable. Pero había algo en el jefe de los espías que me desconcertaba. Me miraba de una manera extraña y, cuando yo me quedaba por un momento sosteniéndole la mirada, enseguida entornaba los ojos. Me parecía que me observaba demasiado y empecé a tener la sensación de que no se fiaba de mí e incluso de que yo no terminaba de gustarle del todo.

—Desde que soy turco —dije—, me ha cambiado mucho la vida.

—¿Qué ha sido del eunuco? —me preguntó.

—¿Se refiere vuestra merced a Yusuf agá?

—Sí.

—Creo que fue enviado a servir en las despensas del sultán. Pero no he sabido nada de él desde el día que pasé a poder del *nisanji*.

—No es nada conveniente que tengas trato con la gente de tu antiguo amo. ¿Comprendes por qué?

—Sí. Se trata de hacer ver que soy un turco más.

—Eso mismo —dijo—. Ahora estás muy cerca de uno de los funcionarios principales de la Puerta. Si sabes ser hábil, podremos obtener un inmenso beneficio para la causa cristiana con las informaciones que recabes en el palacio de tu amo. Pero eso será fruto de la paciencia. ¿Estás dispuesto a hacer las cosas como Dios manda?

—Claro —asentí—. ¿Para qué sufro si no la afrenta de ser considerado moro?

Santa Croce me explicó esa mañana con mucho detenimiento cómo funcionaba la Sublime Puerta. El sultán era el centro del gobierno de los turcos y el dueño de todas las vidas y haciendas. Por eso las decisiones importantes se tomaban allí donde él estaba, ya fuera en el palacio de Topkapi o en su tienda si se hallaba ausente dirigiendo una empresa guerrera. Asistían al sultán en sus decisiones los visires que formaban el consejo imperial, el Diván, que presidía el gran visir y promulgaba decretos en nombre del gran turco. No solo se ocupaban de las cuestiones de gobierno los miembros del consejo, sino que además servían en el campo de batalla. Estaban también los jueces supremos del Imperio y por debajo de ellos los tesoreros que disponían la manera en que debían recaudarse los impuestos y administraban en nombre del sultán la hacienda imperial. Lugar importantísimo ocupaba el *nisanji*, el guardián de los sellos, que era el canciller supremo. Él supervisaba a los escribanos de la Puerta y por sus manos pasaban todos los secretos y documentos relevantes, cerciorándose de si su contenido era correcto para estampar en ellos el sello del sultán que los declaraba auténticos.

—Como comprenderás —comentó Santa Croce—, tu amo Mehmet bajá es un personaje muy notable en la corte del gran turco. Sirve a Solimán desde hace décadas y conoce todos los secretos de la Puerta. Él se encarga de custodiar los documentos más importantes y reservados del Imperio y ninguna decisión grave se le oculta.

A medida que el jefe de los espías me iba contando estas cosas, crecía la agitación dentro de mí, pues veía que se me avecinaban complicadas y peligrosas responsabilidades.

—¿Y cómo podré acceder a tales documentos? —pregunté movido por la impaciencia—. Mi oficio en la casa es tañer y cantar. Únicamente los secretarios de Mehmet bajá pueden entrar y salir de los despachos del *nisanji*, que están cerrados a cal y canto.

—Ya te adelanté que solo la paciencia te dará la oportunidad que esperamos —respondió él con firmeza—. Tú haz la vida en esa casa y sigue ganándote al *nisanji*. Hay algo que jugará a tu favor: Mehmet bajá es un anciano y sus secretarios también; es posible que su vejez les vaya haciendo más descuidados a medida que pasa el tiempo.

—Pero… ¿qué es en concreto lo que he de espiar?

—Cualquier información de la Puerta tiene valor para la causa del rey católico, pero interesan más que nada las noticias militares. Si los movimientos de la flota del gran turco son avisados con tiempo en la parte cristiana, la armada española podrá prepararse adecuadamente y salirles al paso. En las guerras de la mar la sorpresa cuenta muchísimo.

Dicho esto, Aurelio de Santa Croce se levantó y fue hasta una dependencia aneja de donde regresó al momento trayendo una pequeña arca. Introdujo la llave en la cerradura, la abrió y extrajo cuatro talegas de las varias que había en el interior.

—Aquí hay cuatrocientos ducados —me dijo—, cien en cada talega. Este dinero te resultará muy útil para pagar sobornos, acallar bocas y vivir con cierta holgura. Ya que tienes que hacer tamaño sacrificio de ser moro y esclavo de moros, que al menos tus penas sean compensadas.

Era una cantidad enorme, con la cual podría vivir como un rey en Estambul, de manera que me quedé boquiabierto.

—¡Cuidado! —se apresuró a advertirme él—. Adminístralo con suma cautela. Si te dedicas a tirar el dinero pueden sospechar.

—No soy un necio —repliqué.

—He de darte un consejo más —añadió—. A partir de hoy, evita todo contacto con cristianos. Recurre a Semsedin y a su amo Ferrat bey, ellos te auxiliarán en lo que necesites.

—No conozco a Ferrat bey —observé.

—Lo conocerás muy pronto —contestó—. Hoy mismo iré a verle y le pondré al corriente de la situación. Es un hombre peculiar. Es uno de los renegados más influyentes de Estambul. Su tío era nada menos que el comandante Insula, que sirvió al césar Carlos. El nombre cristiano de Ferrat bey es Melchor Stefani de Insula; fue hecho cautivo a la edad de catorce años y se hizo turco por convencimiento. Desde hace veinte años es servidor del *beylerbey* de Grecia, uno de los gobernadores con mayor poder entre los turcos, que le considera su protegido, lo cual le mantiene en una privilegiada posición aquí, en Estambul, donde se dedica a administrar la hacienda de su amo.

—¿Qué he de hacer, pues? —le pregunté.

—Nada en particular. Excepto aguardar a que Ferrat bey se ponga en contacto contigo. Y ahora, vete, Monroy, es peligroso que faltes demasiado tiempo del palacio del *nisanji*.

—En esa casa tengo libertad para salir y entrar a mis anchas.

—Aun así, ya sabes, pon mucho cuidado.

Los cuatro espías me acompañaron hasta la puerta. Me abrazaron y prometieron rezar cada día para pedir a Dios que me protegiera.

—Señores —dije antes de despedirme—, ¿cuándo podré retornar a España?

Se miraron entre ellos. Muy circunspecto, Santa Croce me respondió:

—Por el momento, eso no será posible. ¡Quiera Dios que un día llegue el momento propicio!

Gilli se asomó y miró a un lado y otro de la calle. Cuando estuvo cierto de que nadie me vería salir, dijo:

—¡Ahora!

Me apresuré cuesta abajo en dirección al puerto.

Un barullo de ideas se agolpaba en mi mente y el corazón me latía veloz en el pecho. Me daba cuenta de que era más cautivo que nunca, por verme obligado a seguir el destino que las circunstancias me ponían por delante.

LIBRO V

En que se hace relación del mucho cariño y buen trato que Mehmet bajá usaba con el astuto Monroy, llamado Alí entre los turcos; así como la manera en que se las averiguó para ganarse al primer secretario de su amo. Cómo entró en relación con el renegado Ferrat bey y los curiosos ardides en que ambos se emplearon para espiar al gran turco.

31

El invierno fue largo y frío. No sé si la asignación que daba el sultán al *nisanji* por su oficio era generosa o escueta, pero en aquella casa se escatimaba todo, incluidos la leña y el carbón de los braseros. Supongo que Mehmet bajá estaba más pendiente de las cosas de la Puerta que de la administración de su hacienda, por lo que sus hijos se dedicaban a dilapidar sus bienes haciendo viajes y los mayordomos eran tan viejos que tenían descuidados los más necesarios asuntos de una vivienda confortable. A veces el palacio me parecía un inhóspito y abandonado caserón donde crujían las maderas y repiqueteaban las goteras por todas partes. Además, se comía poco y mal. En esto, sobre todo, echaba yo mucho de menos la buena administración de Yusuf en la casa de Dromux bajá, tanto en Susa como en Estambul, y recordaba con añoranza las cálidas estancias confortablemente amuebladas y los ricos platos que preparaban los cocineros. Por no hablar del vino, que estaba severamente prohibido por el *nisanji* y jamás lo bebí en su presencia. Pasaba el tiempo y avanzaba el invierno de aquel año de 1564. A veces me parecía que llevaba toda una vida entre los turcos. Cumplía fielmente con las obligaciones de un buen musulmán para no levantar sospechas, acudía a la mezquita y no olvidaba nunca hacer la *zalá* y el *guadoc*, que eran las prosternaciones y abluciones propias de los rezos de la secta mahomética. Pero a solas y en privado repetía diariamente las oraciones cristianas, credos, paternóster, avemarías y glorias, para no olvidar aquello que debía regirme en el fuero interno, que era la única y verdadera fe católica que me enseñaron mis padres. ¡Ah, qué triste vida de fingimiento y doble faz!

Empecé a sentir gran nostalgia de España y las añoranzas me embargaban frecuentemente oprimiéndome el pecho y causándome penas sin cuento. A veces me sentía el más solo de los hombres y la tristeza me llevaba a componer canciones que le encantaban a mi amo. Por ser él hombre melancólico y desencantado del mundo, yo me convertí en la voz de sus más íntimos sentimientos. Esto propició que cada vez me llamara con mayor frecuencia para que compartiera sus místicos devaneos.

El jardín del palacio estaba bastante descuidado. Las enredaderas trepaban por los muros formando una apretada maraña a cuyo abrigo dormían cientos de pájaros. En la parte más alejada, que formaba una colina cubierta de vegetación, crecía una palmera muy alta junto a cuyo tronco solía situarse Mehmet bajá para entregarse a sus meditaciones. Desde allí se contemplaba una hermosa visión de la Punta del Serrallo, de algunas edificaciones del Topkapi Sarayi y del Bósforo a lo lejos.

Una vez seguí a mi amo hasta aquel lugar apartado y silencioso. Era un día de cielo blancuzco que anunciaba la nevada. No se escuchaba otro ruido que el graznido espaciado de un cuervo y reinaba una quietud grande. El *nisanji* había extendido una alfombrilla debajo de la palmera y se encontraba acurrucado, envuelto en una manta de espeso pelo de zorro. Sostenía entre sus menudas manos un libro sobre el que aguzaba la vista, que ya tenía muy deficiente.

—¿Qué haces aquí, señor? —le pregunté con cuidado para no causarle un sobresalto.

—¿Eh? —musitó sin salir del arrobamiento que le embargaba cuando se entregaba a la lectura.

—Hace frío —comenté.

Me miró con ojos extraños, ausentes. Respondió:

—Esta palmera es mi compañera y el aire puro es mi amigo.

—A tu edad, estar a la intemperie puede sentarte mal.

—Gracias por preocuparte por mí —dijo sonriente—. Acércate, Alí.

Me aproximé y le besé la mano, sumiso.

—Siéntate a mi lado —me pidió—. ¿Ves este libro?

—Sí, amo. Veo que estabas ensimismado en su lectura, a pesar del frío. Debe de ser un libro muy interesante.

—Lo es. Se trata del más sabio libro del maestro Yamal od-Din Rumi, que vivió hace trescientos años. Es uno de los más grandes poetas y hombres de letras que ha habido.

Con su dedo pequeño, Mehmet señalaba el título que el libro tenía escrito con letras doradas en la cubierta de cuero: *Maznawi-e-Mawlawi*, que venía a significar en lengua árabe algo así como *Dísticos del significado interior.* Abrió el libro, acercó el rostro cuanto pudo a la primera página y leyó:

El hombre es una flauta de caña, suspendida sobre los abismos.
E invoca su origen, al que desearía volver, en medio de lamentos.
Porque ha perdido el camino de su casa, y lo busca…

Interrumpió la lectura, me miró con unos ojos inundados en lágrimas, desde una tristeza infinita, y luego estuvo gimiendo un buen rato.

—¡Ah, así me siento yo! —sollozaba—. ¡Ay, nadie me comprende! Este libro es como el espejo de mi alma.

—Sublime *nisanji* —le dije—, ¿qué puedo hacer por ti?

—Ay, nada, nada… Nadie puede consolarme. Solo quiero morir… Eso es lo que deseo.

—No digas eso, amo.

—¡Sí, sí, sí lo digo! Morir es lo único que deseo. ¡Déjame solo! He de hacer mis oraciones.

—Hace frío; no debes estar aquí.

—¡Qué importa eso! ¡Vete ya!

Me incliné ante él y obedecí su orden. Pero temí que le sucediera algún mal si le dejaba allí, bajo el frío cielo invernal, así que fui en busca de su secretario privado, que estaba, como casi siempre, en el despacho. Le conté lo que había sucedido y le comuniqué mi preocupación.

El secretario era tan buena persona como el *nisanji.*

Al igual que nuestro amo, se pasaba la vida entregado a los documentos y era también un hombre religioso y meditabundo. Se llamaba Simgam. Tenía un rostro bondadoso y solía hablar con voz casi inaudible.

—¿Por qué te preocupa tanto? —me preguntó.

—Es un anciano —respondí—. No tiene edad para estar a la intemperie con este frío.

—Es libre para hacer lo que quiera —dijo poniéndose serio—. ¿Quiénes somos tú y yo para decirle lo que ha de hacer?

—Consideré oportuno ayudarle. Está muy afligido y llora desconsolado.

—¡Ah, eso es normal en él! El *nisanji* no es un hombre alegre.

Al darme cuenta de que me metía donde no me llamaban, me disculpé, me prosterné e hice ademán de retirarme.

—Espera —me dijo Simgam—. No te marches aún.

—Tú dirás lo que quieres de mí.

—Siéntate un rato a mi lado —me pidió. Como si se repitiera la escena anterior con el *nisanji*, me senté junto a él para hacerle compañía.

—Nuestro amo está muy contento contigo —comentó—. Le he escuchado decir con frecuencia que tu música hace mucho bien a su alma.

—Hago lo que se me manda —dije sumiso.

—No abundan los hombres como tú en estos tiempos de falsedad e impiedad —añadió.

El secretario inició entonces el discurso propio de un anciano. Se quejó amargamente de la juventud, de lo complicada que se había vuelto la vida presente y evocó los tiempos pasados, que según él habían sido mucho más felices y prósperos. Yo le escuchaba muy atento, haciéndome consciente de que él necesitaba desahogarse hablando con alguien. Asentí con la cabeza a cuanto decía y añadí mis propias reflexiones siguiéndole la corriente en todo.

—¿Ves estos ojos? —me dijo señalándose las pupilas—. Tanto el *nisanji* como yo nos hemos dejado la vista trabajando durante cincuenta años en la cancillería del sultán. ¿Qué te parece?

—Alá premiará vuestros sacrificios.

—Alá es muy generoso. Pero estamos viejos y cansados y nadie mira por nosotros.

Me di cuenta de que Simgam empezaba a sincerarse. El *nisanji* y él pertenecían al grupo de los miembros de la corte del gran turco que habían envejecido junto a Solimán. Eran el reflejo de un reinado larguísimo, que se prolongaba ya por más de cuarenta y cuatro años, y manifestaban en sí mismos las deficiencias propias de una corte llena de funcionarios, escribas y secretarios aferrados a sus cargos vitalicios, los cuales por ley de vida se habían convertido en ancianos.

32

Al fin conocí a Ferrat bey. Lo recuerdo perfectamente. Fue en la fiesta de *Ashura*, el día décimo del mes de *Muharram* de los musulmanes. Había acudido yo a la mezquita de Aya Sofía acompañando a mi amo para participar en una multitudinaria oración presidida por el propio sultán. Me maravillé al entrar en el inmenso edificio que fue la catedral del patriarca de los griegos en el pasado, en tiempos de los emperadores cristianos de Bizancio. La gigantesca cúpula, altísima como el cielo, me produjo vértigo cuando alcé los ojos desde su interior. El gentío emitía un murmullo constante que se multiplicaba en un eco infinito, creando una sensación inquietante. Cuando apareció Solimán al fondo, en la gran puerta que solo él podía cruzar, la muchedumbre de jenízaros, notables y funcionarios que abarrotaban la mezquita se volvió para contemplar con extasiados ojos a quien consideraba el representante de Alá. E inmediatamente todos nos prosternamos poniendo la mirada en tierra, como mandaba la veneración y el respeto hacia el que era nombrado como comendador de los creyentes.

Luego la gente empezó a entonar un monótono y gutural canto:

—*La illaha ilallah Muhammadu rasulallah... La illaha ilallah Muhammadu rasulallah...* —Es decir, «Dios es grande y Mahoma es su profeta».

Miraba yo de soslayo hacia el final de la mezquita y veía al sultán en su baldaquino, muy erguido a pesar de sus muchos años. Allí estaban junto a él el gran visir, los miembros del consejo, los agás del palacio, los generales y los comandantes de la guardia. También ocupaba un lugar preeminente el heredero Selim, rodeado por toda su gente de confianza. Me estremecí al sentirme tan próximo al gran turco, pues apenas estaba yo a cuarenta pasos de él, por acompañar a mi amo el *nisanji* entre los miembros de su séquito personal.

Cuando concluyeron los sermones y la oración, el sultán abandonó la mezquita por donde había entrado. Entonces una multitud enfervorizada le rodeó acercándose a él hasta la distancia que permitía su aguerrida guardia. Por encima del gentío se veían los pliegos de papel, sujetos al final de largas varas, que eran alzados para expresar las súplicas que el pueblo elevaba a su soberano. También se veían brillar en el aire los puñados de monedas que los administradores lanzaban como símbolo de la magnanimidad del sultán, creando un verdadero caos en aquella marea humana enloquecida.

Mi amo Mehmet bajá se dirigió hacia la puerta de entrada del Topkapi Sarayi, donde se regalaba a los miembros de la corte con un banquete. Solo podía acompañarle al interior su secretario privado, de manera que allí mismo, frente a la mezquita de Aya Sofía, me despedí de ellos.

La gran explanada que se extendía delante de los altos muros del palacio estaba atestada de gente y de ruido; los pregones de los vendedores ambulantes se mezclaban con el estruendo de los timbales, tambores y flautas. Los humos de los tenderetes se elevaban y los aromas especiados de las comidas empezaban a esparcirse en el ambiente. Había un vivo colorido por todas partes, merced a los caftanes brillantes de fiesta, a las banderolas y estandartes que ondeaban al viento y a la multitud de tiendas de campaña que se alzaban en la arboleda para cobijar a las familias ricas que se aplicaban a banquetear bajo las lonas verdes, azules, blancas y rojas, que eran los colores de las diversas dinastías nobles de Estambul.

Hacia una de estas tiendas encaminé yo mis pasos, pues había recibido unos días antes la invitación de Semsedin para que me incorporase ese día a la comida que su amo Ferrat bey daría a sus familiares, amigos y conocidos con motivo de la fiesta de *Ashura*.

—¡Ah, amigo mío, bienvenido! —exclamó Sem cuando me vio entrar en la tienda que ya estaba abarrotada de invitados—. Ven conmigo, que te presentaré a mi amo.

Al fondo, sobre un diván forrado con telas anaranjadas, estaba sentado el renegado Ferrat bey. Delante de él se extendía una amplia mesa llena de suculentas viandas que satisfacían la avidez de un buen número de corpulentos jenízaros. Vi cómo Semsedin se aproximaba a su amo y le decía algo al oído. Ferrat bey alzó la vista y me estuvo mirando de arriba abajo un buen rato. Era él un hombre alto y bien formado, de más de treinta años, tez blanca, mejillas sonrosadas y barba y bigote castaños, casi rubios. Llevaba sobre la cabeza el gran turbante que le identificaba como un turco importante. Se puso en pie, se disculpó delante de sus invitados y vino hacia mí con pasos decididos.

—Así que eres Monroy, el músico —me dijo en voz baja.

—Sí, señor —respondí.

—¿Cuál es tu nombre de musulmán?

—Alí, Cheremet Alí.

Hizo una autoritaria seña a uno de los criados. Enseguida acudió el sirviente y trajo una jarra llena de vino.

—Vamos a un lugar más tranquilo —propuso Ferrat bey—; aquí hay demasiado ruido.

En las traseras de la tienda principal había un habitáculo más pequeño, hecho también de lona, donde se encontraban reunidas las mujeres sentadas sobre tapices para celebrar su propio banquete. Ferrat bey las echó de allí.

—¡Id a dar un paseo, preciosas!

Ellas salieron obedientes y él y yo ocupamos el lugar que dejaron. Semsedin se situó en la puerta para evitar que alguien nos interrumpiera durante la conversación.

—Tenemos poco tiempo —dijo—. No debo dejar abandonados a mis invitados, pueden impacientarse. Vamos, cuéntame por tu propia boca todo lo que Santa Croce me ha dicho de ti.

Fui narrando mi peripecia muy confiado en que podía estar seguro al revelarle mis secretos particulares, pues él pertenecía como yo a la conjura. Con frecuencia me interrumpía y me hacía preguntas sobre algún detalle o circunstancia. Tenía una mirada fría en sus inexpresivos ojos grises que resultaba inquietante.

Cuando hube concluido mi relato, se quedó durante un rato pensativo. Luego comentó:

—Hummm… Veo que estás más próximo al *nisanji* de lo que pensábamos. Cosa que me sorprende mucho, porque ese viejo santurrón es muy astuto y reservado.

—Aurelio de Santa Croce me dijo que tú me indicarías lo que debo hacer a partir de este momento —le dije.

—Todo a su tiempo —contestó inexpresivo—. Regresemos al banquete; mis invitados deben de estar impacientándose.

Ferrat bey me presentó a algunos invitados. Entre ellos había un eunuco extraño, un tal Moragata, que era coronel de seis mil soldados de caballería. Era este un hombre de duras facciones, pelo muy negro y piel atezada. Se sentó junto a mí durante la comida y le vi beber gran cantidad de vino, de manera que en torno al mediodía estaba bastante borracho. De vez en cuando se me aproximaba y con tono misterioso me decía al oído con un ardiente aliento alcohólico:

—Así que eres el músico; el músico español que trae a todos encandilados…

Pasé allí la mayor parte del día. Por ser esta la tienda de la gente del *beylerbey* de Grecia, había en este banquete más griegos que en ninguna otra tienda. Y supongo que por esta razón se servía tanto vino, lo cual era a su vez la causa de que pasaran a saludar por allí gran número de jenízaros. Ferrat bey atendía a todos cordialmente y no les escatimaba la bebida que otros señores tenían prohibida.

Por la tarde dieron comienzo las danzas. Yo no me moví de mi sitio, junto a Moragata que estaba más dedicado a emborracharse que a otra cosa. Solo de vez en cuando, enigmáticamente, me decía con metálica y desagradable voz:

—Así que el músico, el músico español… ¿Y cómo dices que te llamas?

—Alí, Alí, te lo he dicho diez veces; tampoco es el mío un nombre difícil.

—¡Eh, no te pongas como un gallo, Alí el músico! ¡Brindemos!

Como se diera cuenta Semsedin de que el eunuco se estaba poniendo muy pesado, se acercó hasta mí y me propuso ir a dar una vuelta, para ver otras tiendas de la fiesta. Acepté muy aliviado. Pero Moragata también se dio por invitado y se unió a nosotros.

Cuando paseábamos por la gran explanada a cuyos lados se reunía la gente para comer, danzar y divertirse delante de las tiendas, de repente, alguien me llamó a voces desde el gentío:

—¡Eh, Alí! ¡Cheremet Alí!

Me volví y vi venir hacia mí a Yusuf agá con los brazos abiertos. Ya era un hombre grueso antes, pero en estos cinco meses transcurridos desde la última vez que le vi había engordado aún más.

—¡Ah, Alí! —exclamaba mientras me abrazaba—. ¡Qué gran alegría! ¿Cómo te va, querido? ¿Qué tal en la casa de tu nuevo amo? ¿Te tratan bien en ella?

Fue un encuentro agradable para mí, pero enseguida noté que Semsedin y Moragata se ponían serios.

—¡Vamos, Yusuf, aparta! —le dijo Sem empujándole—. Tenemos prisa, nos espera Ferrat bey.

—¡Eh, un momento! —protestó Yusuf—. Tengo derecho a hablar un rato con Alí, es mi amigo. Además, vosotros no tenéis ninguna autoridad sobre él...

—¡Déjanos en paz! —le gritó muy alterado Moragata—. ¡Márchate a tus asuntos! Tampoco tú tienes autoridad sobre Alí.

—¡Será posible! —exclamó muy enojado Yusuf—. Este joven es musulmán gracias a mí y solo a mí. ¿Es que ahora os creéis vosotros con derecho sobre su persona?

—¡Cállate, maldito saco de manteca! —le espetó Moragata enfurecido.

Yusuf respondió propinándole una fuerte bofetada que casi le hizo caer al suelo por el impacto. Y al momento se enzarzaron los tres en una pelea. Enseguida acudieron los criados de Yusuf para auxiliarle y mucha gente se aproximó originándose un gran tumulto. Llovían golpes por todas partes y unos y otros se gritaban los peores insultos.

Como consideré que no debía verme envuelto en aquel incidente para no manchar mi reputación frente a mi amo el *nisanji*, me escabullí y corrí para alejarme.

33

Pasaron algunos meses sin que tuviera la menor noticia de Yusuf, ni de los renegados Ferrat bey, Semsedin y Moragata. Así que me olvidé por completo del incidente de la fiesta de *Ashura* que tanto temí en principio que llegara a perjudicarme. Nadie en la casa del *nisanji* me habló del suceso, de manera que supuse que no tuvo mayores consecuencias que las propias de una pelea más en el tumultuoso ambiente de la multitudinaria celebración.

Una mañana, cuando salía del palacio para dirigirme hacia el Gran Bazar, me abordó por la calle una mujer muy tapada que pronunció mi nombre cristiano.

—¡Eh, tú, Luis María Monroy!

Me sobresalté. Hacía tiempo que nadie me llamaba de aquella manera.

—Luis María Monroy, Luis María Monroy… —repetía la mujer con una pronunciación deficiente pero comprensible.

—¿Qué quieres de mí, mujer? —le pregunté lleno

de extrañeza—. Ese ya no es mi nombre. ¡No me llames así que puedes perjudicarme!

—Mi señora Kayibay me manda a ti —contestó—. Te ruega que me sigas hasta su casa.

Me dio un vuelco el corazón. Sin decir palabra, me puse detrás de ella y encaminé mis pasos en la dirección que tomó calle abajo, hacia el embarcadero de Eminönü. Se detuvo la mujer en una pequeña plaza y me indicó con el dedo una casa cubierta con envejecidas maderas.

—Entra ahí, te esperan —dijo.

Subí por una estrecha escalera cuyos peldaños crujían a cada paso. Las paredes estaban ennegrecidas por la humedad y me llegaba un intenso olor a comida recién cocinada. Mi corazón palpitante se aceleraba por la emoción. Golpeé la puerta con los nudillos. Escuché pasos al otro lado y mi agitación se intensificó al presentir que Kayibay me recibiría.

Pero quien apareció ante mí fue el eunuco Yusuf.

—Entra enseguida —me pidió.

El interior estaba en penumbra y hacía calor. Por un angosto pasillo, Yusuf me condujo hasta una estancia pequeña donde al fin me encontré con Kayibay.

—¡Querido! —dijo ella abalanzándose para colgarse de mi cuello—. ¡Amado mío!

Como en otros tiempos, ambos nos abrazamos y nos besamos largamente ante la mirada lánguida del eunuco. Después nos sentamos y estuvimos conversando mientras comíamos los tres. Kayibay me contó las peripecias que había sufrido hasta que los jueces dieron orden a los contables del sultán para que le proporcionasen su parte de la herencia. Con los aspros que le correspondieron y lo obtenido de la venta de algunos objetos, adquirió aquella pequeña casa y se proveyó de lo necesario para vivir modestamente. Ahora era una viuda joven y bella a la que no le faltaban pretendientes entre los jenízaros que buscaban esposa para asentarse en Estambul.

—¡Cásate conmigo! —me suplicó enseguida con ansiedad—. Pídele el permiso a tu amo el *nisanji* y casémonos, querido mío.

Mientras me decía aquello, sus ojos se inundaron de lágrimas y sus labios temblaban. Yo estaba tan confuso y arrobado que no sabía qué decir.

—Es lo mejor que podéis hacer —comentó a mi lado Yusuf—. No encontrarás mejor mujer que ella. Estáis hechos el uno para el otro.

—¿No dices nada? —me preguntaba insistentemente Kayibay—. ¿Por qué no hablas, querido?

Mi mente estaba hecha un lío. Repentinamente me encontraba allí, entre los dos, asaltado por aquella proposición que de ninguna manera podría haber imaginado un momento antes.

—No sé… —musité desconcertado—. No me esperaba esto ahora… Tengo que pensarlo…

Yusuf se puso de pie de manera impulsiva y empezó a gritarme:

—¿Pensarlo? ¡Qué tienes que pensar! ¿Es que has de consultarlo acaso con Ferrat bey? ¿O con ese entrometido de Semsedin? ¿O con ese borracho de Moragata? ¿Son esos ahora tus únicos amigos?

—¡Eh, un momento! —exclamé—. ¿Qué tiene que ver eso?

—¡Mucho tiene que ver! —contestó fuera de sí, agarrándome por la pechera—. ¿No te das cuenta de dónde te estás metiendo? Esa gente es muy peligrosa, acabarán buscándote problemas.

—Pero… si apenas tengo trato con ellos…

—¡Ah, qué insensato eres! Obedece a mis consejos, pues solo quiero tu bien. No te olvides de los viejos amigos…

Me daba cuenta de que la situación era muy complicada. Yusuf y Kayibay querían a toda costa recuperarme para ellos y regresar de alguna manera al antiguo estado de cosas, como cuando vivíamos en la casa de Dromux. Pero para mí ahora eso era imposible. Trataba de explicárselo y resultaban inútiles todos mis razonamientos.

—¡Comprendedlo! —les decía—. Me debo a mis ocupaciones en la casa del *nisanji*. No puedo casarme y fundar aquí una familia.

—Ese maldito Semsedin te ha apartado de nosotros —replicaba Yusuf, fuera de sí—. ¡No pareces el mismo! ¡Ay, qué te habrán dicho de mí esos endiablados renegados! Ya me parecía que acabarían envenenándote el alma…

—No se trata de eso, amigo Yusuf. No penséis que me olvidé de vosotros.

—¡Desagradecido! —gritaba—. ¿Así me pagas todo lo que hice por ti?

Kayibay se había aferrado a mí con todas sus fuerzas y casi no me dejaba respirar. Aquella empezaba a ser una angustiosa situación que amenazaba con causarme graves problemas.

—¡Hablaré con el *nisanji*! —decía el eunuco—. Conseguiré que me reciba y le contaré cuáles son tus amistades. Él nos dará la razón. Lo que tú necesitas es casarte…

No podía más. Se me llenó de bilis la garganta y me acudió un vértigo infinito a la mente. Nunca su-

275

puse que aquellos dos llegarían a causarme tales problemas. Como me diera cuenta de que estaban locos de celos y que no podría hacerles entrar en razón, me zafé de la presa que tenía hecha en mí Kayibay y corrí en dirección a la puerta.

—¡No te vayas, querido! —me gritaba ella a las espaldas.

—¡Desagradecido, traidor, malnacido...! —exclamaba Yusuf.

Ya en la calle, apresuré mis pasos para huir de allí. Mi cabeza era un mar de confusión y se me presentaban los más oscuros pensamientos. Temía que se echara todo a perder y que sucediese algo malo. Yusuf era uno de los *Kapi Kulari*, un esclavo de la Puerta a fin de cuentas, aunque trabajase en las despensas del sultán, y podía causarme graves perjuicios si empezaba a remover las cosas llevado por el resentimiento.

Mecánicamente, me dirigí hacia Gálata. Fui a casa de Aurelio de Santa Croce y le conté todo lo que me había sucedido. Él se quedó muy preocupado y me dijo con gravedad:

—¿No te dije que evitases el trato con la gente de tu antiguo dueño Dromux?

—No pude hacer nada. Todo se complicó solo. Las cosas funcionaban bien hasta que me encontré con Yusuf agá en la fiesta de *Ashura*. ¿Cómo iba yo a prever eso?

—Márchate ahora —dijo— y procura salir lo menos posible durante algún tiempo. Aguarda a recibir noticias.

34

—Nuestro amo el *nisanji* te llama a su dignísima Presencia —me anunció el secretario Simgam.

Fui y me presenté en el despacho donde encontré a Mehmet bajá ocupado en revisar los montones de papeles que cada día le traían sus auxiliares. De momento no reparó en mi presencia, sumido en su habitual despiste. Cuando al fin elevó la cabeza y me vio, alzó el dedo índice, largo y seco como un sarmiento, y dijo:

—Alí, dentro de unos días he de decirte algo de gran importancia que te atañe mucho. Reza a Alá con todas tus fuerzas, día y noche, pues lo que ha de ser de tu vida está únicamente en sus omnipotentes manos. Hasta entonces, te prohíbo salir de casa.

Un escalofrío me recorrió todo el cuerpo. Dijo aquello con tal gravedad y misterio que me dejó lleno de preocupación. Besé su mano y me retiré de allí convencido de que mi vida estaba en peligro. De esa manera interpreté sus palabras.

Aquella noche apenas pude pegar ojo. Durante el único rato que dormí, cerca ya del amanecer, tuve una pesadilla atroz que me hizo despertar bañado en sudor, temblando y atemorizado. Soñé que iba hacia la muralla de la ciudad y me topaba con mi propia cabeza clavada en una pica en el mismo lugar donde estuvo la de Dromux.

Por la mañana anduve cabizbajo de acá para allá por el palacio, llevado por mi ansiedad y deseoso de salir corriendo para escapar. Pero bien sabía que no tenía dónde ir a esconderme, pues los conjurados observaban entre ellos la norma estricta de no buscar ayuda en los demás espías, para no poner en peligro a toda la conjura en caso de que se despertaran sospechas entre las autoridades turcas. A la hora de la comida Simgam me miraba de reojo de manera extraña y se dio cuenta de que no probé bocado.

—¿Estás enfermo, Alí? —me preguntó—. Veo que no has tocado tu comida.

—No tengo apetito —musité con una voz que no me salía del cuerpo.

—¡Ah, cómo te comprendo! —exclamó esbozando una enigmática sonrisa.

Le miré desde mi abismo de preocupaciones y él me puso paternalmente la mano en el hombro en un gesto que interpreté como pura compasión. Por mi cabeza solo pasaba la imagen de Yusuf despechado y enloquecido por sus celos contando exageradas historias sobre mis relaciones con cristianos, renegados y gentes sospechosas. Como mi impaciencia e incertidumbre me concomían, le pregunté al secretario:

—¿Sabes tú algo?

—Lo sé todo —respondió con una rotundidad que acentuó en mí la inquietud—. Ya sabes que entre nuestro amo y mi humilde persona no hay secretos.

—¡Por favor —le supliqué—, dime lo que pasa!

Miró a un lado y otro. Como viera que el viejo mayordomo andaba por allí poniendo y quitando platos, se puso el dedo en los labios y me dijo:

—¡Chist! Aquí no podemos hablar de esas cosas.

—Está sordo como una palmera —comenté.

—Hummm, no lo creas; oye lo que le interesa. Cuando concluyamos la comida iremos a los jardines y te contaré todo lo que yo sé. De la misma manera que no hay secretos entre el *nisanji* y yo, deseo que nosotros dos tengamos confianza plena en todo. ¡Tanta es la estima que te profeso, querido Alí!

Esta contestación me tranquilizó un poco. Al menos sabía desde ese momento que Simgam estaba de mi parte. Y sus opiniones contaban mucho para nuestro amo. Pero, aun así, no pude tomar nada sólido y me conformé con beber unos tragos de agua para refrescar mi seca garganta. Aquella comida se me hizo eterna, pues el secretario era muy meticuloso en todo lo que hacía. Incluso para comer empleaba demasiado tiempo.

—Vamos —dijo cuando se metió en la boca el último grano de uva pasa.

Me llevó al extremo del jardín y ambos nos detuvimos bajo la enorme palmera junto a cuyo tronco solía meditar Mehmet bajá. Con mucho misterio, me dijo:

—Alí, verdaderamente has cautivado nuestro corazón. Y digo «nuestro» porque tanto el *nisanji* como yo nos damos cuenta de que eres un hombre inteligente, tocado singularmente por el dedo del Dueño de todos los destinos, Alá, el Misericordioso…

—¡El Grande, el Omnipotente! —exclamé inclinándome con suma veneración—. ¡Bendito sea Él y su profeta!

—Pues bien —prosiguió Simgam su larga perorata que me tenía en ascuas por tantas palabras previas al meollo de la cuestión—. Ya te digo que, aun traicionando en cierta manera la confianza que nuestro amo deposita en mí al desnudar cada día su corazón y contarme todos sus planes, sé que Alá no me tendrá en cuenta ese pecado, pues quiero yo hacerte digno a ti de una deferencia semejante y…

—¡Por el profeta, Simgam, dime ya de qué se trata! —le supliqué impaciente.

Me miró con estupefactos ojos. Permaneció en silencio un momento que me pareció una eternidad. Después dijo:

—El *nisanji* te llevará muy pronto a la Puerta.

—¿A la Sublime Puerta? ¡Oh, Alá el Compasivo! ¿Para qué?

—Nuestro dignísimo amo tiene pensado iniciarte en el oficio de secretario. Ya ves, envejecemos y alguien tiene que aprender las difíciles tareas de la Cancillería del sultán. Cada día que pasa, mengua nuestra vista y los documentos se multiplican. Necesitamos a alguien que maneje varias lenguas: el turco, el árabe y la escritura cristiana. No vemos a nadie más indicado que tú.

Me llevé las manos a la cabeza y di un respingo. Después me abalancé hacia Simgam y le abracé.

—Gracias, amigo mío, muchas gracias. ¡Que Alá el Generoso te pague toda esta confianza!

—Bien. He de decirte que todo esto es un secreto que debes guardar. El *nisanji* está haciendo las gestiones necesarias para solicitar el permiso pertinente al Kapi agá, el jefe de la guardia de la Puerta que corre con las autorizaciones de quienes entran y salen. Como comprenderás, cualquiera no puede entrar allí.

—Seré una tumba.

—¡Ah, amigo mío, serás un magnífico secretario!

—¿Veré al sublime sultán Solimán?

—¡Claro! Aunque tendrás que permanecer a cierta distancia y prosternado en tierra sin levantar los ojos hacia él.

La oportunidad que desearía el mayor de los espías del rey católico venía a mis manos repentinamente. Pero mis preocupaciones no acababan por ello, pues ahora temía que los enredos de Yusuf echasen a perder tan maravillosa ocasión.

35

Supongo que Mehmet bajá había repetido idéntico ritual todos los cuatro primeros días de la semana desde que regresó de Karamania, años antes, para servir en la Cancillería del sultán. Los miembros de la guardia del Topkapi Sarayi venían a recogerle a primera hora de la mañana y aguardaban en la calle, bien pertrechados, a que mi amo saliese subido ya en su litera, que portaban cuatro fornidos lacayos. A su lado, separado apenas un metro de él, cabalgaba el secretario privado Simgam en una buena mula que llevaba sujeta de la brida un palafrenero negro ataviado con librea de seda verde. Se colocaba delante el estandarte y la comitiva emprendía la empinada cuesta con solemne paso en dirección a la Sublime Puerta. Esta vez, entre los secretarios secundarios que portaban los documentos, fajos de papel nuevo, libros de anotaciones, cálamos, tintas y demás objetos necesarios, iba yo muy digno subido en mi propia cabalgadura para la gran ocasión que se me presentaba ese día. Lucía un buen *dolmán* adamascado y turbante conforme al rango que me correspondía a partir de ese momento, como miembro del distinguido grupo de criados del guardián de los sellos del gran turco.

Siempre había menesterosos y abundante chiquillería dispuestos a solicitar algo de la magnanimidad de tan poderoso personaje, los cuales le salían al paso o acompañaban al séquito vitoreando:

—¡Alá guarde a su excelencia, el *nisanji* del sublime sultán Solimán! ¡Salud al dignísimo *nisanji* Mehmet bajá! ¡Larga vida y bendiciones...!

Mi corazón se agitó cuando vi la Puerta al frente, custodiada por los enormes negros que sostenían en las manos imponentes lanzas de bronce. Me parecía mentira que en unos instantes fuera yo a penetrar en el vedado recinto del palacio de Topkapi.

Con la naturalidad propia de un mero trámite que se repetía constantemente, el comandante que iba al frente de nuestra comitiva dio las novedades al jefe de la guardia y se nos franqueó el paso. Atravesamos la puerta principal del primer patio.

La caballería de los jenízaros estaba alineada haciendo sus ejercicios, y muchos guerreros se adiestraban en la gran explanada llenando el aire de metálicos choques de espadas, gritos y polvo, por ser este el lugar donde se hallaban los cuarteles, los arsenales y los almacenes. Cruzamos esta zona bulliciosa y activa y llegamos junto a la puerta que llamaban puerta Media, por donde se accede al segundo patio. Para pasar por el arco tuvimos que descabalgar todo el mundo, pues así lo mandaba la ley del palacio. Nadie, excepto el sultán, podía entrar a caballo, y un silencio estricto era obligado.

Enfrente, a gran distancia, vi la puerta de la Felicidad, por la cual se entra a las dependencias privadas del gran turco; a la derecha las cocinas y las cuadras imperiales. Había una quietud inquietante en la gran extensión de este patio.

Nos encaminamos hacia la cámara del consejo, que se encuentra en el rincón izquierdo más alejado. Era allí donde se reunían los altos dignatarios del Imperio con el gran visir.

Solo penetraron en el edificio del Diván el *nisanji* y su secretario Simgam. Los demás permanecimos fuera aguardando durante las largas horas que duraron las deliberaciones, que se prolongaron todo el día, interrumpidas únicamente para hacer las oraciones, cuando el muecín avisó desde un pequeño minarete que se alzaba a un lado. Solo en ese momento cesaron la quietud y el tedioso silencio que reinaban en el patio.

A última hora de la tarde concluyeron las deliberaciones. Vi salir al gran visir y a los miembros del consejo y hube de arrojarme a tierra, sin alzar para nada la cabeza, mientras estuvieron pasando uno por uno por delante de mí.

Entonces se aproximó Simgam y me dijo:

—Ahora es cuando comienza nuestro trabajo.

Todos los secretarios entramos en el edificio. Los documentos se hallaban extendidos encima de algunas mesas y en el suelo, sobre los tapices. Había que ordenarlos, poner la fecha y estampar los sellos. Yo era un mero aprendiz que no podía hacer sino ir colocando los fajos en los baúles cuando me lo indicaban y cargarlos en las mulas.

Simgam iba explicando en voz alta el sentido de muchos de aquellos papeles, pero me resultaba muy difícil enterarme de algo. Mehmet bajá permanecía sentado en un rincón con la mirada perdida y tan visiblemente agotado que despertaba lástima contemplar su estampa.

Era casi de noche cuando el secretario principal dijo:

—Bien, hemos terminado. Ya es hora de regresar a casa.

Con el mismo orden que a la llegada, emprendimos el camino de regreso. Cruzamos de nuevo las dos puertas y llegamos al palacio del *nisanji* cuando reinaba la oscuridad en las calles.

Estuvimos amontonando cuidadosamente los documentos en los estantes del despacho a la luz de las lámparas y, después de comer algo, nos retiramos todos a dormir.

Cuando estuve en el lecho, di vueltas y vueltas, agitado por un gran nerviosismo, al saber que bajo el mismo techo que yo estaban guardadas las importantes deliberaciones del consejo imperial del gran turco. Pero no podía hacer nada, pues Simgam cerraba con siete llaves los despachos. Solo necesitaba la paciencia necesaria para proseguir allí mi vida, aguardando a que se me presentase la oportunidad de tener acceso a las informaciones.

Por la mañana muy temprano, aquellos importantes papeles volvían a estar entre mis manos. Pues el *nisanji*, el secretario Simgam y todos los auxiliares nos entregábamos de nuevo a la tarea de ordenar, clasificar, encuadernar y sellar cuanto de importancia había resultado de la sesión del día anterior. Pero lo escrito en los documentos pasaba ante mis ojos una y otra vez sin que yo terminase de captar algo que me pareciese interesante. Se trataba de leyes de las gobernaciones, órdenes militares, sentencias, demandas, quejas y decretos de los jueces. Mi nerviosismo me impedía retener los datos y por el momento no descubría nada que se refiriese a la cristiandad en los escritos.

36

Haciendo uso del mayor de los disimulos, me las arreglaba de vez en cuando para ir a casa de Ferrat bey con el fin de ponerle al corriente del progreso de mis tareas como espía. Siguiendo las estrictas recomendaciones de Aurelio de Santa Croce, nuestro jefe, solo debía tener contacto con los miembros de la conjura que eran tenidos como musulmanes entre los turcos. De manera que mis únicos enlaces eran los renegados.

—Todo está saliendo mucho mejor de lo que podríamos imaginarnos —me dijo Ferrat bey entusiasmado cuando le conté que había cruzado la Sublime Puerta—. Solo hay un inconveniente —añadió luego mudando el rostro para reflejar ahora preocupación.

—¿Cuál? —le pregunté.

—Ese estúpido Yusuf. Si llega a enterarse de tus progresos en la casa del *nisanji*, los celos pueden llevarle a estropearnos los planes.

—No lo creo —dije—. Hace tiempo que no sé nada de él. Supongo que, después de lo que pasó en la fiesta de *Ashura*, ha resuelto olvidarse de mí.

—¡No seas ignorante! —replicó Semsedin—. Las despensas del Topkapi Sarayi son el mayor hervidero de chismes de Estambul. Los eunucos que sirven allí se pasan la vida entretenidos en enterarse de todo lo que pasa en la Sublime Puerta.

—Seré prudente —observé.

Un mes después mis preocupaciones aumentaron. La criada de Kayibay vino otra vez a buscarme para comunicarme que su ama quería verme. Como le dijera yo que no iría a su casa y le rogara que no me molestara más, la propia Kayibay se presentó una mañana delante del palacio del *nisanji*, vestida con sus ropas de viuda, para esperar a verme salir o entrar. Avisado yo de su presencia por uno de los criados, me puse muy nervioso y mi inquietud fue motivo de chanza para toda la servidumbre de la casa.

—¡Le persigue una viuda! —decían—. ¡Te pretende la viuda de tu antiguo amo! ¿Vas a casarte con ella? ¿Tendremos boda?…

Comprobando que la situación amagaba con crearme problemas, decidí salir.

—¡Desagradecido! —gritó Kayibay nada más verme aparecer por la puerta, haciendo que se levantase una risotada general de los curiosos que se congregaron alrededor para regocijarse contemplando el encuentro.

—¡Chist! ¡Calla, insensata! —le rogué a ella—. ¡No demos un espectáculo!

Pero Kayibay estaba fuera de sí y se abalanzó sobre mí para golpearme, gritando y sollozando:

—¿Así pagas todo lo que hicimos por ti? ¡Malnacido! Has de saber que Yusuf está muy enfermo. ¡Se muere! Debes ir a verle, o su espíritu te perseguirá durante toda tu vida. ¡Desagradecido! Le debes la vida y todo lo que ahora eres. ¡Que los *djinns* te perjudiquen! ¡Que los demonios no te dejen en paz!…

Trataba yo de sujetarla y taparle la boca, pero era una mujerona fuerte cuya altura casi me rebasaba, y lanzaba patadas y puñetazos a diestro y siniestro. De manera que el espectáculo que tanto temí se produjo finalmente. A nuestro alrededor se iba reuniendo la gente que aplaudía y reía encantada por tener algo a la vista que les sacara de sus rutinarias ocupaciones.

—¡Vamos, Alí! —me gritaban—. ¡Dale su merecido! ¡Ponla en su sitio!…

Cualquier turco le habría propinado una soberana paliza a la mujer que le hubiera puesto en aquel trance. Pero tenía yo tan metido en el alma lo de que un caballero jamás levanta la mano contra una mujer, que era incapaz de defenderme de ella de otra manera que no fuera sujetándola y tratando de calmarla con palabras.

—¡Escúchame! —le suplicaba—. ¡Hablemos lejos de aquí!

Pero ella, dale que te pego, me hincaba las uñas y me mordía en las manos cuando intentaba yo taparle la boca para que no prosiguiera gritándome a la cara cosas que pudieran comprometerme.

Como el jolgorio general y el vocerío fueran ya tan grandes que toda la vecindad se congregó a nuestro alrededor, salió a la puerta el propio *nisanji* con su secretario Simgam. Mandó mi amo a uno de los guardias para que pusiera orden entre nosotros y mi angustia llegó a su colmo cuando me hice consciente del todo de que aquello me crearía serios problemas.

—¡Es un renegado cristiano! —gritaba Kayibay sin

parar—. ¡Un perro cristiano español! ¡Que no os engañe! ¡Preguntadle a Yusuf agá! ¡Preguntádselo a él!…

Ordenó Mehmet bajá a sus mayordomos y a la guardia que callasen a aquella mujer de cualquier manera. Horrorizado, vi cómo la azotaban con varas de olivo y la sacaban de allí a rastras. Iba ella ya con el conocimiento casi perdido y me causaba una lástima grandísima. Pero ¿qué podía hacer yo?

Después de asistir al desenlace del espectáculo, dispersose la gente muy divertida por haber matado su tiempo entretenida con una riña callejera de las que tan frecuentemente se producían en los mercados, y que tenía allí mayor interés por ser el escenario la puerta del guardián de los sellos del sultán.

Muy enfadado, mi amo me echó una reprimenda delante de todo el mundo:

—No pensaba yo que andabas enredado en asuntos de locas mujerzuelas. ¿Es que no te has olvidado de la gente de tu antiguo amo? ¡Apártate de esa mujer que quiere comprometer tu buena fama y la de esta casa! Dromux bajá perdió su cabeza porque era un bruto que no sabía gobernar sus asuntos, y esa viuda, como toda su gente, no te aportarán nada más que problemas. ¡Creí que eras más inteligente!

Me arrojé de hinojos a sus pies y le supliqué perdón, asegurándole muy compungido que no tenía culpa alguna en todo aquello, sino que era ella la única causante del escándalo, por haber perdido el juicio llevada por celos propios de mujer. El *nisanji* me escuchó muy serio y luego me ordenó con tajantes palabras:

—Tomarás esposa. Eso es lo que harás. Un joven apuesto como tú no debe andar por ahí, de flor en flor. Tienes la edad adecuada para concertar un buen matrimonio. Simgam —le ordenó al secretario—, búscale una mujer apropiada y arregla todo lo necesario para que se case cuanto antes. ¡Eso es lo que deseo! Así se le solucionarán estos problemas que no pueden hacer sino estropear sus progresos.

Durante los días siguientes fui presa de mis temores. Se me pintaban los más funestos presagios y llegué a temer seriamente que todo se echaría a perder. Por la noche dormía agitado a causa de las peores pesadillas. Recuerdo haber soñado por entonces que los cuervos me comían los ojos y la piel de la cara, como tantas veces había visto espantado que les sucedía a las cabezas de los ajusticiados que se exhibían al aire libre en las puertas de la muralla. Se me hacía que en cualquier momento se volverían para mí las tornas y vendrían a buscarme los jueces para ponerme en manos del verdugo. Me despertaba agitado por la ansiedad y envuelto en sudor. Entonces daba vueltas y vueltas en el lecho buscando en mi mente una solución para mis preocupaciones.

Resolví durante una de aquellas noches que me enfrentaría directamente al problema. Me pareció que lo más adecuado era sincerarme con Simgam y contarle lo que sucedía para tenerlo de mi parte en el caso de que Yusuf agá iniciase cualquier maniobra contra mi persona.

—Es un eunuco muy celoso —le dije haciéndome la víctima—. Él malmetió a esa mujer en mi contra y temo que entre los dos puedan llegar a perjudicarme.

—¿De qué manera? —me preguntó el secretario extrañado.

—Yusuf agá trabaja en las despensas del sublime

sultán. Conoce a mucha gente dentro de la Puerta y puede hablar mal de mí a alguien.

—¿Qué temes que diga ese eunuco?

—Cualquier cosa. Ya sabes que soy musulmán convencido, temeroso de Alá y seguidor de su profeta. Pero mi pasado es cristiano y…

—¡Medio Estambul es cristiano de origen! —exclamó encogiéndose de hombros—. No debes temer nada. Sirves nada menos que al *nisanji* de nuestro altísimo sultán. Ya no eres esclavo de un visir secundario caído en desgracia. Ese tal Yusuf agá no le resulta precisamente simpático a nuestro amo Mehmet bajá. No se atreverá a perjudicarte.

—¿Estás seguro de eso?

—¡Claro!

—¡Uf! ¡No sabes qué gran peso me quitas de encima! —exclamé aliviado.

—Querido Alí —me dijo con paternal afecto—, eres demasiado valioso a los ojos del *nisanji* como para que un estúpido eunuco pueda causarte algún mal. Y con respecto a esa mujer, admite un consejo: ve a su casa y convéncela de alguna manera para que no venga a molestarte.

—Nuestro amo me prohibió volver a verla.

—Precisamente por eso. Anticípate a ella. Antes de que regrese por aquí, ve a persuadirla. Amenázala, compra su silencio con dinero, conténtala de alguna manera… Todo antes de que se repita algo tan desagradable como lo de aquel día. ¿Me comprendes?

—Sí, Simgam, perfectamente. Hoy mismo iré a verla.

***

Mientras iba de camino hacia el barrio de Kayibay, me asaltaban los hermosos recuerdos que guardaba en mi corazón de mis encuentros con ella en la casa de Dromux. Me resultaba muy doloroso todo lo que estaba sucediendo, porque en el fondo yo la amaba. Pero no hasta el punto de perder la cabeza por ella y poner en peligro mi delicado oficio de espía. Estaba suficientemente advertido de que nada me perjudicaría más que mantener los lazos de mis antiguas relaciones. Los miembros de la conjura debían vivir como si no tuviesen pasado y su máxima preocupación era demostrar a todo el mundo que estaban libres de pleitos y complicaciones.

La criada me recibió en la puerta con ojos llorosos. Cuando le pregunté por Kayibay, me respondió gimiendo:

—Mi señora no vive. Se arrojó al pozo cuando supo que Yusuf agá había muerto en el Topkapi Sarayi. Nadie pudo hacer nada por ella. Llegué a casa después de ir a comprar alimentos y no la encontré en ninguna parte. Cuando vi sus babuchas junto al brocal del pozo me temí lo peor... Debió de tirarse durante la noche y se ahogó... La enterramos ayer. Su tumba está en el cementerio de Eyüp, en el mausoleo de su esposo Dromux bajá.

37

Decidí contarle a Aurelio de Santa Croce todo lo que me había sucedido en las semanas precedentes. Aunque solo en circunstancias excepcionales se me permitía entrevistarme con el jefe de los espías, me pareció que se trataba de graves acontecimientos que debían ser conocidos por la conjura. Como siempre, tomé todas las precauciones que requería el encuentro. Aguardé en la calle el momento oportuno e hice la llamada de los conjurados en la puerta.

Salió a abrir el propio Santa Croce y se sorprendió mucho al verme.

—¡Oh, casualidad! —exclamó—. Precisamente hace un momento que había pensado en mandarte aviso para que vinieras. ¿Has leído mis pensamientos o tu ángel de la guarda te avisó de que debías venir?

—Me han sucedido graves cosas —contesté.

Me condujo hacia el saloncito interior donde solía despachar los asuntos de la conjura. Con preocupación y detenimiento, le fui contando todo lo que me había pasado: los encuentros con Yusuf y Kayibay, la pelea de la fiesta de *Ashura*, el escándalo frente a la casa del *nisanji*, mis conversaciones con Simgam y las muertes casi simultáneas del eunuco y de la mujer. Él me escuchó circunspecto. Cuando hube concluido mi relato, llenó dos vasos de vino y, como si tal cosa, me dijo:

—Ferrat bey se ocupó de todo. Se las compuso para que envenenaran a Yusuf agá en las propias despensas del sultán y luego encargó a experimentados asesinos que prepararan la muerte de la mujer de manera que pareciese un suicidio.

—¡Oh, Dios mío! —exclamé horrorizado—. ¡Por los clavos de Cristo! ¡Yo amaba a esa mujer! ¡Cómo habéis podido hacer eso! ¡Se portaron muy bien conmigo! ¡A ellos les debo todo! ¡Oh, Dios, qué crueldad! ¡Qué maldad tan grande! ¿Por qué? ¿Por qué lo hicieron? ¿Por qué los mataron?...

—No podía hacerse otra cosa —contestó Santa Croce—. ¿Íbamos acaso a poner en peligro todo por culpa de esos dos?

—Pero... ¡Si no podían hacer nada! El secretario del *nisanji* me dijo que no podrían causarme ningún perjuicio. Los habéis asesinado innecesariamente, injusta e innecesariamente.

—No debíamos correr riesgos. Además, ellos eran testigos de tu reciente conversión. Desaparecidos el eunuco y la viuda de Dromux, tú eres un renegado más en Estambul; uno más de los miles que pueblan esta ciudad. Lo cual nos beneficiará mucho a la hora de realizar nuestros planes.

—Seguiré considerando que ha sido una crueldad.

—Bueno —comentó llenando de nuevo las copas que habíamos apurado en el acaloramiento de la discusión—. A fin de cuentas, tú no eres responsable de sus muertes. Consuélate pensando eso. Los trabajos sucios de la conjura los realizan siempre Ferrat bey y su inseparable ayudante Semsedin.

—Nadie me dijo que habría trabajos sucios —observé.

—¡Ya está bien, Monroy! —protestó él enojado—. Esto no es una tarea de niños. Estamos haciendo todo esto porque la cristiandad está en peligro. Cuando se trata de salvaguardar asuntos tan importantes no se puede andar con contemplaciones. Échate las cuentas de que esto es una guerra. Es como estar en el ejército. Cuando uno dispara un cañonazo contra una ciudad no se para a determinar si en la otra parte de la muralla hay algún inocente. Se dispara y en paz. Así es la guerra. Parece mentira que hayas sido soldado del rey católico. Me da la sensación de que toda esa poesía y el ser músico cautivo de eunucos y de amos místicos te ha llenado la cabeza de pájaros y sensiblerías.

Permanecí en silencio soportando aquella absurda reprimenda. Me resultaba imposible hacerle comprender todo lo que pasaba por mi cabeza en ese momento. Zanjando la cuestión, Santa Croce dijo:

—Y ahora, dejemos ya esta conversación. Ya te dije cuando llegaste que necesitaba hablar urgentemente contigo. No podemos perder más tiempo en un menester que no tiene remedio. Nos urge poner manos a la obra inmediatamente para llevar a cabo nuestros planes. Y ya sabes lo importante que es tu tarea para que todo discurra según lo previsto.

—Di lo que he de hacer. Siempre he estado dispuesto a servir al rey católico arrostrando para ello los mayores sacrificios. ¡Y ya veis cómo estoy padeciendo!

—En tu día serás recompensado por tus padecimientos. En esta vida, el rey premiará tus desvelos y, en la otra vida, Dios te concederá lo que reserva para sus fieles.

—¡Eso ya lo sé! —respondí algo molesto por tener que soportar un sermón precisamente en ese momento—. Vamos, si hay tanta urgencia de por medio, apresúrate y explícame de qué se trata.

El caballero veneciano fue hacia uno de los estantes de la sala y extrajo un rollo de vitela. Con gran cuidado, apartó las copas y extendió sobre la mesa un detallado mapa donde aparecían dibujados y descritos los principales territorios que rodean el mar Mediterráneo. Los nombres de las ciudades y de los accidentes geográficos estaban escritos en lengua francesa: *Espagne, Savoie, Hongrie, Sicile, golfe de Venise, mer de Levant...* En el fondo de tinta azul que recubría el espacio del mar, se veían trazadas las líneas de las rutas de navegación, las direcciones de los vientos y las corrientes. También había bonitas miniaturas dibujadas que representaban galeras y navíos de todo tipo. Las coloridas rosas de los vientos, los escudos e insignias de los diversos reinos y otros detalles muy bien dibujados componían un precioso cuadro.

—Estamos aquí —señaló Santa Croce situando el dedo índice sobre el estrechamiento que separaba las dos masas continentales—. Esto que ves es Estambul. Ahí tienes el mar Negro, aquí los archipiélagos de las Islas Griegas, la Anatolia o el Helesponto de los griegos, Creta, Rodas, Trípoli de Berbería, Sicilia, Italia, Cerdeña y España.

En un momento, pude hacerme una composición geográfica de los diversos territorios que pertenecían tanto a los turcos como a la cristiandad. Santa Croce me iba explicando las numerosas guerras y batallas que se habían sucedido durante años entre los reyes católicos y los sultanes otomanos. También me indicó cuáles eran los sitios más disputados, las rutas marítimas que ocasionaban los conflictos y las principales fortalezas que protegían puertos, islas, penínsulas y ensenadas.

—¿Ves? —me dijo señalando un punto en el norte de África—. Esto es el Peñón de Vélez de la Gomera. Lo último que se ha logrado arrebatar a los sarracenos. Eso tiene enfurecido al sultán y a sus visires. Y sabemos que no se estarán quietos ante lo que consideran tamaño agravio. A buen seguro que a estas alturas estarán ya tramando alguna operación militar importante. Desde que conquistaran Trípoli y los Gelves, andan muy seguros de poder señorear un día todo el Mediterráneo. Por eso no consentirán dar ahora precisamente un paso atrás. Se ve movimiento en la armada turquesa; van llegando muchos navíos y todo parece indicar que pronto puede iniciarse una campaña.

—¿Una campaña? ¿Qué puertos atacarán?

—Precisamente eso es lo que no se sabe. Preparan algo grande, pero no se conoce el qué y el cuándo. Esta vez solo salen rumores muy vagos de la Puerta. Únicamente el consejo y el sultán saben a ciencia cierta en qué consistirá esta campaña. Ni siquiera a los generales y comandantes de las escuadras se les dice nada. Recelan mucho últimamente los turcos porque están bien ciertos de que sus decisiones llegan a oídos de la cristiandad merced a los muchos y buenos espías que tiene el rey católico. Por eso es tan delicada nuestra misión y hemos de cuidar de no ser descubiertos, no solo por salvar nuestras propias vidas, sino las de muchas gentes que dependen de las informaciones que pasamos allá.

—Comprendo —asentí—. Dime en concreto lo que he de hacer y veré la manera de cumplirlo con el mayor de los empeños.

—Mira —dijo señalando de nuevo el mapa—, estos y estos son los puertos principales donde se reúne la armada turquesa. Sabemos que ha comenzado una frenética actividad en ellos que no puede ser sino la preparación de la gran empresa: se varan galeras, se funde bronce en grandes cantidades, se adquieren armas y municiones de todo tipo y los arsenales no dan abasto para empaquetar y almacenar tanta pólvora como está llegando últimamente desde Oriente. En fin, como digo, todo indica que esta vez será un ataque definitivo. Solimán se siente viejo y quiere ir al encuentro de Alá llevándole la ofrenda de una gran victoria contra quienes ellos consideran infieles y enemigos de las doctrinas de su profeta.

—Pero… al menos podrá suponerse cuáles son las apetencias de su afán de conquista —dije mirando el mapa.

Santa Croce fue llevando el dedo por una gran cantidad de puertos y regiones marítimas; por todo el norte de África, Sicilia, Malta, Nápoles, Calabria y todo el sur de Italia; finalmente señaló el levante español y se detuvo indicando Andalucía.

—¡Esos son todos nuestros reinos! —exclamé—. ¿Estás queriendo decirme que el gran turco pretende dominar todo el Mediterráneo?

—Eso mismo —dijo con una rotundidad pasmosa.

—¡Virgen Santísima! ¡Eso es terrible! Los reyes

cristianos no consentirán eso. ¡Nuestra gente tiene que prepararse!

—De eso se trata. Nosotros debemos hacer llegar al rey católico el mayor número de informaciones; pero ahora nada interesa más que conocer con antelación dos cosas: el lugar concreto que Solimán piensa atacar y la fecha que ha elegido para lanzar su armada. Si eso llega a saberse en la cristiandad, podrán hacerse los preparativos y aparatos de guerra necesarios para enfrentarse a los asaltos.

—¿Y cómo podemos conocer lo que con tanto celo ocultan todos?

—Hay cartas —dijo frunciendo su ceño rubicundo y mirándome con unos penetrantes ojos grisáceos—, muchas cartas que llegan constantemente a Solimán y que se guardan en la Cancillería. Una campaña tan importante como esta requiere comunicaciones frecuentes con los *beylerbeys* de las gobernaciones que han de enviar sus efectivos militares. También habrá de informar el sultán tarde o temprano a Sali bey, el *beylerbey* de Argel, y a Dragut, para que organicen todas las flotas corsarias y a cuantos aliados tiene en las costas sarracenas. ¿Sabes ya cuál es tu cometido?

Asentí con un movimiento de cabeza y creció la agitación dentro de mí al hacerme consciente de que se me pedía algo verdaderamente difícil, por no decir imposible. Dije:

—Si pregunto algo acerca de todo eso, por discreto que sea, en la casa donde vivo, no tardarán lo que dura un suspiro en darse cuenta de que soy un espía.

—No debes preguntar nada a nadie —observó—. Efectivamente, eso sería un error que daría al traste con el plan y pondría tu cabeza en una pica.

—¿Entonces? ¿Qué he de hacer? Todo en la casa del *nisanji* está guardado bajo siete llaves. Entre tal cantidad de arcones, repletos todos de papeles de diversa índole, me resultará imposible dar con el dato que buscamos.

—Haz caso del consejo de un viejo espía —respondió con frialdad—: mantén los oídos muy abiertos, vive con la naturalidad propia de quien no está esperando a que algo importante suceda, no te metas en líos y confía en que la oportunidad que aguardas tarde o temprano vendrá sola a tus manos.

38

Cada vez que acompañaba al *nisanji* a la Sublime Puerta, ponía toda mi atención por si podía escuchar algo que me sirviera de indicio para averiguar las intenciones del consejo o del sultán. Lo poco que llegaba a mis oídos, en el lugar alejado donde aguardaba en los patios a mi amo, hacía referencia a los impuestos, a las gobernaciones interiores o a las sentencias de los jueces militares. No vi ni una sola vez al sultán ni a su gran visir. Solo despachaban por entonces los altos funcionarios imperiales y los administradores de las diversas provincias que llegaban para rendir cuentas y aportar las recaudaciones de sus territorios. En lo que se refiere a las cartas de las que me habló Santa Croce, me resultaban absolutamente inaccesibles. No sabía ni siquiera por dónde debía empezar a buscarlas. Con este panorama, pasaban las semanas y no podía evitar cierta sensación de inutilidad en mis pesquisas.

Sucedió por entonces, casi a las puertas del verano de aquel año de 1564, que asistí en la Sublime Puerta a un acontecimiento muy feliz que después se convirtió para mí en una dolorosa afrenta. Sucedió todo como contaré de seguido.

Entre las muchas e importantes obligaciones que formaban parte del oficio de mi amo el guardián de los sellos del sultán, estaba la de certificar con su presencia que se daba libertad a los cautivos que pertenecían por derecho al gran turco. Se producían esas liberaciones cuando así lo disponía por decreto el propio Solimán, porque tuviera a bien hacerlo, simplemente, o porque lo decidiera a resultas de algún negocio, como podía ser el pago del rescate de los susodichos cautivos, o que fueran cambiados por otros prisioneros turcos o que le pareciera conveniente contentar con ello a algún rey, ya fuera vasallo, aliado o enemigo suyo.

Vi muchas de estas liberaciones que seguían idéntico ritual. Los cautivos eran traídos a presencia del consejo, el cual actuaba por mandato del sultán. El escribano jefe leía el decreto que comenzaba siempre de la misma manera: se expresaba al principio la larga retahíla de dignidades y títulos con los que se nombraba al gran turco, se exponían las razones por las que se daba la orden y luego la fórmula «He ordenado que…». Como en la cabecera del documento debía figurar la cifra del sultán, los secretarios del *nisanji* se encargaban de estamparla por orden de este. Para cada tipo de decreto, ley, mandato o carta se usaba un sello determinado de los muchos que custodiaba Mehmet bajá. El secretario Simgam decía cuál de ellos correspondía y nosotros preparábamos las tintas, el agua caliente, el tampón o los lacres, según nos indicara.

El funcionario encargado de cumplir lo decretado escuchaba atentamente la lectura del documento y luego procedía a obedecer el mandato sin demora. En el caso de que se tratara de dar libertad a un cautivo, iba con la guardia del palacio a las cárceles y comunicaba a los carceleros el deseo del sultán. Enseguida se sacaba de allí a los presos y se los dejaba libres, otorgándoseles un billete con la divisa correspondiente que les servía de salvoconducto para que pudieran pasar allende las fronteras turquesas.

Como viera yo muchas veces realizarse este procedimiento, me lo tenía muy bien estudiado y sabía cómo era cada documento y los sellos que habían de utilizarse para que todo estuviese en correcto orden.

Uno de aquellos días que tocaba soltar cautivos, escuché con perfecta claridad que el jefe de los escribanos pronunciaba unos nombres que me eran bien conocidos: el de los caballeros españoles que fueron superiores míos en el ejército cuando el desastre de los Gelves: don Álvaro de Sande, don Sancho de Leiva y don Berenguer de Requesens. Quiso Dios que el sobresalto que me produjo oír tales apellidos no me hiciera dar un respingo o ponerme muy nervioso. Mas, por el contrario, tuve la frialdad suficiente para acercarme como si tal cosa cuando llegó el momento de estampar los sellos y comprobé con mis propios ojos que no eran imaginaciones mías, sino que, efectivamente, se iba a dar libertad a Sande y a los demás generales por orden del sultán. Se les concedía tan preciado don para contentar al rey de Francia que lo había rogado, según rezaba el documento, y previo pago de cuarenta mil escudos y cincuenta turcos que eran cautivos del rey de las Españas. Como se habían pagado estas contraprestaciones puntualmente, Solimán mandaba que se les entregase la carta de libertad.

Concluyó la sesión del consejo aquella jornada

como siempre, con nuestro trabajo de poner en orden los papeles y componer los legajos que habíamos de llevarnos a la Cancillería. Salimos de Topkapi y regresamos al palacio del *nisanji* con el mismo orden de todos los sábados, domingos, lunes y martes, que eran los días de las reuniones.

Nada más quedar libre de mis ocupaciones, me eché a la calle a todo correr y fui a la cárcel donde suponía que se encontraban los cautivos del sultán, que estaba a las afueras, junto a la antigua muralla bizantina. Tal y como suponía, no tuve que esperar mucho antes de que apareciera por allí el funcionario imperial con los guardias que debían dar cumplimiento a la orden de liberar a Sande, Leiva y Requesens. Entraron todos en la prisión y al cabo de un buen rato salieron después de cumplir su cometido. Desde la prudente distancia donde me hallaba yo observando con disimulo, vi llegado el momento en que los carceleros abrieron las puertas y a los tres caballeros cristianos salir y arrojarse al suelo para besarlo dando gracias al Creador, haciéndose muchas cruces en el pecho.

Para no despertar sospechas, por más ganas que tuviese yo de irme a ellos para saludarlos, esperé muy quieto para ver qué hacían. Como los viera reunirse con algunos hombres que habían venido a asistirlos, me puse en pos dellos y les fui siguiendo de lejos con el fin de saber el sitio adonde iban a hospedarse. Llegáronse hasta el embarcadero y se dispusieron a cruzar el Cuerno de Oro en dirección a Gálata, como era de esperar. Detrás dellos, me subí yo a un caique y mandé al barquero que no los perdiera de vista.

Pisaron tierra en Pera y yo un poco más tarde. Emprendieron la empinada cuesta desde las atarazanas y ya no tuve la menor duda de que irían a buscar alojamiento en la fonda del judío Abel, que era el lugar donde solían acomodarse los cristianos que estaban de paso en Estambul.

Conteniendo una vez más los deseos de encontrarme con quienes eran mis naturales jefes, esperé pacientemente a que cayera la noche para encontrar en la oscuridad mejor disimulo. Entré en las dependencias de la fonda y busqué un muchacho al que di unas monedas para que averiguase por mí en qué alcobas se hospedaban los cristianos que acababan de llegar. Cuando lo supe, fui hasta la puerta indicada y llamé hecho un manojo de nervios.

—¿Quién va? —preguntó una recia voz desde el interior.

—Un cristiano —respondí.

Se oyeron pasos en la otra parte. Me parecía un sueño que pudiera ver en unos instantes a don Álvaro de Sande, mi general y paisano. En mi mente se agolpaba todo lo que quería decirle.

Se abrió la puerta y apareció ante mí un hombre joven vestido a la manera cristiana. Me miró de arriba abajo y preguntó:

—¿Qué quieres?

—Vengo a visitar a don Álvaro de Sande.

—¿Quién eres?

—Un paisano suyo. Soy español y serví en el tercio de don Álvaro antes de lo de los Gelves donde, como su excelencia, fui hecho cautivo.

El joven se volvió hacia el interior y gritó:

—¡Es uno a guisa de moro que dice ser cristiano! ¡Pregunta por don Álvaro!

Salió don Sancho de Leiva a la puerta. Estaba ojeroso y visiblemente fatigado, vestido con ropas raídas y con la barba crecida y poco cuidada.

—¿Qué quieres de su excelencia el general? —me preguntó.

—¡Don Sancho! —exclamé—. Soy soldado, para servir a Dios, al rey y a vuestras mercedes. Me presento: Luis María Monroy de Villalobos es mi nombre, tambor mayor del tercio de Milán para más señas; español, de Extremadura, como su excelencia…

—Pasa. Don Álvaro está muy cansado y enfermo, pero por ser quien dices ser veré si quiere recibirte.

Entró Leiva en la alcoba de don Álvaro y salió luego para decirme:

—Su excelencia consiente en atenderte.

La alcoba era pequeña y sucia. El ambiente estaba muy cargado, a causa del bochorno y el fétido olor de las ropas, el sudor y los vómitos y excrementos que contenía un orinal que se apresuró a retirar el joven que abrió la puerta.

—Don Álvaro, aquí está el tal soldado —anunció Leiva, descorriendo una espesa cortina que separaba el lecho del resto de la estancia.

Sande estaba sentado en la cama, vestido solo con un mugriento camisón que debía de ser blanco. Me pareció el ilustre caballero apenas un manojo de huesos. Si ya era anciano cuando yo serví a sus órdenes hacía un lustro, ahora estaba decrépito; la barba lacia y completamente blanca, los pocos cabellos muy crecidos y grasientos, la nariz larga y curvada como pico de aguilucho, los ojos hundidos en las cuencas y la piel pálida y mortecina. Se incorporó, se aferró a un bastón e hizo ademán de ponerse en pie, pero se tambaleó y volvió a dejarse caer sobre el colchón.

—¡Quieto! —exclamó Leiva—. ¡No se levante vuecencia!

Me incliné en respetuosa reverencia y me presenté diciéndole mi nombre y apellidos, mis cargos y cuantas referencias pudieran indicarle quién era yo. Me miraba con una expresión extraña, como de sorpresa y recelo.

—Monroy, Monroy, Monroy —repitió con un débil hilo de voz—... Y Villalobos, Villalobos Zúñiga... Nieto de mi camarada, paisano, amigo y tocayo don Álvaro de Villalobos Maraver... ¡Ah, Dios bendito!

Entusiasmado yo porque me hubiera reconocido, di un paso hacia él para que me viera mejor. Me observó con atención. Le temblaba el labio inferior y la mano con la que estiró el sarmentoso dedo índice para señalarme.

—¿Qué haces de esa guisa? —me preguntó con severidad—. ¡Habla, Monroy! ¿Qué demonios haces vestido así?

Entonces reparé en que le desconcertaba mi aspecto. Iba yo vestido a la manera de turco, con el *dolmán* que ellos usan, el turbante, la espada curva al cinto e incluso los collares y los anillos propios de mi condición libre.

—Señor, déjeme vuestra excelencia que le explique... —balbucí.

—¡Santiago! —gritó—. ¡Qué tienes que explicar!

Comencé a contarle mi vida en cautiverio. Intentaba hacerle comprender mi situación, pero se me ahogaban las palabras en la garganta. No encontraba la manera de explicarle todo el proceso tan complicado que había supuesto mi difícil existencia desde Susa hasta el momento. Nervioso, con frases entrecortadas que no lograba concluir, me daba cuenta de que Sande comenzaba a excitarse. Tosió secamente varias veces, miró al cielo y exclamó:

—¡Hijo de Satanás! ¡Fuera de mi presencia! ¡Renegado, traidor, moro de todos los demonios...!

Sacó fuerzas de su lamentable estado y se puso en pie repentinamente. Agarró el bastón que tenía a un lado y comenzó a pegarme con él.

—¡Largo de aquí, miserable! ¡Fuera o te mataré con mis propias manos! ¡Has traicionado a Dios y a nuestro rey! ¡No tienes perdón!...

Se echaron sobre mí los demás caballeros cristianos que acudieron prestos al escuchar el alboroto. Me agarraron por todas partes y me sacaron de allí para arrojarme escaleras abajo. Luego cerraron con un despectivo portazo.

—¡Asqueroso renegado! —fue el último insulto que escuché a mis espaldas cuando salí al patio de la fonda.

Corrí por las calles de Pera bañado en la sangre que me brotaba del cuero cabelludo a causa de las heridas que me hizo el bastón de Sande. Iba deshecho de dolor, vergüenza, rabia y angustia. Me lavé en una fuente y lloré amargamente bajo la luna llena.

LIBRO VI

DE LA TRISTEZA QUE LE CAUSÓ A MONROY QUE SANDE LE TUVIERA POR MORO Y RENEGADO, LO CUAL LE HIZO DETERMINARSE A ACTUAR POR SU CUENTA, Y DE CÓMO VINO A ENTERARSE DE IMPORTANTES SECRETOS DE LOS TURCOS Y DE LO QUE RESOLVIÓ HACER CON ELLOS.

39

Tanta era mi desolación por el desprecio y el mal recibimiento que me hiciera don Álvaro de Sande, a quien tanta admiración profesaba yo, que me vine abajo de unas maneras tales que me daban ganas de dejar de ser espía y no preocuparme ya de otra cosa que no fuera organizarme la manera de escapar del cautiverio. Cuando daba vueltas y vueltas en mi cabeza a todo esto, se me venía una idea fija que era como una obsesión: la de hacerme de un pliego de papel en blanco de las mismas dimensiones que había visto que usaban en la Cancillería para los decretos que contenían las órdenes de libertad de los cautivos del sultán, con el fin de meterlo con disimulo entre los fajos de documentos que se presentaban cada día y ver la manera de estampar el sello correspondiente, como observaba hacer tantas veces a los secretarios. Esta maniobra me permitiría luego redactar la orden poniendo mi nombre y huir con ella para utilizarla como salvoconducto en el viaje. Era un plan aventurado, pero a medida que lo repensaba se me iba haciendo cada vez más posible.

Otras veces en cambio me daba por considerar que sería esto una cobardía muy grande así como el grave incumplimiento de los juramentos que hice de espiar para el rey católico. En fin, estaba hecho un mar de dudas.

A todo esto, sucedió algo que vino a variar de tal manera el curso de las cosas, que parecióme ser obra de la Providencia.

Ya venía yo observando desde hacía tiempo que mi amo Mehmet bajá estaba muy raro, demasiado meditabundo y a veces ausente. Me daba cuenta perfectamente de que esto tenía preocupado al secretario Simgam, el cual cuidaba de todo con solicitud y últimamente era él quien daba todas las órdenes con exclusividad. Cuando íbamos a la Sublime Puerta, el *nisanji* permanecía pensativo y poco pendiente de las tareas de su oficio, que se hacían rutinariamente y sin que él dispusiera nada en particular.

Una de aquellas noches, cuando me hallaba sumido en el duermevela que me causaban las preocupaciones, me sobresaltó de repente una luz que entró en mi alcoba.

—¡El cantor! —gritó una voz—. ¿Dónde está el cantor?

Era el viejo mayordomo sordo que venía a buscarme.

—Heme aquí —le dije.

—El amo pregunta por ti.

Seguí al lacayo por la oscuridad de los pasillos. Iba él en camisón de dormir con sus apresurados y torpes pasos de anciano, portando la lámpara de aceite que dibujaba extrañas sombras en las paredes. Me preguntaba yo para qué me querría el *nisanji* a esas horas

314

de la noche y, suponiendo que tendría que ver la necesidad con mi oficio, llevé el laúd.

Mehmet bajá estaba en los despachos, situado en el centro de la pequeña estancia donde guardaba sus libros y documentos más preciados, así como los valiosos sellos del sultán; esto es, en el más reservado y prohibido rincón del palacio. Los papeles y los poemarios le rodeaban por todas partes, extendidos en el suelo, sobre los tapices y encima de las mesas que se usaban para realizar las copias. Momentáneamente, supuse que estaría dedicado a realizar algún trabajo relativo a su cargo, pero enseguida me di cuenta de que deliraba inmerso en una especie de sopor místico de los que le asaltaban últimamente. Tenía los ojos muy abiertos y una expresión extasiada en el rostro.

—¡Ah, Alí! —exclamó al verme—. Quiero que cantes para mí este poema ahora mismo.

Me extendió un papel que contenía una serie de versos que yo conocía bien por habérselos cantado muchas veces. Sin hacerme mayor consideración que la de cumplir al momento su deseo, templé el laúd y me dispuse a cantar.

—¡No, aquí no! —me pidió—. Quiero escucharlo en el jardín. Hace una noche espléndida.

Salimos al patio y desde allí fuimos a los jardines que estaban en la parte trasera de la casa. Iba delante él llevando la lámpara en la mano. Como suponía, me condujo hasta la palmera junto a cuyo tronco solía sentarse a meditar.

—Aquí —dijo—, cántalo aquí. ¡Por Alá, ponle todo el sentimiento! Es muy importante para mí.

Colgué la lámpara de la rama de un rosal que había al lado y me aproximé para poder ver lo que estaba escrito en el papel. Verdaderamente, hacía una noche hermosa. Eran los comienzos del verano y los grillos cantaban. Un dulce aroma de flores se desplegaba en el aire cálido y millones de estrellas brillaban en el firmamento; la luna era como una delgada y resplandeciente sonrisa, pues apenas aparecía como una fina línea curva. Mi amo alzó los ojos, entrelazó los dedos de las manos y se arrodilló dispuesto a escucharme mientras miraba la inmensidad de la bóveda celeste con expresión de felicidad.

Encantado por complacerle en aquel bello momento, canté los versos con todo el cariño. Era una maravillosa poesía de Yamal od-Din Rumi:

> *He muerto como materia inanimada y he renacido como planta.*
> *He muerto como planta y he renacido como animal.*
> *He muerto como animal y he renacido como hombre.*
> *¿Por qué hemos de temer entonces ser disminuidos por la muerte?*
> *Volveré a morir, como hombre, para renacer como ángel, perfecto de la cabeza a los pies.*
> *Y de nuevo, disipándome como ángel, ¡seré lo que me ha reservado mi nacimiento humano!*
> *Por eso, hazme no existente, porque la no existencia me lo canta en los tonos más sugestivos: «Es a Él a quien volvemos».*

Mehmet bajá se arrojó de bruces al suelo. Me pareció que se entregaba a una meditación ferviente, pero pronto observé que estaba comiendo tierra.

—¡Amo, amo, qué haces! —le grité.

No me hacía caso, se revolcaba por el suelo, lamía la tierra y se abrazaba al tronco de la palmera. Entonces me di cuenta de que había enloquecido. Como me viera allí solo con él, temí que pudieran hacerme culpable si le sucedía algo malo, así que decidí ir a buscar ayuda. Corrí por la oscuridad para no dejarle a él sin la luz de la lámpara. Crucé el patio y llegué a las dependencias interiores por la parte que solo estaba reservada al *nisanji*. Entonces vi la débil claridad que salía de los despachos que se habían quedado abiertos. Me dio un vuelco el corazón. Me detuve y comprobé que no había nadie por allí. Súbitamente, me asaltó la idea de entrar.

Me fui directamente hacia los estantes donde se me hacía que estarían los documentos más importantes. Cogí un fajo de papeles y estuve intentando dar con algo de interés. Se trataba únicamente de nombramientos, dignidades y títulos que el gran turco otorgaba en las sesiones ordinarias a través de los visires. Entonces puse toda mi atención en el baúl de los sellos. Lo abrí y no me fue difícil dar con el que tenía en mente. Preparé el lacre. En mi nerviosismo, derramé algunas gotas por el suelo y tuve que retirarlas con cuidado para no dejar indicios de mi acción. Sellé un par de pliegos de papel e incorporé los cordones correspondientes. Salí de allí dejando todo de la mejor manera que pude.

Cuando había recorrido uno de los pasillos y me disponía a ir hacia donde dormía Simgam, me arrepentí de abandonar aquella ocasión de oro. Retorné sobre mis propios pasos y entré de nuevo en los despachos. En mi intento de localizar las cartas, tuve la

317

mala fortuna de derribar un estante haciendo un gran ruido. Entonces me atemoricé y no se me ocurrió mejor cosa que coger uno de los fajos de documentos y salir de allí con él.

Como escuchaba estrépito de pasos y voces, oculté los papeles en el hueco de una ventana y empecé a disimular gritando:

—¡Acudid! ¡El *nisanji* ha enloquecido! ¡Ayudadme!

Pronto me vi rodeado de criados y guardias. Les expliqué con apresuradas palabras lo que sucedía y corrimos todos hacia los jardines. Encontramos a Mehmet bajá en el mismo lugar donde lo dejé, revolcándose bajo la palmera y echando espumarajos por la boca. De momento, nadie sabía qué hacer; hasta que llegó Simgam y dijo:

—¿Qué hacéis ahí parados? ¡Estúpidos! ¡Coged al amo!

Llevaron los criados al *nisanji* a su dormitorio y estuvieron atendiéndole hasta que se quedó dormido. Simgam preguntó por lo sucedido y se lo conté de la manera más favorable a mis propios intereses.

—Esa poesía de Rumi hace tiempo que le trae obsesionado —comentó el secretario con preocupación.

—¿Qué otra cosa podía hacer yo? —dije—. Él me pidió que cantara y mi obligación es obedecer sus deseos...

—Claro, claro —asintió comprensivo él—. Anda, ve a descansar. Mañana hablaremos.

Al pasar por la ventana, recogí los papeles y los oculté entre mis ropas. Ya en la alcoba, a solas, revisé cuidadosamente todos los documentos y me llevé una gran desilusión al comprobar que no había absolutamente nada de interés. Eran antiguas cartas, borradores y resoluciones de poca monta. Entonces intenté devolver el fajo a su lugar. Pero, cuando regresé a la puerta del despacho, me encontré con que ya estaba cerrada.

A mis preocupaciones de antes vino a sumarse la de que pudiera darse cuenta Simgam de que faltaba aquel legajo. No pude pegar ojo. Por la mañana muy temprano, me apresuré y salí a deshacerme del conjunto de lo robado para evitar que lo descubrieran en mi poder.

40

Cuando Simgam me dijo que debía hablar en privado conmigo, tenía tal preocupación grabada en el rostro que supe enseguida que algo muy grave estaba sucediendo. Hacía dos días que no se veía al *nisanji* en parte alguna y, por ser sábado, debíamos ir a la sesión del consejo en la Sublime Puerta.

—Vayamos a los despachos —me dijo el secretario—; no quiero que nadie escuche lo que he de decirte.

Mientras íbamos por el pasillo, me dio por pensar que tal vez había descubierto la falta de los documentos que extravié, y me dispuse a fingir sorpresa e ignorancia sobre ese hecho si me preguntaba. Ya en los despachos, el secretario cerró bien las puertas y ventanas, se me quedó mirando con unos ojos que reflejaban gran desconcierto y dijo:

—Ah, Alí, querido Alí, necesito descargar mi corazón en alguien de confianza.

No comprendí de momento lo que quería decirme. Le vi derrumbarse y deshacerse en lágrimas.

—Confía en mí —le dije—. ¿Qué sucede?

—¡Oh, Alá el Compasivo, apiádate de nosotros! —exclamó.

—Habla, Simgam, dime lo que está pasando.

—Nuestro amo el *nisanji* ha enloquecido —respondió aferrándose a mis ropas con crispados dedos—. ¡Es terrible! Solo dice cosas absurdas y no es consciente siquiera de que esta mañana debe ir a la Puerta.

Tal y como yo había supuesto, el *nisanji* tenía perdida la razón. Ya hacía tiempo que observaba en él actitudes extrañas. Desde que le conocí, me pareció que no era un hombre cuerdo del todo, aunque achaqué sus raras reacciones a su ser místico y reconcentrado. Pero resultaba demasiado evidente que el secretario privado era quien asumía en realidad las tareas del guardián de los sellos del sultán, mientras nuestro amo vivía sumido en sus delirios poéticos.

—Si quieres —dije—, puedo ir a la Puerta y comunicar que el *nisanji* está indispuesto. Cualquiera puede enfermar repentinamente...

—¡No, no, no...! Eso supondría poner sobre aviso a los visires. Hemos de actuar como si nada de particular sucediera... ¿No comprendes lo peligrosa que es esta situación para nosotros? Si descubren que Mehmet bajá es inservible para su cargo, el sultán nombrará a un nuevo *nisanji* y... ¡Oh, Alá el Misericordioso! Y tú y yo, como todos los esclavos de esta casa, quedaremos a merced de un incierto destino... ¡Ah, con lo bien que estábamos!

—¿Y qué podemos hacer, pues?

—Debes ayudarme, Alí —me suplicó angustiado—. Nadie en esta casa tiene tu lucidez y fortaleza.

Hemos de trabajar juntos tú y yo como si nada sucediera a nuestro amo. No podemos faltar hoy a la Puerta; es sábado y el consejo ha de debatir asuntos importantes. Escucha atentamente mi plan. Si actuamos con cautela, nadie se dará cuenta.

El secretario me contó lo que había ideado. Pretendía llevar al *nisanji* como siempre al palacio de Topkapi. Ya estaba acostumbrado a organizar esta farsa cada día, desde hacía meses, y ni yo mismo me había percatado de que el *nisanji* andaba despreocupado de todos sus asuntos. Aunque ahora la cosa era más complicada, pues nuestro amo estaba completamente enajenado y podía hacer algún extraño movimiento.

—Suelo darle un bebedizo —confesó Simgam—, con el cual se queda muy tranquilo y casi adormilado. Esta vez le suministraré doble ración y espero que le surta efecto. Tú irás con él en la litera y le recitarás poemas, lo cual le mantendrá contento. Ya sabes cómo le priva la poesía.

Hicimos todo como Simgam había previsto. La litera y el séquito aguardaban en la puerta del palacio como si se tratase de cualquier sábado. Vi venir al *nisanji* ayudado por sus lacayos. Llevaba la mirada ausente y caminaba con torpes pasos. Me acerqué a él y le pedí permiso para acompañarle en su litera recitando poemas. Como suponíamos, estuvo encantado; desplegó una sonrisa bobalicona y me dijo:

—Claro, cantor, me parece muy bien.

Subí con él a la litera y ninguno de los criados dijo nada. Entonces me di cuenta de que Simgam se había encargado ya de advertir a toda la gente de la casa de la delicada situación en que nos encontrábamos. No solo el secretario y yo participábamos en el arriesgado plan, sino que la servidumbre entera estaba dispuesta a colaborar.

No bien habíamos llegado a las puertas del Topkapi mientras recitaba yo todo el poemario de Yunus Emre, cuando Mehmet bajá se quedó profundamente dormido. Traté de despertarle alzando la voz y le zarandeé con cuidado. Era inútil intentar que reaccionase. El bebedizo de Simgam había surtido demasiado efecto.

Avisé con discreción al secretario de lo que sucedía. Se acercó él a la litera y comprobó por sí mismo que nuestro amo no despertaría. Me miró con cara de angustia y luego le gritó a la guardia:

—¡Regresemos a casa!

De nuevo en el palacio, descargamos los documentos, los baúles de los sellos y todo el material que iba como siempre en las alforjas de las mulas camino de la Cancillería. Muy nervioso, Simgam ordenó a los criados que llevaran al *nisanji* a sus habitaciones y luego dijo:

—He de ir inmediatamente a la Puerta. Finalmente, no me queda más remedio que comunicar allí que nuestro amo no podrá acudir a la sesión de hoy.

Subió el secretario de nuevo a su mula y emprendió al trote la cuesta camino de Topkapi. Advirtiendo yo que la situación era muy oportuna para obtener con maña alguna ventaja en mi oficio de espía, monté en mi propia cabalgadura y fui en pos dél.

Simgam entró en Topkapi y explicó a los *bustanchis*, los jefes de la guardia, que nuestro amo no iría y que debía comunicarlo a los visires. Nadie nos impidió pasar a las edificaciones donde se reunía el consejo. Nos prosternamos y Simgam dio las explicaciones oportunas de nuevo. El *defterdar*, o jefe del tesoro, que presidía ese día la sesión, escuchó atentamente las excusas del secretario del *nisanji* y simplemente asintió con un movimiento de cabeza. Hicimos las reverencias oportunas y nos retiramos.

Por el camino, de regreso a casa, Simgam me dijo:

—Hoy se trataba solo de asuntos de cuentas e impuestos. Pero mañana es el día dedicado a las cartas que se envían a las gobernaciones y el gran visir estará presente. Lo intentaré de nuevo poniendo en el bebedizo dosis menor de hierbas del sueño.

41

Simgam estaba hecho un manojo de nervios porque temía que los visires se percataran de un momento a otro de que el *nisanji* del sultán vivía en las nubes. Mas mis preocupaciones eran otras. Veía yo llegada la hora de sacar ganancias de pescador de aquel río revuelto. Llegó el domingo e intentamos de nuevo acudir a la sesión del consejo. Tampoco se pudo esta vez, Mehmet bajá no se enteraba de nada, hablaba solo y de vez en cuando se ponía a gritar absurdas frases. Simgam se convenció definitivamente de que nuestro amo se hallaba sumido en tal locura que era una temeridad presentarlo de aquella manera en la Sublime Puerta. Entonces urdió un segundo plan: decidió que el *nisanji* permaneciera en la casa, mientras que él acudiría a la sesión como si lo hiciera por mandato suyo.

Acompañé a Simgam hasta Topkapi, pero le pareció conveniente entrar solo; así que permanecí esperándole en la puerta junto al resto de los secretarios y guardias. Al cabo de unas horas, el jenízaro negro que custodiaba la entrada nos indicó que tenía orden de dejarnos pasar.

Entramos con las mulas que portaban los sellos y el material necesario para las tareas ordinarias, como si el propio *nisanji* estuviese allí. Nada más llegar al edificio donde se reunía el consejo, frente a la entrada, vi a Simgam que conversaba con el gran visir. Nos postramos respetuosamente a cierta distancia.

—Dile al sublime *nisanji* que esperamos que Alá le devuelva pronto la salud —decía el gran visir.

—Es cosa leve —explicaba el secretario deshaciéndose en sumisas reverencias de despedida—; enseguida mi amo podrá acudir a las reuniones.

Marchose el gran visir hacia los interiores del palacio rodeado por sus ayudantes, y Simgam se alzó de su última inclinación, con el rostro enrojecido por la presión a la que se veía sometido. Suspiró más aliviado y nos ordenó:

—¡Rápido, recoged todos esos documentos!

Los escribas sacaban en ese momento varios fajos de papeles y los iban depositando en el suelo, delante de la puerta. Los recogimos y los fuimos colocando en las alforjas de las mulas. Concluido este trabajo, salimos de Topkapi como solíamos hacer habitualmente. Aunque faltaba la presencia del *nisanji*, nada parecía trastocar el habitual orden de nuestras tareas.

Por el camino, Simgam me contó cómo se había desenvuelto la sesión del consejo; que él había explicado al principio que nuestro amo seguía con su indisposición y que nos ordenaba recoger los documentos para poder estudiarlos y sellarlos en su propia casa. A nadie le había parecido mal esta sugerencia y, por tanto, el plan del secretario surtía efecto.

—Obraremos de esta manera por el momento —me dijo—. Rezaremos para que nuestro amo mejore y Alá nos indicará lo que hemos de hacer en adelante.

—¿Y si no mejora? —le pregunté.

—Mejorará. Confiemos en que mejorará. Siempre le sentó mal a Mehmet bajá el final de la primavera. Ya en otra ocasión enloqueció, hace dos años, y se recuperó después. Ciertamente, esta vez la cosa ha sido más grave... Pero estoy seguro de que será algo transitorio.

—Alá te oiga —recé.

Una vez en los despachos del palacio del *nisanji*, nos pusimos a ordenar todos los documentos que traíamos. Como las otras veces que tenía en mis manos aquellos montones de papeles, procuraba yo descubrir algo que resultase de interés, mas no lograba sino ponerme muy nervioso. La mayoría de las cartas estaban escritas en persa y, cuando lo estaban en turco o árabe, las caligrafías eran tan enrevesadas que apenas captaba palabras y frases sueltas. Me desesperaba al tener toda aquella información delante sin que me sirviera de nada.

Por la tarde, cuando estábamos a punto de concluir las tareas, se presentó el *nisanji*. Tenía la mirada perdida y una cierta expresión de adormilamiento. Se sentó en el diván donde solía repasar los documentos e hizo un gesto con la mano para indicar que quería revisar el trabajo. Simgam le observaba atónito, pendiente de todos sus movimientos.

—¡Oh, sublime *nisanji*! —exclamó—. ¡Alá cuida de ti!

Mehmet bajá no dijo nada. Cogió las cartas que le entregó su secretario y se puso a ojearlas sin demasiada atención. Como solía hacer en estos casos, iba poniendo a sus pies los papeles en varios montones, después de estudiarlos. Los que dejaba a su derecha eran los de mayor interés o premura.

De vez en cuando, daba la sensación de que se dormía, pues se le caía la cabeza hacia delante y se le cerraban los párpados. Comprendí que estaba afectado por los bebedizos de su secretario.

—Amo —dijo de repente Simgam—, ¿has reparado en la importancia de esa carta que acabas de leer?

El *nisanji* alzó la cabeza e hizo un movimiento que expresaba afirmación. Releyó el papel que tenía entre las manos y comentó:

—Ah, nuestro grandísimo sultán Solimán piensa cumplir sus sueños. Malta, ¡al fin será Malta!, como todos suponíamos. Un día arrojó de Rodas a los guerreros infieles de la cruz en el pecho y así comenzó su gloria en Oriente. Ahora expulsará a esos perros rabiosos de su nuevo nido en Malta.

Me dio un vuelco el corazón. Si interpretaba correctamente lo que acababa de escuchar, tenía al fin una información que era definitiva: el sultán Solimán tenía dispuesto ir contra la isla de Malta, custodiada por los caballeros de San Juan de Jerusalén.

El *nisanji* y su secretario conversaron durante un rato sobre ello. Después sellaron un buen número de cartas que hacían referencia a estos importantes proyectos militares. Me fijé en el lugar donde se iban colocando los papeles. Incluso me aproximé con naturalidad y compuse yo mismo el fajo reuniéndolos y atándolos con una cinta roja que indicaba la urgencia con que debían devolverse a la Sublime Puerta.

Fingiendo la mayor de las diligencias, le dije a Simgam en voz baja:

—Pondré todo esto en el armario. Ya veo que es lo más apremiante.

Con una sonrisa radiante, el secretario demostró que estaba encantado con la mejoría de nuestro amo. Me pareció descubrir en sus ojos un extraño reflejo de suspicacia que me desconcertó momentáneamente. Sin embargo, me ordenó:

—Sí, guárdalos en el armario principal. Aquí tienes la llave.

Llevé los papeles como quien porta un tesoro entre los dedos. El corazón me palpitaba frenéticamente en el pecho. Atravesé la estancia y entré en el pequeño cuarto a cuyo fondo estaba el armario. Introduje la llave, abrí y deposité el legajo. Haciendo grandes esfuerzos por tranquilizarme, me dispuse a desatar la cinta roja que yo mismo anudé para tratar de leer algún dato más sobre lo que ya conocía. Pero en ese preciso momento escuché a mis espaldas:

—¡Vamos, vamos, date prisa, que nuestro amo debe descansar!

Me volví y vi al secretario que estaba justo detrás de mí extendiendo la mano para que le devolviera la llave.

—¡Cierra! ¿A qué esperas? —me apremió.

Cerré y le devolví la llave, sabiendo que clausuraba así la mejor oportunidad que podría tener para saber la fecha que disponía el gran turco para el ataque a la isla de Malta.

Marchóse el *nisanji* a descansar a sus habitaciones y se cerraron los despachos después de que hubimos guardado los sellos y recogido el resto de los documentos. Entonces, Simgam me dijo muy serio:

—Te prohíbo salir de casa durante la noche. Mañana, a primera hora, he de hablar contigo de algo muy importante.

Me estremecí al escucharle decir esto.

—No pensaba ir a ninguna parte —mentí, pues ya tenía resuelto ir a comunicarle mi descubrimiento a Ferrat bey.

—Atiende bien a este consejo —añadió con enigmática mirada—. Mañana, como te he dicho, hablaré contigo acerca de algo importante.

Me retiré a mi alcoba sumido en una total confusión. No comprendía nada de lo que estaba pasando. Sabía al fin cuáles eran los planes del gran turco, aunque no había conseguido averiguar la fecha que tan necesaria era para completar la valiosa información que la cristiandad esperaba. El secreto me quemaba por dentro y mi natural impaciencia me impulsaba a salir de allí esa misma noche para ir a comunicarlo a la conjura. Pero la misteriosa manera de obrar del secretario Simgam me tenía desconcertado.

A pesar de la prohibición de salir aquella noche, deambulé por el palacio cuando todo el mundo se durmió buscando la manera de escaparme. Todo estaba cerrado y vigilado. Mi única posibilidad consistía en escalar los muros del jardín y saltar a la calle desde una considerable altura. Sopesaba las ventajas y los inconvenientes de esta arriesgada acción. Si me descubrían, echaría todo a perder.

Finalmente, resolví que lo más prudente era armarse de serenidad y esperar al día siguiente para encontrar la ocasión propicia. Al fin y al cabo, por unas horas más que transcurrieran, la noticia no iba a perder su gran valor.

42

Unos ligeros golpes en la puerta me despertaron cuando al fin conseguí conciliar el sueño, después de una larga noche de cavilaciones y temores. Me levanté de un salto y abrí. Era Simgam que venía a buscarme trayendo una vela encendida en la mano, pues aún no había amanecido.

—Lía un hato con lo necesario —dijo—, te vas de viaje.

—¿Eh? ¿De viaje? ¿Adónde?

—¡Chist! No preguntes nada y obedece a lo que te digo.

Como me quedara yo pasmado, se enojó mucho:

—¡Vamos! ¿Estás sordo? Reúne algo de ropa y sígueme.

Ante su apremiante presencia, recogí mis escasas pertenencias y las lie en una manta. Cuando me disponía a salir, me dijo:

—El dinero también. ¿No tienes dinero?

—Algo tengo.

—Pues cógelo, que habrás de necesitarlo todo.

—Lo tengo escondido en el jardín —observé.

—Pues anda a por ello. ¡Y date prisa!

Corrí hasta el lugar donde tenía enterrado un saquito de cuero con los escudos que me quedaban de los cuatrocientos que me dio Aurelio de Santa Croce —poco más de la mitad—, más algunos aspros turcos que había ido reuniendo por mi cuenta. Me guardé todo en las faltriqueras y regresé presto al interior. El secretario me aguardaba al comienzo del largo pasillo que recorría el palacio de parte a parte.

—¿Tienes ya todas tus pertenencias? —me preguntó.

—Está todo.

—Pues, andando.

Me eché el hato al hombro y le seguí hacia la salida. En la calle, delante de la puerta, nos esperaban dos criados con nuestras mulas. Los guardias estaban en sus puestos de vigilancia, como siempre, y nos saludaron cordialmente. También salieron algunos lacayos, el ropero del *nisanji*, Vasif, y el viejo mayordomo sordo. Todos me abrazaron, se despidieron de mí e incluso derramaron algunas lágrimas.

—Echaremos de menos tu música —decían—. ¡Que tengas suerte! ¡Que Alá el Defensor te proteja! No te olvides de nosotros...

Estaba yo mudo, sumido en mi confusión, y me turbé mucho por estas muestras de cariño.

—¡Vamos, que hay prisa! —apremió el secretario.

Montamos en las mulas y emprendimos solos la cuesta abajo, en la dirección del Cuerno de Oro. A esa hora comenzaba ya a amanecer y el cielo se veía violáceo a lo lejos, entre los cipreses negros. Los gallos cantaban y las golondrinas abandonaban sus nidos de barro en los tejados, para entregarse a sus veloces vuelos de primera mañana.

—¿No vas a decirme adónde vamos? —le pregunté a Simgam.

—Ahora no. A su tiempo lo sabrás —contestó rotundo.

Llegamos al embarcadero de Eminonü y dejó el secretario las mulas a un muchacho que se ganaba la vida custodiando las cabalgaduras de los que cruzaban a la parte de Gálata. Atravesamos el Cuerno de Oro en un caique. No bien habíamos desembarcado, cuando Simgam me tomó por el antebrazo y me llevó a un lugar apartado del atarazanal, donde trabajaban bulliciosos los pescadores que llegaban a los muelles trayendo su pesca, y los mercados exhibían ya los mostradores desplegando el vistoso espectáculo de los peces capturados durante la noche. Allí, en medio de tanto alboroto, el secretario me dijo con voz muy clara:

—Malta, será Malta. Saldrá la armada en el mes de marzo de los cristianos, con doscientas galeras bajo el mando del *kapudan* Piali bajá, llevando a bordo seis mil jenízaros, ocho mil *spais* y municiones y bastimentos para medio año. Se hará la escala en el puerto de Pylos, donde acudirán a unirse con sus flotas el *beylerbey* de Argel Salí bajá y Dragut con sus corsarios. Si se gana Malta, que es lo esperado, después será Sicilia, luego Italia y más tarde lo que venga a la mano. A ver, ahora repítelo todo en el mismo orden —me pidió.

Tan nervioso me puse que era incapaz de articular palabra.

—¿Por qué me dices a mí todo eso? —le pregunté desde mi total desconcierto.

—¡Repite lo que te acabo de desvelar! —gritó con los ojos fuera de las órbitas.

—Ya… ya no me acuerdo —balbucí—. Solo sé lo de que será Malta.

Repitió de nuevo toda la información, palabra por palabra, en el mismo orden. Cuando hubo concluido, hice yo un gran esfuerzo por recordarlo sin olvidar nada.

—Malta, será Malta. Saldrá la armada en el mes de marzo, con doscientas galeras…

—¡En el mes de marzo de los cristianos! —corrigió él.

—Hombre, eso se sobreentiende.

—No se sobreentiende nada. Repite todo tal y como yo te lo he dicho.

Durante un rato, estuve memorizando la parrafada y él enmendándome cada vez que erraba. Hasta que se lo repetí completo cinco veces seguidas.

—Muy bien —dijo—. Ahora he de explicarte todo lo demás.

Lentamente y con voz muy clara, después de asegurarse de que nadie estaba pendiente de nuestra conversación, Simgam me desveló el porqué de todo aquello que tan extrañado me tenía. Me contó cómo había estado en contacto con Santa Croce desde que era yo cautivo de Dromux bajá, que convenció él a Ferrat bey primero para que me llevase a casa del *nisanji* y después a este para que me comprase cuando mi primer amo fue ajusticiado. También se las ideó el secretario para que no me diera cuenta de lo que tramaba, pues no confiaba plenamente en que pudiera cumplir yo con el cometido tan difícil que me correspondía. Luego se percató de que andaba espiando por mi cuenta y temió que cometiera alguna imprudencia.

—¿Qué había de hacer yo, sino espiar? —le dije. ¿No era ese el oficio que me encomendaron en la conjura?

—Has resultado ser más intrépido de lo que supusimos. En principio, tu única misión era la de hacer de enlace. Con el tiempo, Santa Croce iría decidiendo lo que se te encomendaría. Luego resolvió que serías el encargado de tener la información final.

—Lo que no comprendo es por qué no me lo contaste desde un principio —observé—. ¿Por qué no me dijiste que eras un conjurado? Todo hubiera sido más fácil…

—¡Ah, así es la conjura! Una buena organización de espías es como una madeja compuesta por diferentes hilos, pero tan liada que nadie pueda tejer nada con ella, salvo el jefe, que como cabeza conoce cada nudo y cada vuelta. Yo no sabía si podía confiar plenamente en ti. Y lo más oportuno era que tú obrases por tu cuenta. Así, en el caso de que te hubieran descubierto, no habrías desvelado mi nombre cuando te hubieran sometido a crueles tormentos.

—¿Y si me hubieran descubierto? —le pregunté atónito—. ¿Qué hubieras hecho si me hubieran descubierto?

—Habría dejado que te atormentasen y que te cortaran luego la cabeza. La conjura está por encima de cualquiera de nosotros.

—Comprendo. Es muy triste, pero comprensible.

Simgam me abrazó y luego derramó algunas lágrimas.

—Eres un gran músico —me dijo— y un maravilloso poeta. Hubiera sentido mucho tu muerte.

—¿Qué es lo que he de hacer ahora? —pregunté

335

impaciente—. Me has dado toda esa información tan valiosa y no sé a quién he de transmitírsela.

—Irás a España —contestó poniéndome las manos en los hombros.

—¡Oh, Dios!

—Sí. Regresarás a tu amada tierra. Tú serás el encargado de pasar el aviso a las gentes del rey católico. Dentro de un momento te harás a la mar en el barco de Melquíades de Pantoja. Esa información que llevas escrita en la memoria se aguarda con ansiedad en Nápoles.

Empecé a temblar por la emoción y caí de rodillas al sentir que se aflojaban mis fuerzas. Oré en mi interior dando gracias a Dios por aquella noticia tan inesperada.

—Vamos —me dijo Simgam, sujetándome con sus huesudos dedos de anciano—. Hemos de darnos prisa. Pantoja y Santa Croce nos esperan en el embarcadero de los mercaderes venecianos.

—¿Qué harás tú? —le pregunté.

—Yo soy un viejo que apenas espera ya nada de esta vida engañosa —respondió—. Seguiré al servicio del *nisanji* y procuraré servirle fielmente mientras pueda, para resarcirle de los muchos bebedizos que le he dado últimamente y que casi le han vuelto loco.

—¿Por qué has hecho todo esto? ¿Por qué espías a los turcos? ¿No eres tú uno de ellos? ¿Por qué perjudicas al gran turco y engañas a tu amo?

—Por puro resentimiento —contestó con un amargo rictus—. Porque su dominio es el más tirano y diabólico del mundo. Yo nací en Armenia en una familia de viejos cristianos que jamás hicieron mal a nadie. Eramos campesinos de las montañas, gente temerosa de Dios y entregada a sus tradiciones. Fui esclavo desde niño. Me arrancaron de los brazos de mis padres y me enseñaron una nueva religión, un oficio y otras costumbres extrañas a las de mi pueblo. A diferencia de muchos otros, nunca olvidé quién soy. Cuando mi primer amo me vendió al gobernador de Karamania, que era por entonces Mehmet bajá, resolví en mi interior buscar la oportunidad de vengar algún día tanto mal como me causaron en la infancia. Luego resultó ser mi nuevo dueño un buen hombre al que serví en paz. Pero con el tiempo le nombraron *nisanji* y yo era su secretario. He conocido muchos secretos en estos largos años, los cuales he pasado siempre que he podido a los enemigos del gran turco.

—Entonces... ¿no eres musulmán? ¿Eres cristiano?

—No sé lo que soy. Supongo que algo de musulmán y algo de cristiano se mezclan en mí.

—¿Es posible eso?

—¿Qué más da? Creo en Dios. Él no es propiedad de nadie. Eso es algo que aprendí de Mehmet bajá y de los poetas sufíes.

—Sigo sin entender por qué espías al gran turco. Si lo hicieras por dinero tal vez lo comprendería.

—Hay cosas que se hacen y ni uno mismo sabe por qué.

Caminábamos hacia el embarcadero de los venecianos, que estaba al final del puerto, en la punta donde se unían el Cuerno de Oro y el Bósforo. Iba yo hecho un mar de dudas, pues no terminaba de comprender cuanto me sucedía de manera tan súbita.

—Ahí está Santa Croce —señaló Simgam—. Hemos de despedirnos aquí mismo. Toma este salvoconducto —dijo entregándome un documento enrollado—. Te permitirá salir del territorio turco. No olvides destruirlo antes de entrar en los reinos cristianos.

El jefe de los espías estaba junto a la puerta del

almacén de Pantoja e hizo un ligero movimiento de saludo con la mano al vernos. Varios navíos permanecían anclados allí delante. Los esclavos y los marineros subían y bajaban por las pasarelas acarreando pertrechos. En el muelle se amontonaban los fardos y una frenética actividad llenaba el aire de voces y ruidos.

De repente, volví la cabeza hacia un lado y reparé en que Simgam no caminaba junto a mí como antes. Entonces miré hacia atrás y le vi escabullirse entre el gentío con pasos rápidos. Mientras me quedaba estupefacto ante su discreta desaparición, Santa Croce se aproximó y me sujetó por el brazo.

—Vamos, Monroy —dijo—; no hay tiempo que perder.

—¿Por qué se ha marchado así? —balbucí—. No se despidió de mí…

—¿Tienes la información? —preguntó él, sin darle importancia a mi asombro.

—Malta, será Malta… —comencé a relatar.

—¡Chist! ¡Eso solo debe estar en tu cabeza! No lo repetirás hasta que no llegues a tierra cristiana. Recuérdalo todo bien, punto por punto, sin olvidar nada. Ni siquiera a Pantoja deberás revelárselo por el camino. Si los turcos llegasen a sospechar, cualquiera que conociera el secreto podría ser obligado a hablar mediante tormento. Por eso, es mejor que solo una persona lo sepa. Así habrá una única posibilidad de fracasar.

—¡Todo el mundo a bordo! ¡Zarpamos! —se oyó gritar.

—Es la hora —dijo Santa Croce—. Sube al barco. Pantoja ya debe de estar a bordo.

—No sé cómo podré agradecer toda esta confianza que se ha puesto en mi persona.

—Agradécelo a Dios. Él te bendijo con unos dones que han sido los más oportunos para esta misión. ¡Que Él te ayude a llevar a buen término lo que empezaste con tanta fortuna!

—Aún no sé qué he de hacer a partir de este momento —dije.

—Pantoja es el encargado de darte las últimas instrucciones. ¡Vamos, sube a bordo!

En la cubierta del navío, Pantoja me recibió con una sonrisa que delataba su gran satisfacción por verme allí.

—Es un largo trayecto —dijo—. ¿Tienes el documento?

—Simgam me dio esto —respondí extendiendo el papel que llevaba enrollado.

Lo observó con atención y luego dijo:

—Perfecto. Es más que suficiente. Ya sabes que debes deshacerte de él antes de llegar a territorio cristiano. Si la gente del rey católico descubriera en tu poder un salvoconducto con los sellos del gran turco, te tomarían inmediatamente por un renegado y lo pasarías muy mal.

—Comprendo.

—Bien. Es hora de zarpar. ¡Levad anclas! —gritó al maestre del barco.

Enseguida se dieron las órdenes oportunas. Se soltaron las maromas y la cadena del ancla rugió metálicamente al correr para enrollarse en el torno. Los galeotes alinearon los remos y se aprestaron para la maniobra. Los marineros corrían cada uno a su puesto y el timonel permanecía pendiente del maestre.

Vi a Santa Croce abajo, sobre el muelle, santiguándose tres veces. Hice lo mismo. También Pantoja se santiguó a mi lado. El jefe de los espías alzó la mano en un adiós mudo que agitó mi pecho.

Con grandes paladas, los remeros hicieron que el navío comenzase a abandonar velozmente el puerto. Llevábamos izada la bandera turquesa. Los pescadores y los barqueros de los caiques nos saludaban. Atrás se iba quedando el puerto y Santa Croce nos observaba muy quieto con su mano elevada, haciéndose cada vez más menudo.

Constantinopla, como dos abigarradas ciudades separadas por el Cuerno de Oro, se desplegaba ante mis ojos con toda su grandeza. El palacio de Topkapi resplandecía en la Punta del Serrallo y Gálata exhibía su majestuosa Torre de los Genoveses frente a él. Miles de embarcaciones de todos los tamaños surcaban las aguas de plata.

Me embargó un llanto incontrolable y las lágrimas recorrieron mi cara hasta los labios, donde las sentí saladas. Era como si una vasija se resquebrajara dentro de mí y el alma se me expandiera en mil pedazos. Lloraba de dolor y felicidad a la vez; por los miedos acumulados, por la rabia, el placer, la angustia, la dicha...; por la libertad.

43

Salimos de Estambul con tres barcos y en Marruecos se nos unió otro. Formábamos una pequeña flota. Dos navíos pertenecían a Melquíades de Pantoja, el tercero a un socio suyo veneciano y el cuarto era una galera de guerra propiedad de Ferrat bey que servía para darnos custodia en tan largo y aventurado viaje. Se trataba de una travesía comercial en la que se aprovechaba tanto la ida como la vuelta. En el trayecto hasta Grecia se iban dejando mercancías provenientes de Asia, sedas y especias sobre todo, en los puertos donde se recalaba: Galípoli, Lemnos, Quíos, Atenas y Pylos. En el regreso, se transportaba preferentemente vino y aceite. Era un negocio bien pensado que venían realizando generaciones de mercaderes durante siglos. Pantoja y sus socios eran expertos. Todo estaba planeado hasta el último detalle: los contactos, los itinerarios, las demoras y los posibles inconvenientes. Cada verano repetían idéntica empresa en las mismas fechas y para ellos era una rutina anual. Los recaudadores de impuestos subían a los barcos con la familiaridad propia de viejos conocidos, y las autoridades que gobernaban los pasos y los puertos sabían que portábamos ricos presentes para contentarlos.

La lentitud de aquel largo y entretenido viaje agotaba mi paciencia. Pasaban las semanas y veía que nos hallábamos aún muy lejos de nuestro último destino. Como viera Pantoja que mis ansiedades me agitaban, me decía:

—Disfruta de la travesía, querido amigo. Ahora eres un hombre libre. Si padeciste con paciencia los largos años de cautiverio, ¿por qué sufres ahora que tienes libertad para viajar y ver el mundo?

—Precisamente por eso. ¡Ah, cuánto deseo llegar a mi amada tierra!

—Llegarás, amigo, y el rey premiará tu lealtad.

Pero no tenía él prisa alguna por alcanzarme la manera de cumplir mi misión. Avanzó el mes de julio y estábamos aún en Atenas, donde nos detuvimos a esperar a que su socio cerrase no sé qué negocios en cuyas conversaciones se entretenían unos y otros mientras pasaban los días.

—Pantoja, ¡por Dios bendito!, que se perderá la ocasión de hacer beneficio a la causa cristiana —le dije una mañana en privado, aprovechando que ambos fuimos solos a comer a una taberna.

—Debo hacer las cosas a mi manera —contestó él sin inmutarse.

—¿A tu manera? ¿Pero no te das cuenta de que se puede echar todo a perder? Cuanto antes lleguen las noticias al rey católico, mayor beneficio se hará a la causa.

—No ganaremos nada con las prisas. Es a final del verano cuando esperan el aviso en Napóles.

—¡Por los clavos de Cristo! ¿No ves que me quema por dentro lo que sé? —me exasperé.

—Ya lo sé. Pero no podemos hacer nada. Yo he de obrar con la naturalidad propia de quien hace un oficio. No debo despertar sospechas ni en mi socio ni en la gente de Ferrat bey.

—¿No está Ferrat bey de nuestro lado?

—Sí y no —contestó para sorpresa mía.

—¿Qué quieres decir?

—Mira, Monroy, esto de la conjura es algo muy complicado, como habrás podido comprobar desde que estás en ello. Cada pieza tiene su propio cometido y no debe sobrepasar sus funciones. Mi oficio consiste en llevarte a donde me han mandado. No puedo alterar el orden de las cosas. Me dijeron que debías estar en Pylos en septiembre a lo más tardar y es eso lo que voy a hacer; te llevaré a tu destino, como un día te llevé a presencia de Santa Croce. Lo demás le corresponde a quien está preparado para ello. Y tampoco Ferrat bey debe hacer más de lo que le toca.

—¿Entonces? ¿Cuál es la función de Ferrat bey? Me pusisteis en contacto con él y con su servidor Semsedin y aún no sé el porqué.

Se me quedó mirando con una expresión rara. Era Pantoja un hombre tranquilo que jamás se alteraba. Bebió un trago de vino y luego respondió:

—¿Y qué importa ahora eso? Ya sabes cuál es tu misión y lo que debes hacer a partir de este momento. ¿Por qué quieres saber cosas de atrás?

—Tengo curiosidad. Tengo derecho a saberlo. ¡Me he jugado la vida!

Volvió a quedarse en silencio, meditabundo ahora. Bebió de nuevo, llenó las copas, y habló pausadamente.

—Ferrat bey y Semsedin despejaron tu camino de todos los obstáculos. Ellos facilitaron tu salida de la casa de Dromux, ellos te pusieron en manos del *nisan-ji*, ellos cuidaron de que nada diera al traste con tu veloz progreso…

—Ellos mataron a Yusuf y a una mujer a la que amé —dije con gran tristeza.

Entrelazó los dedos y apretó los labios. Asintió con un movimiento de cabeza.

—Alguien debía hacerlo —dijo—. Parece que no te has enterado aún de que cada uno de nosotros es solo el eslabón de una larga cadena, gracias a la cual el rey católico podrá vencer a sus enemigos. Si alguien falla, la cadena no se romperá; siempre habrá un eslabón nuevo para reemplazar al que no sirve.

—¿Y cuál es el eslabón siguiente? Es decir, ¿a quién deberé yo confiarme cuando llegue a mi destino?

—Ya lo sabrás. Pero es necesario que no olvides un nombre: Juan María Renzo de San Remo. ¿Lo recuerdas?

—Sí. Se trata del comisario que envió el virrey de Nápoles para darnos instrucciones. Le conocí en la fonda del judío Abel hace más de un año, cuando estaba yo recién hecho turco.

—El mismo. Si tienes algún problema, trata de ponerte en contacto con él. Bastará con que le des como referencia los nombres de tres miembros de la conjura y él te sacará del apuro. Pero recuerda siempre que jamás deberás revelar los datos que llevas en la memoria, pase lo que pase, si no es al comisario Juan María Renzo, al virrey de Nápoles o al mismísimo rey. Nadie más en el mundo debe saber que la conjura existe o nuestras cabezas no valdrán nada.

—Ya he jurado eso más de una decena de veces —observé.

—Pues te repetiré algo más; algo importantísimo que tampoco puedes olvidar: antes de llegar a tierra de cristianos, destruye el salvoconducto que te dio Simgam. Ninguno de nosotros debe portar documentos que puedan comprometernos.

—También sé eso. Descuida; me desharé del papel antes de pisar tierra cristiana.

Tantos días de viaje dan muchas oportunidades para charlar largo y tendido. Pantoja y yo conversábamos con frecuencia a bordo del barco y durante las horas de descanso en los puertos, cuando los mercados permanecían cerrados y no se podía hacer mejor cosa que dedicarse a matar el tiempo en las tabernas. Su gran experiencia como hombre de mundo y su serenidad me ayudaron mucho. Vivía él entregado únicamente al presente como si el día siguiente no existiera y disfrutaba de la existencia sin preocuparse de nada más, a pesar de estar dedicado al peligroso oficio de espiar a turcos. Pero, a pesar de sus sabios consejos, no lograba yo moderar mi impaciencia.

Atenas era calurosa y polvorienta, pero sus cielos intensamente azules, las blancas ruinas de los templos antiguos y el bello puerto del Pireo dejaban en el alma una impresión imborrable. Aunque lo mejor eran sus tabernas, el dulce vino de Corinto y sus gentes cantarinas. Siempre recordaré aquellas mujeres de blanca piel y oscuros cabellos que tenían prendido en los ojos todo el amor que luego derramaban a raudales.

44

Arribamos al fin al puerto de Pylos y hube de despedirme de Pantoja y de sus barcos, pues terminaban allí su trayecto de ida. Diome el buen comerciante de vinos media docena más de consejos y organizó todo de la mejor manera para que llegase yo a Napóles seguro, en el que —según me dijo— iba a ser el más peligroso recorrido de mi viaje. Así que se puso al habla con un viejo conocido suyo y le encargó que me pasase a la parte cristiana, a Italia, por el golfo de Tarento, desde cuyo puerto debía emprender viaje por tierra hasta Napóles para ir al encuentro del comisario Juan María Renzo de San Remo.

—Dios te guarde, amigo —me dijo Pantoja en la cubierta de su barco, momentos antes de que se diera la orden de levar anclas para emprender viaje de regreso—. Ya sabes, aguarda a que mi amigo Efigenio Lambrinos te precise el día y la hora en que habrás de partir hacia Tarento. Él cuidará de que llegues sano y salvo a tu destino.

—Así lo haré —asentí.

—Y recuerda que deberás destruir el salvoconducto que te dio Simgam.

—No lo olvidaré por la cuenta que me tiene.

—Te será fácil dar con Renzo de San Remo en Napóles. Su casa está en el centro. Es un hombre muy conocido allí por su condición noble y su proximidad al virrey.

—No te preocupes; daré con él.

—Bien, Monroy —dijo apretándome fuertemente las manos—, lo dicho: ¡Que Dios te guarde! Lo que queda por hacer está en tu memoria. ¡Hasta la vista!

Descendí por la pasarela y vi desde el muelle cómo el gran barco, cargado hasta los topes de vino, maniobraba pesadamente para buscar la salida de la dársena. Sabía que no volvería a ver a Pantoja en esta vida, como tampoco a Santa Croce ni a ninguno de los conjurados a quienes debía la gran merced de hallarme ahora tan próximo a España. Oré por ellos.

Efigenio Lambrinos, el comerciante griego en cuyo barco debía ir yo a Italia, era el principal socio de Melquíades de Pantoja en el puerto de Pylos. Era un hombre muy rico que nada tenía que ver con la conjura y se dedicaba exclusivamente a sus negocios. Cobró el precio de la travesía —doscientos escudos— y no preguntó nada al respecto. Para él era eso parte de su oficio: pasaba a la orilla cristiana mercancías, esclavos y pasajeros; se embolsaba una buena suma y se encargaba de asegurar un viaje que muy pocos se atrevían a hacer en aquellos tiempos difíciles de guerras y corsarios. Pero, para poder emprender la travesía, debía resultarle rentable; por lo que no flotaba sus barcos hasta que no reunía gente suficiente; aguerridos mercenarios dispuestos a custodiar el navío principal en dos galeras bien pertrechadas y viajeros y comerciantes dispuestos a pagar. Era comprensible pues que me hubiera exigido nada menos que doscientos escudos para un recorrido que en mares más pacíficos habría costado apenas diez.

No me preocupaba el dinero, pues Pantoja se había encargado de adelantárselo a su socio a cuenta de los fondos de la conjura. Lo que me desesperaba era saber que no podría emprender mi viaje hasta que se cerrase el negocio de manera que pudiesen cubrirse los gastos y las expectativas de ganancias de Lambrinos. Todo el mundo en Pylos decía que esto no sería hasta septiembre; es decir, cuando hubiesen llegado ya barcos suficientes desde la ruta oriental aportando las valiosas mercancías en cantidad suficiente para que mereciese la pena la travesía.

Los días se me hacían eternos en Pylos. Cada tarde iba a las oficinas y preguntaba a los escribientes de Lambrinos cuándo saldrían los barcos. El pasaje se iba completando con una lentitud exasperante. Los venecianos patrocinaban su propia ruta desde Creta y daban custodia a los barcos cristianos que no se atrevían o no deseaban entrar en tratos con turcos y griegos de los que no se fiaban. De manera que la seda atravesaba el mar Jónico sin tocar las costas del Peloponeso.

Pasó medio mes de agosto y el verano se hizo tedioso en un puerto que apenas tenía movimiento. Solo recalaban los barcos que iban y venían de Grecia, de las islas o de Constantinopla.

Como no tenía cosa mejor que hacer, cogía mi laúd y me iba a las tabernas a beber y cantar. Aprendí en ese tiempo más canciones que durante los cuatro años anteriores entre los turcos.

También conocí a una bella y avispada mujer que me robó el corazón, y una buena parte del dinero de la conjura que me permitía hacer allí la vida de un potentado. Se llamaba ella Eladia y me quedé con la boca abierta cuando la vi por primera vez en la taberna de su tío, arrodillada para fregar el suelo, una mañana que me presenté de los primeros para mitigar mi aburrimiento entregándome desde muy temprano al sopor del vino.

—¡Anda, tú eres el que canta! —dijo ella a mis pies desplegando una bonita sonrisa de radiantes dientes blancos y ojos oscuros.

Llevaba yo mi laúd en la mano y me quedé petrificado mirando el conjunto de su figura; las caderas proporcionadas, el cabello claro y ondulado y los desnudos brazos de dorada piel.

—¿No dices nada? —me preguntó coqueta—. Anoche te observé desde detrás de las cortinas. Tú no me veías, pero yo te oí cantar. ¡Ah, qué maravilla!

—¡Deja al forastero, Eladia! —le gritó su tío desde el mostrador—. ¿No te he dicho mil veces que no molestes?

—No me molesta nada —balbucí—. Así que... Eladia...

—Sí, Eladia Panadoulos, griega y cristiana. No tienes tú demasiada cara de turco —observó—. ¿Eres acaso italiano? ¿Tal vez de Calabria?

—Oh, no —respondí azorado. En ese momento reparé en que no debía dar demasiados datos de mi origen—. Vengo de Constantinopla.

—No, no me parece que seas tú muy turco, a pesar de esa indumentaria que llevas.

Vestía yo el *dolmán* y el turbante a la manera turca, y llevaba la espada curva en el cinto. Debió de notar que me ponía muy nervioso su belleza, por lo que insinuó enseguida:

—Andas tú demasiado solo. ¿No quieres compañía, guapo? Hay por aquí bonitas muchachas que estarían encantadas de agarrarse del brazo de un hombre tan apuesto y que además sabe cantar como los mismos ángeles.

—¡Eladia! —le gritó su tío que venía fingiendo un enojo nada creíble para traerme una jarra de vino—. ¿No me has oído? ¡Deja en paz al señor!

El tabernero era un griego inteligente al que no se le escapaba nadie sin pagar, a pesar de que siempre tenía el establecimiento abarrotado de gente. Alquilaba caballos, juegos de dados y habitaciones en las proximidades del puerto. No me hospedé allí porque Pantoja me lo desaconsejó, pero terminé acudiendo cada día para sumirme en el bullicioso ambiente festivo que reinaba desde por la mañana temprano hasta las últimas horas de la noche. Se podía beber el mejor vino de Patrás, comer exquisitas olivas, carne de cordero y delicioso queso. Pero nada me atraía más en aquella taberna que los viejos músicos que se juntaban por la tarde para entonar melancólicas coplas. Hasta que conocí a Eladia. Entonces empecé a ir más temprano por el puro placer de contemplarla.

Me sentaba solo en el fondo de la taberna y cantaba buscando su aprobación. Ella no tardaba en acudir para ponerse cerca y lanzarme pícaras miradas. El tabernero la regañaba sin demasiado entusiasmo, y ella me guiñaba el ojo o me lanzaba besos desde lejos, antes de retirarse al interior cuando iban llegando los clientes. Después tenía que conformarme con intuir que me espiaba detrás de las cortinas, pues su tío no permitía que ella estuviese por allí cuando abundaban los borrachos.

Como viera el aguzado tabernero que estaba yo encandilado y completamente vencido por los encantos de su bella sobrina, se sentó un día a mi lado y me habló con la diligencia del más astuto comerciante.

—Mira, forastero. No sé quién eres. No me parece que seas turco, pero tampoco cristiano. Te observo desde hace tiempo y veo que se te cae demasiado la baba con las cosas de la hija de mi hermano. Esa es una perla fina que tiene su precio. No te hagas ilusiones o podemos llegar a tener problemas tú y yo. Aquí soy como quien dice el padre de esa muchacha. ¿Comprendes? Así que no te creas que te vas a beneficiar de ella así, gratis. Ya te digo que esa tiene un precio; conforme a lo que vale. Muchos la han querido tener y no llevaban suficiente dinero en los bolsillos. De manera que, ya sabes, si no tienes blanca, mejor es que te olvides y en paz. Hay por ahí mujeres que…

—Bueno, bueno —interrumpí su interesada perorata—. Yo no te he dicho que quiera a tu sobrina. Ella me habló primero a mí.

—Es una descarada. La gente de la montaña es así. Pero eso no significa que te vaya a comer en la mano. ¿Comprendes lo que te digo? Tiene su precio y…

Me levanté y me marché dejándole con la palabra en la boca. Me daba cuenta de que mi repentino enamoramiento podía traerme complicaciones. Siguiendo las severas recomendaciones de Pantoja, debía vivir en Pylos procurando pasar desapercibido, sin entablar relaciones ni hacer amistades, para no comprometer la misión principal que tenía entre manos.

Pero llevaba yo allí casi dos meses y me resultaba difícil pasar como una sombra en un lugar donde la gente era demasiado espontánea. Siempre había alguien que te preguntaba a qué te dedicabas, de dónde eras o adónde ibas. El mundo de aquel concurrido puerto comenzaba a cerrarse a mi alrededor.

45

Pasó el mes de agosto y avanzaba septiembre sin que Efigenio Lambrinos se determinase a enviar sus barcos a Italia. Mi paciencia se agotaba. Por mucho que Pantoja me hubiera repetido que debía permanecer siempre en calma, olvidé sus consejos y empecé a obrar con impulsividad. Se me hacía que estaba desperdiciando un tiempo precioso y que las informaciones que debía llevar a la cristiandad no admitían mayor demora. Si la flota turca tenía dispuesta su empresa contra la isla de Malta para el mes de marzo, cada día que pasaba me parecía que aumentaban los peligros para la causa del rey católico y que decrecían las oportunidades de este para hacerles frente.

Fui a las oficinas de Lambrinos y estallé finalmente en un furioso ataque de ira:

—¡Quiero ver inmediatamente a vuestro amo! —les grité a los escribientes.

—Eh, amigo, ¿qué te sucede? —contestó el jefe de las oficinas, que ya estaba acostumbrado a mis impacientes quejas de cada día.

—¡Pasan los días y los barcos no se mueven! ¿Es que voy a pasarme la vida en este dichoso puerto?

—Ten calma, señor. Nuestro amo necesita tiempo para reunir el dinero y las mercancías. No podemos hacer el viaje para media docena de pasajeros.

—¿Más tiempo? Me asegurasteis que saldríamos a primeros de mes; ¡avanza septiembre y todo sigue igual!

—¿Qué voces son estas? —apareció por allí Efigenio Lambrinos, que escuchó el escándalo desde su vivienda que estaba en el piso alto.

—¡He pagado doscientos escudos para un viaje que no acaba de llevarme a Tarento! —grité—. ¡Estoy harto de esperar!

Lambrinos me miró con ojos desafiantes. Contestó:

—No es por mi culpa. No puedo mandar mis barcos para llevarte a ti y a cuatro más. Es un viaje muy peligroso y necesito tiempo para prepararlo. Hay que contratar hombres que nos custodien, armas, cañones y municiones.

—Lo sé. Pero pasa el tiempo y no veo que la cosa prospere.

—Amigo, no te sulfures. Hay problemas, los turcos preparan algo en Constantinopla y por eso no llegan los barcos.

—¿Algo? ¿Qué algo?

—No lo sabemos. ¿Quién puede conocer lo que pasa por la cabeza del gran turco? Solo hay noticias de que la flota de Piali bajá hace preparativos. La gente tiene miedo.

Lo que me dijo Lambrinos terminó de exasperarme. Los rumores de la empresa del turco empezaban a correr y supuse que en la parte cristiana habría inquietud. Los detalles que yo guardaba en mi cabeza debían llegar cuanto antes al conocimiento del rey católico para que pudieran hacerse los aparatos de guerra necesarios en Malta y enviar los refuerzos con tiempo. Reflexioné sobre todo esto en unos instantes y obré lanzado por el impulso de mis nervios.

—¡No puedo esperar más! —grité—. Si tú no puedes pasarme a Italia, buscaré la manera de ir por mi cuenta.

—¡Es muy peligroso, amigo! —exclamó Lambrinos llevándose las manos a la cabeza—. ¿No te explicó mi socio Pantoja lo que puede sucederte? Hay cientos de piratas aguardando a que incautos como tú se aventuren a hacer la travesía. Solo yo puedo pasar gente a la parte cristiana con seguridad.

—¡Pues no puedo esperar más! —grité.

El mercader se puso muy serio. Me miró con una feroz mirada que me traspasó. Echó mano a la bolsa que llevaba en el cinto y extrajo doscientos escudos que arrojó con brusquedad sobre la mesa.

—¡Haz lo que te dé la gana! —me espetó—. Lo siento por mi amigo Pantoja, que me recomendó severamente que cuidara de ti en este viaje. No le podré hacer el favor.

Recogí el dinero. Las caras de todos los escribientes, que estaban muy atentos, me decían que era una gran temeridad renunciar a la protección de Lambrinos. Recapacité. Devolví las monedas al mercader y le dije:

—Aguardaré dos semanas más. Si pasado ese tiempo no puedes llevarme, veré la manera de ir por mi cuenta y riesgo.

***

Aquella noche me emborraché. Bebí desde muy temprano y a la caída de la tarde enloquecí como si me poseyera el espíritu de otra persona. Solo una idea fija estaba en mi cabeza y ya no podía sujetarme. Deseaba estar con Eladia. Fui a la taberna de su tío e hice allí todas las tonterías propias del más imprudente de los espías: canté canciones españolas, bailé la pavana delante de todo el mundo y recité poemas que hablaban de mi tierra. Me rodeó una barahúnda de curiosos y aprovechados a los que invité una y otra vez embriagado por su adulación.

En un determinado momento, envalentonado por la efusión del vino, me fui al tabernero y le dije:

—Que salga la moza, que le quiero cantar una copla.

Como no me obedeciera él, sino que se lo tomó a mucha guasa, deposité en el mostrador cincuenta escudos. Abrió un ojo como un queso y corrió a buscar a su sobrina. La encontró enseguida por hallarse ella tras las cortinas.

Me pareció la más bella criatura del universo. Supuse que se había arreglado para mí, con el cabello recogido, y un bonito collar de rojo coral en el cuello, que hacía juego con los zarcillos que relucían a ambos lados de su preciosa cara. Sus ojos verdes eran pícaros y ensoñadores a la vez. Como si me hubieran privado de la razón mediante un hechizo, desdeñé el futuro y me sentí dueño absoluto del presente. Quería aprovechar aquel momento. Al fin y al cabo, sentía que pronto estaría en España. Parecióme que todas mis penalidades pasadas se evaporaban.

Como si me dispusiera a cortejar a una dama española, le canté una canción que solo yo comprendía:

El cielo me ha bendecido con el rostro de mi amada, por haberla conocido cuando solo y triste andaba...

La gente nos rodeaba y aplaudía. Algunos me empujaban maliciosamente hacia ella. El tabernero se enfureció y empezó a gritar:

—¡Fuera todo el mundo! ¡Se acabó la fiesta!

Salimos al exterior de la taberna. El mar estaba rojo como sangre hacia poniente. El último sol de la tarde se reflejaba en la frente de Eladia y su piel parecía más dorada aún. El vientecillo fresco agitaba su vestido azul.

—¡Fuera! ¡A la calle! —se desgañitaba su tío tratando de deshacerse de los borrachos que reclamaban un postrero vaso de vino.

Cuando se marcharon todos en busca de otra taberna, se hizo un silencio muy grande. Yo estaba tan borracho que ya no acertaba a tocar nada con el laúd, pero traté de cantar algo.

—¡Calla, estúpido! —me gritó el tabernero—. ¿No ves que regresarán todos esos si oyen jaleo? ¡Con lo que me costó echarlos!

Eladia me cogió de la mano y volvimos al interior de la taberna. La luz de las velas y el silencio creaban un ambiente muy íntimo.

—Trae vino —pedí.

—¡Se acabó el vino! —dijo el tabernero—. Se deben varias rondas y, además, estás ya muy borracho.

Le arrojé un par de escudos. Eladia vio de dónde los sacaba y se puso a registrarme.

—¡Eh! ¡Estate quieta! ¡Me haces cosquillas! —protesté.

Iniciamos un forcejeo que terminó en un largo beso. Ella se aferraba a mí ardientemente y yo recorría su cuerpo llevado por un frenético deseo. Por encima de sus hombros, vi cómo el tabernero se escabullía por detrás de las cortinas. Quedamos solos los dos.

—Vamos a la arena del mar —propuso ella.

Salimos de nuevo al exterior y anduvimos en dirección a la playa. Mi euforia se había disipado y ahora todo daba vueltas a mi alrededor.

—¡Qué borracho estás, guapo! —exclamaba ella—. ¡Qué fastidio! ¿Adónde vamos así?

Vomité varias veces por el camino. Mis sueños de felicidad de hacía un rato se convirtieron en una pesadilla.

—¡Ay, qué malo estoy! —me quejaba.

Eladia me condujo hasta un lugar donde la arena estaba aún caliente por el sol de todo el día. Nos tumbamos. Ella se echó a mi lado y me abrazó. Me quedé profundamente dormido.

Me despertó la intensa luz de la mañana. Estaba solo en mitad de la playa con la boca seca y tiritando de frío. De momento, no recordaba nada; ni por qué motivo estaba allí ni lo que me había sucedido el día anterior. Luego empecé a acordarme poco a poco. Los remordimientos se apoderaron de mí. Me sentía ridículo y atemorizado por la sospecha de haber revelado algo de mi secreto.

Me palpé la faltriquera y descubrí que la bolsa del dinero estaba casi vacía. Apenas me quedaban unos cuantos escudos. No recordaba haber gastado tanto, a pesar de que derroché mucho en mi borrachera. Entonces comprendí que Eladia me había robado.

Regresé a la taberna como una fiera y le grité a la cara a la bella muchacha que era una ladrona. Enseguida salió su tío con todos sus hijos y esclavos y me echaron a la calle.

—¡El dinero lo gastaste tú! —rugía el tabernero—. ¡Estúpido borracho! ¡No vengas a pedir cuentas! ¡A ver si ahora voy a llamar a la justicia!

Temí que la cosa se pusiera fea y verme metido en un lío. De manera que decidí olvidarme del asunto y desaparecer cuanto antes.

Pasé un día horrible, amargado a causa de la gran resaca y de los remordimientos por haber puesto en peligro mi misión de manera tan inconsciente. Solo me consolaba el hecho de que no perdí todo el dinero, pues tuve la precaución de haber guardado a buen recaudo algunos escudos en la fonda. Pero ahora tenía lo justo para aguantar apenas las dos semanas que le había dado a Lambrinos como término de mi estancia en Pylos.

46

Eladia vino a buscarme a la fonda donde me hospedaba armada con toda su belleza. Me miró con ojos de animalillo asustado y me habló con dulce voz. Trató de convencerme de que no me había quitado ni un solo escudo, sino que yo los había perdido o que los gasté durante aquella noche loca. Discutimos y me dejé vencer en una batalla perdida de antemano. Finalmente, me agradó verla tan feliz por saberse exonerada de su culpa.

—Vamos a sentarnos bajo un hermoso pino que hay cerca de aquí —propuso—. Olvidemos lo pasado y pasemos un buen rato juntos.

Me llevó a un promontorio próximo al mar, donde crecían el lentisco y la genista junto a la sombra de los pinos. La arena era blanca y el aire estaba impregnado de aroma resinoso. Se sentó en el suelo y extendió los morenos pies descalzos. El cabello ondulado se derramó sobre sus hombros. La abracé para resarcirme de lo que no pude hacer la noche de la borrachera. Ella se reía y forcejeaba conmigo fingiendo resistencia a mis deseos.

—¡Eh, no te aproveches! —decía.

—Pagué cincuenta escudos a tu tío —protesté.

—Anda, tonto, el dinero no me importa —me susurró al oído—. Me encantas, pero no quiero dejar que me poseas y luego te marches a tu país. No vas a reírte de mí. No soy una estúpida muchacha que ignora lo que los hombres buscan en estos puertos.

Esas palabras me conmovieron. Me sentí avergonzado. La besé en la frente y le pregunté:

—¿Piensas que quiero engañarte?

—Claro, no soy una ignorante.

—Entonces, ¿por qué me cobró tu tío los cincuenta escudos?

Sus ojos reflejaron repentinamente un fondo malicioso.

—Aquí nada es gratis —sentenció—. El que desea algo ha de pagarlo. ¿Acaso en tu tierra toma la gente lo que quiere sin pagar nada?

—El amor es un sentimiento. No tiene nada que ver con el dinero.

—¡Ah, ja, ja…! —rio divertida—. ¡Dile eso a mi tío!

—No hablemos de tu tío.

Quería abrazarla, pero no se dejaba. Apartaba mis manos y hasta me golpeaba, pero no se separaba de mi lado.

—¿Adónde irás? —me preguntó de repente.

—¿Cuándo?

—Cuando te marches de aquí. Supongo que estarás de paso en Pylos como todos los extranjeros que vienen a este puerto.

—Voy a Italia, a Tarento.

—¿Para qué?

—Soy mercader —mentí—. He de hacer allí unos negocios.

—¡Qué embustero! —me espetó con falso enojo—. Sigues pensando que soy tonta. Vas a España. Eres un español que regresa a su tierra. Todo el mundo sabe eso en Pylos.

Me dio un vuelco el corazón. Le miré fijamente a los ojos para descubrir si me decía la verdad.

—¡Eso no es cierto! —le exclamé—. ¡Soy turco y muy turco! No hay más Dios que Alá y Mahoma es su profeta.

—Pues no decías esas cosas la noche que te emborrachaste. Hablabas como un cristiano, en lengua española, y cantaste canciones de España. A mí no tienes por qué engañarme. Yo soy cristiana, aunque griega. Aquí mandan los turcos, pero hay muchos cristianos…

—He dicho que no soy cristiano y basta.

—Sí, sí lo eres. Se te nota demasiado. Pasan por este puerto muchos cristianos que se fingen turcos y muchos turcos que se fingen cristianos. Pero todo el mundo sabe que mienten para poder hacer sus negocios y para poder viajar sin problemas. La gente del Peloponeso vivimos en el medio y sabemos muy bien quién es quién en todo este lío de cristianos y musulmanes.

Me di cuenta de que era mucho más lista de lo que había pensado. Como ella misma me explicaba, los griegos eran gentes que vivían en un territorio de paso, acostumbrados al transitar de los ejércitos, de los mercaderes y de los viajeros de diversas tierras. Sabían reconocer perfectamente por su acento y rasgos a los súbditos de los diferentes reinos. Me sentí descubierto y me aterroricé al presentir que alguien pudiera haber sospechado cuál era mi verdadero oficio. Temí que me entregasen a las autoridades turcas del puerto.

—Para que veas que soy muy turco —dije sacando el salvoconducto con los sellos del sultán—, mira esto.

La muchacha observó atentamente el pliego con los sellos. No sabía leer, pero se quedó asombrada al ver las letras turcas y el lacre con la divisa del gran turco.

—¡Ah, eres un hombre importante! —exclamó entrelazando los dedos sobre su pecho—. ¡Lo sabía! ¡Sabía que no eras alguien vulgar!

Me rodeó el cuello con los brazos y comenzó a besarme frenéticamente. El corazón le palpitaba por la emoción y sentí su ardiente piel apretarse contra la mía. Desde luego, aquella nada inocente muchacha había aprendido mucho de su interesado tío.

—Vaya, parece que ahora te gusto más —comenté.

—¡Mucho, muchísimo me gustas, guapo! —exclamaba con voz cantarina—. ¡Siempre me gustaste, pero ahora puedo estar segura de que no eres un muerto de hambre!

No estaba yo en condiciones de desperdiciar aquel cariño y me convencí a mí mismo de que ella obraba con sinceridad. Consideré que me correspondía un momento feliz por todo lo que había sufrido. Me las arreglé para deshacerme de su vestido y disfruté cuando tuve su cuerpo sin que opusiera ya la más mínima resistencia. Entonces agradecí en mi interior que los sellos del gran turco me hubieran servido al menos para obtener los favores de aquella bellísima muchacha.

El cielo azul resplandecía entre el oscuro verdor del pino y nos envolvía una limpia luz mañanera en la soledad del suave montículo de arena. A nuestro lado, crecían plantas de flores amarillas y llegaba desde el mar una suave brisa de otoño que traía aromas salinos. Por un momento, volvía a ser feliz y gocé plenamente al sentirme libre en ese lugar.

47

Eladia tenía una boca verdaderamente bonita, con la que, además de besarme y decirme todo lo que me quería, se dedicó a proclamar a los cuatro vientos que yo era un importante hombre de la corte del sultán. Incluso algunos me preguntaban si era un bajá. Definitivamente, se echó a perder mi empeño de pasar desapercibido en Pylos. El dueño de la fonda donde me hospedaba mejoró considerablemente la comida que me servía cada día e incluso se empeñó en que me trasladara a la mejor habitación de su establecimiento. También el jefe de la guardia turca del puerto se enteró de que llevaba un documento con los sellos del mismísimo Solimán y quiso verlos. De manera que no tuve más remedio que enseñárselo; no fuera a pensar que era yo un usurpador.

—Aquí dice que se te ha de tratar con deferencia —comentó el comandante turco después de leer el salvoconducto—. El sublime sultán Solimán ordena que se te den todas las facilidades. Señor, tú dirás lo que debemos hacer por ti.

—El mío es un viaje privado —dije—. Se trata de asuntos de negocios que no quiero hacer públicos.

—¿Adónde vas, señor?

No sabía qué responder. No pensé que las cosas llegarían a ponerse de esa manera. Así que opté por decir la verdad a medias. No podía ocultar que iba a Tarento, pues el comerciante Lambrinos y toda su gente lo sabían.

—Voy a Tarento. Llevo un encargo de parte del sultán para un importante hombre de Italia —mentí.

—¡Oh, es una locura ir allí solo! —exclamó el comandante—. ¿Es que no sabes que los españoles apresan a cualquier turco que se atreva a entrar en el golfo de Tarento?

—Ya me las arreglaré para pasar desapercibido. Diré que soy cristiano.

—No te creerán. Investigan a cualquiera que llegue a sus puertos. Te darán tormento y sabrán finalmente quién eres.

—Entonces, ¿qué puedo hacer?

—Hummm… No lo sé. Nuestro sublime sultán debería saber que ninguno de sus hombres puede andar por ahí, entre los cristianos, como si tal cosa. ¡Es un peligro grandísimo!

—Debo cumplir el encargo del sultán.

—Lo comprendo, pero mi obligación es advertirte de todos los peligros que correrás en tierra cristiana, señor.

Ese mismo día fui a las oficinas de Efigenio Lambrinos para decirle que no podía esperar ni un solo día más. El mercader me dijo como siempre que no se aventurarían aún a mandar los barcos. Discutimos acaloradamente. No había manera de convencerle.

El dinero se me agotaba y empecé a temer que se perdería definitivamente la oportunidad de llevar a tiempo el aviso al rey católico. No sabía qué hacer.

No me extrañó nada que el tío de Eladia se presentara en mi fonda una tarde para hacer las paces conmigo. Ya su sobrina me había dicho que el tabernero quería disculparse por haberme echado de su establecimiento. Se llamaba Andreas y era un hombre sibilino de falsa sonrisa desdentada y amplios bigotes negros.

—Amigo, no hay por qué enfadarse —me dijo extendiendo sus grandes manos—. Lo que sucedió fue a causa de un malentendido. Mira, aquí tienes los cincuenta ducados que me diste cuando estabas tan borracho. ¡Ah, qué tonterías se hacen a causa del vino!

Me di cuenta de que estaba asustado al creer que era yo un importante funcionario del sultán. Enterado de mi conversación con las autoridades del puerto, debió de suponer que le había denunciado por lo que me robaron aquella noche. Vi el cielo abierto al recuperar el dinero. Lo cogí enseguida.

—¿Amigos? —me preguntó extendiendo la mano.

—Amigos —respondí, aunque sin entusiasmo.

—Haremos una fiesta —me propuso—. Tengo un cabrito muy tierno. Lo mataremos y pasaremos un buen día comiendo carne y bebiendo vino.

No me pareció una mala idea. Ya que ese hombre tan interesado había hecho el gran esfuerzo de devolverme el dinero que perdí a causa de mi insensatez, consideré oportuno contentarle y quedar a buenas con él definitivamente. Además, estaba su sobrina Eladia, que no dejaba de ser una tentación.

Acudí a la taberna de Andreas con mi laúd. Asamos la carne de cabrito, comimos, bebimos, cantamos y danzamos. Los hijos y los criados del tabernero me pidieron perdón uno por uno y todos nos reconciliamos en la euforia de la bebida.

—¡Aquí tienes una familia, Alí! —exclamaba el patriarca—. ¡Tu propia familia! ¡A mis brazos, amigo mío!

Parecíame ahora que aquella gente no era tan mala como supuse antes. Se mostraban generosos, amables y aparentemente sinceros conmigo. Me contaron incluso los problemas que tenían y su dificultad para prosperar a causa de los impuestos que debían pagar a los turcos.

—Ah, amigo Alí, tú conoces al sublime sultán —me decía Andreas—. Háblale de nosotros. Dile que se apiade y no nos exprima tanto, que no salimos de pobres a pesar de lo mucho que trabajamos.

Me compadecí sinceramente. Incluso me conmoví mucho cuando los vi llorar relatando sus penas.

—Haré todo lo que pueda por vosotros —les dije para consolarlos—. Si algún día está en mi mano, os ayudaré. Nunca he soportado las injusticias.

—¡Oh, amigo Alí, verdaderamente eres un hombre bueno! ¡Brindemos!

Con Eladia cerca de mí y los efluvios del mucho vino que había bebido, empecé a sentirme tranquilo y feliz. Hacía tanto tiempo que no disfrutaba de un momento así, que vine a entender que Dios me hacía una gran merced al reunirme con gente cristiana y sencilla. Máxime cuando Andreas me dijo:

—Nosotros también podemos ayudarte, hermano. Y digo «hermano», porque ya sabes que entre nosotros debes sentirte en familia.

—¿Ayudarme vosotros a mí? —observé extrañado.

—Claro. Perdona, querido Alí, pues no queremos inmiscuirnos en tus asuntos. Pero aquí se sabe todo; Pylos es un hervidero de chismes. Hemos oído por ahí que quieres ir a Tarento.

—Sí —contesté, resignado al hecho de que eso se supiera en todas partes—. Tendría que haberme ido ya, pero Efigenio Lambrinos no se atreve a enviar sus barcos.

—¡Ah, Lambrinos es un maldito usurero! —exclamó el tabernero echándose hacia atrás en su silla—. ¿Cuánto le has pagado por el viaje?

—Doscientos escudos.

—¡San Jorge! ¡Es una barbaridad! ¡Así se enriquece ese viejo avaro!

—¿Y qué otra cosa podría hacer? Nadie se atreve aquí a atravesar el mar Jónico; hay corsarios en las islas y múltiples peligros según me dijeron.

—¡Tonterías! No es tan fiero el león como lo pintan. Lo que pasa es que Lambrinos tiene un negocio redondo. Él se pone de acuerdo con las autoridades cristianas de la parte italiana, como con los turcos de aquí. También entra en conversaciones con los corsarios de las islas. Tiene un plan muy bien tramado para hacer ver a todo el mundo que solo él puede llevar pasajeros y mercancías a Tarento. Pero todo eso es falsedad y teatro.

—¿Quieres decir que no hay tales peligros?

—Bueno, sí que los hay; pero no tan difíciles de sortear como te dijeron. Aquí hay mucha gente que pasa al otro lado cuando quiere y no suele ocurrir nada grave.

—¿Y cómo es eso?

—Lo hacen de noche. Hay expertos marineros que conocen el mar como la palma de su mano y por un módico precio, mucho menos de lo que le diste a Lambrinos, estarán encantados de hacerte el favor.

—¿Estás seguro de eso?

—Naturalmente. ¿Crees que sucede algo en un puerto sin que lo sepan los taberneros?

Entonces estuve seguro de que encontrar a aquella gente era cosa de la Providencia. Andreas me dio todo tipo de detalles sobre el viaje. Conocía a alguien que podía llevarme a Tarento cuando yo lo dispusiera. Todos los que estaban allí opinaban sobre el asunto y me pareció que era una cosa muy común el hecho de pasar de noche a la parte cristiana sin necesidad de aguardar a que Lambrinos se decidiera a hacer el viaje. La solución a mis problemas llegaba repentinamente de manera milagrosa.

—Quiero que me presentes a ese marinero —le rogué a Andreas—. Necesito hacer el viaje cuanto antes.

—Eso está hecho. ¡Brindemos, amigo!

LIBRO VII

Que trata del viaje que al fin emprendió Monroy hacia tierra cristiana. Y de las esperanzas que iluminaron su alma cuando se sintió próximo al final de sus desvelos y sacrificios, también de lo que le sucedió por ser bueno y confiar en la condición de hombres y mujeres fechos a sacar provecho de cualquier incauto.

48

De muy mala gana, Efigenio Lambrinos me devolvió parte del dinero que le di como adelanto. Se reservó cuarenta escudos en pago de los gastos que, según decía, había tenido que hacer en los preparativos del viaje. No estaba yo en condiciones de discutir y tomé los ciento sesenta escudos restantes, deseoso de perderle de vista cuanto antes. No dejó que me marchara sin previamente advertirme de los graves peligros que correría si me embarcaba en otros barcos que no fueran los suyos. Le escuché en atención a Melquíades de Pantoja, pero ya tenía yo decidido lo que iba a hacer.

El tabernero Andreas me presentó a su amigo marinero en la taberna. Se llamaba Georgios. Era muy joven, apenas un muchacho de enmarañado cabello y oscura piel castigada por el sol. Hablaba con locuacidad y me pareció desde el principio que dominaba la travesía perfectamente.

Comimos juntos. Con el vino de los postres fijamos el precio. Me pidió cien escudos desde el primer momento y no estaba dispuesto a llevarme a Italia por menos de esa cantidad.

—Es mucho para no ir con escolta ni seguridad alguna —le dije.

—Es la mitad de lo que le diste a Lambrinos —contestó enojado.

—¿Puedo fiarme de ti?

Pronunció una retahíla de juramentos mientras se hacía cruces clavando en mí unos fieros ojos.

—No me gano la vida con esto —aseguró—. Si voy a llevarte a Tarento es porque Andreas me pidió el favor. Pero… si prefieres ir con Efigenio Lambrinos…, allá tú.

—Hecho —dije—. Me inspiras confianza. ¿Cuándo saldremos?

—Esta misma noche. No hay por qué esperar.

A última hora de la tarde, Georgios se presentó en el puerto con un barco no demasiado grande en el que se afanaban cinco marineros de edades semejantes a la suya.

Me pareció un intrépido grupo de jóvenes amables que estaban dispuestos a llevarme a Italia contra viento y marea en el menor tiempo posible. Viendo tan próxima la solución a mis problemas, estaba loco de contento.

—Ya verás lo bien que irás con ellos —me decía Andreas—. No te arrepentirás de tu decisión. Estos saben su oficio. Lo mismo se dedican a pescar que pasan gente y mercancías a la otra parte.

Me despedí allí mismo del tabernero y de toda su familia. Y me enternecí cuando Eladia puso en mi mano una cesta de comida y una garrafa de vino. Pero no desaprovecharon la ocasión al verme tan halagado

374

por estos detalles y me sacaron parte del dinero que me quedaba.

—Somos muy pobres —se quejaban con lágrimas de despedida—. Los turcos abusan de nosotros. Eladia deberá encontrar un buen marido que cuide de ella y no tendremos dinero para la dote.

Me compadecí de ellos y les di cincuenta escudos. A fin de cuentas, les debía el poder iniciar al fin mi viaje.

—¡Que Dios te lo pague! —exclamaba el tabernero—. ¡Rezaremos por ti a todos los santos! ¡Buen viaje, amigo!

Era una visión entrañable la de aquella familia reunida en el muelle para darme tan cariñoso adiós. El barco de Georgios se fue alejando y ellos cantaron algo en su lengua griega, tal vez una canción de despedida. Eladia daba saltitos y agitaba las manos. La pena y la alegría se mezclaban en mi alma.

Cuando se quedó atrás la pequeña isla que cierra el golfo de Pylos frente al puerto, apareció el horizonte del ancho mar que se volvía rojo hacia poniente, donde un anaranjado sol se ocultaba ya tras las aguas. Entonces le pregunté a Georgios:

—¿Cuánto tardaremos en llegar a Italia?

—Depende.

—¿Depende de qué?

—De los vientos, del movimiento de los barcos que haya en la parte cristiana… Depende de muchas cosas.

Comprendí que era un velero pequeño y además debían sortear los posibles peligros, así que decidí armarme de paciencia. Compartí con ellos la comida y el vino que llevaba y me eché en las maderas de la cubierta para disponerme a dormir, confiado en que el sueño haría que pasase más rápido el tiempo.

En la primera luz del amanecer, me asomé por la borda para otear el horizonte. Vi que no estábamos demasiado lejos de tierra, lo cual me extrañó mucho.

—¿Qué costas son esas? —le pregunté a Georgios.

—¡Es todavía Morea! —me contestó desde el lugar donde gobernaba el timón.

—¿Hemos avanzado mucho?

—Sí, bastante.

—Entonces, ¿por qué divisamos tierra?

—Es más seguro seguir la ruta del norte, navegando cerca de tierra. Los piratas cristianos rehúsan aproximarse demasiado a los mares que gobierna el gran turco.

Después de un día entero de navegación, apareció hacia el norte una isla que fuimos bordeando, la cual dijeron que era Zante. Anochecía ya cuando teníamos frente a nosotros una costa montañosa, abrupta.

—Es la isla de Cefalonia —dijo Georgios.

—¿Cefalonia? ¿A qué reino pertenece?

—Es de los venecianos.

—¡Ah, es tierra cristiana! —exclamé.

—En efecto. Hemos preferido este recorrido porque es más fácil ir desde un puerto cristiano a Italia. Aunque los venecianos exigen una fuerte tasa.

Cuando comenzaron a hacer la maniobra para entrar en la dársena del puerto, izaron una bandera blanca que llevaba bordada una gran cruz de San Andrés. Entonces me invadió una sensación rara. Era como si todas las tensiones vividas se aflojaran. Reía y lloraba a la vez. Fue en ese momento cuando me sentí libre por primera vez después de mucho tiempo. Los recuerdos acudían a mi mente: el cautiverio, mi falsa conversión a Mahoma, la doble vida… Tenía frente a mí por fin un lugar donde ya no necesitaría fingir nada ni mentir a nadie.

En ese momento, reparé en que debía deshacerme del salvoconducto con los sellos del sultán. Arranqué el lacre y lo arrojé al mar. Después rompí el papel y lo dejé caer en las aguas desde la borda. La brisa esparció los distintos pedazos sobre el oleaje. Así se desvaneció el peligro que supondría ser considerado turco en un puerto cristiano.

Cuando el barco fue amarrado en el fondeadero, Georgios se aproximó a mí y me dijo:

—He de ir a pagar la tasa y a concertar algún negocio. Ya sabes que aprovechamos el viaje para obtener ganancias. Puedes aguardar por aquí sin alejarte demasiado.

Descendí al muelle para pisar tierra firme y estirar las piernas. Georgios y sus marineros se perdieron pronto entre el gentío que abarrotaba el puerto. Enormes navíos venecianos permanecían anclados, alineados en la gran extensión del atarazanal. Algunos de ellos eran galeras de la armada de la mar que exhibían los vistosos pabellones con el león de la Serenísima. Una gran emoción me embargó al sentirme tan cerca de los aliados del rey católico.

En la primera taberna que encontré, me atiborré de carne de cordero asada y disfruté degustando el aromático vino de la isla, dulce como la miel. Me sentía el hombre más feliz de la tierra. Saboreaba la idea de estar pronto en Nápoles y ser considerado como un héroe al llevar conmigo las noticias que con tanta ansiedad aguardaba la cristiandad. Habían merecido la pena todos los sacrificios. Recordé las palabras que un día dijera Aurelio de Santa Croce: «En esta vida el rey premiará tus desvelos y, en la otra vida, Dios te dará su gloria». Pensaba en esto y en que pronto me encontraría con mi familia. Se me hacía un nudo en la garganta.

De repente vi venir a lo lejos a Georgios y a sus hombres. Supuse que habían concluido los negocios y que zarparíamos pronto. Como me quedaba algún dinero, decidí que los invitaría a comer. Me sentía generoso.

Reparé en que un buen número de soldados venecianos acompañaba a los marineros. Me fijé en las corazas pulidas y en los yelmos de estilo veneciano, con penachos de plumas rojas muy ostentosas, tal y como recordaba haber visto en la armada que capitaneaba el príncipe Doria en los Gelves.

Cuando llegaron junto a mí, me puse en pie para saludarlos. El capitán me habló en perfecta lengua española:

—Entrégame los documentos del gran turco.

Me quedé pasmado, tratando de comprender a qué venía aquello.

—¿No oyes al señor capitán? —me preguntó en turco Georgios—. ¡Saca los papeles con el sello del sultán!

No les había hablado yo a los marineros de los documentos, por lo que enseguida me di cuenta de que el tabernero Andreas o alguien de su familia se habrían ido de la lengua. Pero lo que más me extrañaba era el tono exigente, tanto del capitán como de Georgios.

—No poseo los papeles ni sellos del sultán —contesté con rotundidad, muy tranquilo por haber tenido la precaución en su momento de deshacerme oportunamente de los documentos.

Sin que mediara ninguna otra palabra, el capitán echó mano a su espada y me puso la punta en el pecho. Enseguida se abalanzaron sobre mí el resto de los soldados y me sujetaron por todas partes. No reaccioné violentamente, sino con gran tranquilidad. No hacía falta ser muy listo para darse cuenta de lo que pasaba. Georgios y sus hombres habían planeado hacer un buen negocio conmigo: además de embolsarse los escudos del pasaje, pensaban obtener la recompensa que les correspondía por entregar un renegado a los cristianos, ahorrándose a su vez el viaje a Tarento. Me sentí el hombre más estúpido del mundo al comprender que se compincharon en su momento con Andreas y toda su familia, incluida Eladia. Era evidente que la gente de Pylos se dedicaba a este tipo de cosas sin el menor escrúpulo.

Primeramente, lamenté no haber hecho caso a Melquíades de Pantoja y despreciar los consejos de Lambrinos. Pero ya no había remedio y de nada me servía el arrepentimiento. Así que decidí actuar con serenidad. Gracias a Dios, no llevaba conmigo el documento que me dio Simgam.

Traté de explicarle al capitán veneciano que no era un renegado, pero ni siquiera quiso escucharme. Ordenó que subiéramos todos al barco. Los soldados me decían medio en español medio en italiano que mis ropas eran turcas, y constantemente me insultaban llamándome «moro del demonio», «traidor» y «apóstata». Yo les contestaba que venía de Constantinopla y que debía pasar desapercibido entre los turcos. Confiaba en que podría convencerlos de que mi atuendo era un mero disfraz.

Una vez en la cubierta del barco, echaron mano a mi equipaje y empezaron a revolverlo todo. Deshicieron el hato donde llevaba mis ropas. De repente, uno de los soldados comenzó a dar voces sosteniendo algo en alto.

—*Ecco! Ecco! Ecco!*...

Cuando entregó al capitán lo que había descubierto, vi que era una pequeña bolsa en la que guardaba yo mi dinero y las cosas de mayor valor. El capitán la abrió y sacó unos papeles enrollados. En ese momento me pareció que todo se hundía a mi alrededor: me di cuenta de que era el documento en blanco con el sello del sultán que un día sustraje del despacho del *nisanji* por si podía necesitarlo. Había estado pendiente de destruir el salvoconducto que me dio Simgam, pero no volví a acordarme de que yo mismo preparé un pliego para servirme de él en caso de peligro mucho antes de saber que el secretario era un espía.

—¡Vamos al juez! —gritó el capitán.

Me llevaron ante las autoridades del puerto. Un atildado juez ordenó que me desnudaran y se fijó en que estaba circuncidado. Fue esto lo más humillante de todo. Después revisó el sello y sentenció con desdén:

—Es un renegado.

Intenté una y otra vez darle razones para convencerle de que era cristiano. No me creía. Todo estaba en mi contra.

Me interrogaron. Como no podía decirles la verdad acerca de mi historia, porque no debía revelar a nadie que era un espía, salvo a Renzo de San Remo, al virrey de Nápoles o al mismísimo rey, dije que tenía que hacer un importante negocio en Nápoles que interesaba mucho a las autoridades españolas. Se rieron de mí a carcajadas.

El *podestá* veneciano ordenó que me condujeran a la primera galera que fuera a zarpar para territorio español.

Pasé la noche en una sucia y húmeda prisión del puerto, junto a decenas de sombríos hombres, piratas y gentes de mala traza. Algunos intentaban robarme y me manoseaban en la total oscuridad. Me parecía estar sufriendo la peor de las pesadillas.

Al amanecer, me llevaron al taller de un herrero y me pusieron grillos en muñecas y tobillos. De nuevo debía llevar cadenas. Como si fuera una cruel ironía del destino, era otra vez cautivo, aunque ahora de los cristianos.

Obedeciendo al juez veneciano, el capitán me puso bajo la custodia del maestre de una galera que iba a zarpar esa misma mañana. Le dio el documento que me acusaba e instrucciones para que me entregase a las autoridades españolas.

En la bodega, junto a montones de pertrechos y rodeado de ratas, sentí cómo levaban anclas y el barco se ponía en movimiento. Pasadas unas horas de navegación, bajó a por mí un rudo cómitre y me llevó a empujones al lugar donde remaban los galeotes.

—¡Aquí nadie viaja gratis! —rugió.

Hube de hacerme al remo, como un forzado más, entre la chusma blasfema y maloliente que, perdida toda esperanza, se afanaba en la dura boga como pago por sus delitos o cautiva en las muchas batallas de aquellos mares. Más que los latigazos que me llovían encima, me dolía la fatalidad de mi destino.

Solo me consolaba confiar en que las autoridades españolas darían crédito a mi historia cuando mencionase ante ellas el nombre de Renzo de San Remo. Rezaba pidiendo a Dios que me entregaran en Napóles.

49

Atravesamos el mar Jónico con cielo azul, pero con viento de otoño muy contrario. Remábamos día y noche a un ritmo extenuante y apenas nos dejaban descansar cuatro horas en cada jornada. La ración de comida era menguada, pobre y de mal aspecto. Aquella situación me llevaba a meditar en el sufrido género de vida de los forzados y me asaltó el pánico al temer que pudiera esperarme un destino de galeote para el resto de mis días. Era eso como el mismísimo infierno en este mundo.

Bogaba a mi lado en el recio banco un renegado calabrés que parecía un esqueleto, por lo pegada que tenía la piel a los huesos. Cumplía este mísero hombre ya cuatro años en tan duro oficio y se conocía casi todos los puertos del Mediterráneo.

—A Sicilia vamos —me dijo—. Por la posición del sol y el rumbo que hemos tomado, no me cabe duda; a Sicilia.

En efecto, cuando vimos al fin tierra, reconocí inmediatamente el puerto y la ciudad de Siracusa, donde hiciera un día escala la armada del mar española en la que iba yo muy joven y resuelto, como tambor del tercio, para dar batalla al moro en los Gelves. ¡Quién me iba a decir a mí entonces que regresaría un lustro después de tan mala manera!

Me entregó el capitán de la galera a la justicia militar del puerto. Cuando solté el remo, parecióme la lúgubre prisión un paraíso. Rendidas todas mis fuerzas, me acurruqué en un rincón del mugriento suelo y dormí como un bendito. Pasados tres días sin que se acordaran de mí para otra cosa que no fuera traerme la ración diaria de pan y agua, apareció por allí un oficial que gritó:

—¡El renegado que dicen llamarse Alí en nombre de moro!

Acudí a la reja a presentarme y, desde ese momento, quise explicar mi circunstancia. Pero el oficial era un mandado que no quería saber nada, sino cumplir con su oficio de traer y llevar presos.

—¡Al juez es a quien has de dar explicaciones! —me espetó desdeñoso.

Me condujeron hasta un viejo caserón en cuya sala principal se impartía justicia militar. Allí relaté mi peripecia ante un anciano juez que fue la única persona que me escuchó con atención desde que fui hecho preso. Mi esperanza de ser comprendido y creído se reanimó. Tuve que hacer un largo relato de mi vida; mi origen, apellidos y linaje, el tercio en el que serví, el cautiverio y los pormenores de mi estancia en Constantinopla. Lo malo era que no podía revelar nada de la conjura, pues la ley que me impusieron cuando hice juramento solo me permitía hablar de la sociedad secreta con los propios conjurados, con Renzo de San

Remo, con el virrey de Nápoles o con el mismísimo rey católico. Así que no podía hacer otra cosa que dar rodeos, inventarme excusas y responder con medias verdades.

El testigo de cargo era el capitán veneciano de la galera en la que fui a Sicilia. Entregó el documento que me acusaba y expuso ante el juez los pormenores de mi apresamiento en Cefalonia. Me daba cuenta yo con gran desazón de que todo obraba en contra mía. Hube de mostrar una vez más la vergonzosa prueba de mi circuncisión, y aprecié cómo el juez apretaba los labios y meneaba la cabeza en explícito gesto reprobatorio. Ya me veía yo condenado a galeras de por vida.

Hinqueme de rodillas y juré tener ocultas y buenas razones que no podía revelar, pero que me exoneraban de la culpa. Esto no hizo sino empeorar la situación, pues fui acusado como perjuro y me condenaron a veinte azotes. Comprobé en propia carne cómo los alguaciles se ensañaban con los renegados. Todo el mundo me miraba con desprecio y me llamaba «sucio moro», «traidor», «apóstata» y todos los peores insultos que puedan imaginarse. ¡Tanto era el odio hacia los que se pasaban a la ley turca!

Llevado de nuevo ante el juez, dictó este su sentencia:

—Vistas las muchas pruebas que concurren en la causa presentada contra don Luis María Monroy de Villalobos, determino que nos hallamos ante un grave delito de apostasía, el cual excede de las competencias de este tribunal militar. Por ello, vengo a ordenar que el acusado sea llevado ante el sagrado tribunal del Santo Oficio de Palermo, para que en él se le juzgue como mejor convenga al servicio de Dios Nuestro Señor, y en defensa de su santa fe y para bien y salvación del alma del susodicho.

Comparecí ante los señores inquisidores de Palermo. Intenté que ellos me pusieran en contacto con Renzo de San Remo. No creyeron ni una palabra de mi historia. Solo les interesaba de mi persona que era cristiano, hijo y nieto de cristianos; que me había dejado circuncidar apostatando con ello de la fe de la Iglesia. Lo cual era gravísimo pecado y delito digno de severo castigo. Por más que aseguraba yo haber guardado fidelidad a mi religión en el fuero interno y no haber dejado de observar las oraciones, insistían ellos en que me había movido a cobardía grande y a renegar del bautismo por temor a los turcos, para llevar entre ellos una buena vida, renunciando al testimonio obligado de buen cristiano.

Como jurara yo ante el crucifijo tener secretas razones para haber obrado con fingimiento, se escandalizaron mucho los señores inquisidores. Entonces quisieron saber si había practicado en Turquía las ceremonias del islam: la *zalá* del viernes, el ayuno del Ramadán y los baños y abluciones propias del *guadoc*, si sabía recitar la *bizmillah* y el *alhamdu lillah*, antes y después de comer. No tuve más remedio que reconocer que cumplía allí con estas obligaciones de musulmán, aunque insistí en que lo hacía de manera fingida y sin convencimiento.

El señor inquisidor general de Palermo era un fraile de la Orden de Santo Domingo, alto, huesudo y de poblado ceño grisáceo. Me miraba con ojos aparentemente comprensivos, pero no cejaba en su empeño de saber a ciencia cierta cuáles eran mis ocultas razones; lo que él llamaba «la intención».

—Si tienes secretos motivos debes decirlos, pues no sirve alegar nada que no pueda conocer el tribunal del Santo Oficio.

Yo me defendía aduciendo siempre lo mismo:

—Son razones de conciencia. Vuestra reverencia comprenderá que no puedo comprometer a otras personas cristianas y de buena fe.

—¡Eso dicen todos! —replicaba el procurador fiscal—. No hay mes que no comparezca ante este santo tribunal algún renegado que asegure haberse movido a apostatar solo de boca, conservando la fe cristiana en el corazón. ¡No hay fe sin obras! ¡De lo que rebosa el corazón habla la boca!

El acusador era también fraile dominico, rechoncho este y muy entendido, que no perdía ocasión para expresar sus conocimientos y citar párrafos de las Sagradas Escrituras.

Concluyeron las tres primeras audiencias sin que lograran los señores inquisidores sacarme nada más de lo que ya les había repetido yo a unos y a otros. Como no encontraron otro testigo de cargo que el de mi apresamiento, ni pruebas que sirvieran para refutar lo que juraba yo una y otra vez, resolvió el juez principal que se me bajara al sótano de la prisión del Santo Oficio donde estaba la cámara de tormento.

Era ya la última hora de la mañana y tenía que interrogar el tribunal a otro renegado que, como yo, tenía alegado en una causa precedente haber apostatado solo de palabra. Comprendí que los inquisidores querían que me atemorizase al ver de cerca el tormento y dijese pronto la verdad de mis secretas razones.

Un tercer preso aguardaba también a que llegase la hora de recibir tormento.

Estaban presentes en el interrogatorio el inquisidor general, los dos inquisidores, el procurador fiscal, el notario, el médico del Santo Oficio, los oficiales y los que llamaban «familiares» del Santo Oficio, es decir, los encargados de dar tormento a los prisioneros, que eran tres operarios expertos en el manejo del potro.

Comenzó el suplicio del primero de los renegados, que era un arráez turco de nombre Mahmún, apresado en las aguas del mar Tirreno cuando se dedicaba al corso. Decía este hombre que nunca había sido musulmán, sino que se consideraba cristiano y muy fiel al nombre que le pusieron en el bautismo, que era el de Julián de Cerdeña, aunque había fingido el cambio de ley. Le colgaron en el tormento de la garrucha, que consiste en levantar al atormentado con una polea atado por las muñecas hasta cierta altura y luego se suelta bruscamente la manivela para que sufra violentas sacudidas que tiran de los músculos, nervios y huesos con gran dolor.

Amonestaron al renegado para que dijese la verdad y contestó él que ya la había dicho. Entonces procedieron los torturadores a poner en funcionamiento el artilugio, que crujió y estiró el cuerpo de aquel desgraciado hasta hacerle gritar:

—¡Ay, ay, ay…! ¡Santa María, vela por mí! ¡Santiago de Galicia, ayúdame! ¡Ah! ¡He dicho la verdad… solo la verdad! ¡Dejadme, por caridad!…

Se le ponían a uno los pelos de punta escuchando tales alaridos y viendo el espanto de aquel cruel tormento.

—¡Di la verdad, por la fe de Cristo! —requería el inquisidor—. ¿Creías en la única fe verdadera o eras musulmán de convencimiento?

—*Credo, credo, credo...* —repetía el atormentado—. *Credo en el único Deo, e in María Santísima e in il nostro Signore Jesucristo...* ¡Ah, tengan caridad! ¡Ah, qué tormento es este! ¡Suéltenme vuestras caridades!...

Proseguía el suplicio y el arráez rogaba a voz en grito el perdón, sin declarar nada que pudiera comprometerle.

—¡Di verdad!

—¡Ay, ay, misericordia, ay!

—¡Di verdad!

—¡En el nombre de Jesús crucifixo, soltadme! ¡Misericordia!

—¡Di verdad!

—*Credo, credo, credo...* ¡Ay! ¡Madonna mía, ayúdame!

—¡Di verdad!

Dieron varios golpes con un palo en las cuerdas y el rostro de aquel hombre se desfiguró en horrible mueca de dolor. Pensaba yo que aquello era una crueldad injusta y que el renegado no mentía. Pero, cuando dieron una nueva vuelta a la manivela, el atormentado empezó a confesar todas sus culpas: había apostatado y se había hecho vasallo del bajá de Trípoli; tomó parte en muchas razias hechas en costas españolas, para tomar cristianos como esclavos y venderlos a los turcos; tenía tres mujeres y numerosas concubinas; había ido en corso durante diez años por los mares, robando, matando, esclavizando, violando... Tenía el alma negra como el carbón, según dijo él mismo. Pidió perdón y caridad y se comprometió a reparar cuanto estuviese en su mano de las mil tropelías hechas.

Levantaron acta de esta confesión los escribientes ante el notario y los señores inquisidores. Salieron todos de allí y se llevaron al arráez confeso muy maltrecho para sentenciar el castigo.

Quedeme yo muy compungido y atemorizado, temiendo lo que me esperaba al día siguiente. Oré esa noche en la mazmorra a todos los santos. Sudaba y tiritaba, presa del pánico. No veía salida para mi angustioso trance. Se me pintaban todos los horrores: el tormento, la condena a galeras y el mismísimo fuego en la hoguera.

50

Soporté tres días de tormento con la paciencia que Dios me concedió, ofreciendo mis padecimientos como penitencia por los muchos pecados que había cometido. Al cuarto día estaba extenuado y a punto de volverme loco. Los señores inquisidores siempre me preguntaban lo mismo: si era cristiano de corazón, aunque hubiera apostatado de boca; qué ceremonias había practicado de la secta mahomética; qué cosas sabía de Mahoma, de sus prédicas y del Corán; si había guardado los ayunos del Ramadán; si hacía las abluciones del *guadoc* y las invocaciones y oraciones propias de musulmanes. No podía decirles más del relato de mi vida de lo que ya les había contado. Detectaban ellos vacíos y verdades a medias en mis respuestas y comenzaron a sospechar que fuera un renegado de mucha importancia en la corte del gran turco. Veía que mi situación empeoraba. Ahora me preguntaban acerca de cosas de las que ni siquiera había oído hablar en los cinco años que pasé entre turcos. A partir del quinto día decretaron que se me diera suplicio en el potro, pues les parecía poco el tormento de la garrucha. Me ataron al cruel instrumento y mandaron dar vueltas al garrote de manera que se hundían las cuerdas en mis carnes, en brazos y pantorrillas, arrancándome dolores espantosos.

—Di verdad —me amonestaban—. ¿Navegaste en corso? ¿Participaste en razias para esclavizar cristianos? ¿Creías en la fe de Mahoma? ¿Creías que esa era la salvación eterna? ¡Di verdad!

—No, no, no… —respondía yo una y otra vez—. Ya he dicho todo lo que hice, excepto lo que no puedo revelar.

—¡Dilo todo! No puede haber omisiones. Has de confesar toda la verdad.

—Era músico, era músico… Nunca apostaté en el corazón… —repetía yo.

—¡Otra vuelta al garrote!

Me parecía que se me desgarraría el cuerpo en pedazos. Entre tanto dolor y los espasmos que me sacudían, contestaba:

—¡Nunca fui musulmán de convencimiento! ¡Lo juro por Dios Altísimo! ¡Por Santa María!…

—Di verdad y habrá compasión para ti. Confiesa todo lo que ocultas. ¡Otra vuelta de garrote!

—¡Ay, ya lo he dicho! Cantaba y recitaba poemas para salvar la vida entre los turcos. ¿Qué otra cosa podía hacer? ¡Escriban vuestras señorías al virrey de Nápoles! —suplicaba—. ¡Por caridad! ¡Escríbanle y denle mi nombre, señorías, que él les dirá! ¡Yo no puedo hablar!

—¡Mientes! ¡Di verdad!

—Escriban, señorías… ¡Escriban al virrey de Nápoles!

—¿Por qué razón llevabas contigo un documento con el sello del sultán?

—Lo robé para poder escapar de Constantinopla. ¡Lo he dicho mil veces!

—Es una historia muy rara la tuya, Monroy —me decía el inquisidor general—. Te apresaron los venecianos en Cefalonia. Parece más lógico pensar que ibas a Constantinopla desde tierra cristiana. ¿Por qué? ¿Qué pretendías?

—No, no, no… ¡Iba a Napóles! ¡Ya os lo he dicho!

—¡Otra vuelta!

—¡No, por caridad! ¡Escribid una carta al virrey y preguntadle a él! ¡Tengo algo muy importante que decirle!

Todas mis explicaciones resultaban inútiles. No me creían. Eran tantos los renegados que comparecían ante el Santo Oficio y tan semejantes sus historias, que los inquisidores buscaban siempre una confesión de los motivos de apostasía, las intenciones más íntimas de los acusados y la medida de su conversión. Ninguna otra razón les interesaba.

Me dieron un tiempo de descanso y reflexión cargado de amenazas: tres días sin tormento. En ese lapso me desesperé aún más, pues no encontraba la escapatoria del agujero sin salida donde estaba metido. Escuché en la prisión que quemaban a los que confesaban. Otros en cambio decían que era mejor decir la verdad; que haber sido moro de convencimiento tenía duro castigo de condena a galeras por diez años sin sueldo, pero no conllevaba la pena de muerte en la hoguera.

Mi caso era diferente al del resto de los renegados. Solo yo conocía mi verdad, pero me hallaba amordazado por un grave juramento que comprometía la salvación de mi alma. Y mi honra, si llegaba al conocimiento de los superiores de la conjura, o al propio rey, que me había dejado vencer por el tormento.

Durante los tres días que me dejaron en paz oraba a todas horas. Encomendeme a la Virgen de Guadalupe con muchas lágrimas y dolor de corazón. «¡Señora —rezaba—, ved qué padecimientos sufro por haber sido fiel a vuestro Hijo en el fondo de mi alma. Compadeceos de mí, mísero pecador! ¡Haced un milagro!». Llegué a pensar que todo aquel trance era a consecuencia y como castigo por haberme dejado circuncidar.

En el colmo de mi angustia, me atormentaba también la idea de que se perdería la oportunidad de que llegara a oídos del rey católico la información que tenía guardada en mi memoria. Me parecía todo un encadenamiento de infortunios.

Comparecí de nuevo ante el tribunal. Interrogáronme los señores inquisidores una vez más buscando contradicciones en mi relato después de los tres días de meditación. Conté paso a paso mi peripecia como si fuera la primera vez que testificaba.

—Señorías —dije—, como ya les expusiera, no puedo decir las razones ocultas y secretas, pues supondría romper un sagrado juramento que hice por la santa Cruz de Nuestro Señor Jesucristo.

—Si hay omisión, el testimonio no sirve —sentenció el inquisidor general—. Sea llevado de nuevo el acusado al tormento mañana de madrugada.

Pasé una noche más en el purgatorio, encomendándome a todos los santos, por saber lo que me aguardaba al amanecer. Acudí como solía a la Virgen de Guadalupe con gran arrepentimiento, poniendo en ella toda mi confianza. «¡Señora —oré—, acudid a socorrerme; liberadme de estas prisiones y tormentos!». Cuando vinieron a por mí para llevarme a los sótanos del tribunal, pedí confesión. Me advirtió severamente el oficial de que el testimonio dado en confesión sacramental no era válido. Le dije que solo quería confesarme.

Acudió un confesor de la Orden de San Francisco que tenía por oficio reconciliar a los prisioneros. Le dije mis pecados y le conté todo lo que me pasaba. Era este buen fraile un hombre delgado y aparentemente abstraído. Cerraba los ojos y escuchaba. De vez en cuando preguntaba algo. No pude contarle lo de la conjura, pues ni en confesión podía revelarlo, pero expresé toda mi angustia y le dije que solo el virrey de Nápoles podría saber mi verdad y hacer algo por mí.

—¡Pues no pides tú nada, hijo! —exclamó—. ¡Nada menos que el virrey! ¿Crees que un hombre tan importante va a dejar sus muchas ocupaciones para atender a un renegado?

Me deshice en lágrimas. Las razones del franciscano destruyeron la última de mis esperanzas.

—Bueno, bueno, hijo —dijo el fraile—. ¿Te arrepientes de corazón de tu grave pecado?

—Nunca apostaté en mi corazón —contesté—. Me arrepiento de mis muchos pecados, pero no renegué en el alma. ¡Créame vuestra caridad, por Dios bendito!

—Ay, hijo mío, cuando truena, todos se acuerdan del Altísimo, pero se olvidan de Él en la bonanza. ¡Si supieras cuántas veces he de escuchar lamentos semejantes a los tuyos!

—Lo sé, padre, pero lo mío es diferente…

—Bien, hijo, he de darte la absolución, que tengo prisa.

—Vaya, padre, a Napóles y dele mi nombre a un tal Juan María Renzo de San Remo. ¡Es mi salvación!

—¿A Napóles? ¿Te has vuelto loco, hijo? Me debo a la obediencia de mi estado. ¡No puedo hacer lo que quiera! ¡A Napóles nada menos!

—Escriba vuestra paternidad al virrey.

—¿Al virrey? ¿Yo? ¡Qué cosas dices!

—Ya le digo que es importante, padre.

El fraile se sacudía nervioso el hábito raído y me miraba con unos ojillos asustados. Me daba cuenta yo de que no prestaba demasiada atención a mis razones. Finalmente, como viera él que no cejaba en mis súplicas, dijo con autoridad:

—Te absolveré *ab cautelam* de los pecados, por si hay verdad en lo que has confesado.

Me impartió la bendición diciendo la fórmula latina de la absolución y se marchó corriendo de allí, de manera que entendí que deseaba perderme de vista cuanto antes.

Hundido bajo el peso de tanta fatalidad, me dejé conducir al potro y comenzó de nuevo mi tormento.

—¡Di verdad! ¿Apostataste de corazón? ¿Renegaste de la única fe verdadera?

—No, no, no…

—¡Otra vuelta a la manivela! ¡Di verdad!

51

Podría haber concluido yo que fue por capricho del destino, si no viera en ello la mano de Nuestra Señora, que acertó a determinar el virrey de Sicilia que se interrogase a todos los renegados hechos prisioneros de un tiempo a aquella parte, con el fin de recabar informaciones acerca de los propósitos guerreros del gran turco. Como considerara el inquisidor general que el documento en blanco con el sello del sultán que me requisaron pudiera ser indicio de que sabía yo algo, ordenó que me reexpidieran provisionalmente a Mesina con una buena escolta, para encerrarme en la prisión donde se guardaba a los presos de guerra. Advirtiéndome de que, pasado este trámite, continuaría mi proceso.

Vi el cielo abierto. Al salir de la mano del Santo Oficio podía obrar con mayores posibilidades. Tenía que idear un plan que me permitiera de una manera u otra ponerme en contacto con Juan María Renzo de San Remo.

Me pusieron a buen recaudo en las mazmorras de la fortaleza principal de Mesina, en una fría celda, junto a una veintena de turcos y moros de todo género: marinos, corsarios, comerciantes, guerreros y chusma de las galeras. A los más de ellos les habían afligido ya con tormentos para sacarles cuanto pudiera ser útil a los intereses del gobierno militar. Aquella gente estaba atemorizada y relataba para desahogarse el cruel trato que recibían de los carceleros sicilianos, causando espanto a los que llegaban de nuevos a la prisión.

Me hice al principio el desentendido y me dediqué a observar. Escuchaba las conversaciones y procuraba hacerme una buena composición de lugar para ir meditando las circunstancias a que debía ajustar mi plan. Después de fijarme en lo que hacían y decían unos y otros, puse toda mi atención en un grueso comerciante que se pasaba todo el rato lloriqueando en un rincón. Parecíame ser este el moro que mejor iba a servir a mi artimaña.

Me fui junto a él un día a la hora de la siesta, me senté a su lado y le sonsaqué sin demasiada dificultad. Como sospeché desde el momento en que le vi, era un sencillo hombre de negocios que tenía muy poca idea de los asuntos militares. Le habían apresado los venecianos entre Trípoli y Creta, cuando se dirigía a llevar sus mercancías en un barco alquilado.

—No sé lo que está pasando —me dijo—. Antes la Serenísima se desentendía de los negocios guerreros. Ahora no andan sino interesados en contentar al rey de las Españas. ¡Ay, yo que creía ir seguro!

—A mí también me apresaron los venecianos —le conté solidariamente—. Me hallaba en Cefalonia comprando vino y, ya ves, me detuvieron y el *podestá* de Argostoli me puso en manos de las autoridades de Sicilia.

—¡La misma historia! —suspiró—. ¡Ah, qué será de nosotros!

Al día siguiente interrogaron a aquel hombre. Le dieron una buena paliza y le devolvieron a la celda en estado lamentable.

—¡Ay, qué les iba a decir yo, si no sé nada! —sollozaba—. ¡Casi me mata esa gente! ¡Alá se compadecerá de nosotros!

Me acerqué a él y traté de confortarle. Él me contó todo lo que le habían preguntado y el maltrato que le dieron.

—No sé nada —se quejaba amargamente—; no podía decirles nada. ¡Ay, Alá nos valga!

—¿Qué querían saber, amigo? —le pregunté.

—De todo, de los turcos, de Dragut, de los corsarios que se detienen en Trípoli…

—¿Qué les dijiste?

—Poca cosa… ¡Ay, si yo no sé nada! Pobre de mí. Si yo me dedico a mis cosas…

Cuando estuvo más calmado, busqué nuevamente la ocasión oportuna para hablar con él. En plena noche, le susurré:

—Amigo, ¿estarías dispuesto a hacer negocios conmigo?

—¿Negocios? ¿Aquí? ¡Pues estamos como para hacer negocios! —exclamó extrañado.

—¡Chist! Escúchame atentamente, amigo. Yo sé cosas importantes que pudieran interesar a los cristianos. Vengo de Estambul, donde tuve trato con la gente del sultán.

Me miró con unos ojos muy abiertos en los cuales adiviné que le brotaba una luz de esperanza en el alma.

—¿Cosas? ¿Qué cosas?

—Ahí empieza el trato, amigo. Tú y yo podemos beneficiarnos de lo que guardo en mi memoria. Sé cosas en cantidad suficiente para que ambos contentemos al cristiano y hagamos a la vez un gran negocio.

Me pareció que desconfiaba.

—No comprendo —dijo.

—Lo que sé es tan importante —proseguí—, que el virrey cristiano, además de darnos la libertad, nos recompensará.

—Me conformo con la libertad —dijo aproximando a mí su rechoncho rostro.

—Allá tú. Pero yo quiero sacar partido de este mal trago que estoy soportando. Si puedo obtener recompensa del cristiano, no voy a dejarla pasar. Además, también pienso obtener beneficios de tu penoso estado. ¡Así son los negocios! No hay ocasión en la vida que no se preste a ganancia.

—¿Y cómo puedo yo beneficiarte? —me preguntó, aferrándose a mi brazo con crispados dedos, animado por la posibilidad de salir de allí.

—Tarde o temprano —le dije—, los cristianos querrán obtener el precio de nuestros rescates. Sabrán ya que tú eres un hombre rico que tiene familiares y amigos en Trípoli que estarán dispuestos a pagar por tu libertad.

—Sí, sí, sí… —asintió nervioso—; yo mismo se lo dije.

—También sabrán que tengo gente dispuesta a pagar mi rescate. Un día u otro, tanto tú como yo seremos libres, si Alá así lo dispone. Pues bien, entonces tú me pagarás cien dinares de oro por lo que voy a decirte.

—¿Cien dinares de oro? ¿Qué locura es esta? ¡Es mucho dinero!

—No estamos ahora en condiciones de regatear, amigo, pero te lo dejaré en setenta. Yo te diré parte de lo que sé y tú jurarás por el Dios Altísimo y su profeta que me entregarás el dinero cuando te lo reclame.

—Lo juro, lo juro, lo juro... ¡Dime lo que sabes!

—No —negué con fingida suspicacia—. Te lo diré cuando yo lo crea oportuno. Comprenderás que no voy a fiarme así, a la primera de ti...

—Confía en mí, soy un musulmán de bien.

—Ten paciencia, como te digo, yo elegiré el momento en el que compartiré contigo esa información.

Tal y como supuse desde el primer momento, aquel comerciante de Trípoli no pudo aguantarse ni un solo día después de saber que yo tenía información. Le faltó tiempo para acudir a primera hora de la mañana a los carceleros:

—¡He de ver al alcaide! ¡Carceleros, quiero hablar! ¡Sé cosas!...

Se llevaron los alguaciles al grueso comerciante y yo fingí un grandísimo enojo:

—¡Traidor! —le grité—. ¡Alá te perjudique! ¡Perjuro! ¡Mal musulmán!...

Una hora después, se presentó el oficial mayor de la prisión con los guardias y el moro delator.

—Ese de ahí es —me señaló el comerciante.

—¡Traicionero! ¡Canalla! —le grité yo.

Lleváronme a presencia del alcaide y del comandante de la guarnición que defendía Mesina. Me conminaron estos a decir lo que sabía so amenaza de sacármelo a la fuerza en el potro. Les mostré yo todas las cicatrices, rozaduras y cardenales que me había causado el cruel instrumento en manos del Santo Oficio, y les dije muy digno:

—Ya ven que llevo en el cuerpo las marcas del tormento y no he abierto mi boca sino para decir lo que me interesa. Hablaré solamente en presencia del virrey, pues lo que sé solo él puede comprenderlo.

Sabía que me jugaba todo a una carta y que aquellos rudos militares estarían dispuestos a desollarme vivo, pero era esa la única posibilidad que tenía para no violar el juramento que hice en Constantinopla.

Deliberaron los superiores de la prisión entre ellos.

No se ponían de acuerdo. Finalmente, vino el comandante y me dijo:

—¿Quién te has creído que eres, sucio renegado? Todo lo que tengas que soltar dínoslo aquí y ya le será trasladado a su excelencia el virrey.

—Solo hablaré en su presencia, ya lo he dicho —contesté con firmeza.

—No tenemos prisa —dijo el alcaide—. Ya hablarás.

—¡Llevadlo al potro!

Me dieron sesión de potro esa mañana y me dejaron muy mal pues en mis carnes llovía sobre mojado. Comprendí que todo el plan había fracasado y me dispuse a afrontar lo que Dios quisiera mandarme a partir de ese momento.

52

Con tanto ajetreo, mudanza de prisiones y tormentos, tenía perdida la noción de los días. Luego me enteré de que era 16 de octubre de aquel año de 1564 cuando el alcaide de la prisión mandó que me sacaran de la reducida celda donde me tenían confinado en soledad. Me costaba caminar a causa de lo maltrecho que tenía el cuerpo. Subir tal cantidad de peldaños como había desde las mazmorras hasta los patios de la fortaleza era como otra sesión de tortura. Mas supe que no me conducían al potro, al dejar a un lado la cruel estancia donde solían atormentarme.

Recibiome el alcaide en su suntuoso despacho, junto al comandante del presidio siciliano y a un hombre que me resultaba desconocido. Las esperanzas que tenía yo perdidas desde hacía tiempo se encendieron repentinamente cuando vi también allí, en un rincón, al franciscano que escuchó mis pecados semanas antes en el Santo Oficio.

—¿Eres de verdad quien dice llamarse Luis María Monroy? —inquirió el alcaide con gran seriedad.

—El mismo, para servir a Dios y al rey nuestro señor —respondí entusiasmado.

Avanzó hacia mí el caballero desconocido. Me observó atentamente. Me fijé yo también en él: era fuerte, alto y de oscura barba veteada de canas; vestía a la manera italiana, con jubón sin mangas, camisón inmaculadamente blanco y cuello almidonado, grande y doblado hacia abajo. Sin duda era un noble linajudo.

Después de mirarme bien, se volvió hacia los demás y dijo:

—Señores, ya pueden dejarme a solas con él.

Obedecieron a este ruego el alcaide, el militar y el fraile. Cerraron la puerta tras ellos y quedamos solos, frente a frente, el desconocido caballero y yo.

—Me envía don Juan María Renzo de San Remo —dijo él.

Di un respingo al escuchar ese nombre y una gran emoción se apoderó de mí.

—¿Dónde está él? —pregunté.

—No puede venir. Su mujer se halla muy enferma; tal vez en su lecho de muerte... Renzo de San Remo tuvo que viajar a Génova hace meses, pero me dejó a mí encargado de los asuntos propios de su oficio.

De nuevo me vine abajo. No era posible mayor infortunio. Mis esperanzas de transmitir el mensaje y quedar libre se desvanecieron una vez más. El caballero notó mi desaliento y propuso:

—Debes decirme los tres nombres de los conjurados ahora mismo, para que sepa yo que traes información de fiar.

—No diré nada —observé—. Solo puedo hablar

ante Renzo de San Remo, el virrey de Nápoles o el mismísimo rey nuestro señor. Nadie me habló de vuestra merced, así que no intentéis sacarme nada. No he sufrido tormento durante días sin abrir mi boca para que ahora un desconocido logre llevarse lo que con tanto celo he guardado.

Dije esto desde el profundo decaimiento en que me vi sumido por tan grande decepción. Sospechaba que entre el alcaide y el comandante de Mesina habían urdido un plan para lograr mi confesión.

Para sorpresa mía, el misterioso caballero sonrió aparentemente satisfecho. Se fue hacia la puerta de la estancia, la abrió y llamó a los demás:

—¡Entren vuestras mercedes ya!

Regresaron al interior el alcaide, el militar y el fraile. El caballero se dirigió a ellos y les pidió:

—Digan a don Luis María Monroy vuestras mercedes quién soy yo.

—Su excelencia el duque de Alcalá, virrey de Nápoles —respondieron los otros a una.

—Júrenlo por el Evangelio de Jesucristo Nuestro Señor.

—Lo juramos —asintieron los tres.

Quédeme de una pieza, mirando a aquel caballero sin poder creerme aún lo que estaba sucediendo. Me sacudió una especie de temblor de pies a cabeza y caí de rodillas dando gracias al Creador y a la Santísima Virgen con muchas lágrimas y suspiros.

—¡Que le traigan un vaso de vino! —ordenó el alcaide.

Enseguida acudió un lacayo y puso en mis manos un vaso lleno de buen vino siciliano hasta el borde. Como estaba hecho yo a comer poco y a no beber otra cosa que agua nauseabunda, entrome aquel rico mosto como un fuego por las entrañas.

—Ahora vuelvan a dejarnos solos —mandó el virrey a toda la concurrencia.

Estuvimos de nuevo cara a cara tan importante caballero y yo. Sonreía él y me palmeaba el hombro con cariño, mientras iba yo terminándome el vino.

—Ahora —dijo—, Monroy, debes darme los tres nombres que manda el canon.

—Juan María Renzo de San Remo —contesté.

—Ese se presupone —repuso él—. Debes darme otros tres además del comisario.

—Aurelio de Santa Croce, Adán de Franchi y Melquíades de Pantoja. Puedo dar otros tres nombres si es menester —añadí.

—Es suficiente. Ahora, debes soltar lo que sabes sin omitir nada, tal y como te relataron el aviso.

Era el momento más emocionante. Mi corazón palpitaba. Apuré el último trago de vino y saqué de dentro todas mis fuerzas para decir con clara voz, lenta y firmemente:

—Malta, será Malta. Saldrá la armada en el mes de marzo de los cristianos, con doscientas galeras bajo el mando del *kapudan* Piali bajá, llevando a bordo seis mil jenízaros, ocho mil *spais* y municiones y bastimentos para medio año. Se hará la escala en el puerto de Pylos, donde acudirán a reunirse con sus flotas el *beylerbey* de Argel Sali bajá y Dragut con sus corsarios. Si se gana Malta, que es lo esperado, después será Sicilia, luego Italia y más tarde lo que venga a mano.

—¡Oh, Dios, Santo Dios! —exclamó el virrey—. ¡Es mucho peor de lo que temíamos! ¡Claro!, ¡Malta, será Malta!

Abrazome entonces como quien lo hace a un hijo propio.

—Dios te premiará por esto —decía—. El rey nuestro señor recompensará como corresponde a tan grande peligro como has soportado por su causa.

53

Por aquel tiempo no había virrey en Sicilia, pues el último, a la razón don Juan de la Cerda, duque de Medinaceli, había sido cesado por el rey nuestro señor y se estaba a la espera de que se nombrara a otro para el cargo. Hacía las veces de comandante general de todo el reino el maestre de campo que mandaba los tercios sicilianos. Pero extendía su jurisdicción suprema provisionalmente sobre la isla el virrey de Nápoles, don Pedro Afán de Ribera, duque de Alcalá.

Quiso la Providencia que el buen fraile franciscano que me confesó en el Santo Oficio tuviera el prudente acuerdo de informar en la capital del reino de Nápoles haber hallado indicios de un serio asunto que afectaba a la causa del rey católico. Como quiera que las autoridades estaban ya en guardia y muy atentas a cuanto pudiese llegar desde Constantinopla como aviso de los espías, no dudaron en poner al corriente al duque, el cual aparejó enseguida su mejor galera y vino presto a Mesina para llevar personalmente la cuestión. Ya estaba advertido él en una carta enviada en clave por Aurelio de Santa Croce de que tarde o temprano llegaría yo con la información que debía dar de viva voz y directamente a quienes correspondía.

Se interpusieron en todo este proceso dos circunstancias que a punto estuvieron de echar a pique el plan: primeramente, mi impaciencia y la imprudencia que cometí al embarcarme con gente distinta de la que me recomendara Melquíades de Pantoja; y en segundo lugar, la fatalidad de que se pusiera a morir la mujer de Juan María de Renzo en Genova, haciendo que se desentendiera este de todo menester que no fuera atenderla y asistirla en esa hora como corresponde a un buen cristiano.

Me dieron buen acomodo en la fortaleza de Mesina, donde no me faltó de nada mientras el virrey marchaba presuroso a ocuparse de los asuntos propios de su gobierno, los cuales eran en ese momento, preferentemente, los que correspondían a proveer lo necesario para que el gran maestre de los caballeros de San Juan supiera enseguida que la isla de Malta era objeto de los apetitos del gran turco. Anotó el duque puntualmente cada detalle de mi aviso en un informe y puso buen cuidado para que tan relevantes noticias no llegasen a parte alguna que no fuera el conocimiento del rey católico, en primer lugar, y después el de los generales de los ejércitos y almirantes de la armada del mar, para que se aprestaran a mandar componer los aparatos de guerra que serían precisos cuando llegase el momento de hacer frente a lo que se avecinaba.

Pasó lo que quedaba del mes de octubre y concluyó noviembre con la fiesta de San Andrés apóstol, que se celebraba mucho en Sicilia, con vistosas procesiones y jolgorios. Estaba yo bien comido y bebido, vestido como correspondía a un caballero español y muy descansado por dormir libre de preocupaciones. No me faltaba el dinero en los bolsillos merced a una generosa gratificación que me dio el virrey para mis gastos. Con tan buen trato, se recompuso pronto mi cuerpo y recuperé las carnes que tanto me habían menguado a causa de las prisiones y tormentos. Sentíame un hombre satisfecho por el deber cumplido y solo aguardaba ya en Mesina a que viniese la orden del gobierno militar de Milán que me permitiera regresar a España.

Pobre de mí, ¡qué pronto me confié creyendo que habían acabado mis penas! Llegó exhorto a las autoridades de Mesina del tribunal del Santo Oficio de Palermo en el que se instaba a los jueces a que me reexpidieran con premura para comparecer ante el inquisidor general.

No tardaron en presentarse los alguaciles a por mí y me llevaron preso de nuevo. Rogué que me permitieran ver primero al virrey para decirle lo que me sucedía, pero el duque de Alcalá andaba de viaje muy ocupado en el negocio de ir a tener conversaciones con unos y con otros, para preparar la defensa de la cristiandad ante el inminente ataque de los turcos la próxima primavera. Acudí entonces al alcaide de la prisión de Mesina y al comandante de la plaza, los cuales me respondieron con mucho disgusto que no podían inmiscuirse en los asuntos del Santo Oficio, los cuales era propios únicamente de los inquisidores y ninguna otra autoridad tenía competencia en materias de fe.

El día 6 de diciembre, fiesta de San Nicolás, ingresé de nuevo en la cárcel de la Santa Inquisición de Sicilia y se reabrió mi causa retomándose el proceso en el mismo punto que se dejó cuando me reclamaron las autoridades del brazo secular.

En mi nueva confesión, declaré a los inquisidores todo lo que me había sucedido y pude al fin explicar las razones de mi falsa conversión a Mahoma en Estambul. Aunque hube de omitir lo referente a la conjura. Llamaron a testificar al franciscano, al alcaide de la prisión de Mesina, al gobernador militar y al propio duque de Alcalá, que no pudo dar testimonio en favor mío por las razones que ya he dicho. Mas ni siquiera la declaración del más encumbrado personaje hubiera servido para tener contento a tan duro inquisidor general como me correspondió. Dudaba este de todo el asunto de fondo y explicaba con severidad:

—Comprendo que hay razones complejas y se aducen pruebas en este proceso que son muy de tener en cuenta, cuales son la causa de nuestro rey católico, los intereses de la cristiandad y el buen fin de las empresas guerreras contra el turco. Mas aquí se sustancia un asunto de fe, en el que nada importa tanto como dilucidar la pureza de intenciones del acusado, si hubo o no apostasía a fin de cuentas y las prácticas que hizo de ritos y ceremonias de la secta mahomética.

Al escucharle sentenciar de esta manera, me entraban a mí todos los miedos en el cuerpo y me veía ya vuelto a poner en el potro, para acabar muerto o diciendo lo que querían oír aquellos estrictos jueces que solo veían enemigos de la fe en todas partes.

Pasé la Navidad en la fría cárcel del Santo Tribunal de Palermo, mientras los inquisidores mandaban cartas y oficios a diversos lugares para proseguir con las pesquisas que requería la causa. Gracias a Dios, se abstuvieron de darme mal trato. Y he de reconocer que usaron alguna consideración conmigo, dejándome salir para la misa del Gallo y para la fiesta de la Epifanía.

A primeros de febrero del nuevo año de 1565, llegó a Sicilia para tomar posesión de su cargo el nuevo virrey nombrado por el rey católico; don García de Toledo, marqués de Villafranca. Traía cartas y poderes de su majestad para resolver asuntos. Ocupose de todo lo referente a la defensa de los territorios cristianos, que era la encomienda principal y de mayor premura. Pero no descuidó asuntos menores, como presentar ante el Santo Oficio la declaración secreta de importantes personas que testificaban a mi favor sobre el asunto principal que preocupaba a los señores inquisidores en mi juicio: «la intención». Entre los documentos aportados, estaba el testimonio de Juan María Renzo de San Remo, que juró haberme considerado siempre falso renegado y tener conocimiento de que en Constantinopla tuve trato con cristianos y mantuve durante todo el tiempo la única fe asistiendo cuando pude a las prácticas de nuestra religión.

A pesar de tan explícita aclaración, el inquisidor no estuvo del todo contento y me exhortó en la audiencia a abrir los ojos del alma, confesar enteramente mis faltas y declarar públicamente la dichosa «intención». Hice una vez más confesión completa; abjuré de la circuncisión y la apostasía y pedí la reconciliación con la Iglesia.

Se celebró aún una audiencia más en la que hube de abjurar de nuevo, esta vez *de levi*, es decir, por si había una ligera sospecha de herejía al haber tenido yo durante cinco años trato con musulmanes. Solo les vi quedar satisfechos cuando recité sin error el padrenuestro, el avemaría, el credo, la salve, los mandamientos de Dios y de la Iglesia, los artículos de la fe y los «enemigos del alma» o pecados capitales, los siete Sacramentos y la confesión general de la fe cristiana, todo en latín.

Votaron los inquisidores finalmente y determinaron concederme la absolución *ad cautelam*, aunque me obligaron a recibir un mes de instrucción religiosa en un convento, por si acaso. El Miércoles de Ceniza recibí del Santo Oficio el certificado de absolución y el salvoconducto que me autorizaba a volver a España, libre y perdonado.

FINAL DE ESTA HISTORIA

Donde se narra el gran sitio de Malta y la empresa de guerra que dispuso hacer el rey Felipe II en socorro de los caballeros de la Orden de San Juan de Jerusalén.

54

Desde que se supo en la isla de Malta, gracias a mi aviso, que el gran turco tenía resuelto su ataque para la primavera, los caballeros de San Juan de Jerusalén se aprestaron a fortificar la isla y a componer sus defensas. Tuvieron de tiempo para estos menesteres seis meses, contados a partir de diciembre de 1564 en que fueron advertidos por el virrey de Napóles, hasta mayo del año siguiente, cuando se conoció que ya se avistaban las escuadras turquesas en el horizonte.

Entre estas fechas, en torno al 20 de abril, los venecianos enviaron la noticia a las autoridades españolas de que la flota de Piali bajá estaba frente a las costas de Morea, en el puerto de Pylos, donde acudían a unírseles las escuadras de Sali bey y de Dragut. Todo se cumplía exactamente conforme a la relación de los planes de Solimán que Simgam me hizo memorizar en Constantinopla y que relaté de cabo a rabo al duque de Alcalá. En las primeras observaciones que hicieron los marinos de la Serenísima contaron ciento treinta galeras, treinta galeotas y diez naves gruesas, doscientas en total; calculándose que iban a bordo quince mil hombres por lo menos. Eran datos que concordaban con el contenido de mi aviso.

La acomodación de la realidad del ataque con las informaciones que di al virrey de Nápoles me valieron el reconocimiento y la estima de cuantos gobernantes supieron de mi hazaña. Me llovieron las distinciones y las recompensas.

El nuevo virrey de Sicilia, don García de Toledo, que era a su vez capitán general de la mar, tuvo a bien rehabilitarme en el ejército. Con gran generosidad, me ascendió directamente a alférez del tercio y me puso al servicio del capitán don Francisco Miranda, que mandaba doscientos soldados españoles de mucho prestigio entre las tropas de la isla.

En abril, nada más saberse que el turco estaba en Pylos, el gran maestre de la Orden de San Juan escribió al rey Felipe II pidiéndole trigo de Sicilia, pues se avecinaba largo asedio y todos los recursos parecían pocos. Autorizó su majestad al virrey para que se atendiera este ruego, y don García de Toledo en persona fue a Malta con sus galeras para llevar alimentos y para examinar el estado de la defensa y los aparatos de guerra que hacían los caballeros.

Embarqueme yo en esta expedición y fui muy contento a participar en las cosas de guerra de nuestro rey católico, merced a mi nuevo cargo en el tercio.

Cuando llegamos a la isla, contemplamos un panorama digno de asombro. Miles de hombres se distribuían por toda la costa trabajando en grandes obras de construcción. Las fortificaciones, a un lado y otro de la ensenada por donde se penetra en los puertos, crecían poderosas, edificadas con piedras, adobes y maderas.

Había andamiajes altísimos en todas partes y densos paredones se alzaban en los principales sitios de defensa. Sobre la punta que mira al Mediterráneo, el castillo de San Telmo resultaba imponente, erizado de cañones. Apenas tuvimos el tiempo justo para descargar el trigo y otros alimentos, porque, a poco de nuestra arribada a la isla, se presentó un veloz navichuelo que venía a avisar al duque de que el rey Felipe II mandaba concentrar toda la armada de la mar en Sicilia, pues se temió a última hora que los turcos fuesen a atacar Siracusa.

Dejamos a los caballeros y a los malteses muy entretenidos en sus colosales aprestos guerreros y regresamos veloces con viento muy favorable a Mesina. Allí reunió el virrey a toda la armada y mandó cartas a Juan Andrea Doria para que embarcase a los españoles de Córcega, al mismo tiempo que ordenaba levantar diez mil infantes a los coroneles Francisco Colonna, marqués de Mortara y Paulo Sforza. Con toda esta gente y el ejército de Sicilia, y municiones y bastimentos en abundancia, quedamos aguardando a ver qué resolvía hacer el turco desde Morea.

Durante el tiempo que duró la incertidumbre de esta espera, que se prolongó por más de tres semanas, se hicieron solemnes procesiones con el Santísimo Sacramento. Se supo que en Malta los caballeros y la multitud se congregaron durante más de setenta horas seguidas, invocando con oraciones y cantos la misericordia de Dios. Entre tanto, se cruzaban cartas que iban y venían en veloces barquichuelos. Llegaban instrucciones del rey y de los más altos generales. Mandó el gran maestre de los caballeros varios avisos solicitando a don García de Toledo que librara batalla en la mar con la flota turca, a lo que se negó el virrey de Sicilia por considerar que nuestra armada era muy menguada con respecto a la de Piali y que se daría lugar a un descalabro peligroso.

El papa de Roma también envió cartas para infundir ánimos y garantizar las oraciones de la cristiandad. Se vivía en todas partes una emoción grande, hecha de cierto temor y del arrojo que despertaba la expectativa de una gran batalla.

El 20 de mayo se supo en Sicilia que la flota enemiga en pleno había alcanzado las costas de Malta. Cuando comenzó el desembarco de todo el ejército turco, los caballeros y los malteses se apresuraron a organizar la defensa desde los tres poderosos fuertes: Santo Ángel, San Miguel y San Telmo. Daba comienzo el feroz asedio.

Durante el primer mes llegaron pocas noticias de lo que estaba sucediendo. El 18 de junio se supo que los caballeros resistían con bravura el sitio desde las grandes fortalezas que habían edificado. Mas el gran maestre solicitaba ayuda desesperadamente, pues no paraban de desembarcar turcos y corsarios que venían en ayuda de la gente de su religión mahometana.

Dio permiso el rey católico a don García de Toledo para que enviase socorro a la isla. Partieron a finales de mes seiscientos hombres muy bien pertrechados, al mando de don Juan de Cardona, y fueron a desembarcar valientemente en auxilio de los cristianos, aun a riesgo de no poder atravesar el cerco enemigo. A primeros de julio llegaron noticias de que lograron alcanzar el burgo maltés donde fueron recibidos con gran alborozo y agradecimiento, abrazando el gran maestre a los capitanes y derramando muchas lágrimas.

A medida que se tenía conocimiento en Sicilia de estos hechos, crecía el deseo de la gente española de ir cuanto antes con refuerzos al combate. Pero no se decidía el rey a mandar definitivamente a las tropas.

En las fiestas de Santiago apóstol, el 25 de julio, los tercios bramaban furiosos:

—¡Santiago! ¡A ellos! ¡Al turco! ¿A qué esperamos? ¡Envíe su majestad ya el socorro! ¡Acabemos con los turcos de una vez!...

Para colmo, se supo ese día tan señalado que San Telmo había caído en manos de los enemigos. Se temía lo peor: que los caballeros no fueran capaces de resistir durante demasiado tiempo y que, tomada Malta, los turcos se dedicasen de inmediato a la segunda parte de su empresa guerrera, que era proseguir con Sicilia y después lo que les viniese a la mano. Nadie pues comprendía por qué el rey se retenía tanto para mandar la ayuda.

Por fin, el 27 de julio llegó la orden de que se iniciara el socorro. Acudió don Álvaro de Bazán a Nápoles con cuarenta galeras y embarcó los tercios españoles; ocho mil soldados en total: el tercio de don Gaspar de Bracamonte, el de Lombardía al mando de Londoño, nueve compañías más llegadas de España y el tercio de Nápoles al mando de don Álvaro de Sande. Todo este ejército, con sus víveres y pertrechos, vino a hacer escala a Mesina, donde nos unimos quinientos soldados de Sicilia.

Durante todo el mes de agosto se completaron los aparatos de guerra. Hubo prácticas, desfiles y arengas. Puso el virrey don García de Toledo en el mando supremo a don Álvaro de Sande, en atención a su experiencia y por respeto de su cargo, ya que se había ofrecido para la empresa a pesar de ser hombre de setenta y cinco años cumplidos.

Nada más saber yo que el viejo general estaba en Mesina, pedí audiencia a sus subalternos para ir a visitarle. Pero tuve la precaución de acudir primeramente al virrey para solicitar dél que me hiciera la merced de hablarle a Sande de mí, del beneficio que hice con mi aviso a la causa del rey católico y de mis sufrimientos pasados, pues temía que sucediera algo parecido a aquella vez, cuando fui a la fonda donde se hospedaba en Constantinopla y me recibió de tan mala manera.

Tuvo a bien don García de Toledo acompañarme a ver a don Álvaro. No me reconoció de momento el general, como era de esperar por tan diferente atuendo que llevaba yo en esta ocasión, de acuerdo ahora con mi rango de alférez. Se me quedó mirando con aire distraído. ¡Qué anciano se le veía!; alto, seco, flaco, de nariz afilada y piel amojamada; el poco pelo completamente blanco, perilla atusada y puntiagudos bigotes; ojos grisáceos de expresión delirante y un nervioso temblor en las manos. Se sostenía en su bastón, estirándose en gallarda postura, mientras me observaba con creciente atención.

—Así que Monroy —dijo—; Monroy de Villalobos, de los Villalobos del priorato de Tudía, nieto de mi querido tocayo Álvaro de Villalobos. ¡Ven a mis brazos, muchacho!

Abrazome y besome en la frente como a un pariente querido. Lloró emocionado y me arrancó lágrimas a mí.

—¡Ah, qué gran hazaña hiciste, hijo! —exclamaba—. ¡Qué cautiverio el tuyo tan provechoso! ¡Que Dios te lo pague!

Muy conmovido, trataba yo de ser humilde ante estos halagos y me daba cuenta de que don Álvaro no estaba dispuesto a acordarse de los bastonazos que me dio en Constantinopla, ni de los insultos que profirió con la misma boca que ahora me ensalzaba. Pero estaba yo muy resuelto a perdonarle, aunque no me lo solicitara.

—¡Nombradlo capitán, señor! —dijo Sande de repente al virrey—. ¡Este joven debe ser nombrado capitán inmediatamente! Se lo merece por méritos y linaje. Su padre y su abuelo fueron capitanes.

—Vuecencia es el jefe de todo este ejército —dijo don García de Toledo—, provea lo que más convenga.

Sentose don Álvaro de Sande en la mesa de su despacho y redactó al punto un oficio para ordenar a quien correspondiera que se me diese el mando de una compañía.

—¡Dios te bendiga, hijo! —exclamó, mientras estampaba su sello en el documento—. Nos aguardan grandes hazañas. ¡Santiago nos guíe!

55

Al alba del 7 de septiembre empezó el desembarco del socorro enviado por el rey a Malta. No daban abasto las grandísimas galeras remolcando barcazas que transportaban cien hombres cada una. Fue una operación rápida con tiempo muy a favor y sin mayor impedimento que el mucho peso de bastimentos, armas y municiones que cargaba a hombros la gente. A nadie se ocultaba que era peligrosísimo trasladar a la isla todo un ejército con la flota enemiga a la vista con los cañones dispuestos para rechazarlo. Pero se puso pronto de manifiesto que los turcos andaban desorientados y no reaccionaron con la premura necesaria para causarnos perjuicios.

A mediodía, estaban ya pie a tierra los nueve mil soldados y se desembarcaron las vituallas y municiones. Con el sol en todo lo alto, comenzó a castigarnos un grandísimo calor que hacía muy fatigoso el desplazamiento de la tropa llevando a hombros todo el plomo, pólvora, cadenas, bizcocho y el resto de los pertrechos. El terreno era áspero y en pendiente, y se hacía preciso andar en guardia, sin bajarla ni un momento, por si le daba al enemigo por venir a ponernos mayores impedimentos, y quienes llegaron prestos fueron los malteses para ayudarnos, muy contentos porque acudiéramos al fin en su auxilio.

Aun a pesar del calor y con tanta impedimenta a cuestas, nuestro paso fue firme y rápido para hacer las ocho millas que separaban la costa del burgo. Cuando llegamos frente a las murallas, salió a recibirnos el comendador Guaras expresando su alegría y su sorpresa porque a los turcos no les hubiera dado por presentarse a importunar la caminata.

En todas partes estaba a la vista la dureza del asedio que por casi cuatro meses había sufrido la isla: cadáveres sin sepultura tirados por los campos, caballos reventados, aldeas arrasadas, bosques incendiados, escombros cenicientos y, prendido en el aire, el olor nauseabundo de la muerte y la podredumbre de la guerra.

Pusimos el campamento en unos prados secos, contiguos a las esquilmadas huertas donde los árboles frutales estaban mondos y lirondos, aun siendo aquel el tiempo en que debían dar frutos en sazón. Gracias a Dios, las fuentes manaban agua abundante que nos permitía aliviarnos de la intensa canícula.

Esa misma noche reunió don Álvaro de Sande a todos sus generales y capitanes. Nos dijo que las noticias eran muy buenas. Los observadores habían informado de que los turcos comenzaban a embarcar la artillería a toda prisa, temerosos de la mucha infantería que teníamos ya en la isla y de la noble y brava gente de España e Italia que había llegado ganosa de pelear. Con el miedo metido en el cuerpo, a esas horas el enemigo debía de estar poco decidido acerca de lo que hacer al día siguiente.

Como sucede en las noches previas a las batallas, amaneció sin que nadie hubiera pegado ojo. Dispuso don Álvaro a primera hora que nos desplazásemos hasta el promontorio más próximo desde donde se vieran los movimientos del ejército turco. Andaba nuestra gente muy animosa y con mayores deseos de verse con los sarracenos al saber que les temblaban las carnes por haberse enterado de nuestra llegada.

Nos encaramamos en lo más alto de una colina desde la cual se contemplaba el mar allá abajo. Nuestra sorpresa fue muy grande cuando vimos que la armada cristiana, al mando de don García de Toledo, disparaba toda su artillería contra las galeras turcas, en las que trataban de embarcarse los enemigos con gran desconcierto.

—¡Señor Santiago! —exclamó Sande desenfundando y enarbolando su espada—. ¡Esto va a ser pan comido! ¡Los turcos andan a la desbandada sin sus capitanes!

—¡Vamos ahora a por ellos, excelencia! —le gritó don Bernardino de Cabrera, que estaba al frente de las compañías de arcabuceros.

—No, no, no, de ninguna manera —negó don Álvaro—. No hemos venido aquí para hacer de nuestra capa un sayo. Tengo orden del virrey de no actuar si no es con la autorización expresa del gran maestre de San Juan.

—¡Pero, señor, no podemos desperdiciar esta oportunidad! La gente turquesa está desordenada y pendiente solo de nuestra flota —insistió Cabrera—. Si les entramos ahora a las espadas desde tierra, daremos con ellos en las aguas y se ahogarán sin poder alcanzar todos a la vez sus navíos.

—¡Que no, he dicho! —replicó el viejo general—. Que no voy a hacer locuras propias de mocedad irreflexiva. Imagine vuestra merced que hay turcos por la otra parte organizados y en formación y nos ponen ellos a nosotros entre su flota y la gente de tierra.

—Desde aquí se divisa un buen trecho —terció el general italiano Ascanio de la Corgna, que era harto experimentado y muy prudente—. No se ven turcos en dos millas a la redonda, salvo esos de ahí abajo. No veo por qué no ir a darles batalla. La ocasión es muy apropiada.

Vaciló un momento Sande y oteó con mirada de fiero aguilucho el horizonte.

—No, no me fío —dijo al cabo—. Aguardaremos las órdenes del gran maestre y no se hable más.

Permanecimos allí en formación casi toda la jornada, con las tropas dispuestas y la arcabucería preparada por si llegaba en cualquier momento la orden de La Valette para cargar contra los turcos que defendían la flota enemiga. Veíamos allá abajo negrear al gentío, acomodando pertrechos y yendo y viniendo desde los arsenales a los navíos. Sus coloridas tiendas de campaña se alineaban en una gran extensión. Un oficial experto en contar tropas comentó:

—Hay ahí poco más de seis mil hombres.

—Lo propio para darles buen castigo —observó don Bernardino de Cabrera, que seguía poco conforme con lo que tenía dispuesto Sande—. Somos nosotros harto más y estamos en ventaja por atacarlos desde la pendiente. Es una ocasión única.

Proseguía esta discusión cuando llegó un emisario

desde el fuerte de los caballeros de San Juan con las noticias que mandaba el gran maestre. ¡Qué olfato tenía don Álvaro! En efecto, tal y como supuso el veterano militar, La Valette informaba de que el grueso del ejército turco se hallaba tierra adentro, bajo el mando de los generales Macsen y Uluch Alí, los cuales habían resuelto venir contra las fuerzas de Sande a todo correr.

Echó una fría mirada cargada de suficiencia don Álvaro a Cabrera y Corgna, que se quedaron atónitos. Después el viejo general se fijó en el sol que declinaba ya en la lejanía del mar.

—Es muy tarde —dijo—. No habrá hoy batalla. Pero mañana, antes de que amanezca, iremos a darle a esos zorros lo que se están buscando.

Pasamos la noche allí mismo, en lo alto de la colina, cada uno echado en el suelo junto a las armas, bajo el cielo poblado de infinitas estrellas. Hicieron los capellanes muchas oraciones y se entonaron misereres muy sentidos.

Reinando una oscuridad total, iniciaron los tambores y los pífanos las llamadas de alerta. Púsose todo el mundo en pie y comenzó el ejército a desplazarse por la ladera de la sierra con mucho orden. Amanecía cuando habíamos avanzado una milla. Entonces gritaron los heraldos que observaban el panorama desde los puntos más altos:

—¡Enemigo a la vista! ¡Turcos en el llano! ¡Al arma! ¡Al arma!

No tardamos en ver una ingente masa de enemigos que caminaban por una extensa llanura, en dirección a la costa donde estaba su armada. Hizo ademán nuestra gente de querer descender ladera abajo para ir a por ellos, pero don Álvaro ordenó que se recogiera la arcabucería en lo alto, temiendo que hubiera emboscada. Y una vez más acertó Sande, porque enseguida apareció por otra parte una formación cerrada de turcos, avanzando de manera tan apretada que resultaba difícil aventurar su número.

—¡A por esos hemos de ir! —ordenó el general—. ¡Prepárense las compañías de arcabuceros!

—¡Santiago! ¡Santiago! ¡Santiago!… —gritó nuestra gente al sentir llegado el momento del combate.

Atacamos con gran organización y tino desde la altura donde nos hallábamos, de manera que se rompió enseguida la vanguardia del turco. Viendo ellos que no podrían contenernos, empezaron a remolinar, apreciándose en sus jefes una indecisión grandísima por no saber si ganar altura en las montañas vecinas o huir hacia la costa. Después de defenderse durante algunas horas como podían de nuestros ataques, sufriendo incontables bajas, resolvieron emprender alocada carrera para ir a buscar su flota.

—¡Vuelva todo el ejército sobre sus pasos! —ordenó entonces prudentemente don Álvaro, en vez de mandar ir en pos dellos.

Retornamos a la altura primera en veloz caminata. Se hizo esta maniobra con gran disciplina y nos ahorró muchas pérdidas de hombres. Una vez en lo alto de la colina donde habíamos hecho noche, tuvimos a caballero al grueso del ejército turco, que ya no miraba atrás, sino que andaba solo preocupado por embarcarse para escapar por mar en su armada. Entonces les envió Sande a los capitanes Francisco Montes Doca, Gonzalo de Salinas, Alonso de Vargas y Marcos de Toledo con cuatrocientos arcabuceros que, desde un promontorio, descargaron plomo a discreción.

Mandome también a mí con mi gente en un destacamento más amplio de dos mil arcabuceros de Italia, Sicilia y Malta para atacar por la retaguardia; y fue muy fácil la cosa, pues el enemigo iba cansado y sin querer volverse a presentar cara, sino que se echaba al agua para nadar hasta las galeras y se ahogaba, si no le mataba el plomo de nuestra arcabucería.

Sucedió que se animó mucho la gente cristiana y se lanzó a no darles respiro por toda la costa, hasta que se pusieron los turcos a resguardo en la cala que llamaban de San Pablo, donde su artillería les favoreció desde la armada y tuvimos que detenernos a distancia.

Durante toda esa noche y el día siguiente, estuvieron embarcándose apresuradamente los vencidos, sin que les diéramos respiro cada vez que veíamos llegada la ocasión propicia. Les enviábamos todo el fuego que podíamos encima y todavía murieron muchos dellos.

En la noche del día 12 de septiembre, hiciéronse a la mar dejando toda la cala sembrada de muertos. Vimos alejarse las galeras en el horizonte, como dañino nubarrón tormentoso que se llevaba su pedrisco.

—¡Victoria! ¡Victoria! ¡Santiago! ¡Santiago! —gritaba ufana nuestra gente contemplando la huida vergonzosa de tan feroz enemigo.

Fuimos desde allí a recogernos al burgo, donde nos recibieron los caballeros de San Juan con exultante gozo. Salió al balcón principal del castillo el gran maestre La Valette con delirante placer reflejado en el rostro e impartió bendiciones. Inmediatamente, se organizó un solemne tedeum para agradecer a Dios el don de la victoria. Salieron en procesión las cruces y los estandartes; y el incienso de los sahumerios se elevó a los cielos del amanecer. El canto solemne y grave parecía resonar en toda la isla.

Te Deum Laudamus:
te Dominum confitemur.
Te aeternum Patrem,
omnis terra veneratur.
Tibi omnes angeli,
tibicaeli et unersae potestates...

(A ti, oh Dios, te alabamos,
a ti, Señor, te reconocemos.
A ti, eterno Padre,
te venera toda la creación.
Los ángeles todos, los cielos,
y todas las potestades te honran...).

EPISTOLARIO A MODO DE EPÍLOGO

Carta de don Álvaro de Sande a Su Majestad el rey don Felipe II

Málaga a 1 de mayo de 1566 S.C.C.Magd.

Como decía a Vuestra Majestad aquí, en los cuarteles del Tercio Viejo de Málaga, hay un noble y buen caballero de vuestro servicio de nombre Luis María Monroy de Villalobos, capitán de arcabuceros, el cual fue cautivo de turcos cuando la jornada de los Gelves, donde yo mismo fui apresado; y pasó a ser esclavo del gran turco, y aprovechó la circunstancia cuando pudo para venir desde allí huido trayendo noticias a V. M., que sirvieron mucho para conocer la manera de hacer el socorro a Malta. Como quiera que el tal caballero fue por malentendido a dar en manos del Santo Oficio de la Inquisición y tenido por sarraceno, juzgado y puesto en entredicho; cuando no hizo sino fingirse moro por servir a V. M., con gran peligro de su vida y soportando grandes sufrimientos. Suplico a V. M.

mande con brevedad al consejo de la Suprema y General Inquisición que se dé orden de subsanar la honra y buen nombre del tal caballero en donde corresponda para que no padezca perjuicio alguno ni burla por tan injusta causa.

Yo escribo esto a V. M. como recuerdo de lo hablado acerca de esta circunstancia, como V. M. misma me ordenó que hiciera para que el asunto no diese en olvido. Si V. M. fuere servido de hacer esta diligencia, ruego me mande avisar para que yo dé noticias al susodicho capitán.

De Málaga a 1 de mayo de 1566 años.
De Vuestra Majestad humilde criado
que sus manos beso.
Don Álvaro de Sande. (rubricado)

CARTA DE SU MAJESTAD EL REY FELIPE II A DON ÁLVARO DE SANDE, SU MAESTRE DE CAMPO

Madrid a 12 de julio de 1566

Don Felipe por la gracia de Dios rey de España, de las dos Sicilias, de Hierusalem, etc. Nuestro maese de campo y bien amado. Por vuestra carta de primero de mayo entendí cómo me hacías recuerdo del capitán don Luis María Monroy, el cual sirvió a mis cosas con denuedo. Hágote saber que ya libré orden al señor inquisidor general y al consejo de la Suprema y General Inquisición para que se pusiese cuidado de no perjudicar al susodicho servidor mío disponiendo lo que fuere oportuno en los Libros de Genealogías y de los Registros de Relajados, de Reconciliados y de Penitenciados de las Inquisiciones correspondientes. Holgaremos mucho de que se favorezca, honre y dé buen tratamiento a don Luis María Monroy, lo cual os lo encargamos en atención a su cualidad y servicios de que yo estoy tan satisfecho. De Madrid a 12 de julio de 1566.

Yo el rey

CARTA DE DON ÁLVARO DE SANDE A DON LUIS MARÍA MONROY DE VILLALOBOS

Milán a 30 de julio de 1566

Mi querido capitán. Cumpliendo mi palabra de cristiano y caballero, informé a Su Majestad de los asuntos que hablamos en Sicilia primero y luego en Roma, los cuales tan apurados nos traían por el mucho temor de que tu nombre y honra pudiere dar en boca de malas personas con habladurías e infamias, por causa de lo que solo deben conocer quienes están en ello, por ser muy secreto y reservado a los menesteres de Su Majestad.

A mi mano llegó pronta respuesta a lo suplicado, comprometiéndose Su Majestad en ir a poner remedio inmediato a la causa de nuestros temores. Dios ha sido servido de no abandonarnos en esto, por muy ocupado que estuviese Su Majestad.

Ya envío yo oficio al señor maestre de campo de ese cuartel viejo de Málaga para que sea servido de darte el permiso que corresponda. Dios y Nuestra Señora de Guadalupe te guíen de camino a nuestra amada tierra de Extremadura. Encomiéndame.

De Milán a 30 de julio de 1566

CARTA DE DON LUIS MARÍA MONROY A SU SEÑORA MADRE, DOÑA ISABEL DE VILLALOBOS MARAVER

Guadalupe a 9 de septiembre de 1566

Madre, Dios sea con vuestra merced. Aunque no he escrito antes carta alguna a vuestra merced, puede estar cierta que no la he olvidado en todos estos años, sino que la he tenido presente delante de Nuestro Señor en todas mis pobres oraciones y la he recordado mucho con lágrimas y añoranza grande por querer ver su rostro y abrazarla como corresponde a un hijo que ama a su señora madre. Mas sabe Dios que mi vida ha sido tan ajetreada y difícil desde que dejé esa bendita casa que no me ha quedado tiempo sino para sobrevivir en medio de peligros, batallas y prisiones de moros que he sufrido. Sea el Señor bendito por haberme librado, que harto me ha valido todo este tiempo.

En desembarcando en España, procuré que hicieran llegar noticias mías a Jerez de los Caballeros, nuestra querida ciudad. Detúveme en Málaga cuatro días por estar muy fatigado y no sano aún del todo de una dolencia poco grave que me hizo padecer fiebre y debilidad de miembros. Poca cosa, ya digo. Pero no me asistían las fuerzas necesarias que requería el largo viaje a pie que tenía ofrecido hacer a la Virgen de Guadalupe desde el mismo sitio donde pisara yo tierra española hasta el santuario de Nuestra Señora, como romería en penitencia y agradecimiento por la gracia de haberme visto libre del cautiverio y poder regresar a casa. ¡Oh, Señora mía, qué milagro tan grande!

Al presente estoy al fin en Guadalupe, completada mi peregrinación y sano y salvo, dando muchas gracias a Dios y a la Santísima Virgen y pidiendo en mis oraciones por vuestra merced, por mi señora abuela y por toda la familia. En lo que a esto atañe, sepa que me encontré aquí muy felizmente con su hijo y hermano mío fray Lorenzo de Jerez, monje de este monasterio, que se alegró harto de verme, pues me creía muerto en los Gelves, y se arrojó enseguida a los suelos para dar muchas gracias al Creador por haber hecho tan grande milagro conmigo. Después fuimos ambos a postrarnos delante de la Virgen con lágrimas.

He sabido, señora madre, que también vuestra merced me tuvo por muerto cuando recibió noticias de que el desastre de nuestra armada había sido grande en los Gelves. Cierto es que perdieron allí la vida muchos compañeros míos y que se quedaron sus cuerpos sin cristiana sepultura. Mas quiso Dios que me salvara yo de tan penoso final, no por cobardía alguna ni por entregarme al enemigo, sino porque me hicieron preso junto a mi general don Álvaro de Sande y a otros buenos caballeros de nuestra causa.

Sufrí cautiverio en un lugar lejano de África que llaman Susa y de allí me llevaron a Constantinopla, donde tiene su corte el sultán Solimán, que reina sobre los turcos. En esa ciudad fui empleado en los trabajos propios de los cautivos, en la casa de un importante hombre que no me trató mal. Durante aquel tiempo he visto la mano de Nuestra Señora de Guadalupe muy atenta a defenderme y no puedo decir que haya llevado una mala vida. Sepa que hay allí también iglesias y conventos de nuestra religión cristiana latina, con buenos curas y frailes muy dispuestos a que los fieles cristianos, aun cautivos, no abandonemos las santas prácticas de nuestra fe. Aunque cueste creer esto a vuestra merced, tenga por cierto que no es tan mala la vida de los turcos como la pintan acá ni tan perniciosas sus costumbres. Allá, como en todas partes, la gente se apaña como puede para pasar lo mejor posible por este valle de lágrimas. Verdad es que son diferentes a las de nuestra fe las cosas de su religión mahomética, pero, no ofendiéndoles en esto, te dejan estar y cada uno cree en lo que mejor le parece.

Quiso Dios al fin en su Divina Misericordia que diera con un alto secretario de las cosas del gobierno del gran turco, el cual me facilitó el viaje a tierra cristiana. Llegué a Sicilia portando valiosas nuevas para nuestro rey católico, las cuales comuniqué al virrey y me valieron la generosa recompensa, que no merecía, de ser nombrado capitán de los tercios de su majestad. Una vez más veo en eso la obra de la Providencia. ¡Dios sea loado!

Participé en la gloriosa victoria de la armada cristiana en la isla de Malta, a la que el turco había puesto sitio. Hice lo que pude por la causa de nuestro rey en las batallas que se dieron y procuré dejar bien altos los apellidos que ornan nuestra buena y piadosa casa, tanto Monroy como Villalobos, que eran los de mis señores padre y abuelo a los que seguí en esto de las armas.

Fue Dios servido de que quisiera el santo papa de Roma llamar a su presencia a mi señor general don Álvaro de Sande, junto a otros importantes caballeros victoriosos en aquella gloriosa jornada de Malta, para bendecirlos por haber acudido en servicio y amparo de la causa de la fe cristiana. Tuvo a bien mi general hacerme la merced de llevarme con él como premio a las informaciones que traje de Constantinopla y que tan valiosas fueron para la victoria.

Tomé el camino de Roma, cabeza de la cristiandad, en los barcos que mandó su excelencia el virrey para cumplir con la llamada de Su Santidad. Navegué en la misma galera que don García de Toledo y mi general don Álvaro de Sande. Fue un viaje feliz con escala en Nápoles.

¡Oh, señora madre, qué gracia tan grande! Emprendimos vistoso desfile por las calles de la más hermosa ciudad del mundo. Iban delante las cruces y estandartes; las de la religión de San Juan de Jerusalén primero y luego las banderas de nuestro rey católico. Todos los grandes señores muy nobles y caballeros lucían sus galas a caballo, seguidos por los cautivos turcos que iban encadenados arrastrando sus divisas por los suelos. Iba yo junto a don Álvaro de Sande que portaba en sus manos el relicario en forma de cruz, de oro puro, que le regalaron los malteses agradecidos por su ayuda, y que contenía dentro un buen pedazo de la sacrosanta de Cristo. Me correspondía a mí llevar en alto la bandera del Tercio Viejo de Nápoles, al que llamaban ya todos «el de Sande».

Tañía a misa mayor en la más grande catedral, que es la de San Pedro, en la cual tiene asiento la cabeza de la cristiandad. Con el ruido de las campanas, el redoblar de los tambores y la mucha gente que había congregada, llevaba yo en vilo el alma por tanta emoción y me temblaban las piernas.

Aunque de lejos, vi al papa Pío V sentado en su silla con mucha majestad, luciendo sobre la testa las tres coronas. Habló palabras en latín que fueron inaudibles desde la distancia y luego impartió sus bendiciones sobre todo el personal. Entre otros muchos regalos que hizo Su Santidad a los generales vencedores, dio a don Álvaro de Sande tres espinas de la corona del Señor.

Con estas gracias y muy holgados, estuvimos tres días en Roma, pasados los cuales, nos embarcamos con rumbo a España, a Málaga, donde el rey nuestro señor nos hizo también recibimiento y honores por la victoria.

Si mi señor padre viviera, ¡qué alegría llevaría al saber de todo esto! Mas consuélame mucho creer firmemente que puede desde el cielo tener licencia de Dios para vislumbrar las cosas de este mundo miserable.

Como digo, señora, deseo pronto estar en nuestra bendita casa para contaros todo esto de palabra y muchas otras cosas que sucedieron, todas buenas, gracias a Dios.

Partiré para Jerez de los Caballeros cuando cumpla los días que tengo prometidos a la Santísima Virgen cumplir en esta su casa. Lo cual será en un mes —sea servido Dios—, a contar desde hoy.

Esta escribo en el monasterio de Guadalupe. Mi hermano fray Lorenzo besa a vuestra merced las manos y la encomienda harto, y yo asimismo con mucho amor.

Indigno hijo de vuestra merced,
Luis María Monroy

Carta de don Luis María Monroy a su hermano Fray Lorenzo de Jerez

Jerez de los Caballeros, noviembre de 1566

Al muy reverendo hermano mío fray Lorenzo de Jerez, monje de San Jerónimo.

Ha un mes que llegué a Jerez de los Caballeros, a la casa donde nacimos. Por descargo de mi conciencia no puedo dejar de decir a vuestra caridad que he tardado en escribir porque he andado muy entretenido en visitar a parientes, servidores, amigos de la infancia y conocidos de nuestra familia. Mas no he olvidado, caro hermano mío, que debía escribirle para expresarle mis sentimientos e impresiones al hacerme Dios la merced de devolverme a este lugar donde me crie.

Hice el camino bien. Muy holgado al recorrer los paisajes y pueblos que tan familiares me resultaban. Por ser otoño, las alamedas mostraban teñidas las hojas de bellos tonos, amarillos, dorados, ocres, que resaltaban sobre la espesura de las encinas y las jaras, siempre tan verdes. ¡Oh, Dios, esos aromas! Había llovido y las tierras sedientas del estío exhalaban perfumes armoniosos, de resinas, secos musgos, polvo mojado... Mi alma se iba a las nubes contemplando tanta hermosura. El cielo, ora gris, ora azul, me parecía inmenso sobre las altas sierras cubiertas de espesa fronda y roquedales umbríos. Y los ríos, tan serenos, mostraban sus brillantes guijarros cuando el sol lamía la tarde con sus rayos.

Di gracias al Creador porque sentí al fin que regresaba a casa. Me dio por cantar primero, después reí. Caminaba solo en el sendero que guiaba mis pasos por en medio de los campos. Si hubiera ido acompañado, me habría retenido por respeto humano; no fueran a pensar que lo mío era locura. Finalmente, me dio por llorar.

Me preguntaba: ¿por qué razón soy tan feliz y a la vez me siento tan triste? ¡Qué rara es el alma humana, hermano! Sé que en la mesura propia de tu estado monacal esto mío te parecerá destemplanza. Mas también sé que me comprendes.

Ya hablábamos de ello en aquel monasterio tuyo, en la cálida luz de las tardes de septiembre, al cesar tus muchas obligaciones, cuando podíamos holgar un rato, paseando por esos montes hasta la hora de vísperas. Luego, el alegre tañido de la campana nos sacaba de nuestras animosas conversaciones.

Qué misterio tan grande la vida, hermano. ¡Cuántas ilusiones me hice! Salí de casa como aquel que cree poder hacer suyo este mundo. Mas luego resulta que todo es harto complejo: la andadura, la gente, el amor…, uno mismo. Cuánto engaño hay en las cosas de la mocedad. Y cuánta verdad en lo que entonces no se entendía y solo se recitaba de corrido. ¿Recuerdas cuando aprendimos los versos de Epicteto? Nos costó harto trabajo memorizarlos y más de un pescozón de nuestro preceptor, el bueno de don Celerino, del que tanta guasa hicimos por inconsciencia de niños. Decían aquellos sabios párrafos latinos:

De la veneración que a Dios se debe
es esta la doctrina:
lo primero, creer que la Divina
Majestad vive y reina, y es la fuente
de todo bien, que justa y santamente

dispone cielo y tierra,
que dispensa la paz como la guerra,
que todo lo crio, que lo gobierna
su Providencia eterna.
Así, de sus decretos
siempre tendrás en todas ocasiones
reverentes y ciertas opiniones,
y, por esta razón, determinarte
debes a obedecerle,
a seguirle y amarle y a temerle,
y debes sujetarte
a cuanto sucediere sin quejarte:
antes debes, alegre,
gozar o padecer lo que te ordena,
de contento o de pena,
pues dispone tu gusto o tu tormento
el sumamente Excelso Entendimiento,
que ni puede ni quiere
errar en lo que obrare o permitiere.
Y no hay otro camino,
para seguridad de los humanos,
sino dejar en las divinas manos
lo que no está en las nuestras;
y el bien y el mal de cosas aparente,
por no incurrir en ciego desvarío,
ponerlo en nuestro juicio y albedrío.

Tú, que de esto entiendes más que yo, me corregirás si no supe traducirlo con acierto.

A veces, llegado el infortunio, me sentía como un barco solo y perdido en un mar oscuro y cuajado en las tinieblas. Mas estas y otras sabias enseñanzas acudían a mi ánima en toda circunstancia; sucesos, gozos, temores y tribulaciones. Tan básica y equilibrada visión de la existencia, aunque no entendida del todo por mí, era como un ancla que tarde o temprano traía una luz de alegría al penoso piélago del cautiverio. ¡Oh, feliz ensenada serena, donde hace pie al fin cualquier desconsuelo!

Siempre hay algún ser puesto ahí para darnos algo del amor que la vida nos roba. Dios quiere que haga yo lo que está en mi mano para que florezca la alegría, aceptando lo que no está en mis poderes gobernar, como viniendo de los suyos.

Esto me ha sostenido, caro y santo hermano; como supongo que habrá mantenido tus esperanzas aun en la suprema quietud de ese monasterio donde, sin tanto movimiento, también habrás tenido que enfrentarte a los duros esfuerzos de la vida. Al fin y al cabo, de una manera u otra, todos somos cautivos. No de grillos y cadenas de hierro —ya me entenderás—, sino de cuantas circunstancias nos tocan en suerte. Cautiva la nascencia, porque no es escogida; mas aceptada, es principio de libertad. Cautivan las ilusiones que apresan las voluntades en la vana sombra de los sueños. Cautiva el amor, que nos hace esclavos de las amadas personas… Peor es ser cautivo uno del futuro, que es incierto, falaz e indomeñable.

Feliz y penoso es a la postre sentirse pariente de los dioses. Cuando el Único que es y existe, ya tiene escogido su parentesco. Se hizo Él cautivo de los hombres, al forjarse un cuerpo como el nuestro.

No nos hace cautivo lo que nos sucede, sino lo que nos imaginamos que sucede. Un fracaso, un desastre, una desilusión…; llegó el fin del mundo; eso nos parece. Pesa mucho la experiencia de sentirnos extranjeros en un reino distante, y nuestra cobarde naturaleza rehuye la tarea de enfrentarse. Pero no es el aparente infortunio sino la suprema razón de la existencia. La máxima tentación es ver en los males el sinsentido de esta pesarosa vida.

¡Mas hay asimismo momentos tan plenos! Cuando llegué a nuestra bendita casa, era de madrugada. Había yo caminado durante toda la noche por un sendero que desdibujaban las sombras. Amanecía débilmente cuando alcancé a ver las torres de las iglesias de la amada ciudad. Un gran silencio estaba como prendido de las murallas y una quietud inmensa lo dominaba todo. Allá en el cielo azul turquí, tan limpio, brillaban lejanísimos luceros como ojos que observaban desde las alturas el nuevo porvenir que me aguardaba.

Ascendí lentamente por las calles en cuesta. Los perros ladraban al ruido de mis pasos. Después cantó un gallo; otro le contestó y luego un tercero. Retornó el silencio. En mi alma había algo de congoja, pero brotaba un surtidor de ilusiones, de recuerdos, de pasión por lo entrañable…, como una fuente que me animaba.

Llegado a la puerta de casa, fue como culminar la vida. Aunque sabía que nada terminaba, sino que era el comienzo del porvenir.

Golpeé la madera con la aldaba y el ruido resonó en mi alma como algo repetido y profundamente reconocido. Al cabo, unos pasos desde el interior encendieron aún más mi alma. Antes de que abrieran, asaltóme el recuerdo de nuestro señor padre. ¿Qué sentiría él cada vez que llegaba a esta casa, después de fatigas, guerras y batallas? Aunque sabía que él estaba muerto, pareciome que su alegre semblante me esperaba.

Salió un muchacho de familiar apariencia. Me miró, y con habla prudente interrogó:

—¿Qué desea vuestra merced a esta hora?

—Soy don Luis María Monroy de Villalobos —respondí.

Se le iluminó el rostro y se apartó para dejarme entrar en mi casa.

—Pase vuestra merced, pues le esperan, señor tío —dijo.

Era el hijo de nuestro común hermano don Maximino Monroy.

El zaguán estaba en penumbra. Vislumbré al fondo la luz del patio. Anduve con pasos vacilantes, arrobado, y llegueme al austero comedor, donde unas velas encendidas señalaban el lugar en la pared donde cuelga el cuadro de la Virgen de las Mercedes, auxilio de cautivos.

Al pie de la bendita imagen, una dama de galana figura estaba arrodillada, orando.

—¡Madre! —exclamé llevado por natural impulso.

No se sobresaltó. Alzose de su reverente postración y me contempló. Como quien ha tiempo que sabe a quién espera, dijo ella:

—Todo acabó, hijo.

Fui a sus brazos y vino el contento.

Caro hermano, con venir a Dios se remedará todo. Vuestra caridad lo sabe.

Dé Nuestro Señor a vuestra caridad sosiego y le tenga siempre en su mano para servirle mejor. Nuestra madre, hermano y sobrinos besan vuestras manos.

Es hoy primero de noviembre de 1566, día de Todos los Santos, gran fiesta en esta noble ciudad.

NOTA HISTÓRICA

La amenaza turca en tiempos de Felipe II

Durante los primeros años de su reinado, Felipe prestó poca atención a su gran rival en el Mediterráneo, el Imperio turco. Renunció a una guerra a fondo e incluso a una defensa efectiva de las costas españolas e italianas, dedicando sus esfuerzos preferentemente a la política atlántica y noreuropea. Pero en 1557 la pérdida de Trípoli supuso el punto de arranque de las campañas contra los musulmanes. Las alianzas del Imperio otomano y los moros del norte de África ponían en peligro las costas españolas y las rutas marítimas. La monarquía católica no estaba dispuesta a perder las preciadas conquistas logradas en tiempos de Fernando el Católico y se hacía consciente de la grave amenaza.

Este temor y sus consecuencias era expresado, por ejemplo, en las Cortes de Toledo de 1558, en las que se dijo: «Las tierras marítimas se hallaban incultas y bravas y por labrar y cultivar, porque a cuatro y cinco leguas del agua no osan las gentes estar, y así se han perdido y pierden las heredades que solían labrarse en las dichas tierras y todo el pasto y aprovechamiento de las dichas tierras marítimas, y es grandísima ignominia para estos reinos que una frontera sola como Argel pueda hacer y haga tan gran daño y ofensa a toda España».

El rey tenía que enfrentarse con el formidable poderío turco, que fomentaba la piratería de los reinecillos del norte de África, lo cual imposibilitaba el comercio en el Mediterráneo y mantenía en constante alarma a todo el extenso litoral. Por otra parte, la persistencia de una población musulmana en la península favorecía la comunicación de los moriscos españoles con los puertos musulmanes y alentaba la esperanza de una nueva invasión, como sucedió tantas veces en la Edad Media, para restaurar el imperio del islam.

EL DESASTRE DE LOS GELVES

La isla de los Gelves a la que hacen referencia muchas crónicas del siglo XVI se encuentra en el norte de África, concretamente en Túnez. Los antiguos la conocían como la isla de los Lotófagos, por creer que en ella estuvo Ulises al regreso de Ítaca. Ya en 1284 los catalanes levantaron una torre y un puente que la unía con tierra; por esto se llamó al brazo de mar o canal que discurría entre el continente y la costa insular Alcántara, palabra árabe que significa puente.

Se convirtieron los Gelves en una especie de obsesión de los españoles desde que en 1510 se hiciera la primera expedición seria para dominar el territorio, la cual acabó desastrosamente por morir de sed muchos soldados y el propio general don García de Toledo.

Esto provocó un profundo dolor en la Corte y el poeta Garcilaso de la Vega compuso unos versos alusivos:

¡Oh, patria lagrimosa, y como vuelves
los ojos a los Xelves, suspirando!

Carlos V protagonizó la victoriosa jornada de Túnez en 1535, a la que se refiere frecuentemente Cervantes en su obra y que fue puntualmente relatada por Gonzalo Illescas. Después de la conquista, el emperador liberó a muchos cautivos cristianos, sometió bajo su autoridad a los jefes árabes y fortificó las costas. Todo esto sirvió para magnificar su imagen en España y en toda la cristiandad, como continuador de la gran obra de la Reconquista, culminada en la península Ibérica por sus abuelos los Reyes Católicos. A partir de ese momento, actuaron los españoles muchas veces en la isla de los Gelves, tanto para castigar a los piratas como para desde allí lanzar operaciones contra Trípoli.

En 1559, muerto ya Carlos V, el rey Felipe II quiso emular en cierto modo la gesta de su padre, para conseguir un efecto propagandístico, al comienzo de su reinado, semejante al de 1535. Algunos estudios dicen que fue el gran maestre de la Orden de los Caballeros de San Juan quien, aprovechando las paces asentadas entre España y Francia, logró interesar a Felipe II para que ordenase que se emprendiese la campaña.

Se designó capitán general de la empresa al duque de Medinaceli, virrey de Nápoles, don Juan de la Cerda; y se confió el mando de la armada del mar al príncipe Andrea Doria. Hubo muchos fallos en la organización, lo cual se desprende de los escritos de la época y de la fiel crónica que el propio don Álvaro de Sande escribió de su puño y letra. Tardaron las tropas en juntarse con la celeridad necesaria y tuvieron que superarse muchas dificultades: motines, enfermedades, tempestades, falta de abastecimiento... El caso es que se perdió la ocasión propicia que hubiera sido el final del verano y el retraso hizo que se perdiera también el secreto, enterándose Dragut, al que le sobró tiempo para organizarse.

Llegó la expedición al norte de África a mediados de febrero de 1560, después de detenerse primero en Sicilia y luego en Malta. El 7 de marzo desembarcaron las tropas en los Gelves sin oposición alguna y, tras un par de escaramuzas con los moros de allí, el jeque de los isleños y el rey de Cairovan se reconocieron vasallos del soberano de las Españas. Iniciaron los ejércitos obra de reconstrucción y defensa en el castillo, lo rodearon de un amplio foso y construyeron un fuerte.

Pero el turco había sido ya avisado y se armaba en Constantinopla para venir a dar batalla. Esto se supo a través de los espías del gran maestre, que enseguida comunicó la noticia, lo cual causó gran desconcierto en las tropas de los cristianos, parte de las cuales se apresuraron al embarque. En medio del desorden y de la división de opiniones acerca de lo que debía hacerse, llegó la flota turca y empezó el combate. Muchas naves de la flota cristiana fueron apresadas y un buen número de ellas destruidas. Cundió el pánico. Consiguió escapar el duque de Medinaceli y prometió venir con refuerzos. Los que se quedaron para defender el castillo sufrieron todo tipo de penalidades: calor, sed, hambre, enfermedades y deserciones. Finalmente resolvió Sande salir a la desesperada y fracasó, perdiendo el fuerte y cayendo lo que quedaba del ejército en poder de los turcos. Algunos de aquellos cautivos fueron llevados a Constantinopla (entre ellos el propio don Álvaro de Sande, don Berenguer de Requesens y don Sancho de Leiva). Los vencedores degollaron a la mayoría de los soldados nada más tomarse la fortaleza.

Mandó Piali bajá construir una torre con los cadáveres a modo de trofeo, recubierta de cal y tierra. Este macabro monumento estuvo en pie hasta finales del siglo xix, siendo conocido como borj er-Russ, la «fortaleza de los cráneos» o la «pirámide de los cráneos». Hablan de esto algunos viajeros que la vieron, describiéndola, y hasta se conservan grabados de la época que la representaban en las proximidades de la fortaleza.

Después de más de tres siglos, en 1870, a instancias del cónsul de Inglaterra, el bey (gobernador) de Túnez ordenó que se demoliera la torre y los restos fueran sepultados. Después de la ocupación francesa, se honró la memoria de aquellos héroes y se levantó un obelisco con las fechas de la expedición y de la inhumación de los huesos.

En España, aquella campaña quedaría ya nombrada tristemente como el Desastre de los Gelves. Fue una importante derrota de la armada de Felipe II que la «propaganda» oficial se encargó de disimular. Trataron de buscarse responsabilidades y de hallar culpables de la desorganización y la derrota final. Prueba de ello son la *Relación que don Álvaro de Sande dio a su Maj de la Jornada* y las *Anotaciones hechas por el Duque de Medinaceli al relato de don Álvaro de Sande*, dos amplios testimonios en los que ambos militares dan las explicaciones oportunas acerca de los hechos. Estos documentos los conseguí yo a través de un artículo publicado por Miguel Muñoz de San Pedro, conde de Canilleros, en la *Revista de Estudios Extremeños*, en 1954.

El original de estos memoriales se conserva en la Biblioteca de la Real Academia de la Historia. También se describe con mucho detalle la campaña en la biografía de don Álvaro de Sande que escribió el humanista italiano Huberto Fiogletta, con el título *Historia de D. Álvaro de Sande, Marqués de la Piovera. De sus prudentes, cristianos y valientes hechos en armas en las guerras del emperador Carlos V y el Rei D. Phelipe.*

Un testigo presencial, Busbequius, cuyo testimonio recoge Fernández R. de Camba (*Don Álvaro de Bazán*, Madrid, 1943) nos cuenta muchas cosas acerca de la llegada a Constantinopla de los cautivos, hambrientos y cubiertos de heridas, despojados de todos sus adornos, emblemas e insignias.

Posiblemente, la causa de que este gran desastre quedase olvidado y apenas sea conocido, se encuentre en la gran victoria posterior de la armada en la batalla de Lepanto, cuya importancia y renombre fue tan grande en adelante que «sepultó» muchos de los fracasos anteriores contra el turco.

Los cautivos

La intensa actividad comercial y las luchas que protagonizaban los motivos religiosos y políticos en el Mediterráneo explican que el fenómeno del cautiverio fuera tan frecuente y tan extendido durante siglos. Se trataba de una situación que se producía cada vez que llegaba a término una de las muchas campañas militares que se emprendían, o cuando una nave cristiana era apresada por corsarios. Durante toda la Edad Media y en la Edad Moderna, permaneció la concepción medieval del cautivo como prisionero de guerra que pertenecía al captor, pudiendo conservarlo este sin más a la espera de que se comprara su libertad mediante el pago de un rescate.

El cautiverio es un recurso común en la literatura del Siglo de Oro. El propio Miguel de Cervantes fue cautivo en Argel y nos ha dejado interesantes informaciones en algunas de sus obras, como son *Los baños de Argel*, *La gran sultana* y *El trato de Argel*. Pero es el relato del Cautivo que se incluye en el *Quijote* el testimonio más directo, por ser una conmovedora narración de lo que vivió en propia carne el célebre escritor:

Yo estaba encerrado en una prisión o casa de que los turcos llamaban «baño», donde encierran los cautivos cristianos, así los que son del rey como de algunos particulares, y los que llaman «del almagacén», que es como decir «cautivos del concejo», que sirven a la ciudad en las obras públicas que hace y en otros oficios, y estos tales cautivos tienen muy dificultosa su libertad; que, como son del común y no tienen amo particular, no hay con quien tratar un rescate, aunque lo tengan. En estos baños, como tengo dicho, suelen llevar sus cautivos algunos particulares del pueblo, principalmente cuando son de rescate. También los cautivos del rey que son de rescate no salen al trabajo con la demás chusma, si no es cuando se tarda su rescate; que

entonces, por hacerles que escriban por él con más
ahínco, los hacen trabajar e ir a por leña con los
demás, que es un pequeño trabajo.

Vemos, pues, que de los esclavos llevaban la peor parte aquellos que por su oficio de artesanos, escribientes, armadores, músicos, etc., significaban un beneficio para el turco, y eso mismo les hacía ser considerados valiosos y merecedores por tanto de un trato benigno, al tiempo que les quitaba las esperanzas de ser rescatados.

En la prosa costumbrista española de la época, es de destacar también el caso del madrileño Agustín de Rojas Villandrando, que llevó una existencia muy agitada. Por su afán de fama y aventura se alistó en el ejército a los catorce años y fue hecho cautivo. En su *Loa del cautiverio*, nos dice: «Sabrás pues que yo fui cuatro años estudiante. Fui paje, fui soldado, fui pícaro, estuve cautivo, tiré de la jábega, anduve al remo, fui mercader, fui ballero, fui escribiente y vine a ser representante...».

Quizás el documento más rico y más elocuente a la hora de retratar la vida de los cautivos cristianos en poder de los turcos sea el libro *Viaje de Turquía*, de autor anónimo, a no ser que se admita la tesis de que lo fuera el caballero toresano Juan de Ulloa Pereira, como apunta Fernando Salinero en la edición publicada por Cátedra en 1995, que es la que se ha manejado a la hora de obtener curiosas informaciones para esta novela.

Uno de los manuscritos del *Viaje de Turquía*, concretamente el que es propiedad de doña María de Brey en Madrid, reza así: «Diálogo entre Pedro de Hurdimalas y Juan de Voto a Dios y Mátalas Callando que trata de las miserias de los cautivos de turcos y de las costumbres de los mismos haciendo la descripción de Turquía». Este sugerente título da una idea de lo útil que es este relato, sin duda autobiográfico, para conocer la vida de los cautivos en Constantinopla y muchas de las costumbres de aquella sociedad lejana y diferente.

Por ejemplo, en la página 162 de la citada edición de Fernando Salinero de 1995, se da una detallada relación de los oficios de los cautivos:

> *...y ansí de todos los oficios, estos que se llaman la maestranza van al ataranazal a trabajar en las obras del gran turco, y gana cada uno diez ásperos al día, que es dos reales y medio, una muy grande ganancia para quien tiene esclabos. Tenía mi amo cada día de renta desto más de treinta escudos, y con uno hazía la costa a sirvientes esclabos. Los demás que no saben oficio llaman regatees, los quales van a trabajar en las huertas y jardines, y a cabar y a cortar leña y a traerla a cuentas, y a traer cada día agua a la torre, que no es poco traer la que ha menester tanta gente; y con los muradores o tapiadores y canteros que van a hazer casas, para abrir cimientos y servir, y por ser en Constantinopla las casas de tanta ganancia, no hay quien tenga esclabos que no aprenda hazer todas las que puede...*

Con todo esto, los relatos que se conservan nos dan cuenta de que las condiciones del cautiverio no fueron siempre tan extremas. No era infrecuente que los cautivos gozaran de cierta libertad en Constantinopla, pudiendo desplazarse a los cultos cristianos de conventos e iglesias. Podían celebrar también algunas festividades como representaciones de teatro, y sabemos por el propio Cervantes que en Argel se puso en tablas una obra de Lope de Rueda.

Los renegados

Entre los cautivos más apreciados, es decir, aquellos que sabían desempeñar un valioso oficio para sus dueños, era muy frecuente que proliferaran renegados. Eran estos los que abrazaban la fe del islam y se volvían turcos de religión y costumbres, a lo cual se referían como «cambio de ley». Algunos de ellos eran voluntarios que huían de las naciones de la cristiandad y buscaban amparo entre los musulmanes cuando tenían cuentas que saldar con la justicia o por mero afán de lucro, pues pirateando y ejerciendo el corso se convertían en hombres poderosos que podrían llevar una nueva vida como turcos.

El carmelita fray Jerónimo Gracián de la Madre de Dios, que fue amigo de santa Teresa, sufrió cautiverio en Túnez en el siglo XVI y puso de manifiesto algo que debió de resultar alarmante en su época: «Es cosa muy averiguada…, más de la mitad, y aún las tres partes, reniegan de la fe».

El benedictino español Diego de Haedo, al cual debemos el texto más importante escrito sobre Argel a finales del siglo XVI, sostiene en su escrito que la mitad o más de las casas de aquel lugar de la costa africana estaban habitadas por «turcos de profesión», es decir, por los renegados. Afirma por otra parte que los corsarios «son casi todos renegados de todas las naciones».

La magnitud del fenómeno de los renegados llega a comprenderse mejor cuando se tiene en cuenta el duro género de vida que llevaban los cristianos en cautiverio. El propio Haedo nos describe los malos tratos a que estaba sometida la chusma de cautivos:

> *...palos, puños, coces, azotes, hambre, sed, con una infinidad de crueldades inhumanas y continuas de que usan con los pobres cristianos que bogan, y como sin los dejar reposar medie hora, les abren cruelmente las espaldas, sacan la sangre, arrancan los ojos, rompen los brazos, muelen los huesos, tajan las orejas, cortan las narices y aún los degüellan fieramente, y les cortan las cabezas, y los echan a la mar, porque arranquen la boga y caminen más que volando...*

Muchos de los cristianos capturados vivieron en condiciones muy difíciles durante años y las soportaron mucho tiempo antes de acceder a la apostasía.

En el intenso trabajo de investigación hecho por Bartolomé y Lucile Bennassar, prestigiosos hispanistas, acerca de los cautivos cristianos entre los siglos XVI y XVII, publicado bajo el titulo *Los cristianos de Alá, la fascinante aventura de los renegados*, se recogen innumerables casos de que, voluntariamente o no, se pasaron al islam. Muchos de ellos fueron capturados en su niñez, otros en la guerra. Otros, en cambio, dejaron el mundo cristiano por la mera curiosidad por un islam donde estaba permitido amar a más de una mujer, y donde la riqueza y nobleza eran más accesibles a las clases humildes.

Me sorprendió entre los múltiples casos recogidos por Bennassar el de Pedro Sánchez, de Plasencia, un músico precoz y robusto que remaba desde sus trece años en una fragata malagueña cuando fue capturado por una galera berberisca, donde se mantuvo firme durante cinco años antes de renegar de la fe.

Entre las muchas lecturas hechas para documentar esta novela, está la del denso ensayo del profesor de Manchester Colin Imber, bajo el título *El Imperio Otomano 1300-1650*, en el cual se ofrece una detallada descripción del Imperio turco, su organización, gobierno y leyes. En la exhaustiva recopilación de datos que sirve de base a este trabajo, aparece el de un muchacho genovés, Scipione Cícala, de una importante familia de marineros, al que el almirante Piali bajá hizo prisionero a la edad de catorce años en la batalla de los Gelves de 1560. Dado al sultán, este joven llegó a ser nada menos que gran visir en 1596 con el nombre de Cigalazader bajá. Esto demuestra el verdadero alcance de las posibilidades que tenían aquellos hombres.

El Imperio otomano en el siglo XVI

Al sultán otomano que conocemos como Solimán el Magnífico, los turcos le dieron el nombre de *Legislador*. Fue sin duda alguna el mayor soberano que conoció aquel Imperio. En Asia, venció a Irán, se apoderó de Bagdad y de la mayor parte de Irak. En el mar logró que sus corsarios dominaran Túnez y Argel. Mandó expediciones a la India y casi todo el mundo árabe, excepto Marruecos, pasó a estar bajo su poder. En Europa, organizó un extraño sistema de alianzas que le asoció al rey francés Francisco I contra Carlos V y Luis II de Hungría. Estas amistosas relaciones entre el turco y Francia, que provocaron un gran escándalo en la época, permitieron a Solimán disfrutar de una posición inmejorable en el Mediterráneo que causó no pocos quebraderos de cabeza a los monarcas españoles. Los franceses, a su vez, se beneficiaron de este raro pacto obteniendo una especial protección en los Santos Lugares y extendiendo su comercio hacia Oriente.

Solimán fue de triunfo en triunfo: conquistó Belgrado en 1521, Rodas en 1522 y Buda en 1526. Durante un siglo y medio, Hungría permaneció bajo la dominación otomana.

Estambul en tiempos de Solimán

En 1453, el sultán Mehmet II el Conquistador entró en la Constantinopla bizantina y la convirtió en la nueva capital del Imperio otomano que luego recibiría el nombre de Estambul. Un siglo después, bajo el reinado de Solimán el Magnífico, el Imperio consiguió su más alto nivel de poderío y su más brillante civilización. La ciudad alcanza un esplendor singular gracias a una enorme actividad arquitectónica dirigida por el genial arquitecto Mimar Sinam, constructor de fabulosas mezquitas como la de Sehzade, la de Solimán y la de Selim, además de baños públicos y otros edificios.

El sultán se entregó a repoblar Estambul sistemáticamente haciendo venir pobladores de todas las regiones del Imperio para instalarlos sobre todo al sur del Cuerno de Oro. A mediados del siglo XVI, se estima que la población superaba los 600 000 habitantes. La ciudad tomó entonces el aspecto característico de las ciudades islámicas, con sus redes de callejuelas y laberintos complejos, con vías sin salida, en medio de las cuales resaltaban las soberbias mezquitas. Los barrios fueron invadidos por casas de madera con pisos, parecidas a las viviendas de las zonas rurales extendidas por las regiones pónticas pobladas de árboles. Estambul parecía un inmenso campamento.

La descripción de Constantinopla que hace el manuscrito del *Viaje de Turquía* nos da una idea de la forma de la ciudad en aquel tiempo:

> *En la ribera del Helesponto* (que es un canal de la mar la cual corre desde el mar Grande, que es el Euxino, hasta el mar Egeo) *está la çibdad de Constantinopla, y podríase aislar, porque la mesma canal haze un seno, que es el puerto de la ciudad, y dura de largo dos grandes leguas [...]. La excelencia mayor que este puerto tiene es que a la una parte tiene Constantinopla y a la otra Gálata. De ancho, terna un tiro de arcabuz grande. No se puede ir por tierra de la çibdad a la otra si no es rodeando quatro leguas; mas hay una gran multitud de barquillas para pasar por una blanca o maravedí cada y quando que tubieredes a qué.*

Puede sorprender en la novela, a la cual sirve de explicación esta nota, que aparezcan en aquella ciudad musulmana cristianos moviéndose con libertad, dedicados a sus negocios e incluso asistiendo a los oficios religiosos católicos. En la descripción del manuscrito citado, se dice lo siguiente al respecto:

...también me acuerdo de haber dicho que será una çibdad de quatro mill casas (se refiere a Gálata), en la qual viven todos los mercaderes venecianos y florentinos, que serán mill casas; hay tres monasterios de fraires de la Iglesia nuestra latina, Sant Françisco, Sant Pedro y Sant Benito, en este no hay más de un fraire viejo, pero es la iglesia mejor que del tamaño hay en todo Levante, toda de obra mosaica y las figuras muy perfectas.

LA DEPENDENCIA TURCA DE TUNICIA

A principios del siglo XVI, por razones parecidas a las que más tarde causarían la decadencia del Imperio otomano, el reino musulmán del Moghreb estaba en plena descomposición. La dinastía hafsida quedó reducida a Túnez. El amplio territorio próximo al Mediterráneo se fragmentó en infinidad de principados, federaciones tribales y puertos libres. Los puertos eran una especie de repúblicas organizadas para el ejercicio del corso: Túnez, Bizerta, Bugía, Argel, Orán, Susa... Los corsarios, soldados de guerra santa contra los cristianos y a la vez piratas, atacaban las costas, asaltaban navíos y avituallaban a las escuadras turcas.

El mandato de los gobernadores turcos duraba menos de tres años. Por lo general, el gobernador podía esperar un nuevo nombramiento en una provincia distinta o ser llamado a la corte del sultán para formar parte del consejo imperial. Cada destino era de corta duración, si bien los traslados de un distrito a otro les reportaban un aumento de los ingresos en la nueva designación.

La Sublime Puerta

Con este nombre, *Bab-i Alí* o Sublime Puerta, se nombraba en general al gobierno otomano. La puerta era un símbolo de poder y en ella se tomaban las grandes decisiones del Imperio. El país estaba sometido a una jerarquía que recordaba la de un ejército. El sultán estaba auxiliado por el gran visir, cuatro ministros o visires y el *reis-effendí*, encargado de los Negocios Extranjeros. Alrededor de él había agás exteriores o comandantes de las tropas y el *kapudan* bajá, jefe supremo de la flota y gobernador de las islas. Toda la administración estaba a su servicio: el *nisanji* o secretario de Estado, los *defterdars* o tenedores de los libros de impuestos, los *cadi-el-asker* o jueces de los soldados. Estaban además los *ulemas* u hombres de leyes, doctos del Corán, los jurisconsultos y profesores de Derecho.

Con las provincias o *sandaks*, las relaciones se establecían por mediación de los *beylerbeys* y los bajás.

Una vez en el trono, el sultán gozaba de unos poderes sin parangón posible con los reconocidos a cualquier monarca occidental coetáneo. Gobernaba como señor de pueblos muy diversos, pero aspiraba también al dominio universal. Los miembros de la clase dirigente otomana y lo más granado de su ejército eran considerados esclavos del sultán y, en su condición de tales, su persona y bienes estaban a la entera disposición de aquel. Por otro lado, todos ellos o bien eran cautivos de guerra que el sultán reclamaba para sí o bien procedían de la *devchirme*, institución antigua que consistía en la elección cada tres o siete años de los niños más capacitados de las familias cristianas de los Balcanes y de Anatolia, sobre todo, para la educación como *kapikullario*, servidores del sultán, previamente convertidos al islam. De entre ellos salían después los dignatarios del Estado, grandes visires y gobernadores, así como la caballería formada por los *spais* de la Puerta y los jenízaros, que era la temible infantería del ejército turco.

En relación al gobierno despótico del sultán otomano, frente a la realidad de los monarcas occidentales, hay un texto del *Viaje de Turquía* que lo dice todo por sí mismo. Pedro de Urdemalas (el cautivo cristiano) conversa con su amo Zinán bajá acerca de la manera de gobernar tan diferentes del rey español y el sultán turco:

Después de haberme rogado que fuese turco, fue quál era mayor señor, el rey de Françia o el emperador. Yo respondí a mi gusto, aunque todos los que lo oyeron me lo atribuyeron a necedad y soberbia, si quería que le dixese verdad o mentira. Díxome que no, sino verdad. Yo le dixe: Pues hago saber a Vuestra Alteza que es mayor señor el emperador que el rey de Françia y el Gran Turco juntos; porque lo menos que él tiene es España, Alemania, Ytalia y Flandes; y si lo quiere ver al ojo, manda traer un mappa mundi de aquellos que el embaxador del Françia le empresentó, que yo lo mostraré. Espantado dixo: Pues ¿qué gente trae consigo?; no te digo en campo, que mejor lo sé que tú. Yo le respondí: Señor, ¿cómo puedo yo tener quenta con los mayordomos, camareros, pajes, caballerizos, guardas, azemilleros de los de lustre? Diré que trae más de mill caballeros y de dos mill; y hombres hay destos que trae consigo otros tantos. Díxome, pensando ser nuestra corte como la suya: ¿Qué, el rey da de comer y salarios a todos? ¿Pues qué bolsa le basta para mantener tantos caballeros? Antes, digo, ellos, señor, le mantienen a él sin menester, y son hombres que por su buena gracia le sirven, y no queriendo se estarán en sus casas, y si el emperador los enoja le dirán, como no sean traidores, que son tan buenos como él, y se saldrán con ello; ni les puede de justicia quitar nada de lo que tienen, si no hazen por qué. Zerró la plática con la más humilde de las palabras que a turco jamás oí, diziendo: bonda bepbiz cular, que quiere decir: acá todos somos esclabos.

Me lleva esto a pensar que las ideas de libertad y democracia de nuestra Europa no son un invento de la Ilustración, como algunos quieren hacer ver, sino el fruto de todo un proceso histórico en el que, salvando las distancias, subyace una visión cristiana del mundo y del poder.

LOS ESPÍAS DEL REY CATÓLICO

Ya hemos visto en el apartado anterior cómo las sucesivas campañas militares, y especialmente el desastre militar español de los Gelves de 1560, llenaron de prisioneros españoles e italianos los puertos turcos.

A Estambul llegaron miles de estos cautivos y se convirtieron en una mano de obra esclava muy útil, así como en una fuente de ganancias sustanciosas merced a las operaciones comerciales de rescate.

Esta presencia de cautivos en la capital otomana, así como el ir y venir de comerciantes y emisarios encargados de negociar los rescates, propició la organización de una compleja trama de espionaje que facilitó la llegada de interesante información al rey de España, la cual sería después de gran utilidad a la hora de programar las principales victorias de la flota cristiana en el Mediterráneo: Orán, Malta y Lepanto.

Es sabido que Felipe II puso siempre un gran interés en obtener información complementaria de cuanto ocurría en sus vastísimos dominios, pues no se fiaba del todo de los documentos oficiales. En este sentido, puede ser considerado como el precursor de los servicios de información españoles, al crear un verdadero cuerpo de agentes en todos los países europeos. También se preocupó de conocer las intenciones de sus enemigos y no dudó en utilizar cuantiosos fondos para sostener verdaderos entramados de informadores secretos en los puertos corsarios, en los presidios turcos y en la mismísima capital otomana.

Para este complejo menester, eligió el rey a personas de su estricta confianza y les dio el encargo de poner en funcionamiento las sociedades de conjurados o conjuras, que era así como se designaba en los documentos a las redes de espionaje.

Es lamentable que haya sido tan poco reconocida y estudiada esta genial intuición de Felipe II a la hora de solucionar muchos de los graves problemas de su reinado. Sin duda, el trabajo de investigación más arduo, completo e interesante al respecto es el realizado por el profesor Emilio Sola de la Universidad de Alcalá. Ya tenía yo conocimiento de sus pesquisas a través del *Archivo de la Frontera*, un serio esfuerzo de recuperación de muchas informaciones contenidas sobre todo en los legajos del Archivo General de Simancas.

Entre los descubrimientos hechos por Emilio Sola en los archivos, está la identificación de una serie de personajes que de manera muy organizada componían el complejo y secreto cuadro de los espías del rey católico. En primer lugar, estaba la cúpula directiva, en la que se encontraba el propio monarca y un reducido círculo de colaboradores (secretarios y consejeros de Estado). Luego estaban los virreyes de Nápoles y Sicilia, encargados de entregar las ayudas económicas y recibir la correspondencia y mensajes (avisos) que enviaban los espías. Seguidamente, estaba «el jefe de los espías», o comisario nombrado para coordinar la red. Había un comisario cuya función era ir y venir a Estambul a llevar los dineros e inspeccionar personalmente a la conjura. Este puesto era ocupado por Juan María Renzo de San Remo, enviado por el virrey de Napóles con cuantiosos fondos en 1562 para que pusiese en pie la amplia red de agentes secretos en Estambul. En dicha capital, ocupaba la jefatura Aurelio de Santa Croce, un veneciano que pertenecía al ámbito de los mercaderes y rescatadores de cautivos. Junto a él, ejercían en modo de «secretarios» el napolitano Agostino Gilli y Adán de Franchi, conocido como Franqui. Ellos recibían los juramentos y redactaban las cartas a modo de presentación. También estaban los renegados Simón Masa y Gregorio Bragante de Sturla, llamado en turco Moragata; y el poderoso Ferrat bey, cuyo nombre cristiano fue Melchor Stefani de Insula, sobrino del Coronel de Insula que sirvió al emperador Carlos V. Con todo este personal, que trabajaba en distintas direcciones, pero con una buena coordinación, se conseguía recabar información que luego resultaba utilísima al llegar a oídos de los virreyes.

En el Archivo General de Simancas se encuentran numerosas cartas, frecuentemente en clave, en las que se contienen los avisos que el rey Felipe II aguardaba impacientemente para conocer de antemano los propósitos del gran turco.

La Inquisición y los renegados

Para el mundo católico, en aquel tiempo, un cristiano pasado al islam que había pronunciado la fórmula de adhesión a Mahoma era culpable del gravísimo delito de apostasía. Si regresaba a su propio país o a un reino cristiano donde existiese la institución inquisitorial, debía comparecer ante un tribunal del Santo Oficio.

Durante los siglos XVI y XVII, la Inquisición extendió su campo de acción contra los musulmanes conversos y contra los protestantes. Junto al delito de herejía, estaba el de apostasía, y contra ambos se actuó con todo rigor. En una época en que la política y la religión iban estrechamente unidas, los soberanos españoles concibieron su misión de unificación nacional a base de la unidad religiosa. El sistema fue muy severo frente a quienes se consideraba que abandonaban la fe cristiana para aprovechar las maravillosas ocasiones de enriquecimiento, promoción social y poder que ofrecía el mundo musulmán, asociadas con mucha frecuencia a agradables tentaciones de la carne. A los tránsfugas de la Europa cristiana se los calificó de renegados y se castigaba severamente su traición en el caso de que regresasen al lugar de su origen.

Si la vuelta era voluntaria y el renegado se presentaba espontáneamente ante el Santo Oficio, el procedimiento era sencillo. El tribunal celebraba las tres audiencias reglamentarias y procedía a reconciliar al individuo imponiéndole las obligaciones correspondientes. En cambio, si el renegado era capturado contra su voluntad, descubierto o denunciado, el procedimiento se ampliaba enormemente. Se solicitaban testigos y se buscaba toda la información posible. Entraba en funcionamiento el tormento y los interrogatorios llegaban a ser durísimos.

Al lado del inquisidor general y del Consejo Supremo de la Inquisición funcionaban los tribunales provinciales en las principales ciudades con sus correspondientes inquisidores nombrados por el inquisidor general, oficiales, procurador fiscal, familiares del Santo Oficio (especie de policía), etc. El procedimiento culminaba con la solemnidad de los «autos de fe», en los que se leían las sentencias y se hacían las abjuraciones y reconciliaciones públicas.

En el ya citado ensayo de Bartolomé y Lucile Bennassar, *Los cristianos de Alá*, se recoge el estudio detallado de una decena de procesos de la Inquisición sobre renegados en diversos lugares del Mediterráneo. Además de esta valiosísima información, me han servido también muchos de los casos que se detallan en los llamados «relatos de cautiverio» que se contienen en los *Libros de Milagros* del Archivo del Real Monasterio de Guadalupe, narraciones en las que abundan los detalles más curiosos sobre el cautiverio de numerosísimas personas: las causas de la pérdida de libertad, las circunstancias de la vida de los cautivos, la liberación y el regreso a casa.

El gran sitio de Malta

En diciembre de 1564 se tuvo noticia en Madrid, por aviso mandado por los espías de Felipe II, de que los turcos se preparaban para atacar Malta. También el papa Pío IV escribió al rey de España para advertirle de que Solimán se proponía atacar la isla y otros puertos cristianos del Mediterráneo. En febrero de 1565 llegó a Sicilia el nuevo virrey don García de Toledo, capitán general de la mar, el cual empieza a sostener una larga correspondencia con Felipe II y con el secretario Eraso en la que se pide desde el primer momento que se concentren las naves españolas y se construyan galeras de mayor porte.

En marzo de ese año salía de Constantinopla la armada turca formada por ciento treinta galeras, treinta galeotas y diez naves gruesas, llevando a bordo más de quince mil hombres. Hicieron escala en Navarino (Pylos) y el 12 de mayo fueron vistas las naves desde el cabo Pájaro.

El gran maestre de la Orden de Malta, Juan de La Valette, se dirigió a España y pidió ayuda desesperadamente. Primeramente se le mandó trigo de Sicilia. El 29 de junio desembarcaron en Malta seiscientos hombres al mando de don Juan de Cardona y consiguieron peligrosamente llegar al burgo, pues ya desde el 18 de mayo la escuadra turca había alcanzado la costa y comenzaba el asedio.

Los sitiados se defendían con bravura. Perdieron el castillo de San Telmo, pero impidieron a los turcos lograr sus objetivos. Además, sufrieron estos muchas disensiones internas, padecieron una grave epidemia de tifus y sus pérdidas se incrementaron a causa de las enfermedades y la carencia de bastimentos.

Mientras tanto, don Álvaro de Bazán acudió a Nápoles con una flota de cuarenta galeras para embarcar a los tercios españoles. El 7 de septiembre desembarcó la flota cristiana en Malta. Iba al frente del ejército don Álvaro de Sande, hombre de avanzada edad (75 años, pues nació en 1498), pero muy decidido y capaz para esta gran empresa. Siete días duró el fiero combate desde la llegada del auxilio, y el 14 de septiembre Malta era liberada y la flota turca se retiraba con múltiples bajas, entre ellas la del corsario Dragut.

La victoria llenó de alegría a toda la cristiandad. Manuel Fernández Álvarez en su obra *Felipe II y su tiempo*, refleja el interés mostrado por la reina Isabel de Inglaterra al embajador español, Diego Guzmán de Silva, llegando a decirle que hubiera querido ser hombre para haber estado en ella:

> *Díxome la Reina muchas palabras y muy graciosas en loor de V. M. y del socorro que solo había mandado dar a Malta, y que había mandado que por la feliz victoria se hiziessen processiones y plegarias por el Reino, y se haría aquí una solemne, a la qual ella se pensaba aliar. (Archivo de Simancas, Estado, ley. 818, fol. 78).*

Se hicieron solemnes tedeums en todas partes en acción de gracias. El propio papa recibió a los héroes de la victoria y los bendijo. Ofreció el pontífice como premio el capelo cardenalicio a Juan de La Valette, pero este lo rechazó. También el rey Felipe II recibió a don Álvaro de Sande y a sus generales en Málaga, adonde fueron con Ascanio de la Corgna para agradecerle las mercedes concedidas. Según Cabrera de Córdoba fue Sande el que indicó dónde se debía edificar la nueva ciudad de Malta al mismo tiempo que informaba de lo que se debía hacer para mantener a la isla en estado de defensa en lo sucesivo. Recoge este dato el investigador Miguel Ángel Ortí Belmonte en su edición de la biografía de Huberto Fiogletta, *Vida de don Álvaro de Sande* (Madrid, 1962).

El sitio de Malta influyó mucho en los cronistas de la época que registraron en sus escritos los hechos relativos a la campaña. También lo recogió la literatura. Una de las obras literarias que lo trató es el poema épico español *La Maltea*, publicado en Valencia en 1582. Su autor, Hipólito Sanz, era un caballero de Játiva que tomó parte del combate y tuvo, por tanto, un conocimiento directo de los hechos.

Pero la fuente de información más exhaustiva para conocer los cuatro meses que duró la campaña es la *Historia Verdadera*, de Balbi di Correggio.

Arnold Cassola publicó *El gran sitio de Malta de 1565* (Valencia, 2002), el cual me ha resultado de gran utilidad para obtener estas y otras informaciones necesarias para los capítulos de la novela referentes a este histórico acontecimiento.

NOTA DEL AUTOR

La Antigüedad aparece compleja a los ojos del hombre de hoy. Nuestra manera de entender el mundo está condicionada inevitablemente por muchos factores. Pero siempre será injusto juzgar el pasado con los ojos del presente. Hoy día resulta difícil comprender la mentalidad religiosa de las gentes del siglo XVI. La fuerza de la fe proporcionaba la energía necesaria para acometer las más temerosas empresas. Los soldados con frecuencia soportaban situaciones límite: prisión, esclavitud, tormentos, mutilaciones... Se vivía sometido a una presión física enorme. Lo normal es que aquellos tercios guerreros desenvolvieran sus actividades exhaustos y debilitados por las enfermedades y la mala alimentación.

Muchos de estos intrépidos hombres de armas vivían impulsados por el espíritu caballeresco. Por ejemplo, don Juan de Austria se entregó a la lectura de los libros de caballería que, según frases de su biógrafo Coloma, fueron como «un tizón encendido en un campo de rastrojos secos». El espíritu caballeresco llevó a don Juan a huir de la Corte en 1565 para embarcarse en la flota que acudía en socorro de Malta, atacada por los turcos. Solo una enfermedad que contrajo antes de embarcarse logró detenerle y se vio obligado a regresar a la Corte sin demora por orden de su hermano el rey. Si se quiere hacer hoy literatura sobre tan peculiar periodo de nuestra historia, solo resultará creíble si se escribe después de observar el mundo con ojos de entonces. Para ello, más que las crónicas o las novelas de la época, serán las cartas de los hombres y mujeres de los siglos XVI y XVII las que nos darán la visión real de aquel mundo. Es en los epistolarios donde se guarda el misterio de ese pasado que se hace presente en las voces de quienes lo vivieron.

JESÚS SÁNCHEZ ADALID

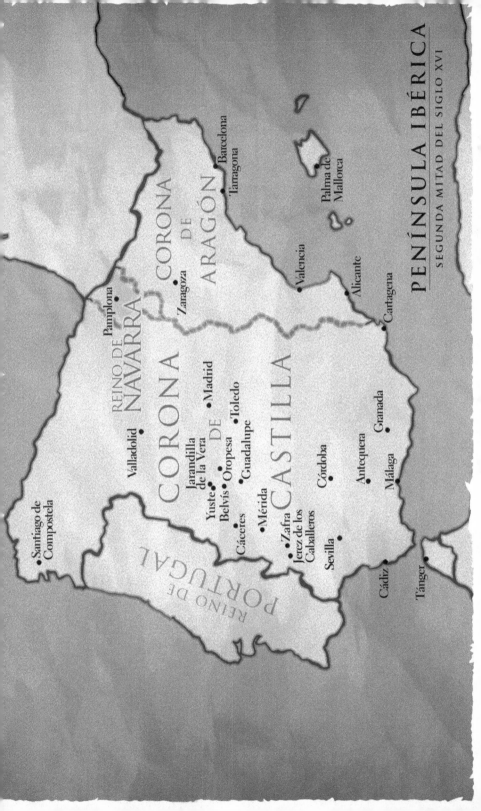

PENÍNSULA IBÉRICA

SEGUNDA MITAD DEL SIGLO XVI

CORONA DE ARAGÓN

REINO DE NAVARRA

CORONA DE CASTILLA

REINO DE PORTUGAL

Barcelona
Tarragona
Palma de Mallorca
Valencia
Alicante
Cartagena
Zaragoza
Pamplona
Madrid
Toledo
Valladolid
Jarandilla de la Vera
Oropesa
Guadalupe
Yuste
Belvís
Cáceres
Mérida
Zafra
Jerez de los Caballeros
Córdoba
Antequera
Granada
Málaga
Sevilla
Cádiz
Tánger
Santiago de Compostela